SOPHIE UND DIE SIBYLLE

Patricia Duncker

Sophie und die Sibylle

EIN VIKTORIANISCHER ROMAN

Aus dem Englischen
von Barbara Schaden

BERLIN VERLAG

Mehr über unsere Autoren und Bücher: www.berlinverlag.de

MIX
Papier aus verantwortungsvollen Quellen
FSC® C014496

ISBN 978-3-8270-1274-6
Die Originalausgabe erschien 2015 unter dem Titel
Sophie and the Sibyl bei Bloomsbury Publishing Plc, London

Umschlaggestaltung: ZERO Werbeagentur, München
Gesetzt aus der Arno von Fagott, Ffm
Druck & Bindung: GGP Media GmbH, Pößneck
Printed in Germany

FÜR S. J. D.

DREI MOTTI

Sie ist für die hiesige Gesellschaft Gegenstand großen Interesses und großer Neugier. In der allgemeinen Gesellschaft wird sie nicht empfangen, und ihre Besucherinnen sind entweder so *émancipées*, dass das Gerede der Leute sie nicht kümmert, oder aber sie haben keine gesellschaftliche Position zu wahren. Lewes speist häufig auswärts, und einige der Männer, mit denen er zu speisen pflegt, kommen sonntags ohne ihre Gattinnen zu ihm. Nie habe ich gehört, dass sich jemand anders als respektvoll über Mrs Lewes geäußert hätte, die verbreitete Auffassung ist jedoch, dass die Gesellschaft einen derart eklatanten Konventionsbruch wie den ihren und eine Kränkung des Empfindens (um keine stärkeren Begriffe zu benutzen), auf welches die Sittlichkeit in hohem Maße angewiesen ist, nicht einfach hinnehmen wird. Darin hat die Gesellschaft, wie ich vermute, nicht Unrecht ... Ich glaube nicht, dass viele der Ansicht sind, Mrs Lewes verletze ihr eigenes moralisches Empfinden oder sei in ihrem gegenwärtigen Leben anderes als eine gute Frau, dennoch halten sie ihr Vorbild für ein verderbliches und meinen, sie habe sich durch eigenes Tun von der Gesellschaft der Frauen abgeschnitten, die sich für den Ton der Gesellschaftsmoral in England verantwortlich fühlen.

Charles Eliot Norton an G.W. Curtis,
29. Januar 1869, zitiert in Gordon S. Haight,
George Eliot: A Biography, Oxford 1968, S. 409.

Es verwunderte uns häufig, welchen Schund er bei Romanen hinnahm. Seine Ansprüche waren im Wesentlichen ein hübsches Mädchen und ein gutes Ende.

George Darwin über die Lektüre seines Vaters, zitiert von Janet Browne, *Charles Darwin: The Power of Place*, Bd. 2 einer Biografie, London 2002, S. 68.

Welchem Zweck dient ein Motto? Ich lese Motti immer sehr sorgfältig. Das Schreiben rund ums Schreiben mag verschlüsselt geschrieben sein, es bietet aber oft auch einen Hinweis, einen Fingerzeig, wenn Sie so wollen, auf die Absichten des Autors. Und in diesem Fall sind die beiden obenstehenden Zitate besonders aufschlussreich. Unsere Autorin zählt zu jenen sentimentalen Personen, die ihren selbstgewählten Helden und Heldinnen Bewunderung entgegenbringen müssen. Sie erträgt es nicht, wenn ihre zu solchen ernannten Götter sich als Wesen aus Fleisch und Blut erweisen – mit persönlichen Eitelkeiten und Schwächen, die so enttäuschend und schwer auszuhalten sind wie unsere eigenen. Ich denke, sie hat mit Mr Darwin und Mrs Lewes eine Rechnung offen, dennoch liegt sie beiden zu Füßen. Und das wiederum ist ihre Achillesferse. Ihr rachsüchtiges kleines Spiel wird hintertrieben von Liebe.

Die Erzählerin von *Sophie und die Sibylle* über die Absichten ihrer Autorin.

INHALT

TEIL I

TEIL I

KAPITEL 1

in welchem der Leser mit zwei Hauptfiguren dieser Geschichte bekannt gemacht wird

»Gnädige Frau, darf ich Ihnen meinen jüngeren Bruder Max vorstellen? Er arbeitet gegenwärtig an einem großen Werk über die Baudenkmäler der Antike. Ich vertraue darauf, dass seine Bemühungen am Ende das Licht der Welt erblicken, aber so weit ich weiß, steckst du noch im ersten Band fest, oder, Max?«

Mit lustigem Lächeln verbeugte sich der Verleger vor seiner bedeutenden Besucherin und offenbarte dabei eine unerwartete Glatze, die mit der Definiertheit einer frischen Tonsur erglänzte. Sein Lächeln schloss den einigermaßen verlegenen Max mit ein, der sich in kräftesparende Höflichkeit flüchtete. Er hob ihre Hand seinen Lippen entgegen und murmelte in beflissenem Ton: »*Enchanté, madame.*« Dann trat er zurück und sah sie an. Dies war also Mrs Lewes, die Autorin von *Adame Bede* und *Romola,* und der Ruhm ihres *Middlemarch* hallte schon damals wie eine Siegestrommel durch Europa. Dies war die Frau, die als zu anstößig galt, um bei respektablen englischen Familien – die gleichwohl jedes Wort von ihr lasen: jedes einzelne Mitglied – zum Dinner geladen zu werden.

Seine erste Reaktion war Enttäuschung: Sie war alt. Ihre altersfleckige Hand mit der runzeligen Haut roch ein wenig nach Zimt, in den sich ein Hauch Alkohol von jener starken Sorte mischte, die gelegentlich zur Konservierung wissenschaftlicher Proben dient. Er hob den Blick zu ihrem Gesicht. Ein zarter Schleier war von der Stirn zurückgeschlagen und enthüllte das lange, schmale Antlitz, das mächtige Kinn und die großen, seelenvollen Augen. Die Dame ist alt. Die Dame ist hässlich. Die Dame hat wunderbare Augen. Max begegnete ihrem unbeirrten Blick seinerseits mit erkundender Neugier. Sie repräsentierte ein nicht unerhebliches Einkommen des Familienunternehmens Duncker & Duncker. Andere Schriftsteller wandten sich nur deshalb an ihren Verlag und erbaten ihre Unterstützung, weil sie zu ihren Autoren zählte. Er warf einen Blick auf seinen Bruder. Sei höflich, sei charmant. Mach Eindruck auf diese hässliche, herrliche Dame. Aber es wollte ihm nichts einfallen. Unerwarteterweise war sie es, die zu seiner Rettung herbeisprengte, indem sie sowohl die Sprache vorgab, in der die Konversation zu führen sei (Deutsch), als auch das Gesprächsthema (seine unvollendete, ja eigentlich kaum begonnene *Geschichte des Altertums*).

»Ihr Bruder sagt, Sie haben Lukian gelesen. Ich war als sehr junge Frau eine große Bewunderin sowohl der Philosophie als auch der Dichtung Lukians. Leider kam meine Familie zu dem Schluss, dass sein Einfluss verderblich sei.«

Sie lächelte. Das Gebiss, das dabei zum Vorschein kam, schimmerte wie Hauer, gelblich, riesig und unregelmäßig. Verblüfft vom Ausmaß ihrer verbliebenen Zähne, beugte Max sich unwillkürlich vor. Es zeigten sich ein, zwei Lücken, die den noch nicht eingestürzten Säulen das tragische Erscheinungsbild einer Tempelruine gaben.

»Dennoch betrachte ich seine späte Lyrik und das berühmte *Fragment* als jene Werke, die mein frühes Denken formten. Das *Fragment* ist unbedingt außergewöhnlich. Es hat die Kraft einer Prophezeiung. Wir können es heute in keinem anderen Licht lesen. Wie konnte er damals, in den ersten Jahren des ersten Jahrhunderts, wissen, dass diese neue Religion, die er gleichwohl auszurotten entschlossen blieb, sich wie eine mächtige Welle erheben und anschwellen und dass die auf ihrem Kamm einherreitende Zerstörung alle Götter hinwegfegen würde, denen er so treu gedient hatte? Lukian sah die Zukunft sich abzeichnen, und sie schien ihm schrecklich; er erfasste die Schönheit dieses neuen Glaubens ebenso wie das unheilvolle Grauen in seinem Gefolge. Sagen Sie, lieber Herr, wie denken Sie über das *Fragment*?«

Max zermarterte sich das Hirn, das von der vergangenen Nacht in Hetties Keller noch leicht vernebelt war. Er hatte sich dort prächtig unterhalten, leider aber auch eine nicht unerhebliche Spielschuld angehäuft. Als er tags darauf ins Geschäftszimmer seines Bruders trottete, um mit einer Miene zerknirschter Bußfertigkeit dessen sofortige Nothilfe zu erbitten, hatte er die Sibylle, die mit überkreuzten Füßen in halbhohen Stiefeletten und ordentlich gerolltem Schirm still am Feuer saß, zunächst gar nicht bemerkt. Dass ihn Wolfgang augenblicklich vorstellte, überrumpelte ihn. Die Geschichte der frühchristlichen Kirche in Kleinasien verweigerte sich seinem Gedächtnis: Es ließ sich nicht die leiseste Erinnerung an das berühmte *Fragment* heraufbeschwören. Entweder war die große Dame, die, ganz Geduld und gütiges Interesse, seine wohldurchdachten Ansichten erwartete, zu trivialer Unterhaltung nicht in der Lage oder sie hatte sich noch niemals herabgelassen, weniger Hochfliegendes als den Niedergang und Fall der Weltreligionen zu erörtern. Wie sie wohl ihrer Kleidung habhaft wurde? Er nahm schlichten weinroten Brokat zur Kenntnis, schwarze Spitze, sehr wenig Schmuck und diesen abscheulichen Schleier, der in zurückgeschlagenen Falten über der kolossalen Stirn thronte. Sie sah aus wie eine geschmückte Statue.

»Ach ja, das *Fragment* …«

Hatte er es überhaupt gelesen? Mit Denkermiene starrte Max auf seines Bruders Klassiker, die Regalmeter füllten. Sie waren die Bücher des Vaters gewesen, und er kannte sie seit seiner Kindheit; jetzt aber standen sie völlig nutzlos, reglos und goldgeprägt vor ihm – Herodot, Thukydides, Plinius, Titus Livius, Tacitus … Sollte Lukian – der lateinische Lukian, nicht der griechische – nicht hier irgendwo stehen? Oder stand er bei den Dichtern? Hatte Wolfgang die Römer und Griechen etwa ausgelagert? Aber die Dame, die sein Zögern unverkennbar erheiterte, gewährte ihm noch eine Galgenfrist.

»Natürlich können wir nicht wissen, welchen Titel das *Fragment* hatte oder wie es sich entwickelt hätte. Vielleicht war es ursprünglich als vergleichende Studie über die Religionen in der antiken Welt konzipiert? Wir wissen, dass sich Lukian für die Kulte um Mithras interessierte und selbst für seine heimatlichen Wassernymphen, denn er erstellte eine Liste heiliger Quellen. Aber der weithin bekannte Titel, *Ein Fragment über die Ursprünge des Frühchristentums,* wurde ihm von seinem ersten Verleger, Professor Heinrich Klausner, 1782 verliehen.«

Du lieber Gott im Himmel, *das!* Ein unwillkürliches Schaudern des Grauens und der Erleichterung überlief ihn. Lukians rudimentäre Abhandlung, die er sich seinerzeit sofort wieder zu vergessen bemüht hatte, war ihm eine schlaflose Nacht gewesen. Gewiss, das Latein war elegant, ja von bestechender Klarheit, doch hatte ihn das unselige Zusammentreffen von Geschichte und dem, was er in der Kirche stets als Sammlung bezaubernder Märchen empfunden hatte, bis ins Mark erschüttert. Ohne seinen Bruder zu beachten, blickte er der großen Dame ins Auge und ließ sein Herz sprechen.

»Lassen Sie mich offen sein, Madame. Ich kann mir über das *Fragment* keinen wissenschaftlichen Kommentar erlauben. Ich war, als ich es las, aufgewühlt, ja tief verstört, sowohl als Mensch wie als Christ. Die Kernaussage unserer Religion lautet doch, dass Gott in die Geschichte eingreift, dass Er diese endgültige edle Geste vollbrachte, die Opferung seines Sohnes, eine Tat, die für alle Zeiten Bestand hat, und doch – und doch! –, als ich diese Worte las, diese kalten Bemerkungen Lukians, die Christen seien einfach Handwerker, Händler, Kaufleute gewesen und ihr Glaube der Abkömmling einer ketzerischen jüdischen Sekte, deren junger Prophet unter Pontius Pilatus hingerichtet wurde, und als ich seinen Überlegungen über die Zukunft dieser noch ganz jungen Religion folgte – Worte, die nur für die Augen des Kaisers bestimmt waren! –, da wurde mir klar, dass ich den Mythen den Vorzug vor der Geschichte gebe. Mythen sind ewig, sie sind immerwährend, und die Geschichte ist endlich, bedingt von besonderen zeitlichen Kräften. Ich wollte an meinen Überzeugungen festhalten, wollte sie unbeschadet behalten. Denn wenn Lukian recht hat und das Christentum sich aus einer bestimmten Konstellation zeitlicher Umstände heraus entwickelt hat, dann wird es auch ein Ende in der Zeit haben. Wie er ja gehofft hat.«

Niemals hatte Max unter den Nachwirkungen des Alkoholgenusses eine so lange Rede gehalten. Die Prachtaugen der Sibylle weiteten sich mitfühlend und überrascht. Sein Bruder schaltete sich gleich ein.

»Du lieber Himmel, Max, ich hatte ja keine Ahnung, dass zu deiner Forschung auch derart verstörende Lektüre gehört. Das *Fragment* habe ich nicht hier im Regal stehen, oder?« Anklagend blickte er über die edle Klassikersammlung seines Vaters hin. Die große Dame nahm den Einwurf ihres Verlegers mit einem Neigen des Kopfes zur Kenntnis, ohne den Blick von Max zu wenden.

»Ihr Bruder, mein Herr, hat sich soeben als ein Mann erwiesen, der wachsam und aufmerksam mit allen Sinnen und Fähigkeiten liest. Solche Hingabe und Leidenschaft sind selten bei Literaten. Denn er ist bereit, am eigenen Leib zu erkennen, dass Lukian keine abstrakte Stimme aus einer vergessenen Antike ist, sondern ein Mensch, ein von Glauben und Zweifeln erfüllter Mensch wie wir alle.«

Sie senkte ihr mächtiges Haupt. Der Schleier war an einem schwarzen Häubchen befestigt, das ihr Haar bedeckte und, da frei von allem Zierrat, der Kopfbedeckung eines Scharfrichters ähnelte. Wolfgang setzte eine fromme Miene auf. Max erschauderte; es zog ihn heftig fort von den stickigen Räumen seines Bruders, den Kisten voller handschriftlicher Übersetzungen, dem mit Rechnungen und Geschäftsbüchern gefüllten Rollschreibtisch, den Klassikern, die als bedrohliche Türme über ihm aufragten. In diesem Geschäftsraum roch es auf einmal wie in einem Mausoleum. Die Dame erhob sich, stand kerzengerade. Max begriff, dass der fesselndere Geruch, der nach frisch umgegrabener Erde, von ihren Stiefeln aufstieg; die Fußbekleidung der Dame hatte eine kleine Spur erdiger Abdrücke zwischen Tür und Sessel hinterlassen, hier und dort waren Klumpen von ihren Absätzen gefallen, die im Feuerschein trockneten. Sie war nicht auf Straßen, sondern über Felder gekommen. Max beugte sich über ihre runzeligen Hände, die jetzt unter bestickten Spitzenhandschuhen verschwunden waren.

»Wir sind sonntagnachmittags zu Hause, Herr Duncker. Und wir wären entzückt, Sie dann einmal empfangen zu dürfen.« Er missverstand ihren Tonfall durchaus nicht: Er wurde nicht eingeladen, sondern herbeizitiert. »Ihr Bruder kennt den Weg zu meiner Tür. Er und Mr Lewes sind in fortgesetzter Verbindung.«

Ihr Lächeln, leicht, liebenswürdig, beängstigend insofern, als das dabei erfolgende theatralische Heben der Oberlippe abermals ihre unregelmäßigen Zähne erscheinen ließ, versetzte beide Brüder in verblüfftes Schweigen. Als die äußere Tür hinter ihr zuschlug, ergriff Wolfgang die Schultern seines Bruders.

»Gut gemacht! Ausgezeichnet. Du hast ihr gefallen. Normalerweise ist es Lewes, der die Einladungen ausspricht. Wenn alles gut geht, bekommen wir ihr neuestes Werk zum Preis des letzten. Sonntagnachmittag, mein Lieber – merk es dir – Sonntag. Du musst da sein. Wir gehen gemeinsam!«

KAPITEL 2

in welchem der Leser den Salon der Sibylle besucht und Max dem außerordentlichen Herrn Klesmer begegnet

Sei bis fünf da. Mit den Ellenbogen erzwang sich Max den Weg von den Räumen seines Bruders in der Jägerstraße durch nachmittägliches Gedränge zu den in der Dorotheenstraße nahe dem Neuen Museum von der Sibylle angemieteten Räumen. Die Straße Unter den Linden leuchtete gelb und orange in der warmen Herbstsonne, und in der milchigen Luft standen zuckend babylonische Mückentürme. Der Wind hatte das Kopfsteinpflaster trocken geblasen, so dass Max mit jedem Schritt kleine Staubwölkchen aufwirbelte. Sah er mit dunkler Krawatte, gestärktem weißem Oberhemd, dem noch vor dem Morgengottesdienst aufgebürsteten, aber schon wieder leicht eingestaubten Rock zu sehr nach Leichenbitter aus? An der Ecke hielt er inne, um sich mit seinen neuen Wildlederhandschuhen abzuklopfen. Eleganz, Schlichtheit und wissenschaftlicher Ernst – dies war die beabsichtigte Wirkung. Er begann sich zu fragen, ob er tatsächlich wie ein Bestatter wirkte. Max hegte eine satanische Vorstellung vom Salon der Sibylle als einem mit radikalen Hitzköpfen und Dichterinnen bevölkerten Jüngsten Gericht. In den Fenstern der Cafés sah er sein Spiegelbild, gebügelt, gebürstet, unpassend und durchaus vom gesellschaftlichen Debakel bedroht. Ließ dieser Besuch sich doch noch umschiffen? Aber sein Bruder, der enteilt war, um erst in der Kirche wiedergesehen zu werden, wo er ein, zwei Geschäftsabschlüsse tätigte, hatte ihm eindringlich ins Gewissen geredet. Sei ja um fünf da.

Die Doppelfenster der Wohnung in der ersten Etage, die weit geöffnet die Sonne einließen, schwangen sacht gegen die Fensterläden. Auf die Straße drang ein lebhaftes, an- und abschwellendes Stimmengewirr, das erwartungsvoll und grimmig klang. Das Haustor stand offen; ein nervöser junger Mann, der eigens bestallte Portier, umklammerte heftig nickend den schweren rechten Türflügel und deutete dann mit einer Kopfbewegung zur Treppe hin. Mit einer leichten Verbeugung trat Max über die Schwelle und nahm den Hut ab. Ein kleines haariges Wesen mit beschwingtem, hastigem Schritt, das auf dem Weg nach oben gewesen war, drehte sich um und sprang wieder herab, um auf ihn zuzueilen und ihm die Hand zu schütteln.

»Sie müssen Max Duncker sein! Die Duncker-Brüder sind einander ja wie aus dem Gesicht geschnitten, bis hin zum duplizierten Schnurrbart! Seien Sie sehr herzlich willkommen, mein Herr! Polly fragt schon nach Ihnen, und Ihr Bruder ist bereits da.«

Ein donnerndes Gelächter hallte durch den Hauseingang. Dieses ältliche, äffische Energiebündel war offenbar der Gastgeber persönlich, George Henry Lewes. Goethes Biograph.

»Es ist mir eine Ehre, Ihre Bekanntschaft zu machen, Sir«, sagte Max auf Englisch. Lewes, wieder mit schallendem Gelächter, ergriff ihn am Arm und zog ihn mit dem Elan eines wesentlich Jüngeren hinter sich die Treppe hinauf.

Max fürchtete Schlimmes; er murmelte eine kleine Höflichkeit und plante insgeheim seine Flucht. Verbeug dich vor der großen Dame, gib ihr die Hand, trink einen Tee oder was sonst gereicht wird, meide Gespräche mit Bildhauern, Musikern, Schauspielern, Dichtern und empfiehl dich so rasch, wie es der Anstand erlaubt. Lass dich *unter gar keinen Umständen* auf politische Diskussionen und religiöse Debatten ein. Meide Blaustrümpfe. Bete zu Gott, dass du außer Wolfgang niemanden kennst.

Das Zimmer hallte wider von frohen Streitgesprächen und verständnisinnigem Lachen. Kaum eine Dame war unter den Anwesenden, und die beiden, die er erspäht hatte und die laut eigener Aussage schon halb auf dem Weg zum Vortrag eines renommierten Redners und dem daran anschließenden Konzert waren, hatten ein Alter erreicht, in dem ihre entblößten Schultern knollig, runzelig und gänzlich unpassend waren. Der Ofen war eingeheizt; unter den Parfums und Gerüchen erhitzter Leiber witterte Max auch Kohlenrauch. Die Möbel reihten sich entlang den hellgrün und gelb gemusterten Wänden, die zentrale Position auf dem Teppich in der Mitte des Salons nahm ein Konzertflügel ein, und durch die Doppeltür, jetzt zusammengeschoben wie ein Akkordeon, blickte Max in einen weiteren hohen Raum, in dem, acht Etagen hoch und mit Folianten, Schachteln, Papieren vollgestopft, ein durchaus unordentliches Bücherregal stand.

»Dr. Puhlmann hat uns die Wohnung überlassen«, schrie Lewes, der Max am Ärmel zog, als seien sie seit Jahren miteinander bekannt, über die erhitzten Diskussionen in unmittelbarer Nachbarschaft hinweg. Weiter kam er nicht, denn gleich darauf wurde der kleine Mann von einem streitlustigen Zirkel umlagert, der ihn als Schiedsrichter in einer philologischen Frage zurate zog. Max spürte, wie ihm jemand aus dem Mantel half, den Hut abnahm, und gleich darauf belegte ihn ein buschiger Pfeffer-und-Salz-Schnauzer mit Beschlag.

»Na, junger Mann, da sind Sie ja endlich! Ihr Bruder ist schon da und im angeregten Gespräch mit der großen Dame. Sie ist ja mit ihrem grandiosen letzten Buch, das meine Töchter auf Englisch gelesen haben, noch nicht ganz fertig, wie Sie wissen, und plant jetzt ihren Rückzug aufs Land, um das Finale zu verfassen. Es ist fabelhaft, ganz phänomenal! Habe es selbst noch nicht gelesen. Ich warte, bis die Gebrüder Duncker eine anständige Übersetzung herausgebracht haben.«

Max verbeugte sich mit schwachen Knien, denn vor ihm stand, leutseligen Humor verbreitend, Graf August Wilhelm von Hahn, der sich in Berlin seit neuestem einer gewissen Berühmtheit erfreute und zu den Autoren des Verlags Duncker & Duncker zählte. Die im selben Jahr stattgehabte Veröffentlichung seiner militärischen Memoiren, in denen auch die heroische Teilnahme seines Vaters an der Schlacht von Jena nicht fehlte, war mit einigem Aufsehen einhergegangen. Tratsch und Maulheldentum wichen indessen rasch einem unleugbar frostigen Schauer, als die kritische Haltung des Grafen zum preußischen Staatsapparat dem Verlag hohen geheimdienstlichen Besuch einbrockte: In Zivil und unangekündigt drangen die Beamten in die Verlagsräume ein und verlangten Einblick in den Herbstkatalog und das Lager. Der Graf, Sanguiniker, Optimist und von gänzlich furchtlosem Wesen, polterte die Treppe hinauf, um seine Verleger zu beschwichtigen: Er habe jede maßgebliche Stelle aufgesucht, wirklich jede, und Repressalien seien keinesfalls zu befürchten. Wir können, sagte er, der Zweitauflage ganz ungerührt ins Auge blicken. Also ließ sich auch Wolfgang nicht beirren, und *Erinnerungen und Erlebnisse: Lebensweg eines Liberalen* in zwei Bänden (Berlin, Duncker & Duncker, 1872) ging in die zweite, alsbald ausverkaufte Auflage. Selbst die Sibylle – ungemein belesen in allem Historischen, mein Lieber, und bedenken Sie, dass die Dame Mommsen persönlich begegnet ist, und zwar beim Diner in den Räumen des amerikanischen Botschafters –, selbst sie habe das Werk, nun, mit Erstaunen gelesen.

Der Graf schwadronierte weiter.

»Sie müssen mich unbedingt besuchen, meine Töchter werden entzückt sein. Entsinnen Sie sich der kleinen Sophie, die Sie durch den Garten gescheucht hat? Seit dem Frühsommer dieses Jahres haben wir Sie ja nicht mehr zu Gesicht bekommen, und Sophie war zu der Zeit in unserem Jagdschloss, hat sich mit frischer Luft aufgefüllt und die halsbrecherischsten Ausritte unternommen. Über jedes Hindernis treibt sie ihr Pferd! Immer schnurstracks drauf zu! Ich denke, Sie werden sie recht erwachsen finden. Herr Klesmer wird uns später etwas vorspielen. Und ich muss mit meinem Quiz fertig werden. Da ist ein recht kluger Bursche …«

Der Graf hatte ein politisches Fragespiel ersonnen, das stürmischstes Gelächter hervorrief. Richtige Antworten gab es nicht, die meisten Punkte erzielte die geistreichste oder scharfsinnigste politische Erwiderung. Max dämmerte allmählich, wo er da hineingeraten war: Dieser Salon protzte mit seiner liberalen Aufgeschlossenheit. Hier der Graf, der zum Umsturz ermunterte – »Es lässt sich über alles reden, mein Lieber, wirklich alles.« Und Klesmer, Konzertpianist und berühmter moderner Komponist, von Liszt und Wagner gefeiert, machte aus seinem Judentum überhaupt kein Hehl. Er posaunte es sogar öffentlich hinaus! Selbst die Vorhänge vor den Salonfenstern schillerten vor Aufwiegelung. Max befingerte sein Taschentuch.

Lewes, der abermals herbeifederte, winkte Max zu sich, und nun durfte er das innere Heiligtum betreten. Denn siehe, hier residierte die Sibylle, elegant auf dem Thron sitzend, neben sich ein bücherüberhäuftes Tischchen, die Füße auf einem gepolsterten Schemel. Als er sich mit zunehmend starrem Lächeln verbeugte, betrachtete Max ihre Samtpantoffeln. Sonderten sie ebenfalls feuchte Erde ab? An ihren Kleidern nahm er wieder diese Ausdünstung nach Gewürz und Alkohol wahr. War das Leinöl? Der Geruch erinnerte ihn an seinen Bruder im Alter von ungefähr zwölf, als er entzückt auf seiner Geige herumgeschrammt hatte. Flankiert von jungen Höflingen, die sich nun in sichere Entfernung zurückzogen, hob die Sibylle ihren mächtigen Kopf und blickte ihn erwartungsvoll an. Max errötete und verspürte ein leichtes Verlegenheitsprickeln hinter den Ohren.

»Wie schön, dass Sie uns besuchen kommen, Herr Duncker. Darf ich Sie Max nennen? Wolfgang spricht so oft von Ihnen. Und mit solcher Zuneigung. Sie müssen unbedingt bleiben, bis uns Herr Klesmer eine seiner Kompositionen vorspielt. Lassen Sie mich Sie beide miteinander bekannt machen.«

Denn hier war er, der Tonsetzer, wie die Katastrophe in einer alten Komödie, heraufbeschworen von dem allgegenwärtigen Lewes, der jedem Gespräch im Raum zu folgen und jeden Wunsch vorwegzunehmen schien wie ein erstklassiger Zirkusdirektor. Klesmer, ein Mann mit weißer Haarmähne, vollen Lippen, faltenlosem Gesicht und faszinierenden grauen Augen, etwas kleiner als Max, verbeugte sich leicht. Er beäugte Max, als sie einander vorgestellt wurden, mit skeptischer Geringschätzung, wandte sich dann ausschließlich an die große Dame, deren wunderbare Augen die beiden Männer im selben Rahmen hielten, ein unheilvolles Bild von Ugolino und seinem letzten verbleibenden Sohn. Klesmer machte gewiss niemals halbe Sachen. Das Gespräch drehte sich um die jeweiligen Meriten zweier Skulpturen zu ein und demselben Thema: die verlassene Ariadne. Die eine Figur, einst fälschlich *Kleopatra* genannt, schlief in den Vatikanischen Museen zu Rom, die andere hingegen, ein Werk von Johann Heinrich Dannecker, das die glücklose Ariadne splitternackt und lebensgroß auf dem Rücken eines Panthers darstellte, war immerhin so berühmt, dass beide Dunckers sie gesehen hatten, als sie zum Besuch der Fachmesse in Frankfurt weilten – und nicht nur die Statue, sondern auch das Goethehaus am Großen Hirschgraben besichtigten, das aus Anlass des Dichtergeburtstags mit Girlanden geschmückt war. Max räumte lediglich ein, dass er das Werk gesehen habe. In den geschlossenen Räumen von Hetties Keller hatte er hübschere Mädchen zu Gesicht bekommen, nicht weniger nackt, doch mit größeren Brüsten und von sehr viel geneigterem Wesen; die ekstatische Schwärmerei für kalten Marmor, wenn man zum entsprechenden

Preis auch warmes Fleisch haben konnte, schien ihm unbegreiflich. Die Sibylle und Klesmer hingegen debattierten über Natur und Kunst wie über enge, aber zerstrittene Verwandte.

»Die Bildhauerei«, verkündete die Sibylle, »muss wie die Dichtung die Elemente erzeugen, die das Publikum in Atem hält – Spannung und Gefühl. Ich behaupte, dass Danneckers *Ariadne* beides besitzt. Ihr Haupt ist zum Horizont erhoben; sie blickt ihrer verlorenen Liebe nach. Aber sie wurde unsanft geweckt. Sie ist jäh aus dem Schlaf gefahren, ein Bein liegt lässig angewinkelt unter dem anderen; vielleicht ist dies genau der Augenblick ihres erwachenden Bewusstseins? Er ist fort, sie bleibt allein zurück. Sie weiß, dass sie nicht länger geliebt wird. Sie wurde verlassen.«

Max fragte sich, wer es wohl fertigbrächte, auf dem Rücken eines Panthers zu schlummern, fand sich dann aber zu kleinlich und schwieg diskret.

»Madame.« Herr Klesmer neigte sich der Sibylle entgegen und wagte ihr zu widersprechen. »Sie spinnen aus einer Geste und einem Namen eine ganze Erzählung. Nun war die *Ariadne*, die zu Rom im Vatikan entdeckt wurde, ursprünglich als *Kleopatra* bekannt. Wäre Ihre Interpretation nach wie vor gültig, wenn die Statue einfach umbenannt würde?«

»Aber dann ist es doch nicht dieselbe Statue. Der Name allein verwandelt die Bedeutung jedes Faltenwurfs im Marmor!« Die Sibylle offenbarte eine Neigung zur Spitzfindigkeit. »Kleopatra fiel ihrer eigenen Torheit zum Opfer. Sie war eine Königin, sie hätte jeden lieben können, den sie sich erwählte. Anscheinend aber setzte sie ihre ganze Leidenschaft in ein Verlustgeschäft. Gerühmt wird sie für ihre morgenländische Erotik und ihre sexuelle Macht, niemals aber für ihre Treue gegenüber dem Mann, der ihr Vertrauen verriet. Dannecker schuf seine *Ariadne* im vollen Bewusstsein ihrer Identität und ihres Schicksals. Sie steht für die verlassene Frau. Er interpretiert ihre Geschichte.«

»Aber Sie mochten die römische *Ariadne* lieber, nicht wahr?« Herr Klesmer hob seine schöne Hand. Seine Finger waren sauber und spitz zulaufend, die Nägel makellos, als habe er keine Stunde seines Lebens gearbeitet. Er rezitierte, auf Englisch, einen Max unbekannten Text. »Die Halle, wo die schlafende Ariadne, damals Kleopatra genannt, in ihrer marmornen sinnlichen Schönheit ruht, während die Gewandfalten sie duftig und zart wie Blütenblätter umhüllen.«

Die Augen der Sibylle weiteten sich und erglühten, als hätte er ihr einen umfangreichen Rosenstrauß überreicht. Max blickte verdutzt die illuminierte Dame an, und Klesmer stach ihn unversehens mit seinem vollendeten Zeigefinger. Max geriet ins Taumeln wie eine Marionette, deren Fäden sich plötzlich erzitternd straffen.

»Und Sie, mein Herr«, fragte Klesmer, »Sie werden die englische Version in Berlin veröffentlichen? Oder nur die Übersetzung?«

Der unbekannte Text stammte also aus dem Großen Werk, das des Grafen Gattin und Töchter derzeit auf Englisch verschlangen. Max hatte keine Ahnung, wie weit die Verhandlungen mit dem ausgelassenen Ehemann gediehen waren. Wie ertappt, straffte er den Rücken und schmeichelte der Sibylle, insgeheim ein Stoßgebet zum Himmel schickend, dass die *Ariadne* – oder war es die *Kleopatra*? – im Großen Werk nur eine Nebenrolle spielte.

»Es ist uns eine große Ehre und unser ganzer Stolz, *jedes* Werk von Mrs Lewes zu veröffentlichen, sei es auf Englisch oder Deutsch«, erklärte Max. »In ganz Europa bewundert man sie.«

Klesmer schnaubte. Die Dame lächelte mild und brachte alsbald ihren bedauernswerten Verleger in Verlegenheit.

»Aber, Max, Sie haben uns noch gar nicht gesagt, wie Sie über die *Ariadne* denken. Wir sprechen hier über sie, ohne dabei Ihre Meinung zu berücksichtigen. Sagen Sie uns doch, was Sie von den beiden Skulpturen halten. Haben Sie eine Präferenz?«

Diesmal machte Max, nicht länger hypnotisiert von der eigentümlichen Gesellschaft und dem Lärm ringsum, aus seinem Herzen keine Mördergrube. Die Mädchen in Hetties Keller waren Prostituierte der besseren Art, nicht allzu gebildet, aber überaus bestrebt zu gefallen und dabei auch selbst nicht zu kurz zu kommen. Wenn andere Männer über sie spotteten, sprang er ihnen oft bei. Und jetzt, merkwürdig genug, fühlte er sich gedrängt, jede Ariadne zu verteidigen.

»Die verlassene Frau gilt seit alters als gefallene Frau, nicht wahr? Mir war schon immer schleierhaft, mit welchem Recht diese Gleichsetzung vorgenommen wird – dient sie doch allein den männlichen Gelüsten und Vorurteilen. Die verlassene Frau verdient unser Mitleid. Keine Vorwürfe. Der Schurke im Stück ist Theseus.«

»Bravo, mein Herr! Gut gebrüllt!«, donnerte Graf von Hahn, der hinter ihn getreten war. »Klesmer, alter Junge, werden Sie uns nicht etwas vorspielen? Ich muss nach Hause zu meinen Mädchen, und wenn Sie diesen Flügel martern, will ich keine Minute verpassen.«

Der Kreis um die Sibylle zerstreute sich. Max reichte ihr seinen Arm, und sie ließ sich in den großen Salon begleiten, in dem schwarz und wuchtig der Konzertflügel stand: eine Drohung für die dröhnenden Diskussionen, die nach wie vor von dem unentwegt von einer Gruppe zur anderen schwirrenden Lewes orchestriert wurden. Max spürte ihren kleinen festen Griff und witterte einen aufsteigenden Hauch Gewürzdüfte, der offenbar von dem entsetzlichen Spitzenkäppchen auf ihrem Haar herrührte, einer wahrlich unpassenden Kopfbedeckung, unter der ihre dicke schwere, inzwischen weiß gesträhnte Mähne hervorquoll. Er blickte auf ihre große Stirn und die vorspringende Nase und fragte sich, ob sie wohl einmal schön gewesen sei. Aber sie wandte ihm dankbar ihre hypnotisierenden graublauen Augen zu, als er sie zu einem Lehnstuhl geführt und die Kissen in ihrem Rücken zurechtgeklopft hatte. Sie war jetzt das Herzstück des Salons und hatte als solches einen unverstellten Blick auf Klesmer am Flügel.

War sie schön oder nicht schön? Die Frage wurde nie entschieden; er hatte die Antwort bereits. Der Musiker schraubte den Hocker höher und drehte sich, ehe er sich setzte und zum Meister der Tasten wurde, der Sibylle zu. Die Geste war klar: Er spielte für eine Person allein. Die übrige Gesellschaft, das waren lediglich Zaungäste für ihn. Und sie widmete nun dem Komponisten ihre gesamte Aufmerksamkeit. Es war nicht allein die völlige Ungezwungenheit ihres Betragens, die den Grundstock ihres Charismas bildete, nicht ihr Verzicht auf jegliche Manieriertheit und Heuchelei und auch nicht die Klarheit ihrer Gesten: Es war ihre ungeteilte, hingebungsvolle Aufmerksamkeit, die sie noch immer schön wirken ließ. Kein Mann ist unempfänglich für die schmeichelnde Macht einer Frau, die sich ganz und gar auf ihn konzentriert, und sei sie noch so hässlich; Max nahm die Dramatik ihres Lauschens wahr, als hörte er ihre Seele atmen. Er stand hinter ihr wie ein wachhabender Soldat.

Klesmer beugte sich über die Tasten. Es ruckte und raschelte im Raum, dann wurde es still. Alles wartete.

Max schaffte es selten, sich ein Konzert, eine Oper bis zum Ende anzuhören. Selbst berühmte Sänger in Salons hielten einmal inne, um ihre Stimmbänder zu wässern und ihr Gewand zu richten, und Max pflegte solche Pausen zu nutzen, um sich auf Balkone, in Gärten davonzustehlen; dann umrundete er seerosenbewachsene Fischteiche und fand dort immer ein stilles Plätzchen, um sich die Zeit zu vertreiben, zu rauchen, sich an Stellen zu kratzen, die nicht salonfähig waren. Jetzt aber, da er hinter dem Stuhl der Lichtgestalt festgenagelt war, bebte er innerlich und fühlte sich ausgestellt wie ein Sammlerstück, das mit Nadeln an den Flügeln auf grünem Samt aufgespießt war. Die erwartungsvolle Stille, in die Länge gezogen durch Klesmers lüsternes Innehalten über der

Klaviatur, lastete auf Maxens Seele. Der einzige Ausgang, eine sehr ferne Tür auf der anderen, der Längsseite des Raums, an der zwei unbekannte junge Männer lehnten, blieb fest geschlossen und außer Reichweite. Hier gab es kein Entrinnen.

Klesmer begann zu spielen.

Natürlich kann Musik beruhigen, beschwichtigen, verzaubern, zum Allermindesten den ermatteten Geist auf seinem Schmerzenslager wieder aufrichten. Ganz gewiss soll sie nicht als persönlicher, bösartiger Angriff erlebt werden, als Faustschlag unter die Gürtellinie. Niemals hatte, soweit er wusste, ein Klavier eine derart unschöne Attacke brutaler Klänge losgelassen. Die versammelten Zuhörer waren überwältigt, hypnotisiert von der Wucht, mit der die Flut der Töne durch den Saal brandete. Seinen Fingern wohnte eine Magie inne, die ein Erschauern durch Elfenbein und Ebenholz der Tasten, durch die schlagenden Hammerköpfe sandte und den Saiten eine tremolierende, nachklingende Ansprache abverlangte. Melodien schritten einher wie Jungfern in steifen neuen Kleidern und wurden gleich darauf vom stählernen Marsch subversiver maskuliner Themen verscheucht und zermalmt. Ein Scherzo von derart tränenseliger, quellender Zärtlichkeit hatte es doch nicht verdient, dass ihm dreiste Wutausbrüche auf den Fersen folgten? Max konnte keine Struktur heraushören. Der Macht von Klesmers Spiel aber entging er keineswegs. Lange Augenblicke hindurch hob es ihn in eine verzweifelte Gleichgültigkeit gegenüber eigenem Tun und Lassen, und wenn es nicht Gleichgültigkeit war, so war es der feste Entschluss, darüber zu lachen, als handelte ein anderer als er. Er starrte auf das hängende, langgezogene Kinn der Sibylle, das er unter sich im Profil erblickte. Sie saß erhobenen Hauptes, ihre maßlose Konzentration auf die zuckende Gestalt Klesmers geheftet, und ihre Augen leuchteten heller, ihre Wangen hatten sich zart gerötet. Max fühlte sich vollständig vergessen.

Irritiert und überstrahlt, zog er sich an einen sicheren Ort im eigenen Inneren zurück, wo er sich in einen undurchdringlichen Kokon aus Skepsis und guten Manieren einschloss. Der Applaus, der im selben Moment aufbrandete, als Klesmer seinen weißen Kopf zurückwarf und seine schönen Pianistenhände theatralisch in die Luft stieß, machte ihn sprachlos. Hatten die Anwesenden diese aberwitzige Vorstellung tatsächlich als Vergnügen empfunden? Die Sibylle betupfte sich die Augen mit einem Taschentuch, und Max starrte angestrengt zur Tür. Klesmer erhob sich, auf der Stelle von Enthusiasten bedrängt, die ihm eng auf den Leib rückten, und nahm den Jubel mit gnädigem Nicken entgegen. Auf seiner Stirn schimmerte Schweiß. Die vollen Lippen bebten.

»Danke, danke. Gnädige Frau?« Er bahnte sich den Weg zu den Füßen der Sibylle. »Madame, ich bitte Sie, mich zu entlassen. Sie allein werden mich verstehen. Sie allein.«

Umkränzt von ohrenbetäubenden Bravo- und Zugaberufen verbeugte er sich vor der großen Dame. Diese erwiderte, ohne ihre Erschütterung zu verhehlen, seine Verbeugung von ihrem Thron herab, und fort war der außerordentliche Herr Klesmer. Er strebte zur Tür: Wie mit einer Sense mähte er sich einen Weg. Zurück blieb der Aufruhr und ließ auch dann nicht nach, als der Künstler bereits die Treppe hinab, durch die Eingangshalle und hinaus auf die Straße stürmte. Graf von Hahn stapfte frohlockend und lobend hinter ihm her. Klesmer versammelte, während ihn seine weit ausgreifenden Schritte durch die Dorotheenstraße trugen, eine spontane Eskorte hinter sich, junge Männer aus dem Salon, die sich noch nicht von ihm trennen konnten, und einen Bacchantenzug begeistert kreischender Straßenkinder. Eines hüpfte neben ihm einher und blies dazu auf einer Pfeife. Und so beendete der Musiker seinen märchenhaften Auszug: ein Magier wie der Rattenfänger von Hameln.

Unterdessen lehnte Max, erfüllt von obskurem Unbehagen und zugleich hell alarmiert, an der Tapete: im wahrsten Sinn an die Wand gespielt. Sein Bruder trat neben ihn.

»Außerordentlich, ganz außerordentlich«, hauchte Wolfgang, als hätten sie einem fraglosen Wunder beigewohnt. Er hielt inne, momentlang von inniger Ehrfurcht erfüllt, doch dann gewann wieder der Geschäftsmann in ihm die Oberhand.

»Max, hör zu. Ich hatte heute ein Gespräch mit Graf Hahn; wir erwägen eine erweiterte dritte Auflage. Er lädt dich ein, ihn in der kommenden Woche zu besuchen, und zwar in ihrem Sommerhaus am See, wo sie noch sind. Ich lasse dich von der Kutsche hinbringen. Du sollst die Verhandlungen zu Ende bringen, aber lass dich nicht auf mehr Zugeständnisse ein als unbedingt nötig. Betone das politische Risiko, das wir eingehen, aber bleib zuversichtlich und überzeugt. Ich schicke dich zu ihm, weil er darüber hinaus seine Älteste als mögliche Braut für dich erwähnt hat. Ich bitte dich, ernsthaft darüber nachzudenken, Max. Es wäre eine wirklich vorteilhafte Verbindung. In dieser Angelegenheit muss ich dir leider Vater und Mutter sein. Natürlich bestehen keine Verpflichtungen, auf keiner Seite und nicht zu diesem Zeitpunkt, aber denk immerhin darüber nach.«

Der arme Max. Nun tat sich wieder eine neue Aussicht vor ihm auf, und er drohte sich geistig zu verzetteln, wenn allzu viel gleichzeitig auf ihn einstürmte. Er sah eine lange Reihe Eiben vor sich, zu Kegeln geschnitten und ordentlich aufgestellt wie Schachfiguren auf beiden Seiten eines makellos geharkten Kieswegs. Er hatte den Geruch von Gras und Laub in schattenloser Sommersonne in der Nase, und am Ende der Allee sah er ein Kind, weiß und blau gekleidet, vor der Fontäne des Springbrunnens tanzen. Schimmernde blonde Locken im sonnigen Wassernebel.

KAPITEL 3

in welchem ein Spaziergang in der Herbstsonne unternommen wird und Sophie von Hahn die versammelte Gesellschaft betört

Das Jagdschloss stand am Ufer eines Sees, der gut mit Karpfen bestückt war, und hatte im Rücken einen Wald. Eigentlich war es ein Schlösschen, aber sehr ansehnlich und seit über zweihundert Jahren im Besitz der Grafen von Hahn. Perückentragende Vorfahren hatten es im achtzehnten Jahrhundert erweitert und modernisiert und einen ländlichen Adelssitz daraus gemacht. Die Umbauten, die dem Schloss ein völlig anderes Gesicht gaben, waren in einer Zeit vorgenommen worden, in der man die mit Hirschgeweihen, präparierten Eberköpfen, riesigen offenen Kaminen erzielte maskuline Atmosphäre als nicht mehr zeitgemäß empfand und sich stattdessen ländliche Idyllen in Öl, Porzellanvasen und Seidenvorhänge wünschte. Hölzerne Sitzbänke wichen weichen Sofas und Blumenschmuck, und die finsteren Gänge, in denen Gewehre an der Wand lehnten und schlammverkrustete Stiefel standen, hatten sich in lichte Marmorflure verwandelt. Dennoch blieb das Gebäude im Sprachgebrauch der Familie das Jagdschloss, und das lange zweistöckige Gebäude, dessen gelb gestrichene Mauern und weiße Fensterläden an eine durch Zauberhand von einem besonnten Hügel an die dunklen Ränder des Nordens versetzte mediterrane Villa denken ließen, trug für immer diesen irreführenden Titel. Nach einer verregneten Ernte im August glänzten die Septembertage mit trockenen Straßen, reifenden Trauben und roten Äpfeln im ungemähten Gras des Obstgartens.

In einer Wolke aus feinem Staub traf Max vor dem Schloss ein. Er war verwirrt und gereizt, und die Vormittagssonne verursachte ihm Nöte, denn er hatte sich bei empfindlicher Morgenkühle angekleidet und trug jetzt viel zu viel Stoff am Leib. Der erste Anblick, der sich ihm bot, war die junge Dame selbst, die älteste Tochter der Familie, das Gut, das er hier in Augenschein nehmen sollte, Sophie Anna Elisabeth Konstanze Gräfin von Hahn. Als die Kutsche auf dem gekiesten Halbkreis vor dem Jagdschloss zum Stehen kam, erhaschte er einen kurzen Eindruck von grüngestreiftem Stoff und bloßen Armen, in Flechten getürmtem Blondhaar und einem schwarzen japanischen Kamm, der es hielt. Dieser Kamm war das Letzte, das er mit Gewissheit und einigermaßen scharf sah, denn die Erscheinung war, nachdem sie einen sekundenkurzen Blick durchs Kutschfenster geworfen hatte, sofort ins Haus zurückgerannt. In dem Moment klirrender, knarrender Stille, als die Pferde standen und stampften und Schaumfetzen schnaubten, tönte aus dem Haus ein markerschütterndes Geschrei. Es scherte an den aufgereihten Räumen vorbei, die sich nacheinander in einen langen Korridor öffneten, in dem persische Läufer das Stiefelgedonner dämpften, und durch die offene Haustür.

»*Maman! Maman! C'est lui! C'est lui!* Er ist hier!«

Max lächelte, geschmeichelt, gerührt, und begann sich den Staub abzuklopfen. Die kurze Intimität eines persönlichen Empfangs durch die junge Gräfin, die ihm offensichtlich auf der Zufahrtsstraße aufgelauert hatte, ging jetzt im Andrang der in der Diele zusammenströmenden Familienmitglieder unter. Die Jagdhunde des Grafen, mehrere gescheckte Bracken und zwei langohrige, samtig gebürstete schwarze Cockerspaniels, drängten sich um Max und beschnüffelten seine Schuhe. Den Hunden folgte eine schnatternde Schar junger Mädchen, die sich auf ihn stürzten und an seinen Ärmeln zerrten. Der Graf hatte drei Töchter, die in regelmäßigen Abständen aufeinander gefolgt waren, und da der sommerliche Hausstand um begleitende Vettern und Kusinen erweitert war, barst das Jagdschloss unter der Vielzahl seiner Bewohner aus allen Nähten. Das ganze Haus pulsierte vor erwartungsfroher Energie wie ein Feldlager vor der Schlacht. Und alle waren sie jetzt zusammengeströmt, plappernd, rufend, sich auf den Treppenstufen drängend. Der Graf schmetterte Grußworte und drängte die Flut der Kinder zurück.

»Lasst den armen Mann doch herein, ihr Lieben! Sophie? Wo steckst du? Dein alter Spielkamerad Max ist da. Zurückgekommen, um dich in den Springbrunnen zu scheuchen. Erinnern Sie sich an Karin? Und hier meine Jüngste, meine Lotte, hier ist sie. Lottie! Begrüße unseren Gast!«

Er zog seine dritte Tochter an ihrem langen blonden Zopf herbei, und Max küsste eine leicht verschmierte Mädchenwange.

»Spielen Sie mit uns Verstecken im Garten?«, fragte Karin, während Lotte nur auf ihrem Zopf kaute und kein Wort herausbrachte.

»Unsinn, Liebes! Er braucht als Erstes etwas Kaltes zu trinken. Na los, auf die Seite, lasst ihn herein.«

Sophie von Hahn stand direkt hinter der Tür. Sie weiß es, dachte Max, als er ihren verhaltenen Argwohn bemerkte. Sie weiß, dass ihr Vater mich aufgefordert hat, um ihre Hand anzuhalten, und sie weiß nicht, ob sie mir ihre Gunst erweisen oder die kalte Schulter zeigen soll. Ihre Verlegenheit war ansteckend, denn Max, sonst voller Selbstvertrauen, besonders in Gesellschaft lockerer Frauen, die ihn für seine gefüllte Börse und sein fesches Äußeres umschwärmten, schreckte vor dem düsteren Blick dieser Jungfrau zurück. Wer weiß, welche mächtigen Begierden ein junges Mädchen beherrschen? Gehorsam gegenüber dem Vater? Ergebung in die eigenen widersprüchlichen Leidenschaften oder Eitelkeit im Verein mit Ehrgeiz? Sophies Augen, dunkelgrün mit haselnussbraunen Einsprengseln, musterten Max mit einer Intensität, die ihn an ein ungezähmtes Tier denken ließ. Er ergriff die Initiative. Er stieg die letzte Stufe hinauf und verbeugte sich, ohne den Blick von ihrem reglosen Gesicht zu wenden.

»Gräfin?«, sagte er, während die Mädchenschar kreischend ins Haus drängte.

Sie zögerte immer noch. »Erinnern Sie sich an mich?«, fragte sie schließlich.

»Natürlich! Sie haben mich mit schmutzigem Wasser aus dem Springbrunnen Ihres Vaters bespritzt, und ich musste nachher die Kleidung wechseln.«

Sophie von Hahn, damals sechzehnjährig, aber noch mit der Bande der Jüngeren umherspringend wie ein Jagdhundwelpe. Das Fest zum Geburtstag des Grafen im Hochsommer, hier im Jagdschloss, die Gärten mit chinesischen Lampions geschmückt, die Kinder außer Rand und Band vor Aufregung, zu viel Alkohol im Fruchtsalat, ein ausgelassenes Stimmengewirr, das beinahe die Musiker übertönte, und die steinernen Bänke am See auch noch lang nach Einbruch der Dunkelheit sonnenwarm. Sophie von Hahn, die ein Auge auf Max und seine Uniform geworfen hatte, forderte ihn heraus, wollte gesucht, verfolgt, gefangen werden. Die Versteckten zu finden reichte nicht, man musste sie auch einfangen, und so schoss eine Kinderschar in Festkleidung zwischen den zu Kegeln geschnittenen Eiben hin und her, und Max hatte Sophie erwischt und drückte sie mit den Schultern gegen eine brunnenbewachende Steinamazone, doch sie duckte sich unter seinem gestreckten Arm hindurch, blaue Bänder flatterten, und im nächsten Moment war sie auf dem Beckenrand. Die Kinder wollten sie noch an den Füßen festhalten, aber schon war sie fort und huschte trittsicher und immer schneller durch sprühende Gischt.

»Sophie! Kommen Sie herunter!«

Max rannte ihr nach, erwischte sie am Knöchel und wollte ihre Flucht stoppen. Sie aber ließ sich weder aufhalten, noch fiel sie. Sondern brachte es abermals fertig, sich ihm zu entwinden, dabei ein weiß bestrumpftes Bein, ein bandagiertes Knie und einen Streifen Haut zeigend, tauchte die gewölbten Hände ins wogende Bassin und bespritzte ihn mit Wasser. Die Kinder jauchzten, und er ließ sie los, um sich die Tropfen von Stirn und Schnurrbart zu schütteln. Der Anblick des nassen Max war zu grandios, um ihn nicht vollständig auszukosten. Sophie tat es wieder und wieder. Und inzwischen klebte ihm das weiße Hemd am Leib.

»Sie erwischen mich nicht! Sie erwischen mich nie!« Mit ausgebreiteten Armen tanzte Sophie durch den Sprühnebel der Fontäne.

Die geteilte Erinnerung an den ausgelassenen Nachmittag vereinte sie zu Komplizen.

»Das wissen Sie noch!« Sophie strahlte triumphierend ob ihres jugendlichen Siegs.

»Sie trugen ein Kleid mit weißer Spitze und blauen Schleifen.«

Sie runzelte die Stirn; offensichtlich war die Mode des vergangenen Jahres bereits abgelegt. Er betrachtete ihre weizenblonden Zöpfe und den japanischen Kamm, den hohen Kragen und die über Nase und Wangen hingestreuten winzigen Sommersprossen. Sie stand ganz still, wachsam, angespannt wie ein Hirsch, der menschliche Schritte im Wald vernommen hat. Max sah die betörende ansteigende Kurve ihrer Brüste. Das Mädchen, das er damals nass und protestierend vom Beckenrand gezerrt hatte, war noch ein mageres, flachbrüstiges Kind gewesen.

Aber hier kam schon wieder der Graf, seine kleine Gattin trippelte hinter ihm drein.

»Max, mein Lieber, kommen Sie doch herein! Sophie, was fällt dir ein! Lässt den Verleger deines Vaters auf der Türschwelle stehen.«

Wie aufgerüttelt besann sich Sophie von Hahn auf ihre guten Manieren, streckte, seine Wichtigkeit würdigend, die Hand aus, nahm ihm Hut und Stock ab, wirbelte um die eigene Achse, riss die Tür des Wandschranks auf, die sich in der Holztäfelung verbarg, und ließ seine Reisekleidung darin verschwinden. Der Graf strich sich über den Schnurrbart und ergriff Maxens Arm, während sie neben ihm hersprang, mit allen Gliedmaßen jugendliche Energie verströmend: Sie schien sich auf Sprungfedern fortzubewegen. Max fand ihren beschwingten Gang anbetungswürdig. Sie war recht groß gewachsen, kaum einen halben Kopf kleiner als er; der japanische Kamm, sah er, war voller Schriftzeichen.

»Hat Ihr Bruder es Ihnen gesagt?«, dröhnte der Graf. »Eine dritte Auflage!«

Und so strebten sie selbdritt dem Salon zu, wo die jüngeren Kinder »*Frère Jacques*« in den Flügel hämmerten.

Götterspeise zum Dessert! Würde die bebende Masse bei der Hitze überhaupt fest werden? Die Familie von Hahn hatte von einer ihrer häufigen Londonreisen einen englischen Butler mitgebracht, und der hatte die wunderbare Idee, das Tablett mit den Schälchen scharlachroter Götterspeise ins Kühlhaus zu stellen, einen mit Eisblöcken in Sackleinen gefüllten Steiniglu im Wald, wo die zähe Flüssigkeit binnen einer halben Stunde fest war. Alle Terrassentüren standen dem spätnachmittäglichen Luftzug offen, und die langen Musselinvorhänge, die marodierende Insekten vom See fernhielten, bauschten sich in der Brise. Max und der Graf, die allein am Tisch zurückgeblieben waren, um Geschäftliches zu besprechen und ihren Dessertwein zu leeren – wunderbares Aroma, finden Sie nicht? Aus Portugal eingeführt! –, konnten die Kinder hören, die sich draußen auf dem Rasen bemühten, das kleine Ruderboot ins dunkle Wasser zu schieben. Der Graf sprach lange über die Ergänzungen für die dritte Ausgabe seiner *Erinnerungen und Erlebnisse*, die er nun auch gern als sein »Vermächtnis« bezeichnete, einmal auch als seinen »Nachlass«. Max begriff rasch, dass von ihm nur zustimmendes Nicken erwartet wurde, mitunter auch, je nach gräflicher Stimmung, ernste und feixende Mienen im Wechsel, jedoch unerschrockener Freimut, wo die Rede auf das Finanzielle kam. Als der Graf jäh das Thema wechselte, traf es ihn unvorbereitet.

»Nun, junger Mann, wie denken Sie über meinen Vorschlag? Scheint Ihnen Sophie eine würdige Gemahlin? Ich bin bereit, sie mit einer sehr ansehnlichen Mitgift auszustatten. Und darüber hinaus wird sie einst über das Vermögen ihres Großvaters verfügen können, vorausgesetzt, sie behält ihren Titel und ihren Namen. Er hatte sich so sehr einen Enkel gewünscht, damit der Familienname in direkter Linie erhalten bliebe – mir persönlich war meine kleine Töchterschar immer recht. Aber Sie würde das nicht weiter stören, oder? Wir müssten uns einen Dispens beschaffen, aber das braucht Sie nicht weiter zu kümmern, das übernehme ich. Das Vermögen, denke ich, wäre doch gewiss die Hauptüberlegung, und sollten Sie mit einem Sohn gesegnet werden, ließen sich die Namen Duncker und von Hahn zusammenfügen. Wissen Sie, Ihr Vater war mir sehr lieb, und er hätte diese Verbindung sicher gutgeheißen. Denken Sie nur, er hat Sophie als Kleinkind auf dem Schoß gehalten. Und Sie waren damals ja auch dabei, noch in kurzen Hosen, fünf oder sechs Jahre alt. Und als er Sie fragte, ob Sie das Kind auch halten wollten, sagten Sie: ›Nein danke, Papa, das möchte ich lieber nicht.‹«

Der Graf stieß ein herzliches Gelächter aus. Er nahm sich einen der Äpfel aus seinem Garten und schnitt ihn mit einem stumpfen Obstmesser auf. Max errötete, zutiefst verlegen.

»Heute hätte ich Ihnen gewiss ganz anders geantwortet, Herr Graf.« Es war als Entschuldigung gemeint, bis er begriff, dass eine ausgewachsene junge Dame ein anderes Angebot war als ein Kleinkind auf dem Schoß. Doch der Graf ging über seine Taktlosigkeit hinweg.

»Gewiss«, sagte er leichthin. »Nun, das eilt nicht. Kommen Sie uns öfter besuchen. Lernen Sie sie kennen. Sie ist ein kluges Kind. Voller englischer Einfälle. Im November wird sie achtzehn. Genau das richtige Alter. Ihre Mutter war auch achtzehn, als ich sie geheiratet habe. Allerliebstes Mädchen.« Der Graf hielt den Teller mit den ramponierten Apfelscheiben seinem Gast hin, der sich pflichtschuldig bediente; dann standen sie auf und schlenderten hinaus auf den Rasen.

Nahe dem Haus hatte der Garten den warmen Spätsommerduft nach Sonnenschein auf feuchtem Gras; als aber die Spaziergänger zum Wald kamen, lag ein dunklerer Geruch in der Luft, nach welkem Laub, aufgewühlter Erde, geschnittenem Gras. Die Ernten waren längst eingefahren, die Stoppeln auf den Feldern abgebrannt, und zwischen den Bäumen hielt sich die Kühle der längeren Nächte. Umrunden wir den See oder folgen wir dem Waldrand? Ja, ich gehe voraus. Und die Kinder sprangen davon, ihre bunten Farben spiegelten sich im See und leuchteten vor dem dunkleren Grün.

»Nicht zu schnell! Passt auf die Wurzeln auf! Fallt nicht in den See! Konstantin, bleib vom Wasser weg!« Die Gräfin, deren weiße Haube ein wenig verrutscht war, eilte den Kindern nach.

»Nicht rauchen, bitte«, warnte der Graf. »Der Wald ist zurzeit sehr trocken.«

Unversehens war Sophie, die einen Fichtenzapfen zerpflückte, wieder an Maxens Seite; er ging zwischen ihr und dem Grafen und fühlte sich wie unter Arrest.

»Vater sagt, Sie seien einander am Sonntag in Frau Lewes' Salon begegnet.« Sophies begeisterter Ton verriet ihre leidenschaftliche Bewunderung der Sibylle, zu deren bedingungslosen Jüngern sie sich zählte. »Sie ist bestimmt einschüchternd, wenn man ihr leibhaftig gegenübersteht. So klug und weise! Ist sie wirklich so hässlich, wie alle sagen?«

Der voreilige Tadel in ihrem Tonfall entging Max nicht. In einem Palast, in dem sich Genius niedergelassen hatte, durfte für Schönheit kein Platz sein. Max zeigte sich der Situation gewachsen.

»Nun, wenn man ihr zum ersten Mal begegnet, ist sie wohl etwas befremdlich. Sie hat ein langes Gesicht und einen großen Kopf. Aber wunderschöne graublaue Augen. Und wenn sie mit einem spricht, beugt sie sich vor, um kein einziges Wort ihres Gesprächspartners zu versäumen. Das ist sehr einnehmend. Aber auch ein wenig verstörend. Vor allem wenn man gar nichts besonders Interessantes oder Originelles zu sagen hat.«

Max hielt inne; ihm war der Gedanke gekommen, dass die Gewohnheit, sich vorzubeugen und ihr Gegenüber anzustarren, auch ein Hinweis auf Schwerhörigkeit und Kurzsichtigkeit sein könnte. Sophie sah ihn mit verschmitztem und nicht wenig entzücktem Lächeln an.

»Dann ist es doch ungerecht, dass Sie zu den Gästen zählen und ich nicht. Ich hätte ihr so viel zu sagen. Über Dina. Und Maggie Tulliver. Und warum musste sie Dorothea so dumm machen – lässt sie einen alten Mann heiraten, der seine Suppe schlürft!« Wie reale Gestalten, ja nahe Bekannte spazierten die Figuren der Sibylle neben ihnen dahin. »Ich glaube, sie ist nicht auf der Seite der Frauen. Wenn sie blond sind, sind sie geistlos, egoistisch und dumm. Nie so schlau wie die Dunkelhaarigen.«

Sophie schüttelte ihr blondes Haupt so energisch, dass der japanische Kamm verrutschte. Sie steckte ihn rasch wieder fest.

»Aber ihre Bücher bringen mich zum Weinen«, fuhr sie fort, fast wie im Selbstgespräch. »Und Maman ebenfalls. Niemand kann uns so erschüttern wie Frau Lewes. Nicht mal Herr Dickens.«

»Wofür ich durchaus dankbar bin, meine Liebe«, rief der Graf. »Man stelle sich vor! Meisterhaft und beredt, wie unsere Autorin ist, öffnet sie mit jedem Höhepunkt des Gefühls sämtliche Schleusentore. Ich höre euch bis in mein Arbeitszimmer. Man könnte meinen, wir hätten den Verlust eines lieben Angehörigen zu beklagen, oder eines der Pferde leide unter Koliken.«

»Ach, es gibt Passagen, die ich auswendig kann«, seufzte Sophie, »so schön sind sie. Und es ist entsetzlich, auf das nächste Werk warten zu müssen. Ich kann mir nicht denken, wie *Middlemarch* wohl enden wird. Oder wie Frau Lewes die Heirat zwischen Lydgate und Dorothea einfädeln will. Vielleicht wird ja die schöne Rosamond vom Schlag getroffen – Schlaganfall aus Selbstsucht. Oder weil sie ihren aristokratischen Vetter davonreiten sieht: Dann läuft sie lila an und stirbt auf dem Sofa. Oder es ereilt sie der Tod im Kindbett, und er lässt sich von Dorothea trösten.«

Sophie teilte offensichtlich die Vorliebe der Sibylle fürs Melodramatische. Sie warf den zerpflückten Fichtenzapfen in den See, wo er eine Weile am seichten Ufer trieb, ehe er im Schilf verschwand. Max wollte sich nicht anmerken lassen, dass er nicht die geringste Ahnung hatte, worum es in *Middlemarch* ging. Das eine Werk der Sibylle, das ihn am meisten bewegt hatte, war keines ihrer Dramen aus dem englischen Landleben, sondern die herbe Erzählung von *Romola,* der Gelehrtentochter, und ihrem gefährlichen Mentor, dem größenwahnsinnigen Mönch Savonarola. Fünf selige Tage lang hatte er sich von der gedankenlosen Niedertracht des Tito Melema und der hitzigen Schönheit seiner betrogenen Geliebten verzaubern lassen. Der Wahrheit halber sei gesagt, dass die einzigen Werke der Sibylle, die Max kannte, dieses große italienische Fresko und *Adam Bede* waren, der erste Roman, den Duncker & Duncker in Übersetzung herausgebracht hatten. Einen Roman, der nicht von Sir Walter Scott stammte, konnte er nur mit Mühe ein zweites Mal zur Hand nehmen, wenn er ihn einmal beiseitegelegt hatte. Er hatte sogar mit seinem Bruder gestritten, ob es »*histoires vraies*« tatsächlich brauchte. Es interessierte ihn nicht, wenn Figuren, die niemals existiert hatten, Bankrott erklären mussten, Suppe schlürften oder Frauen heirateten, die viel zu jung waren, als dass die Verbindung als schicklich gelten konnte. Weder Pathos noch Kabale begleiteten ihr fiktives Schicksal. Savonarola hingegen hatte ganz real in den neunziger Jahren des fünfzehnten Jahrhunderts die florentinische Republik beherrscht, war in Ungnade gefallen und in seinen flammenden Tod gegangen. Das war Geschichte; solche Geschichten waren ernst zu nehmen. Den Wahrheitsgehalt von *Ivanhoe* hatte Max nie nachgeprüft: Es stand doch außer Zweifel, dass es im Mittelalter Ritter und Turniere gegeben hatte, auch Feste mit Fahnen und Zelten, wie Scott sie beschrieben hatte. Und *Die Presbyterianer oder Alt-Sterblichkeit*, davon war und blieb er überzeugt, hielt die Verfolgung der rechtschaffenen Andersgläubigen im schottischen Hochland mit dokumentarischer Strenge fest; es war eine wahre Schilderung nicht nur einer wilden und prachtvollen Landschaft, sondern auch eines gerechten Kriegs. Gewiss, aus Geschichte wird leicht Mythos; aber diese wunderbaren Erzählungen waren darum ja nicht weniger zutreffend oder aufschlussreich. Maxens Lieblingsargument lautete, wenn die Archäologen dort grüben, wohin Homer sie gewiesen hatte, stießen sie auf die alten Mauern Trojas.

Doch neben ihm marschierte Sophie und wollte unbedingt, dass zumindest *eine* hellhaarige Heldin über Missgeschick und angeborene Dummheit siegte. Verstohlen beobachtete er das gereizte Zucken ihrer Schulter und die elegante Leichtigkeit, mit der sie ausschritt. Eine mädchenhafte Jägerin, eine jungfräuliche Gottheit! Aber könnte sie ihn wirklich genug lieben lernen, um aus der Ehe nicht eine frostige Aneinanderreihung täglicher förmlicher Begegnungen zu machen, sondern eine herzliche Gemeinschaft? Und könnte er sie glücklich machen? Max erging sich selten in

Grübeleien über Liebesdinge, und er hatte keinen Grund, seinen Charme, seine Verführungskraft in Frage zu stellen. Doch die ganze Erscheinung der Sophie von Hahn strahlte etwas Unnahbares aus. Jetzt drehte sie sich zu ihm und legte ihm mit ungestüm drängender Miene die Hand auf den Arm.

»Würden Sie mich denn mit ihr bekannt machen? Sie könnten es tun. Sie sind Ihr Verleger. In gewisser Weise sind Sie das doch, oder? Ich gäbe *alles*, nur um sie zu sehen und ihr die Hand zu reichen. Nur ein einziges Mal.«

Von hinten kam die adrette kleine Gestalt ihrer Mutter herangetrippelt. »Nun, meine Liebe«, sagte sie und wich einer schlammigen Stelle aus, wo ein schmales Bächlein über den Weg rann. »Das hatten wir doch alles schon. Wenn du verheiratet bist, kannst du Frau Lewes jeden Morgen besuchen.« Sie blickte vielsagend auf Max. »Bis dahin aber wirst du dich zurückhalten und auf deine Eltern hören müssen.«

»Oh, Maman!« Sophie stampfte mit einem Fuß auf, dass das trockene Laub staubte, machte auf dem Absatz kehrt, raffte ihren Rock und stürmte davon, den Kindern hinterher.

Die Gräfin ergriff Maxens Arm.

»Ich halte wahrhaftig große Stücke auf Frau Lewes. Ihr Werk wird die Zeiten überdauern. Sie ist eine der Unsterblichen, aber ihre Entourage ... Nun, wie August mir sagt, kann man nie wissen, wen man dort antrifft. Und in ihrem zarten Alter sollte Sophie doch noch ein wenig behütet sein. Unschuld ist etwas so Fragiles, finden Sie nicht?«

Max konnte wahrlich nichts Fragiles an der enteilenden Sophie erkennen. Ihre helle schlanke Gestalt und die jetzt endgültig aus dem Kamm befreiten Zöpfe verschwanden zwischen den Fichten, und dann war nur noch das rhythmische Stapfen ihrer Stiefelschritte zu hören.

KAPITEL 4

in welchem die Geschichte ein wenig stillesteht

Was ist die Rolle einer Sibylle? Sie ist alterslos, sie ist unsterblich, sie sitzt in einem Käfig, der über der rauchenden Erdspalte von Delphi hängt. Sie ist die Prophetin der Katastrophe und des Wandels. Und als solche erwies sich auch diese besondere Sibylle. Sie entwirrte unsere gemeinsame Vergangenheit und sah das kommende dunkle Jahrhundert voraus. Sie verwandelte Form und Wesen der fiktiven Prosa des neunzehnten Jahrhunderts und veränderte unsere Auffassung des Romans, seiner Rolle, Tragweite und Möglichkeiten für Generationen noch ungeborener Schriftsteller und Leser. Das ungewöhnliche Manifest für den Realismus, das in dem berühmten Kapitel 17 von *Adam Bede* steht, in dem die Geschichte »ein wenig stillesteht«, scheint mir über die Maßen aufschlussreich. Sie setzt Realismus nicht nur mit Akkuratesse, sondern mit Aufrichtigkeit gleich. Ihre Dichtung spiegelt eine Welt ohne Perfektion. Ihre Figuren sprechen und handeln wie wir, nicht wie Helden aus Idealwelten. Sie machen besorgniserregende Fehler mit üblen, nachhaltigen Folgen. Sie erfindet Personen, die von menschlichen Makeln nur so strotzen, am Ende aber verzeiht ihnen ihre Autorin, weil sie ihre Zwänge und Umstände versteht und ihnen gütiges Mitgefühl entgegenbringt. Ihr vielzitiertes Epigramm »Unwahrheit ist so einfach, Wahrheit so schwierig« stimmt mich nachdenklich. Warum sollte die Wahrheit schwer zu schreiben oder zu sagen sein? Die Wahrheit ist oft grausam, sie ist gnadenlos, solange wir die Realität nicht mit einer menschenfreundlichen Patina umhüllen, wozu die Sibylle zweifellos geneigt war. Schwierig ist die Wahrheit nur, wenn sie in Bloßstellung, Erniedrigung und Leiden mündet und weder die Autorin noch ihre Figuren den Mumm haben, ihr ins Auge zu blicken.

Das berühmte Kapitel 17 nutzt sie zu einem Vortrag über »das Geheimnis tiefer menschlicher Sympathie«, an die ich für meinen Teil nie geglaubt habe. Und hätte die Sibylle nicht mehr zu bieten gehabt, wäre ich womöglich zu ihren Büchern nie zurückgekehrt. Aber sie überreicht ihren Lesern ja weitere großzügige Geschenke, ihr gesammeltes Wissen und ihre enorme, raffinierte Intelligenz; nie gab sie ihre Lust am Melodram auf, und dafür lieben wir sie. Im eigenen Leben aber bestand die Sibylle auf Beschönigungen, die sie in ihren Romanen kaum duldete. In Wirklichkeit war sie gar keine Mrs Lewes; diese respektable Identität war nur vorgetäuscht, wie die ältere Gräfin sehr wohl wusste. Sie hörte auf eine Vielzahl von Namen – Mary Ann Evans, Marian Evans Lewes, Polly, Mutter, Madonna –, und sie schrieb unter einem männlichen Pseudonym, ihrem berühmtesten Namen. Und dem einen, der Bestand hatte. Außerhalb literarischer Auseinandersetzungen in Fachzeitschriften würde niemand Charlotte Brontë als Currer Bell bezeichnen. Die Sibylle erwies sich als Meisterin der Verstellung. Ihre Werke waren ein Plädoyer für die Aufrichtigkeit, die sie predigte und nie praktizierte.

Realismus als literarische Mode ist natürlich weitgehend zu einem abgenudelten Kommerzklischee verkommen – faule Schreiber, die in erster Linie auf schnelles Geld aus sind, produzieren Blitzkost für Flughafenleser, denn mit dem hohen moralischen Ziel, das die Sibylle 1859 postulierte, gewinnt man heute keinen Blumentopf mehr. Weshalb wir mit Büchern überschwemmt werden, die sie, unvergesslich, als »dumme Romane weiblicher Autoren« bezeichnete. Die Neigung, fehlgeleitete oder ignorante Figuren zu disziplinieren oder zu bestrafen, behielt sie bei, solange sie schrieb, und darin unterschied sie sich nicht von ihren Zeitgenossinnen. Über die sexuellen Sünden aber, die bei den meisten fiktiven Frauen aus männlicher Feder – Anna Karenina, Emma Bovary, Lady Dedlock in *Bleak House*, Tess von den D'Urbervilles; die Liste ließe sich endlos fortsetzen – zu einem grausigen Tod führten, sah die Sibylle im Großen und Ganzen hinweg; sie verstand und verzieh sie. Tessa, die mollige kleine *contadina* in *Romola*, erfährt nie, dass sie mit Tito Melema gar nicht rechtmäßig verheiratet ist, und in dem Porträt, das die Sibylle vom Florenz der 1490er Jahre zeichnete, wimmelt es von verdeckten Hinweisen auf Unzucht: Dafür war die Stadt offenbar berühmt. Sehen Sie sich Nello den Barbier und seinen Klüngel genauer an: Es ist die Schwulengemeinde der Sibylle. Ehebruch, nein – wegen Ehebruch stirbt man nicht, nicht bei ihr. Aber gnadenlos bestraft wird man für Gier, unangemessenen Ehrgeiz, Heuchelei, häusliche Grausamkeit und moralischen Verrat. Ich bin tief beeindruckt, welche Sünden sie eben nicht verzieh. Dass sich Grandcourt eine Geliebte hält und vier uneheliche Kinder zeugt, vergibt ihm seine Schöpferin, aber dass er sich weigert, Lydia Glasher zu heiraten, als es endlich möglich wäre, sieht sie ihm nicht mehr nach. Die abgelegte Geliebte richtet ihren gesamten frustrierten Zorn denn auch gegen Gwendolen, die neue Gattin. Und die wiederum bekommt, was sie verdient, weil sie ihn geheiratet hat, obwohl sie weiß, dass sein Wohlstand den Makel moralischer Verderbtheit trägt. *Du wirst deine Strafe erhalten. Das wünsche ich dir aus ganzem Herzen.* Das ist Lydia Glashers Fluch, den sie den vergifteten Juwelen hinterherschickt, und ich habe unsere Autorin auf dem Klo, wo sie sich unbelauscht fühlte, diese wunderbare Formel vor sich hin murmeln hören.

Die Sibylle betrat diese Welt 1819, eine Welt, die sich im langsameren Tempo der Kutschen bewegte und nachts beim Schein von Öllämpchen und Kerzen lebte. Die Eisenbahn war noch nicht bis in ihre Heimatstadt vorgedrungen; der Kanal wurde mit gesetzten Segeln überquert, und kein Mensch hatte von Telegraf, Telefon, Fahrrad gehört. Das Klopapier war noch nicht erfunden, und als das Küchenmädchen von einer Gallenkolik lahmgelegt wurde, war es die Sibylle, die das Ortslexikon und die Viehauktionsplakate in kleine Quadrate zerschneiden, zu einem prallen Würfel auffädeln und an einen Nagel in der Wand des Aborts hängen musste. Eine Toilette gab es in diesem Haus nie. Man behalf sich mit emaillierten Nachttöpfen oder rannte durch den ummauerten Gemüsegarten zum Aborthäuschen über der Versitzgrube. Zwar zog im Sommer ein leichter Geruch nach Urin, Fäkalien und dunklem Menstruationsblut durch die Räume des Hauses, ohne Zentralheizung aber werden menschliche Exkremente selten zu Fliegenmagneten, wie es heute der Fall wäre. Die Sibylle war durchaus kälteempfindlich; sie hüllte sich in Schals und Tücher, trug Wollstrümpfe und pelzgefütterte Stiefel. Sparsamkeit ist eine Zier; sie aber schätzte Ungemütlichkeit um ihrer selbst willen und ließ nur einheizen, wenn an den Innenseiten der Fenster Eisblumen entstanden.

Aber siehe, die Moderne hält Einzug! Die Sibylle hat die Erfindungen von Alexander Bell erlebt und die letzten Jahre des Gaslichts vor Einführung der Elektrizität. Und ein Umstand kam ihrem grandiosen Einzug in die Welt der Berühmtheit, in die Reihen der Autoren, die mit ihrer Klugheit und ihrem Genie ein Vermögen machten, ganz besonders zugute: Der Anteil der Bevölkerung, der lesen konnte, wuchs stetig. Daran ist nichts Geheimnisvolles. Die Umsetzung des Bildungsgesetzes von 1870 begann mit der Schaffung von Behörden, die Schulen errichteten und betrieben, wo sie gebraucht wurden, und auf der Arbeit philanthropischer

Einrichtungen, religiöser Stiftungen und Arbeitervereine aufbauten. 1876 empfahl die Königliche Behörde für die Fabriken die Einführung einer Schulpflicht, um die Kinderarbeit zu unterbinden. Genau dies geschah dann mit dem Bildungsgesetz von 1880: Fortan musste im Alter zwischen fünf und zehn eine Schule besucht werden. Natürlich dauerte es seine Zeit, bis die Reformen vollständig durchgeführt waren. Außerhalb der Schulstunden arbeiteten die meisten Kinder nach wie vor, denn ihre Familien waren auf das zusätzliche Einkommen angewiesen. Auf Bildung aber folgt mit Riesenschritten Revolution; wenn das Volk lesen kann, muss es mit Bedacht den richtigen Einflüssen ausgesetzt werden. Außerdem muss es gehirngewaschen werden, damit es umfangreiche Erwerbungen tätigt. Die ersten und letzten Seiten der Zeitungen waren der Reklame für Pferde, Korsette, Gebisse und Tennisstunden vorbehalten. Sehen Sie sich die ersten gedruckten Ausgaben von *Middlemarch* an: Frontispiz und Umschlagrückseite warben für dieselben Tonika, Abführmittel, Vitaminpillen und Brustexpander, gegen die Lydgate mit vergeblichem Eifer wetterte.

Und es beginnt das Zeitalter der Billigausgaben: Taschenbücher, gekürzte Fassungen, Eine-Guinee-Ausgaben, illustrierte Prachtausgaben und Sammelbände mit Prägeeinband. Im Dutzend billiger. Kostengünstiges Holzschliffpapier und Bibliothekssubskriptionen für einen Penny die Woche kamen dem universellen Bedürfnis nach Bildung entgegen. Lesen ist gut für die Verdauung und erweitert den seelischen Horizont. Die Selbsthilfebotschaft erwies sich als unschlagbar.

Aber wie stand es um die junge Gräfin, Sophie von Hahn, deren erblühende Sexualität Max, während er in der Kutsche seines Bruders heimwärts schaukelte, zu einer Folge von gefühlsseligen Phantasien verleitete, in denen er nicht weiter zu gehen wagte, als dass er ihre Zöpfe löste und ihr mit den Fingerspitzen über zorngerötete Wangen strich? Sophie von Hahn war Anno Domini 1854 zur Welt gekommen, im selben Jahr, in dem das selbsternannte Ehepaar Mr und Mrs G.H. Lewes erstmals Frankfurt, Weimar und Berlin besuchte. Lewes brachte es als Goethes Biograph in Deutschland zu Ruhm. Er befragte viele Freunde und Bekannte des Meisters. Die Sibylle half ihm bei den Recherchen. Noch hatte sie selbst kein Wort eines Romans geschrieben. Im November 1854, als Sophie kaum einen Monat alt war, traf das Paar in Berlin ein und war entzückt von der Stadt. Als ihr Vater zu seiner geliebten Gattin und seiner neugeborenen Tochter nach Hause eilte, kam er, ohne es zu wissen, an der Tür vorbei, hinter der Mr und Mrs Lewes *Den Kaufmann von Venedig* mit verteilten Rollen lasen. Lewes übernahm den Shylock, den er, bei seiner Liebe zum Theater, mit weithin hallender Begeisterung und derber Überzeichnung darstellte.

Sophie und die Sibylle entstammten zwei grundverschiedenen Frauengenerationen des 19. Jahrhunderts. Fünfunddreißig unüberbrückbare Jahre lagen zwischen ihnen. Sie waren in unterschiedlichen Ländern geboren, wuchsen in unterschiedlichen Gesellschaftsschichten auf, lernten in unterschiedlichen Sprachen zu denken. Die Sibylle verdiente ihr Vermögen selbst; Sophie erbte Geld und Ländereien in Fülle. Die Sibylle musste sich Fremdsprachen und Philosophie erarbeiten; Sophie, unterrichtet von Lehrern aller Nationen, lernte zu Hause. Die eine Frau nahm Reichtum und Privileg als ihr selbstverständliches Recht, die andere kämpfte sich in die viktorianische Achtbarkeit zurück, indem sie ihren fiktiven Frauengestalten die Befriedigung von Ambitionen und Begierden verweigerte, die sie sich selbst durchaus erfüllte. Zurückhaltend, konservativ, von prekärer Gesundheit und ebensolchem Selbstvertrauen, hausierte die Sibylle mit einer moralistischen Weisheit, die sich als überaus verführerisch erwies. Ihre Romane verkauften und verkauften und verkauften sich.

Und Gräfin Sophie von Hahn, verzaubert von der allwissenden Autorität der Schriftstellerin und in Anbetung und Illusion versunken, war nach wie vor eine ihrer enthusiastischsten Leserinnen.

KAPITEL 5

in welchem unser Held bestrebt ist, sich zu retten

Zähneknirschend vor Grimm auf seinen jüngeren Bruder marschierte Wolfgang Duncker zwischen seinem Schreibtisch und dem deckenhohen Bücherregal seines Vaters hin und her. Der Zorn erreichte elterliche Ausmaße. Der Boden war mit zu vielen Bücherstapeln und Manuskriptschachteln verstellt, als dass der wutschäumende Verleger ungehindert in seinem Büro zirkulieren konnte, der Zorn aber schrie nach Bewegung. Und deshalb stolperte er hin und her zwischen der Eichenholzleiter, die ihm Zutritt zu den höheren Etagen des Regales verschaffte, und dem Kamin, der nur ein paar verkohlte Zweige enthielt. Dennoch trat er gegen den Rost, so dass ein dunkelgraues Staubwölkchen aufstieg. Max, der auf dem niedrigen Stuhl in der Ecke hockte, hatte die Füße unter sich eingezogen und strebte nach Unsichtbarkeit.

»Du lebst von diesem Verlag, Max!«, fauchte sein Bruder. »Und du könntest zur Abwechslung endlich mal etwas Nützliches beitragen, statt uns alle ins Verderben zu stürzen.«

Dies begleitet von einem Faustschlag auf den Schreibtisch.

»Denke daran, was unser Vater alles in dieses Haus investiert hat. Seine gesamte Zeit, seine gesamten Ersparnisse! Ich glaube nicht, dass er jemals einen Fuß in Hetties Keller gesetzt hat! Nein, das hat er ganz gewiss nicht!«

Max pflichtete ihm innerlich bei. Sein Vater hatte derlei nicht nötig gehabt. Er hatte sich eine Geliebte gehalten, die einen gewissen Lebensstil pflegte, er hatte ihr sogar eine neue, eigene Wohnung in Leipzig eingerichtet. Das Gerücht besagte, sie sei noch am Leben und erfreue sich einer stattlichen Pension, verkehre mit ehrbaren, begüterten Damen – man besuche sich gegenseitig –, und abends huldige sie dem Porträt ihres Wohltäters. Wolfgang war unterdessen auf dem Höhepunkt des selbstgerechten Zorns angelangt.

»Woher, bitte schön, nehme ich das Bargeld, um deine Schulden zu zahlen? Habe ich einen Goldesel? Die Bedingungen, die du mit Graf von Hahn vereinbart hast, sind absurd! Viel zu großzügig. Das ist die dritte Auflage, Max, die dritte! Jeder, der sich für das Buch interessiert, hat es bereits gelesen. Die neue Auflage wird sich schon verkaufen, aber langsam, und wir müssen unsere Kosten decken.«

Wolfgang strich sich über die Glatze und schluckte hart. Die Wände rückten ihm auf den Leib, das Zimmer schien ihm klein, heiß, erdrückend. Und in dem Raum gegenüber der Eingangshalle, der gleichzeitig als Lager diente, lauerte mit gespitzten Ohren der Kommis und versäumte kein Wort, das der Chef seinem verschwenderischen Bruder entgegenschleuderte. Wolfgang dachte an den Grund, der ihn eigentlich bewogen hatte, Max zum Jagdschloss zu schicken, und an den charmanten Brief, in dem ihn die Mutter der jungen Gräfin drängte, sie alle nur bald zu besuchen und dabei unbedingt auch seinen Bruder mitzubringen, Sophie wäre entzückt, ihn zu sehen. Zumindest in dieser Hinsicht ging alles wie geplant. Wütend starrte er zu Max hinüber und senkte den Kopf wie ein angriffslustiger Stier. Max sah im Geist schon die Glatze auf sich zukommen.

»Und was, wenn du heiratest? Selbst wenn sie tatsächlich eine ansehnliche Summe mitbringt? Was wirst du tun?« Wolfgangs heißer Atem schien sich förmlich zu wölken. »Alles am Kartentisch verspielen und deine Frau ins Elend stürzen?«

Max sank tiefer in seinen Stuhl. Unter Junggesellen und Militärangehörigen war das Glücksspiel zweifellos das Vergnügen schlechthin, eine der zahlreichen Annehmlichkeiten, die er aufgeben müsste, wenn er das Zauberreich beträte, in dessen Zentrum die strahlende, schimmernde Erscheinung der jungen Gräfin stand, Sophie von Hahn. Die Absage ans Kartenspiel wäre ein geringer Preis für die Schätze, die er mit ihr gewänne. Die Brüder sahen einander an. Die astronomische Summe für die Verlängerung der Verlagsrechte und die erweiterte Ausgabe der *Erinnerungen und Erlebnisse* könnte sich durchaus als kluge Investition erweisen. Und das wussten sie beide. Wolfgang schnaubte. Mit einer wegwerfenden Handbewegung begann er von neuem auf und ab zu tigern.

Der Wechsel über Maxens Spielschulden war fällig geworden und musste beglichen werden. Mit Frau Lewes und ihrem schlauen, zupackenden Beinahe-Ehemann waren sie noch zu keiner Einigung gelangt. Er lenkte sie wie ein gut gepflegtes, gut untergebrachtes Rennpferd, das nur ins Rennen geschickt wird, wenn ein Siegerpreis über eintausend Guineen lockt. Für etwa diese Summe war *Middlemarch* an Osgood, Ticknor & Co. in Amerika verkauft worden, die den Roman ursprünglich in wöchentlichen Fortsetzungen, hübsch illustriert, in einer Zeitung des Namens *Every Saturday* hatten herausbringen wollen. Unterdessen aber teilten seine Spione ihm mit, dass das Verlagsrecht anscheinend weiterverkauft worden war: Das Große Werk erscheine jetzt in *Harper's Weekly*. Lewes, unempfänglich für Ironie, veröffentlichte die zweimonatliche englische Version inmitten von Reklame für Kräuterliköre, Tinkturen und Stützkorsetts. Sogar Ede's Patentkuren gegen sämtliche Augenkrankheiten mit American Eye Liquid erhielten Raum für ihre Werbung! Lewes sicherte sich nach allen Seiten ab, der findige kleine Mann! Wolfgang sah die Sibylle wie ein Atlantikschiff mit rauchenden Schloten aufragen, während Lewes im Maschinenraum herumsprang und abwechselnd Kohlen schaufelte und den Blasebalg bediente. Was um Himmels willen konnte er für den Nachdruck auf dem Festland bieten? Bevor Tauchnitz ihm womöglich zuvorkam?

Mit schmalen Augen musterte er seinen Bruder, der seine Handschuhe zusammen und wieder auseinander faltete. Max. Die Sibylle hatte schon wieder nach ihm gefragt. Hatte er, Wolfgang, hier nicht eine Geheimwaffe, die er noch gar nicht zu seinem größten Vorteil nutzte? Die Sibylle offenbarte zahlreiche kleine Schwächen, und eine, die dem regelmäßig ihre Verkaufszahlen berechnenden Wolfgang bizarr vorkam, war ihr Verlangen nach Bewunderung und Lob. Sie brauchte einen Begleiter an ihrer Seite, einen hübschen jungen Mann, der wachsam und fürsorglich hinter ihr stand, ihren Schal hielt und mit hingebungsvollem Blick jederzeit ihre charismatische Anziehung bestätigte. Aber war ihm zu trauen? Wolfgang starrte finster auf den roten Teppich, in den ein entsprungenes Stückchen Glut ein Loch gebrannt hatte. Max musste auf eine Mission entsandt und zu der Einsicht gezwungen werden, dass dies seine Chance war, seine einzige Chance, sich zu retten.

»Also gut«, fauchte er. »Ich stelle dir einen Scheck aus, und du kannst deine Schulden tilgen. Aber du wirst dir dieses Geld verdienen müssen. Du wirst nach Homburg reisen, noch heute Abend, spätestens mit dem Morgenzug. Das Ehepaar Lewes hält sich bereits dort auf, zur Brunnen- und Badekur. In der Oberen Promenade 14 haben sie eine Etage gemietet. Hier die Adresse. Ihre Nachricht kam heute. Sie werden von Engländern belagert, aber mit Massen von Anbetern kommst du ja bestens zurecht. Ihr neues Werk ist beinahe abgeschlossen, und wir müssen es bekommen, sowohl die Übersetzungsrechte wie den Nachdruck auf dem Festland. Du wirst einen Verhandlungsspielraum und eine Obergrenze haben. Besprich nichts mit Lewes, wenn sie nicht dabei ist. Er treibt dich in die Enge. Wenn er dich hochhandeln will, zieh dich zurück; sag, du musst erst mit mir sprechen. Du kannst ohne meine Zustimmung keinerlei Vereinbarung treffen. Ist das klar? Andererseits müssen wir uns die Rechte sichern. Sie will zu uns zurück. Treue bedeutet ihr etwas; sie hat eine sentimentale Ader. Er nicht. Und der Geschäftstüchtige ist er. Er wird sie anpreisen. Bedenke, dass sie jetzt reich sind. Und jeder will mit ihnen verkehren.«

Wolfgang strich über die Erstausgaben ihrer Werke, die alle noch auf grünen Samt gebettet waren, wo sie vor dem letzten Besuch ihrer Schöpferin gut sichtbar ausgelegt worden waren.

»Und Max …«

Sein Bruder, der sich erhoben hatte, erstarrte in Erwartung eines weiteren Bombardements, den Schweiß des Schuldgefühls verbergend.

»Sollte mir zu Ohren kommen, dass du auch nur eine einzige Spielkarte angerührt oder einen Ellenbogen auf den Roulettetisch gestützt hast, werde ich deine Zuwendungen halbieren, dich im Landhaus festsetzen, egal, wie das Wetter wird, und der Gräfin von Hahn schriftlich die wahren Gründe meiner Entscheidungen mitteilen. Ist das klar?«

Max erbleichte. Die zwölf Jahre Altersunterschied zwischen den Brüdern erweiterten sich mit einem Schlag auf dreißig, er sah sich im Geist wieder vor dem kahlen Patriarchen stehen, der sein Vater gewesen war, und stammelnd erklären, was er mit den Eiern angestellt hatte. In der Familie Duncker wurde streng Buch geführt. Und es war völlig undenkbar, dass man gewogen und für zu leicht befunden wurde.

Als Max in dem – weniger noblen – Abschnitt jener Oberen Promenade eintraf, in der sich die Lewes eine Wohnung gemietet hatten, waren die beiden ausgegangen. Die Hausmeisterin gab ihm Auskunft: Die Herrschaften pflegten sich nachmittags im Park und in den Wäldern zu ergehen. Die sicheren Anzeichen ihrer Heimkehr, fügte sie hinzu, seien Erdklumpen und Blätter, die Tag für Tag das Treppenhaus verunzierten. Zwar waren die städtischen Straßen zur Zeit recht trocken, sogar die Pferdeäpfel zerfielen im Rinnstein und ließen den Straßenkehrern nur wenig Arbeit, doch die Lewes mieden die überfüllte Promenade, gingen am Musikpavillon vorbei und schlugen sich seitwärts ins Dickicht, bis sie, nach Dornengestrüpp und Wald, am Fluss anlangten. Sie besuchten sogar die entlegenen Dörfer und brachten von diesen Ausflügen spätblühende Hundsrosen zurück: geruchlose Blüten an dornenübersäten Zweigen, aber ein hübscher Schmuck ihrer Zimmer. Max und die rotgesichtige Hausmeisterin inspizierten wie zwei Detektive das frisch gefegte Treppenhaus und zogen den Schluss, dass Herr und Frau Lewes noch unterwegs seien. Max schrieb die Adresse seines Hotels, des sehr schicken und mit englischen Touristen übervölkerten Grand Continental, auf die Rückseite seiner Visitenkarte, die er in die Keramikschale auf einer Kommode im Flur legte. Bei der Gelegenheit sah er sich die anderen Karten an: Lady Castletown und Mrs Wingfield waren hier gewesen, auch ein Maler namens Hans Meyrick, der eine gefaltete Nachricht hinterlassen hatte. War das etwa derselbe, den er im Neuen Museum zu Berlin getroffen hatte, weil Wolfgang ihn als Illustrator in Erwägung zog? Meyrick hatte dort, einen riesigen Skizzenblock auf den Knien, die Statuen der klassischen Antike abgezeichnet; Maxens Freunde hingegen kannten ihn aus Hetties Keller und fanden ihn einen famosen Kerl, der immer für einen Spaß zu haben war. Max faltete die Nachricht auseinander und versuchte die Handschrift zu entziffern, gab aber auf, als ihm die Hausmeisterin argwöhnisch über die Schulter spähte.

»Sagen Sie Herrn und Frau Lewes, dass ich morgen wiederkomme.« Würdevoll schritt er die Treppe hinunter und verließ das Haus.

Der September, zeigte sich, war bei den Engländern in Homburg ein beliebter Monat. An den warmen Abenden quoll die Spielbank vor Engländern über, und das Menschengewühl im Kurhaus bedrängte die Tänzer. Auf einem stillen Platz vor der Synagoge hielt Max inne und beobachtete die Männer und Frauen, die sich vor dem Eingang trennten und verschiedenen Bereichen zustrebten. Er war entschlossen, dem Kursaal und den Roulettetischen Widerstand zu leisten, denn Wolfgangs Drohungen waren niemals leer; aber nun war er in Verlegenheit, was zu tun sei, er war nicht hungrig genug, um zu Abend zu essen, und langweilte sich sehr. Der Speisesaal des Hotels gähnte wie ein Abgrund; er entdeckte flüchtige Bekanntschaften, deren Namen er nicht mehr genau in Erinnerung hatte, und betagte Armeeangehörige, die das Manuskript ihrer Memoiren bei sich hatten und unbedingt ebenso erfolgreich veröffentlicht und ausgiebig in der Presse besprochen werden wollten wie der jetzt allbekannte Graf von Hahn: Duncker & Duncker handelten mit den neuesten Berühmtheiten. Max war allerdings der Meinung, er habe die Reichen und Berühmten lang genug hofiert.

Er konsultierte seinen kleinen Stadtführer, den er seinem Bruder entliehen hatte. Die rudimentäre Landkarte zeigte nur die wichtigsten besuchenswerten Stätten: Thermalbad, Konditorei, Gymnasium, Kursaal, Rasentennis, Theater, Kurhaus, Schloss mit Gärten und Springbrunnen, Kirchen (diverse), Synagoge, Konzertsaal, Hotel Grand Continental, Pensionen (diverse), Parks, Musikpavillon, Freilichtbühne, Belvedere. Er schlenderte an den Verkaufsbuden entlang, die Blumen, Äpfel, kandierte Pflaumen feilboten, und vorbei am ersten Nussröster des Herbstes; alle hatten sich rund um den Zugang zum Markt versammelt. Selbst die kleineren Hotels platzten aus allen Nähten. Hinter der hohen Ziegelmauer von Frau

Heides Erstklassiger Pension spielten Kinder mit der Schaukel im Garten. Wo geht es weiter, hier entlang? Oder dort? Er stand an einer Kreuzung und sah einem leeren Fuhrwerk nach, das unter den sich gelb färbenden Bäumen langsam über das Kopfsteinpflaster ratterte.

Die Dämmerung hatte sich über das Städtchen gelegt, als Max in die dunkleren Gassen vorstieß, durch die selten ein Wagen kam und Herren, die allein unterwegs waren, geehrt und willkommen waren. Selbst hier, in den fast noch ländlichen Randbereichen, weitab des Kurbetriebs, waren die Straßen makellos sauber, der Staub besprengt und zusammengefegt. Max begann an der Wegbeschreibung seines Informanten zu zweifeln. Er zündete ein Streichholz an und prüfte die handgeschriebene Adresse: Königgasse 8. Dort werden Sie königlich empfangen! Aber ja, da ist es doch – der Türklopfer ist ein brüllender Löwe, schön poliert und glänzend im Abendlicht. Mut, Kameraden, Wonnen erwarten uns! Die freudige Erwartung ließ Maxens ohnehin etwas zu knapp sitzende Hose noch enger werden.

Hinter der Eingangstür empfing ihn ein strahlendes, gespanntes Lächeln, und der warme Geruch eines frisch parfümierten weiblichen Körpers wehte ihn an. Sie versperrte ihm den Zugang; hochgewachsen, vollbusig, die Zähne gleichmäßig und sauber. Ihr Hinterteil verstellte das Licht. Er streifte sie, als er eintrat.

»Bonsoir, Mademoiselle.« Max gab den Ton vor. Er verbeugte sich tief.

Sie kicherte.

»Nur herein, der Herr, nur herein.«

Er war der erste Kunde des Abends, doch der perlende Sekt war ein bisschen zu warm, und die mit üppig gemusterter roter Seide ausgekleideten Räume waren stickig und schwül. Die »Hausmutter« nahm leutselig nickend seine Handvoll Münzen entgegen und watschelte davon, um sie zu zählen. Der üppige Busen, der ihn in den Gemächern der Wonne empfangen hatte, schwoll an seiner Schulter. Seine Besitzerin roch nach Moschus.

»Meine Schwester würde gern für Sie tanzen. Soll ich sie hereinrufen?«

Ich werde auch die Tänzerin bezahlen müssen, rechnete Max sich aus und überlegte bereits, was er zur Erklärung vorbrächte, wenn er Wolfgang auf Heller und Pfennig Rechenschaft ablegen musste.

»Vielleicht lernen wir erst einander besser kennen?«, schlug er vor, ritterlich selbst jetzt, da die bevorstehende Transaktion außer Frage stand und der Preis genannt und entrichtet war.

Doch das Mädchen war nicht besonders auskunftswillig. Es beschränkte sich auf die Mitteilung, es sei auf dem Land aufgewachsen, auf einem Bauernhof, den es geliebt habe, und schicke jede Woche Geld nach Hause. Die Mutter wähne ihre Tochter noch immer in Stellung in einem der reichen Häuser Homburgs; diese Stellung – eine sehr gute – habe sie leider eingebüßt, weil eine tiefe Beugung über den Kaminrost ihre Gestalt sehr vorteilhaft zur Geltung gebracht und dies wiederum die unerwünschte Aufmerksamkeit ihres Dienstherrn auf sie gelenkt habe. Den bedauerlichen Vorfall erzählte sie mit großer Heiterkeit, woraus Max den Schluss zog, dass die Einkünfte des Freudenmädchens die des Hausmädchens erheblich überstiegen. Womöglich hatte sie auch bessere Arbeitsbedingungen.

Indessen warf die Dame bald einen nervösen Blick auf die Uhr, die unter einer Glasglocke auf der Kommode stand, und Max fürchtete ihre nächste Verpflichtung heranrücken. Nach der ersten Stunde stieg der Tarif besorgniserregend an. Er nahm den letzten Schluck warmen Schaumwein und folgte ihr in ein düsteres Kabinett. Das Bett bedeckten rostrote Tücher, die Fensterläden waren geschlossen, die Gardinen ebenfalls, und die Luft roch wie dreimal geatmet. Er stolperte über mehrere Paare kleiner Stiefel. Die weißen

Schenkel des Mädchens schimmerten im Zwielicht, als sie die Röcke schürzte. Max zog den Stoff sanft wieder herab und tätschelte die Wange des Mädchens. Auf einmal scheute er das Risiko, sich in unbekannte Schluchten und Schlünde zu wagen, nur um dann festzustellen, dass schon zu viele Nationen dort ihre Flaggen gehisst hatten. Stattdessen ließ er sich auf ihrer Matratze nieder und entknöpfte sich. Sie ließ sich vor ihm nieder und klemmte ihre Brüste zwischen seine Schenkel. Dann begann sie zu saugen und zu drücken und seinen Bauch zu kneten wie ein hungriges Kätzchen und versetzte das Bett in knarzende Bewegung. Doch sie machten sich gemeinsam auf den Weg, schlingernd und schaukelnd wie ein wackeres kleines Schiff, das aus dem Hafen auslief und den ersten Windstoß einfing.

Max spürte den wunderbaren Augenblick der Finsternis nahen, als die Lippen der Dame seinen Penis zu einem priapischen Bogen aufgerichtet hatten. Die köstliche Explosion endete in einer geschickten Bergung – das Mädchen fing mit erfahrener Hand auch noch den letzten Tropfen im Taschentuch. Über sein gedämpftes Stöhnen hinweg hörte er sie sein gewaltiges Gemächt preisen, seine Größe und Gefräßigkeit: eingeübte Schmeichelworte, die ihm dennoch angenehm im Ohr klangen. Er küsste ihre Stirn und beugte sich vor, um die Schnüre ihres Mieders zu lockern und beide Brüste in die übelriechende Luft zu entlassen. Riesig und wohlig schwangen sie über ihm hin und her, als er sich auf das Bett zurücksinken ließ und die Brustwarzen nacheinander zu Pyramiden saugte. Der Verlockung, sich tiefer hinein in ihre Röcke zu wühlen und damit höhere Kosten zu verursachen, widerstand er. Er hatte alles ausgegeben, was er sich für einen Abend erlauben konnte. Nichtsdestoweniger war Max auf seinem stockenden Weg durch die Dunkelheit zurück durch fremde Straßen der ganzen Menschheit wohlgesinnt und ein klein wenig verliebt in die Bauerntochter, die er unbedingt wiedersehen wollte, sobald seine Angelegenheit mit der Sibylle und deren schnauzbärtigem Ehemann erledigt wäre.

Doch am folgenden Morgen, als er abermals vor ihrer Tür stand, fand er Herrn und Frau Lewes angekleidet und ausgehfertig. Frau Lewes senkte den Kopf, so dass er sich vor einer mächtigen grünen Haube mit dunkelroter Rüsche verbeugte. Das um ihre Schultern gelegte Tuch geriet dabei ein wenig ins Rutschen und wurde augenblicklich von Lewes, der gleich wieder fröhlich drauflosschwatzte, eingefangen und zurechtgezupft.

»Ah, Max! Wir waren auf dem Weg zu Ihrem Hotel, um Sie aus Ihrer Höhle zu locken. Kennen Sie Meyrick? Den Maler? Er will uns sein Atelier zeigen. Natürlich will er Polly malen, aber wir sehen uns erst mal an, was er so macht, bevor wir uns auf etwas einlassen.«

Max hob den Hut und trat zur Seite, beifällige Höflichkeiten murmelnd, und reichte der Sibylle den Arm, als sie die Treppe hinabzuschreiten begann wie eine jüngst erwachte Gottheit. Sie hob ein wenig den Kopf, um einen Blick in sein Gesicht zu werfen, und als sie ihn wieder senkte, hatte er den flüchtigen Eindruck eines leicht wölfischen Lächelns in ihrer Miene. Und so machte sich die kleine Gesellschaft auf den Weg durch noch leere Straßen, die Herren im dunklen Anzug zu beiden Seiten der in ihrer Mitte wandelnden Dame. Die kühle Luft roch nach verbranntem Laub. Die feuchten Gehsteige waren jetzt recht herbstlich, und die Straßenverkäufer schienen eher widerwillig ihre Körbe und Karren in Betrieb zu nehmen. Frühmorgens lag das Heilbad noch im Halbschlaf.

Lewes plauderte indessen energisch zu Max hinüber, sich immer wieder unterbrechend, um hier und dort einen Bekannten zu grüßen. Alle verbeugten sich vor dem Paar wie vor Majestäten, die auf rätselhafte Weise ihre Kutsche eingebüßt hatten. Auf dem Weg abwärts in die Altstadt mit ihren engen, abgeschiedenen Gassen gab die Sibylle gelegentlich eine gemurmelte Bemerkung auf Deutsch von sich, war ansonsten aber ganz auf die Pflastersteine konzentriert.

»Sie müssen mich entschuldigen, Max«, murmelte sie, als sie vor der Tür des Ateliers standen. »Mich hat heute Nacht eine entsetzliche Neuralgie heimgesucht. Aber ich möchte doch gern Herrn Meyrick besuchen. Er ist uns so herzlich empfohlen worden. Und jetzt haben wir ihn endlich gefunden.«

Am Mühlweg 17 lautete die Adresse des hohen Holzhauses, an dem sie jetzt emporblickten. Bleiche späte Rosen und Astern umwucherten eine Veranda unter einem Teppich aus Herbstlaub. Ein apfelessendes Kind öffnete die Tür und deutete eine steile Treppe hinauf, die durch ein staubiges Dachfenster nur spärlich beleuchtet war. Meyrick kam alsbald selbst die Treppe herabgesprungen, um sie zu begrüßen; Max und Lewes stiegen ihm, betont langsam aus Rücksicht auf die Zahnschmerzen der Sibylle, entgegen.

Der Maler hüpfte hin und her wie ein aufgeregter junger Hund. Ein Kranz sehr langer rötlich blonder Locken umgab sein Gesicht, doch war er frisch rasiert und trug gewiss sein sauberstes Hemd. Max erkannte in ihm sofort den Mann, der in den Wintersälen des Neuen Museums mit Kohle leeräugige Göttinnen und Gladiatoren gezeichnet hatte.

»Wir haben uns in Berlin getroffen«, sagte er, als sie einander die Hand schüttelten. »Ich bin der Bruder des Verlegers von Frau Lewes.«

Aber Meyrick, dem man ansah, wie sehr ihm daran gelegen war, die zu Besuch weilende Prominenz zu beeindrucken und sich den Auftrag zu sichern, nickte nur, bat ihn mit einer kurzen Verneigung in sein zugiges Atelier und machte sich dann sofort daran, die schweigsame Sibylle, die ihre Prophezeiungen und Verkündigungen vorläufig eingestellt hatte, für sich einzunehmen. Im Atelier roch es nach Terpentin, Farben, Leinöl und angebranntem Gemüse. Für Meyrick waren Wohn- und Arbeitsstätte offenbar ein und dasselbe. Ein Sortiment Kochtöpfe verstellte den gemauerten Herd mit kleiner Flamme, offenbar die einzige Wärmequelle in dem riesigen höhlenartigen Raum. Durch die Ritzen zwischen den Eisenringen leuchtete rot die Glut, und wie aus einer Dampfmaschine stiegen Rauchfähnchen auf. Durch hohe Nordfenster fiel das Herbstlicht. Unfertige Gemälde standen mit dem Gesicht zur Wand, so dass alles, was sie zu sehen bekamen, Skizzen und Entwürfe waren und die braunen Leinwandrückseiten. Meyrick führte sie gleich zur Staffelei vor dem Sofa, über das er eigens für Frau Lewes ein strahlend weißes Laken gebreitet hatte, und sie ließ sich auch dankbar darauf niedersinken – sogar ihre Röcke sackten um sie zusammen wie ein Blasebalg, dem die Luft entweicht.

»Am liebsten sind mir große historische Themen«, verkündete der Maler, »allerdings geschaffen im Geist dieses strengen Realismus, den Ihre englische Künstlerschaft so bewundert. Ich schätze aber auch diese rührende Zärtlichkeit, die, wie ich meine, am besten meinen Stil veranschaulicht. Hier ist das letzte Werk aus einer Serie von vier Bildern: *Weinende Berenike in den Ruinen Jerusalems.*«

Das Gemälde zeigte eine schöne junge Frau, deren kostbare Kleidung zerfetzt war, barfuß, der Blick starr und leer, die hübschen Brüste teilweise entblößt. Ringsum eine große Stadt in Trümmern; der Tempel war eingestürzt, und aus den Dächern schlugen Flammen. Die unheimliche Atmosphäre, in der die Trauernde sich aufhielt, wirkte umso intensiver, als die Stadt gänzlich unbewohnt schien. Auf dem ganzen Bild war keine andere Gestalt zu entdecken. In Meyricks Vision ähnelte Jerusalem nicht einer orientalischen Festung, was Max passender gefunden hätte, sondern dem alten Rom, der Detailreichtum aber war außerordentlich, scharf und klar wie in der Realität, jeder herabgefallene Ziegelstein, jede geborstene Säule waren mit akribischer Aufmerksamkeit für Schatten und Gewicht gemalt. Die verheerende Zerstörung der Stadt mochte von einem Erdbeben oder anderen Naturereignis herrühren, denn ein Sieger war nirgends zu erkennen, so wenig wie die Leichen der Getöteten. Berenike selbst schien sowohl Verursacherin als auch Opfer dieser totalen Zerstörung zu sein. Max meinte das Modell zu erkennen, war sich aber nicht sicher. Die Jungfrau auf dem Gemälde, eine dunkeläugige Schönheit, stellte die jüdische Königin dar, deren tragische Geschichte nun in einer Katastrophe endete.

»Ist sie denn je nach Jerusalem zurückgekehrt – was sagt die Legende?«, fragte Lewes, während er die fein gemalten Frauenbrüste aus nächster Nähe betrachtete.

»Sie wurde aus Rom fortgeschickt«, murmelte die Sibylle und zog das Tuch fester um ihren schmerzenden Kiefer. »Wo sie starb, weiß man nicht.«

»Ich würde gern glauben, dass sie zu ihrem Volk zurückgekehrt ist«, sagte Meyrick. Max hatte sich unterdessen überzeugt, dass er die Prachtbrüste hinter dem schimmernden Schleier des zweckdienlichen Mythos erkannt hatte. *Der Raub der Sabinerinnen*, den Meyrick jetzt zeigte, enthielt nackte Brüste zuhauf, daneben etliche außerordentlich überzeugende Römerschenkel, die nur unzulänglich von Metall und Leder verdeckt waren. Die geniale Begabung des Künstlers für Oberflächen und kleine überzeugende Details – die Riemensandalen der schreienden Frauen und die blutenden Flanken der in der Schlacht verwundeten Schimmel – sprang den Betrachter regelrecht an. Dieser vielgepriesene strenge Realismus wirkte jetzt bedrohlich und unheimlich. Max blickte, als er gemeinsam mit Meyrick die Leinwand auf die Staffelei hievte, direkt in den Mund einer Frau. Dieses ganze Bild krümmte sich und heulte vor Schmerz, und selbst das Blut schien frisch und noch flüssig.

»Ich habe es letztes Jahr nach meiner Rückkehr aus Rom beendet.«

Meyrick begann die Komposition zu erklären, und währenddessen betrachtete Max die anderen kleineren Gemälde, die Meyrick bereitgestellt hatte. Hier floh Echo vor Narziss, dort hatte Dionysos die Bacchantinnen in Bann geschlagen, die jetzt ihrem erotischen Verzauberer nachrannten. Der tanzende Gott hatte lange rötlich blonde Locken und hob ekstatisch den goldenen Weinbecher. Max, die Augen halb geschlossen, ließ die Energie der Geste, die nackte Pracht der Gestalt auf sich wirken; das Selbstporträt des Künstlers erkannte er an den Gesichtszügen, die völlig reglos waren, an der Haartracht. Die erste Verehrerin des Gottes hing an seinem Arm, und jetzt musste Max lächeln; er war ganz sicher, dass er dieselben Lippen betrachtete, die sich am Abend zuvor auch an ihm zu schaffen gemacht hatten. Das war sie doch, es konnte keine andere sein – das lange blonde Haar, offen und zerzaust, die warmen Wangen des Bauernmädchens, die riesigen prächtigen Brustwarzen und der abwesende Blick der Prostituierten. Meyricks Modell ist zweifellos auch seine Geliebte. Ah, und hier ist sie ja noch einmal, als Feenkönigin, als Elfenkönigin? Ja, ich sehe es wohl, Titania lag bei dir heute Nacht. Nun, mein Herr, bei mir ebenfalls. Max beäugte die nackte Feenkönigin, stellte sich seine Lippen an ihren Brüsten vor, beugte sich näher zum Bild, um es genauer zu studieren, ein wenig verlegen wegen der Üppigkeit der Frau, die er sich mit dem Maler teilte.

»Meine Shakespeare'schen Studien stammen zumeist aus den Tragödien.« Meyrick legte Wert darauf, sich als seriösen Maler darzustellen. »*Othello, Macbeth* und *Lear*. Hier ist Lear mit der ermordeten Cordelia in den Armen. Ah, mein Herr, wie ich sehe, haben Sie meine Titania aufgedeckt.«

Max hob das Bild vom staubigen Boden hoch und stellte es auf die Staffelei.

»Donnerwetter«, rief Lewes und griff gierig nach dem gereichten Vergrößerungsglas. »Polly! Sieh dir das an. Nie im Leben habe ich so viele Feen gesehen.«

»Wir haben hier, müssen Sie wissen, einen freundschaftlichen Wettkampf zwischen Malern«, erklärte Meyrick, »bei dem es darum geht, wie viele Feen wir auf einem Gemälde unterbringen. Glauben Sie mir, dass in diesen Athener Wäldern einhundertfünfundsechzig Feen ihre Königin umschwirren? Mit diesem Gemälde habe ich den Feenpreis gewonnen«, fügte er mit selbstgefälligem Lächeln hinzu und reichte das Glas schwungvoll der Sibylle, die sich unsicher erhob und auf das Bild zutrat.

Die Besucher beschnupperten die farbenfrohe lasierte Oberfläche und betrachteten eine groteske Figur um die andere. Diese kleinen Leute *en miniature* entstammten verschiedenen Spezies. Etliche, die Uniformen mit Goldknöpfen trugen, marschierten in Reihen, andere, in kuriose Grasröcke gekleidet und mit Blütengirlanden geschmückt, hielten einander an den Händen und drehten sich im Kreis. Zwei spitzohrige kleine Elfen trugen eine Parade exotischer Früchte auf Silbertabletts herbei – Ananas, Aprikosen, Orangen, Datteln und Birnen, und das Fleisch jeder dieser Köstlichkeiten war mit der allergrößten Sorgfalt gemalt. Ein Paar galoppierte auf Miniatureseln vorüber, und ein schrumpeliges altes Weib mit Schellenkappe tanzte mutterseelenallein in einem Winkel. Das ganze Gemälde wimmelte vor Betriebsamkeit und Bewegung. Drei Dämchen betrachteten sich in winzigen Spiegelchen, andere waren verstörende Mischwesen, halb menschlich, halb tierisch, blauhäutige Kobolde spielten Cister, Laute und Tuba, und eine Schar Feenkinder saß aufmerksam – nur eines bohrte in seinem Näschen – mit Schiefertafeln vor dem Elfenlehrer, dessen wilde Glotzaugen maßlos aus seinem Gesicht zwischen roten Ohren hervorquollen. Ein Wesen mit haarigen, behuften Beinen landete neben den riesigen Fingern seiner schlafenden Königin auf dem Boden.

»Meiner Treu, Meyrick!«, rief Max aufrichtig beeindruckt. »Nur eine hohe Dosis Laudanum kann diese zarten Schuppenwesen hervorbringen! Wie sind Ihnen die nur alle eingefallen?«

»Oh, es gibt Moden in der Feenmalerei«, erwiderte Meyrick ungerührt.

»Ihre Titania habe ich doch schon einmal gesehen«, sagte die Sibylle. »Hier, auf Ihrem römischen Gemälde, in einem Gerangel mit den Soldaten, und hier mit Dionysos – da klammert sie sich an ihren göttlichen Erwählten. Wenn ich nicht irre, ist sie auch Echo und Pandora.«

»Sie sind sehr aufmerksam, Frau Lewes.« Meyrick verbeugte sich respektvoll. Max starrte die scharfsichtige Sibylle an und fühlte sich mit einem Mal exponiert und ertappt, als hätte sie, die alles sah, auch gesehen, wie er lustfeucht an Titanias Brüsten saugte.

Sie lächelte ein wenig und hob ihr gefurchtes Gesicht mit den strahlenden Augen zu dem Maler empor.

»Ich leide unter Zahnschmerzen, mein Herr, und mein Gehör ist nicht mehr, was es war, aber meine Beobachtungsgabe ist ungetrübt. Und dies hier ist eine Dame, die nicht immer Künstlermodell war. Ihr strenger Realismus, Herr Meyrick, verrät ihre früheren Beschäftigungen. Sie war entweder Dienstmädchen oder Landarbeiterin. Sehen Sie sich doch die Hände an. Das sind die Hände einer arbeitenden Frau. Sie sind schön, aber sie sind auch schwielig und rau.«

Die Sibylle ließ sich wieder in das weiße Sofa sinken, während die drei Männer Titanias arbeitsharte Hände begutachteten.

»Die Feenkönigin hat wohl nicht vor ihrer Tür gekehrt, denke ich«, fuhr die Sibylle von ihrem Thron aus fort. »Aber die Geschäftigkeit dieses Gemäldes gefällt mir sehr. Es verströmt die Betriebsamkeit und das Gewimmel einer Straßenszene im Feenland, zumal ihre Herrscherin selbst in ihrem unendlichen Schlaf die Anwesenheit ihrer Untertanen ja zu träumen scheint. Dieses Werk ist ein Wunder unterschiedlicher Maßstäbe, wie Piranesis überwölbte Treppenhäuser, die ins Dunkle führen.«

Lewes fuhr herum und sah sie mit zärtlicher Sorge an. »Soll ich dich gleich nach Hause bringen, Polly? Diese Zahnschmerzen plagen dich unvermindert, oder? Du wirkst schon erschöpft.«

Die Sibylle hob ihre behandschuhte Hand der seinen entgegen. »Ich fürchte tatsächlich, wir müssen das Thema Porträt bei anderer Gelegenheit besprechen, Herr Meyrick.«

Max bot ihr seinen Arm als Stütze, während Lewes ihr Tuch ordnete. Sie blickte dankbar zu ihm auf, schwieg aber.

»Wer Fehler hasst, hasst den Menschen.« Diese Aussage wurde in ebenso lieblichem wie festem Ton geäußert. Niemand wagte zu widersprechen.

Die Sibylle saß im Licht des Fensters und las Lewes laut vor, als Max ins Wohnzimmer trat. Sie beendete den Satz und blickte auf; jede ihrer Gesten war langsam, geduldig, bedächtig. Dass sie es einmal eilig haben könnte oder gar aufgebracht wäre, konnte man sich nicht vorstellen. Max verbeugte sich und senkte den Blick, um ihrem erschreckenden Lächeln zu entgehen. Lewes saß am Feuer, die Füße auf einem niedrigen Schemel, und hielt eine Bratengabel mit einem aufgespießten Rosinenbrötchen. Das Teetablett stand auf dem Tisch neben der Lampe bereit. Er sprang auf und hinüber zu Max, um ihm die Hand zu schütteln, das dampfende Brötchen hielt er in der Linken wie einen Teufelsspieß.

»Nur herein, Max, nur herein. Ich hoffe, wir können uns die Formalitäten sparen? Sie finden uns zu Lukian zurückgekehrt.

Eigentlich Ihretwegen. Polly sammelt Kraft, um das Finale ihres Großen Werks zu beenden, und dann werden wir feiern.

Denn das beispiellose Werk ist geschafft,
Beschlossen, gewagt und getan!«

»Nun ja, noch nicht ganz ...«

Max ergriff die abermals behandschuhte Hand der Sibylle mit, wie er hoffte, angemessener Demut und Ehrfurcht. Und dann nahm er Platz, um dem abstoßenden Lukian zu lauschen, dessen teuflisches *Fragment* jetzt unverkennbar in ihrem Schoß ruhte. Der in Fraktur gesetzte und dem lateinischen Original gegenübergestellte Text ließ auf die Existenz einer deutschen Übersetzung schließen. Max fürchtete das Schlimmste. Die Stimme der Sibylle nahm, leise und eindringlich, die Erzählung wieder auf, die der Provinzstatthalter von Moesia und Lydia auf den Weg durch die Jahrhunderte geschickt hatte, als man ihn weitab von Rom ausgesetzt hatte, wo er sich mit korrupten Beamten, aufständischen Sklaven und beunruhigenden Nachrichten aus den Grenzregionen plagen musste. Die Tage verbrachte er bei Hof, abends beschmeichelte er seine verbitterte Gattin, sie solle doch wenigstens die lokalen Gewürze kosten. Doch es trat ihm eine neue Religion in den Weg, die den Staat zu unterhöhlen drohte. Denn die Altäre waren verlassen; niemand beschaffte noch Opfertauben oder silberne Votivgaben für den Tempel des Jupiters. Die Götter sprachen nicht mehr, auch die Auguren verstummten, und die Eingeweide lagen blutig auf dem Altar der Weissagung, stumm, nichtssagend, ungedeutet. Aus dem Rinnstein war etwas Neues emporgestiegen, etwas Irrationales und Unmenschliches, unter den Trümmern Jerusalems und dem Massaker an den Juden war eine Häresie hervorgekrochen. Das Gebilde war, wie sich erwies, hartnäckig wie eine asiatische Grippe und breitete sich langsam aus wie Flechten auf feuchtem Stein.

Kaiser Trajan befahl, Erkundigungen über die Christen einzuholen, und riet mir, dazu die Sklaven in den wichtigsten Familien, auf welche der Verdacht gefallen, zu befragen. Wir nahmen zunächst an, dass die neue Religion auf die Handwerker und Hafenarbeiter beschränkt sei, doch wurden mir verschiedene Anschuldigungen zugetragen, welche den Schluss zulassen, dass auch hochstehende Familien der Stadt von der Sekte angesteckt seien. Wie meine Gewährsleute mir mitteilen, habe das Christentum seinen Ursprung unter den Juden, welche auf einen Retter oder Messias warten. Die Christen wiederum glauben, Er sei gekommen. Das kann indessen nicht sein, denn ihr junger Prophet wurde während der Herrschaft des Herodes von Pontius Pilatus in Judäa verurteilt, seine Jünger aber planten, soweit ich feststellen konnte, niemals eine nennenswerte Erhebung wider die Römer. Die Christen versammeln sich am ersten Tag der Woche, um miteinander zu beten, andächtige Lieder zu singen und ein einfaches Mahl aus Brot und Wein zu teilen. In Ephesus wiederum treten Prediger auf, die mit scharfer Zunge reden. Und es wurde ein Aufruhr vermeldet. Der Konflikt ereignete sich, wie es scheint, zwischen den im Theater versammelten Christen und den Silberschmieden, die unterhalb des Tempels der vielbrüstigen Diana ihren Geschäften nachgehen und Silberporträts der Göttin sowie Opfergaben für die Heilung von Krankheiten und den Schutz der Wöchnerinnen herstellen. Die Christen verkünden Einen Gott, der allmächtig, unsichtbar und transzendent sei und keine Götzenbilder und andauernden Blutopfer benötige, wahrscheinlich auch keine kostbaren und fein gearbeiteten Silberschreine. Die Silberschmiede sollen den Konflikt für sich entschieden haben, indem sie durch die Straßen zogen und mit dem Ruf »Groß ist die Diana von Ephesus!« Geschäfte plünderten, welche sich im Besitz oder Eigentum von Christen befinden.

Der Kaiser in seiner Weisheit will diese wachsende Flamme gelöscht sehen. Selbiges ward also zu meiner Aufgabe erklärt, und ich führte die Befragungen in eigener Person. Ich verlangte von den Beschuldigten eine Antwort darüber, ob sie sich zu der neuen Religion bekennten oder nicht. Leugneten sie, was ihnen zur Last gelegt war, beteten sie stattdessen zu unseren Göttern und brachten dem Standbild des Kaisers Wein und Weihrauch dar, so ward ihnen verziehen, und sie durften ungeachtet der gegen sie erhobenen Beschuldigung ihrer Wege gehen. Weigerten sie sich aber auch nach wiederholter Aufforderung, ihrem Glauben abzuschwören, so hatte ich Befehl, sie zur Hinrichtung zu führen. Der Kaiser selbst riet mir zu einer wahrhaft unfehlbaren Probe, nämlich sollten sie auf den Namen Christi speien, was kein echter Christ tut. Es widerstrebte mir, den vor mir erschienenen Bürgern, von welchen viele nur Kinder, Frauen und Sklaven waren, die Probe aufzuerlegen. Allein die Vielfalt der Personen, die vor Gericht gebracht wurden, versetzte mich in Beunruhigung. Der neue Glaube schert sich nicht um Geschlecht noch um gesellschaftlichen Stand, will sagen, dass in Haushalten, in denen die Seuche Fuß gefasst hat, die überkommene Hierarchie ins Wanken gerät, gar zerfällt. Eine Dienerin und ihre Herrin gingen gemeinsam, einander stützend und ihrem unsichtbaren Gott Loblieder singend, in den Tod. Dies ereignete sich in der öffentlichen Arena und erregte leider weithin viel Empörung, löste auch aufwieglerische Streitgespräche auf öffentlichen Plätzen aus, denn besagte Frau war eine stadtbekannte Wohltäterin und hatte beträchtliche Mengen Geldes für verschiedene Zwecke gespendet. Anhänger des Christus bezeichnen sich als Sünder, die allerlei Verbrechen im Geiste begangen hätten, welche sich aber meinem Verständnis entziehen. Daher bedürften sie, um zur Vollendung zu gelangen, der Gnade ihres Gottes. Diesen Widerspruch konnte ich nicht auflösen.

Die Sibylle ließ das *Fragment* sinken und blickte auf.

»Das, meine ich, ist auch uns Heutigen noch nicht gelungen. Es ist das Unglück des Christentums, dass es nicht auf der Fehlbarkeit der menschlichen Natur beharrt, die ja auch Lukian trotz aller Unduldsamkeit gegenüber unseren Schwächen anerkennt, sondern auf ihrer Verworfenheit. Was die Lehre der Erbsünde betrifft, so vermag ich keinen schlüssigen Beweis für sie zu erkennen. Weder in der Menschheit als solcher noch im Individuum.«

Lewes spießte ein neues Rosinenbrötchen auf seine Gabel; das bereits dampfend erhitzte reichte er Max. »Lukian regierte Moesia mit eiserner Hand, nicht wahr?«, bemerkte er ruhig. »Er ließ der Erbsünde keine Gelegenheit, Wurzeln zu schlagen. Wenn ihm jemand begegnete, der von diesem Erbleiden befallen war, so war dies einer, der gegen römisches Gesetz verstieß.«

»Lukian war Atheist. Religiöse Überzeugungen waren noch nie ein Erfordernis für moralische Trefflichkeit«, sagte die Sibylle lächelnd und trat an den Teetisch. »Aber ich stimme dir zu. Er pflegte sich mit seiner Skrupellosigkeit als Statthalter zu brüsten. Lukian ging kein Risiko ein.«

»Kann ein gerechter Herrscher ganz ohne religiöse Grundsätze dennoch moralisch über seine Untertanen herrschen?« Lewes schien gute Streitgespräche zu genießen.

Max erging sich selten in intellektuellen Spekulationen über ethische, geschweige denn metaphysische Fragen, doch bei seinen Recherchen für seine allzu rasch wieder fallengelassene *Geschichte des Altertums* hatte er eine Entdeckung gemacht, die ihm jetzt wieder in den Sinn kam.

»Hieß die Hauptstadt von Moesia Sardes oder Pergamon?«, fragte er zur Verwunderung seiner Gastgeber, deren Teetassen auf halbem Weg zum Mund erstarrten. Max hatte so lange aufmerksam und als durchaus so zu nennende, aber stumme Augenweide dabeigesessen, dass seine Stimme fast dröhnend in die Wärme von Tee, Teppich, Nippes einschlug.

»Sowohl Sardes als auch Pergamon lagen, wie mir scheint, im Landesinneren«, sagte die Sibylle, die offensichtlich in der Lage war, im Handumdrehen die gesamte biblische Geschichte aus ihrem kolossalen Gehirn zutage zu fördern. »Lukian erwähnt beide Städte. Aber Ephesus war ein bedeutender Hafen. Das Erdbeben, das die Stadt dem Erdboden gleichmachte, füllte das Land zwischen Arena und Meer mit Geröll aus den Bergen. Viele Großstädte an der anatolischen Küste hatten danach nicht mehr lang Bestand, denn die wachsende Schlickmasse, die natürlich nicht beseitigt wurde, trennte sie vom Mittelmeer. Lukian erwähnt in seinen Kommentaren über die Christen auch die Hafenanlagen, und wenn er auf dem Seeweg nach Rom zurückkehrte, bestieg er zweifellos in Ephesus das Schiff. Die Sieben Kirchen, die um die Zeit von Trajans Feldzügen, also zwischen 98 und 117 nach Christus errichtet wurden, standen häufig in Hafennähe, und Paulus reiste häufig zu Schiff. An den Felsen von Malta wurde er schiffbrüchig und machte sich alsbald daran, die Insel zu seinem neuen Glauben zu bekehren.«

Die Sibylle nippte an ihrem Tee und schwieg nachdenklich.

»Lukian«, fuhr sie nach einer Weile fort, »vergleicht die neue Religion mit einer Pest, die auf dem Wasserweg um sich griff. Alle sieben Kirchen der Apokalypse wurden in den Provinzen gegründet, über die er als Statthalter herrschte: Ephesus, Smyrna, Pergamon, Thyatira, Sardes, Philadelphia und das unselige Laodizea mit seinen lauen Bewohnern.«

Sie lachte, ihrem Mann die Teetasse hinhaltend, warm und herzlich.

»Mein Tee ist in unmittelbarer Gefahr, Laodizäer zu werden!« Ihr langes, hängendes Gesicht leuchtete mädchenhaft auf, verschmitzt, fröhlich, sogar komisch. »›Ich kenne deine Taten, dass du weder warm noch kalt bist: Ich wollte, du wärest warm oder kalt. Weil du aber lau bist und weder warm noch kalt, werde ich dich ausspeien aus meinem Munde!‹«

Max fürchtete für alle, die für lau befunden wurden.

»Armer Lukian«, fuhr die Sibylle fort. »Die Seuche haftete an seinen Felsen und Terrassen, schlug Wurzeln und griff rasend um sich. Am Ende wurden die Spiele verboten; die Tempel wurden aufgegeben und verfielen.«

»Aber wäre es die alte Religion denn wert gewesen, dass man sie rettet?«, fragte Max, laut denkend. Er versuchte gar nicht mehr, den Sympathien der Sibylle zu folgen, sondern machte sich über das Gebäck her.

»Na, das ist doch mal eine gute Frage, Polly! Gestellt mit der freimütigen Aufgeschlossenheit des freien Denkers, wenn ich das so sagen darf, Max!«

Der bedauernswerte Max malmte entsetzt sein Zimt-Rosinen-Gebäck: Hier hatte er den schlüssigen Beweis, dass er unter Anhänger jener düsteren Lehre geraten war, wonach der Mensch Staub sei und nichts als Staub.

»Ja, das ist eine gute Frage«, sagte die Sibylle ungerührt, »und es hängt viel davon ab, wie wir den Aufstieg des Christentums verstehen, denn wenn wir alle neuen Religionen als Reise zur Idee Gottes sehen, so nehmen die Juden einen besonderen Platz unter ihnen ein, nicht nur wegen ihres ungewöhnlichen Monotheismus, sondern weil sie so viel Gewicht auf die Verantwortung des Menschen legen. Die große Stärke der olympischen Götter liegt ja nicht nur in ihrer allzu menschlichen Fehlbarkeit, die natürlich die Phantasien ihrer Schöpfer spiegelt, sondern auch darin, dass die Heiden in ihrer Vorstellung von Göttlichkeit auch der Heiligkeit der Erde so viel Bedeutung beimaßen. Sie kannten heilige Haine, Sonnengötter, Wassernymphen. Die Menschen der Antike verehrten die Welt schon vor uns. Poseidon und Apollo herrschten über Wasser und Himmel.«

Sie wandte sich an Max und sagte in vertraulichem Ton:

»Seitdem Mr Lewes ein Mikroskop erstanden hat, können wir uns nicht genug über die wundersame Ordnung dieser winzigen Welten wundern, die unserem normalen Blick verschlossen sind. Nicht so unähnlich Herrn Meyricks Gemälden übrigens; allerdings sind wir nie auf sein Zwergenvölkchen gestoßen. Ich glaube, dass es in einer ferneren Zeit die Götter waren, die unsere Verbindung mit diesen verborgenen Subwelten her- und darstellten.«

Sie hielt inne, ließ sich noch einmal Tee nachschenken und lächelte Herrn Lewes' Fingerspitzen zärtlich an.

»Und die Erde ist voll von Schätzen, denen wir, wären wir klug, mehr Ehrfurcht entgegenbrächten. In unserer Zeit sehen wir sie klarer als jemals zuvor mit den Augen der Wissenschaftler: unserer Geologen, Naturkundler und natürlich unseres herausragenden Mr Darwin, dessen *Entstehung der Arten* von einer Schönheit ist, deren wir niemals müde werden. Nein, über Aufstieg und Fall unserer Religionen entscheidet allein das menschliche Bedürfnis, unsere Geschichte zu gestalten. Wir erschaffen uns die Götter, die wir brauchen.«

Max begann zu zweifeln, ob er dieses Gespräch überstehen werde. Er wechselte entschlossen das Thema.

»Ich werde mich demnächst, das heißt im Frühjahr, einer archäologischen Expedition nach Kleinasien unter Leitung von Professor Kurt Marek anschließen. Pergamon ist einer der Orte, für die wir die Grabungserlaubnis erhalten haben. Wir werden die biblische Wahrheit aufspüren, indem wir nach ihr graben.«

Beide, die Sibylle und ihr Gatte, blickten ihn mit einem Ausdruck faszinierten und erschrockenen Interesses an.

»Nun, Polly, dieser Tag wird uns für immer im Gedächtnis bleiben! Unser Max begnügt sich nicht damit, Schulmeinungen über die Antike zu widersprechen, er beabsichtigt mit der Schaufel seine eigene Version zutage zu fördern!«

Und der schnauzbärtige kleine Mann sprang von seinem Stuhl auf, um ein in Flammen aufgegangenes Rosinenbrötchen zu löschen, während er gleichzeitig seinem Gast auf die Schulter klopfte. Der ruhige Blick der Sibylle ruhte neugierig und aufmerksam auf Max, als hätte er sich plötzlich in ein Phänomen verwandelt, das ihre sämtlichen Erwartungen übertraf.

KAPITEL 6

welches die Mutmaßungen der Erzählerin über die Mysterien der Ehe enthält und ein, zwei interessante, der Handlung innewohnende Möglichkeiten preisgibt

Tatsächlich hatte Max zugestimmt, sich der erwähnten archäologischen Expedition anzuschließen, allerdings nur nach Ausübung eines gewissen Drucks durch seinen Bruder, der die nötigen Mittel dazu aufbrachte. Wolfgang hatte als Begleiter der Truppe von Historikern einen Künstler und einen Photographen verpflichtet und plante die ersten Lichtbilder der ausgegrabenen Tempel zu veröffentlichen, falls diese sich wirklich als so prächtig erwiesen wie allgemein angenommen. Der kluge Verleger hatte eine Möglichkeit gefunden, seinen widerborstigen Bruder doch noch einer nützlichen Aufgabe zuzuführen und ihn gleichzeitig den unmittelbaren Verlockungen der Hauptstadt zu entziehen; zweie mit einem Streich. Und so würde Max, ausgestattet mit dem Handwerkszeug der Archäologen, mit Hacken, Handpickeln, Schaufeln, mit Stiefeln und der geeigneten Kleidung für ein sehr anderes Klima, demnächst nach Anatolien expediert. Die Türken billigten Spieltische nur innerhalb Konstantinopels, wo sie, hieß es, allein der Unterhaltung von Gästen und Touristen dienten. Maxens Reisebudget wäre streng rationiert und würde ihm Taler für Taler, oder, sollte sich die vielgepriesene neue Währung wirklich durchsetzen,

Mark für Mark als fester Betrag allmonatlich von der dortigen Botschaft ausgezahlt. Und keinen Pfennig mehr.

Max indessen hatte, als er am frühen Abend von den Lewes aufbrach, überhaupt keinen Sinn mehr für die von Lewes eigenhändig niedergeschriebenen Bedingungen des kontinentalen Nachdrucks und die Übersetzungsrechte an dem nun beinahe fertiggestellten Roman *Middlemarch*, so wenig wie für die archäologische Expedition im kommenden Frühjahr. Zweierlei machte sich in seinem jugendlichen Wohlgefühl störend bemerkbar: der jähe Einbruch dieser modernen Philosophie des Atheismus, dessen verseuchte Luft er ganz aus Versehen eingeatmet hatte, und die Natur der Verbindung zwischen der Sibylle und ihrem anderweitig verheirateten Liebhaber. Kein Gott heiligte dieses Band! Sie standen allein vor einem nichtgelenkten Universum, in dem Zufälle ohne Bedeutung und geheimnisvolle, ungesehene, nur der Wissenschaft sichtbare Gesetze wirkten. Die Sibylle hatte alles auf Treue und Vertrauen eines einzigen Mannes gesetzt. Und sie schien sehr weit entfernt von der verlorenen, gefallenen Frau. Im Gegenteil – allem Anschein nach erfreute sie sich eines zufriedenen Glücks mit ihrem redseligen, energiegeladenen Gefährten, ihrem gesellschaftlichen Ruhm und unübersehbaren Wohlstand. War sie eine der Gottlosen, die sich ausbreiten und grünen wie ein Lorbeerbaum? Das war doch sehr unwahrscheinlich. Die Sibylle strahlte aus der Ferne, ein moralischer Leuchtturm, gütig und weise, und ihr Leuchten erfasste einen höheren moralischen Kreis, weit oberhalb des gemeinen Volkes, dessen niedere Begierden sich nicht über ein verstohlenes schweißfeuchtes Fummeln auf dem Tanzboden, über einen Ellenbogen auf dem Spieltisch hinaushoben. Aber wenn kein Gott unser Tun sieht, richtet, vorausweiß: warum blüht und gedeiht dann nicht das Böse? Denn wer soll uns daran hindern? Dann war der Anflug schlechten Gewissens, der Max in der Kehle saß, als er über das Kopfsteinpflaster der Königgasse ging, infantil und belanglos. Vergnügen Sie sich, mein Herr, vergnügen Sie sich nach Herzenslust. Moral ist nur die Grenze dessen, womit Sie noch ungestraft davonkommen. Der Gott seiner Kindheit scherte sich um nichts, oder es gab ihn nicht. Gewiss, die Sibylle war für die anständige, bürgerliche englische Gesellschaft kein Umgang, aber wen interessierte das? Auf dem Kontinent pflog sie Umgang mit Botschaftern, Intellektuellen, Aristokraten und Prinzessinnen. Schriftsteller kamen aus Amerika herüber, um zu ihren Füßen zu sitzen. Die Spielbank wäre noch wenigstens ein paar Monate lang von Männern jeglicher Art und Verhältnisse frequentiert, die friedlich Schulter an Schulter am Roulettetisch saßen, die Augen schmal und gebannt nicht aufeinander geheftet, sondern auf Rot und Schwarz.

Max hat, wie Sie sich gewiss erinnern, einen Vorschlag, wenn nicht einen verbindlichen Antrag erhalten, dem er nicht abgeneigt ist. Abgeneigt ist er hingegen jeder Art von Eile, zumal gegenüber Heiratsanträgen. Er ist ein konventioneller Mann, doch fehlt es ihm an jener Gewöhnlichkeit, mit der die Sibylle einen ihrer fiktiven Helden ausstattete: Der wählte seine Gattin passend zur Einrichtung. Ehrbare Jungfrauen – so wenigstens erschienen sie Max – streiften gefährlich, geschmeidig und lauernd wie Pantherinnen durch das Kurhaus. Er war sehr darauf bedacht, mit jedem hübschen Mädchen im Saal zu tanzen. Mit jeder zwei Tänze. Seine Gewohnheiten änderten sich nie, er stand noch kurz vor ihr, verbeugte sich und verschwand eingedenk der kreisenden Mütter, die sogleich herbeistürzten, falls er auf die Idee kam, ein Mädchen auf den Balkon zu entführen oder auch in den Speisesaal, zum Buffet, auf der Suche nach Eis. Nie unterschätzte Max die Leidenschaften der Frauen, noch ihre Verschlagenheit. Wie er in der Ehe derart gefährliches Gewässer befahren sollte, war ihm ein Rätsel.

Auch mir ist es ein Rätsel, das kann man wohl so sagen. Welche Eigenschaften müssen Mann und Frau besitzen, damit eine Ehe, ob legitimiert oder nicht, gedeiht und Bestand hat? Man verkenne nie die Macht der Gewohnheit. Die meisten Männer nehmen schon ziemlich früh, noch während der Verlobungszeit, ihre Frauen nicht mehr zur Kenntnis, außer in der allgemeinsten Weise. Wurde, wie im neunzehnten Jahrhundert häufig der Fall, die Verbindung eingefädelt, so machte er sich eher Gedanken darüber, ob er auf die Dauer ihre Pferdenase und ihre Patschhändchen ertrüge, als dass er mit besonderer Aufmerksamkeit ihrer Bekundung von Begehren lauschte. Hat er aus Liebe geheiratet, gilt sein Hauptaugenmerk seinen eigenen mächtigen Gefühlen und der betrüblichen Notwendigkeit, den Schwanz bis zum vereinbarten Tag in der Hose zu behalten. Wenn es denn gelingt. Die Waliser kennen eine wunderbare Tradition, *bundling* genannt – gestattet ist eine Nacht im selben Bett, aber es darf nur gekuschelt werden, nicht mehr. Wird die Frau schwanger, macht man schnell Nägel mit Köpfen. Ist die Fruchtbarkeit der Dame erwiesen und das Erbe gesichert, kann mit Feier und Segnungen die Hochzeit stattfinden.

Im ersten von zahlreichen Büchern, die mit der Sensibilität des zwanzigsten Jahrhunderts über das neunzehnte herfielen, was dann der pornographischen Begeisterung des einundzwanzigsten Jahrhunderts alle neoviktorianischen Schleusen öffnete, erwähnt John Fowles, unter den Bauern von Dorset sei um 1880 »voreheliche Empfängnis völlig normal« gewesen. »Vorehelicher Geschlechtsverkehr *war also die Regel, nicht die Ausnahme.*« (Kursiv im Original.) Wenn in viktorianischer Zeit, versichert Fowles weiter, Mann und Frau der bürgerlichen Gesellschaft einander vorgestellt wurden, Gruß und Handschlag wechselten und Konversation trieben, sei es schlicht undenkbar gewesen, dass sie auch miteinander ins Bett gingen – einfach nicht an der Tagesordnung, wie es heutzutage, vermutet (oder hofft?) er, der Fall wäre. Fowles, der in den sechziger Jahren, genauer im Kultjahr 1967, schrieb, mitten in der so genannten sexuellen Befreiung, siedelte seinen Roman *Die Geliebte des französischen Leutnants* exakt hundert Jahre früher an.

Normalerweise geht es beim historischen Roman darum, die zurückgelegte Wegstrecke zwischen früheren Generationen und uns zu ermessen; manchmal sehen wir uns die nicht gegangenen Wege an und fragen uns, warum sie unbegangen blieben. Aber manchmal wagen wir uns eben auch auf genau die unbekannten, nichteingeschlagenen Wege und schreiben die Geschichte in Romanform um. Dies und jenes hätte geschehen können, geschehen sollen. Auch wenn es nicht so war.

Aber Mr Fowles tut dies nicht, er setzt uns eine gute Geschichte vor und eine genaue Beschreibung viktorianischer Gesinnungen, sei es auf sexuellem, politischem oder religiösem Gebiet. Aber in oft gönnerhaftem, herablassendem Ton benutzt sein Erzähler die sexuellen Vorurteile der Sechziger – die in meinen Augen allesamt männlich, frauenfeindlich, auf lüsterne und wüste Weise heterosexuell und prä-AIDS sind –, um auf die viktorianischen Menschen einzuprügeln: gerechte Strafe für ihre angeblich maßlose Scheinheiligkeit und sexuelle Verwirrtheit. Es lässt sich leicht prahlen, wenn man sich im Besitz der sexuellen Überlegenheit der Spätergeborenen wähnt, nicht wahr? Aber ich möchte Fowles auf seinem eigenen Gebiet herausfordern. Gingen Menschen der bürgerlichen Gesellschaft in den 1870er Jahren *ohne* sexuelle Ideen im Kopf aufeinander zu? Die bizarre Vorstellung der prachtvollen Sibylle, die Unberührbarkeit ausstrahlte, außer um ihre behandschuhte Hand und den haarigen kleinen Wissenschaftler zu küssen, wenn sie das Tier mit den zwei Rücken machten, beschäftigte Max sicher ausführlich. Lewes hatte drei Söhne, die Sibylle aber schien kinderlos zu sein. Benutzte das Paar irgendeine Form von Empfängnisverhütung? Und wenn ja: was? Waren Babys totgeschwiegen, nach der Geburt erstickt oder heimlich fortgeschafft worden? Jede Geste auf beiden Seiten ließ vermuten, dass sie ein innig verbundenes Paar waren, zuvorkommend, liebevoll und nachsichtig gegenüber Fehlern, voll zärtlicher Sorge um die Gesundheit des anderen, um dessen Wohlbehagen, dessen Kopfschmerz. Max beobachtete dies alles aus der Nähe.

Glückliche bürgerliche Ehen jedes Zeitalters funktionieren meist dann am besten, wenn ein gewisser Grad an geographischer Distanz gegeben ist: getrennte Bereiche, auf der einen Seite das Wohnzimmer, auf der anderen der Herrenclub. Mr und Mrs Lewes brachten es trotz eines gewissen Grads an häuslicher Intimität, die bei jedem anderen Paar zu Turnierkämpfen führt und zwischen Gehässigkeit und Verachtung ausgefochten wird, zu einer geradezu übernatürlichen Eintracht. Gehässigkeit ist meist die Waffe der Frau; viele von uns wurden als starrsinnige, unbußfertige Miststücke verbrannt, aufgehängt oder windelweich geprügelt. Verachtung wiederum ist das Vorrecht der Macht.

Die Sibylle erwähnte häufig ihr »heiliges Band« mit Mr Lewes, einen heiligen Akt der Vereinigung, ein Echo des unseligen Gesetzes, das nach wie vor, auch heute noch, Schottland an England bindet. In dem Brief, in dem sie ihrem Bruder Isaac ihren veränderten Stand mitteilt, wandte sie eine kleine notwendige Ausflucht an. Aber sie benutzte dieses verhängnisvolle Lügenwort: Ehemann.

Rosa Cottage
Gorey
Jersey
26. Mai 1857

Mein lieber Bruder,

du wirst, vermute ich, überrascht sein, aber hoffentlich nicht missvergnügt, wenn du erfährst, dass ich meinen Namen geändert habe. Und dass ich jemanden habe, der sich in der Welt meiner annimmt. Das Ereignis ist durchaus kein plötzliches, wenngleich es in seiner Mitteilung an dich als solches scheinen mag. Mein Ehemann ist mir seit etlichen Jahren bekannt, und ich bin mit seinem Denken und Wesen gut vertraut. Er beschäftigt sich ganz und gar mit wissenschaftlichen und gelehrten Arbeiten, ist mehrere Jahre älter als ich und hat drei Söhne, von welchen zwei in der Schweiz zur Schule gehen und einer in England.

Wir werden meiner Gesundheit halber, die seit einiger Zeit sehr zu wünschen übriglässt, der die Seeluft aber sehr zuträglich ist, die nächsten Monate hier an der Küste oder in der Bretagne leben. Über den Winter sind wir vermutlich in Deutschland. Allfällige Unannehmlichkeiten wegen Geldanweisungen an mich lassen sich, darf ich vermuten, vermeiden, wenn du so freundlich bist, mein Einkommen zu Händen Mr G. H. Lewes bei der Union Bank of London, Zweigstelle Charing Cross, 4 Pall Mall East, zu überweisen, wo Mr Lewes ein Konto besitzt.

Ich habe dir vor vielen Wochen aus Scilly geschrieben und einen Brief an Chrissey beigelegt, den du ihr, falls du ihn erhalten hast, natürlich beiseitelegen wirst, denn er wurde in Unkenntnis ihrer schweren Krankheit geschrieben. Da ich aber keinerlei Andeutung empfing, dass mein Brief dich erreichte, halte ich es für das Beste, seinen hauptsächlichen Inhalt hier zu wiederholen, nämlich meine Bitte an dich, von meinem gegenwärtigen halbjährlichen Einkommen £15 an Chrissey auszuzahlen.

Auch bin ich dir überaus dankbar, wenn du mir mitteilst, wie es Chrissey geht und ob sie stark genug ist, dass es wünschenswert wäre, wenn ich ihr schriebe.

Grüße sehr herzlich Sarah von mir und sag ihr, ich sei sehr dankbar, wenn sie mir über Chrisseys Zustand berichten will.

[…]

Wir sind keineswegs reiche Leute, aber wir arbeiten beide und werden für unsere Bedürfnisse ausreichend aufkommen können.

Ich hoffe, es geht dir gut und Sarah hat sich von ihrer Erschöpfung und ihren Beklemmungen erholt. Mit herzlichsten Grüßen an sie und alle meine großen Neffen und Nichten verbleibe ich, lieber Isaac,

deine dir zugetane Schwester

Marian Lewes

Beachten Sie bitte, dass sie einerseits ihr rechtmäßiges Einkommen beansprucht und andererseits großen Wert auf ihre Familienbeziehungen legt. Ach, die liebende Sorge um ihre leidende Schwester Chrissey, die einen heillosen Versager geheiratet und sich mit aufeinanderfolgenden Geburten die Gesundheit ruiniert hat. Die sorgsame Vernebelung verfehlte indessen ihr Ziel. Isaac Evans roch den Braten. Sie habe ihren Namen geändert, schrieb sie, aber von einer Heirat erwähnte sie kein Wort. Wenn Lewes drei Söhne hatte und tatsächlich der angesehene Wissenschaftler und Intellektuelle war, wie sie behauptete, so musste er irgendeine Ehefrau haben. Wäre es nicht klug, aufrichtig und vernünftig gewesen, zu erwähnen, dass er viele Jahre lang Witwer war? Aber wie es in einer berühmteren zeitgenössischen Erzählung heißt, hatte der Herr »eine Gattin, welche noch am Leben ist«. Isaac Evans übergab den Brief seinem Anwalt und forderte einen konkreten Beweis für die kirchliche Eheschließung, eine schlaue Taktik, die Marian Evans nötigte, in ihrer würdevollen, unerschrockenen, freimütigen Antwort über heilige Bande und Rechtsverträge zu schwafeln. Gleichwohl unterzeichnete sie trotzig Marian Lewes. Isaac Evans brach jeglichen Kontakt zu seiner haltlosen Schwester ab und zwang den Rest seiner Familie, es ihm gleichzutun.

Und hier liegt das Problem. Marian Evans Lewes, oder welchen ihrer vielen Namen wir auch benutzen wollen, bestand auf dem Wert einer Unbescholtenheit, die sie in Wahrheit gar nicht besaß. Sie schrieb Tausende Seiten, auf denen sie die sogenannten heiligen Bande verteidigte, die allesamt, wie sich zeigte, genauerer Definition bedurften. Niemand konnte behaupten, Miss Evans sei nach Art viktorianischer Romane verführt und sitzengelassen worden. Die Schriftstellerin mochte sich hinter einem komplizierten Netz sexueller Moral verstecken, einem Labyrinth, an dem wir nach wie vor herumrätseln, die Frau aber posaunte es schamlos hinaus und nannte sich unverdrossen Mrs Lewes: ohne Rücksicht auf die legitime Mrs Lewes, deren Söhne sie finanziell unterstützte und deren Rechnungen sie zahlte.

Mr Fowles interessierte sich nicht für die tollkühnen, beherzten Frauen, die um die Mitte des neunzehnten Jahrhunderts für gesellschaftliche und sexuelle Reformen kämpften: Caroline Norton, beschuldigt des »kriminellen Verkehrs« mit dem Premierminister, der für die Novellierung des Scheidungsrechts kämpfte, Barbara Bodichon, die Gründerin der *English Women's Review*, die sich um Anstand und äußeren Schein nicht scherte und Marian Lewes besuchte, Elizabeth Gaskell, die mit *Ruth* (1853) die Tugend und Unschuld der verführten jungen Frau verteidigte. Eigentlich besteht Gaskell derart vehement auf Ruths vollkommener Schuldlosigkeit, dass ich für meinen Teil nicht in der Lage bin, den Augenblick zu identifizieren, in dem der niederträchtige Mr Bellingham sich zum »Herrn ihres Leibes« macht. *Dass* er sie besaß, steht indes außer Frage, denn sie bringt einen Sohn zur Welt, der eines Tages noch stolz auf seine heroische Mutter sein wird. Diese stirbt nach einem Ausbruch scheinheiliger Frömmelei. Endlich gerettet!

Die Sibylle rettete sich, indem sie Romane schrieb.

KAPITEL 7

in welchem Fortunas Rad sich in unerwarteter Weise dreht und der Leser aufgefordert wird, seinen Einsatz zu machen

Prostituierte, prächtig wie Prinzessinnen, saßen Seite an Seite mit Neureichen und Emporkömmlingen an den Roulettetischen, doch war Max in Homburg schon von allzu vielen Berliner Bekanntschaften gegrüßt worden, die hier dem Glücksspiel frönten, als dass er ein Wagnis eingehen konnte. Da ihm das Roulettevergnügen im Kursaal versagt war, er andererseits aber wenig Neigung spürte, sich im Bad zu aalen, kam er auf die Idee, sich eine ganze selige Nacht in den Armen seines Bauernmädchens zu gönnen. Sie erfüllte alle Erwartungen, und war sie auch nicht so gewichtslos wie die Feenkönigin Titania, übte sie doch eine solche Vielzahl exotischer Zauberkunststücke an ihm, dass sogar ihr weltläufiger junger Kavalier Laute des Entzückens ausstieß. Befriedigt, gewaschen, gebürstet und duftend, schlenderte er alsdann, über die Maßen erfreut über das Ungestüm der erkauften nächtlichen Wonnen, frühmorgens auf die belebte Promenade zurück. Um seine Zigarette anzuzünden, blieb er stehen, keine zehn Schritte vom jüdischen Pfandleiher entfernt, und just in diesem Moment trat eine vertraute junge Gestalt aus dem Laden auf die Straße hinaus. Ihre Zöpfe waren unter dem Hut verborgen, so dass ihr weißer Hals marmorglatt aus dem bestickten Kragen über den kühnen grünen

Streifen ihres Promenadenkleids ragte. Max war ihr so nah, dass er das Licht in den zartblonden Flaumhärchen ihres Nackens schimmern sah. Ihre geschnürten Stiefeletten, schwarz mit weißen Nähten, stöckelten über das Pflaster. Sie hielt den Blick gesenkt. Sie suchte Unbill zu vermeiden. Zweifel aber war ausgeschlossen: Wer da aus der Höhle des Juden hervorkam, war die Gräfin Sophie von Hahn.

Max, heiß vor Verlegenheit und Erschrecken, starrte ihr sprachlos nach. Ihre entschwindende Unschuld traf ihn wie ein Vorwurf ob dieser einen Liebesnacht, und er stand da wie entblößt, schuldig wie ein junger Ehemann, der in flagranti mit dem Küchenmädchen ertappt wurde. Was in aller Welt trieb sie in Homburg? Und wusste sie, dass er bereits hier war? Max verschwand Hals über Kopf in Aladins Höhle, in der ein kleiner bärtiger Jude herrschte. Der Laden mit seinen Taschenuhren, Armbändern, Halsketten und schimmernden Edelsteinen auf schwarzem Samt in abgesperrten Vitrinen war düsterer als erwartet.

»Womit kann ich dienen, der Herr?«, fragte der Pfandleiher und blickte von dem kostbaren Halsband aus brillantgefassten Opalen und Rubinen auf, das er begutachtete. Er legte es aus der Hand, nahm das Monokel aus dem Auge und stellte es neben dem wie verträumt liegenden Geschmeide ab.

»Die junge Dame, die eben bei Ihnen war – was wollte sie?«, stieß Max hervor, der in seinem Schrecken alle Höflichkeit vergaß.

Der Pfandleiher schien ein wenig in sich zusammenzusinken. Alle in seinem Laden getätigten Geschäfte waren und blieben vertraulich. Er murmelte Entschuldigungen. Max stand hoch, fast dräuend vor ihm. Der Pfandleiher sagte nichts, senkte nur den Blick auf das Halsband, und Max begriff. Sophie hatte diesen Schmuck versetzt; ganz gewiss ohne Kenntnis ihres Vaters. Und wo war der Graf? War denn niemand zur Stelle, um diesen Tunichtgut, der seine Tochter war, in die Schranken zu weisen? In welchen Schwierigkeiten steckte sie? Erpressung und Laster lauerten in den Kulissen und warteten auf ihr Stichwort, um seine anbetungswürdige Sophie in den Abgrund zu reißen. Max bestieg sein metaphorisches Schlachtross und legte die Lanze auf den Pfandleiher an.

»Ich verstehe Sie vollkommen«, fauchte er, obwohl nichts erklärt worden war. »Wie viel?«

»Eintausend Taler.« Die Stimme des Juden sank zu einem kaum hörbaren Tremolieren. Sein Blick irrte nervös zu den Räumen hinter ihm, womöglich in der Hoffnung auf Verstärkung, falls der vor ihm stehende Herr, eindeutig ein naher Verwandter der liebreizenden jungen Dame, unangenehm würde. Max überlief es kalt. Die Juwelen funkelten auf der Samtunterlage zwischen ihnen. Dieses Halsband stammte zweifellos von der Mutter der Gräfin; gewiss war das Geschmeide Teil von Sophie von Hahns Mitgift und Erbe. Eintausend Taler entsprachen nicht annährend dem realen Wert, und der Jude wusste es. Max dachte kurz daran, das Halsband gleich wieder auszulösen, doch ohne Wolfgangs Zustimmung war daran natürlich nicht zu denken.

Max machte auf dem Absatz kehrt, riss ohne ein weiteres Wort die Tür auf und stürzte hinaus, die Straße hinab und hinein in die wässrige Morgensonne der Kleinstadt, der jungen Frau hinterher, die er mit seiner Hand und dem Geld seines Bruders zu ehren gedachte. Denn er sah Sophie von Hahn bereits als seine Gattin, und es kümmerte ihn wenig, dass er noch nicht einmal um ihre Hand angehalten hatte. Aber hatte sie sich denn in Luft aufgelöst, so entschlossen wie eine Fee, die bei Tagesanbruch verschwindet? Vor der Tür von Frau Heides Erstklassiger Pension zog er an der Glocke, und das schläfrige Mädchen, das auf sein Läuten hin öffnete, teilte ihm mit, sie hätten keine reichen Gäste wie den Grafen von Hahn, und weshalb er es nicht im Hotel Grand Continental versuchte? Außer Atem und Contenance, missgelaunt und nervös marschierte Max auf die Empfangstheke zu – um dort die Auskunft zu erhalten, Graf von Hahn und seine Tochter seien ganz richtig tags zuvor eingetroffen, hätten auch etliche Nachrichten für ihn hinterlassen, darunter eine dringende Einladung, mit ihnen zu speisen, ausgesprochen für den Abend zuvor, seien jetzt aber noch nicht aus ihrer Suite gekommen. Du kleines Biest, dachte Max gereizt und empört. Noch nicht angekleidet? Noch nicht ausgegangen? Er hätte ihr gern persönlich die Standpauke gehalten, die sie verdiente. Hatte sie sich in Schulden gestürzt? Gewiss bekam sie von ihrem Vater, dem Grafen, ein großzügig bemessenes Taschengeld. Unterstützte sie etwa notleidende Verwandte? In Maxens Vorstellung schwammen die Bedürftigen und die Unterstützungsunwürdigen in eins. Vielleicht hatte sie sich mit wohltätigen Werken religiöser Natur übernommen?

Eine Weile stand er unschlüssig in der großen Eingangshalle des Continental, neben ihm die Palmen in großen orientalischen Gefäßen, schließlich aber zückte er seine Visitenkarte, füllte die Rückseite mit Entschuldigungsworten und überreichte sie dem Portier, damit die Karte den Herrschaften zusammen mit dem Frühstück gebracht würde. Dann marschierte er hinaus in den Garten, um die eben aus Berlin eingetroffenen Briefe zu lesen: der eine von Wolfgang, der andere von Professor Marek, der ihn in Vorbereitung auf die kleinasiatische Grabung im Frühjahr zum Besuch einer Vortragsreihe einlud. Wolfgang skizzierte ein Gegenangebot, das Max den Lewes unterbreiten solle: Damit bekäme das Verlagshaus sowohl die Rechte für den Nachdruck auf dem Kontinent als auch das Übersetzungsrecht am nächsten Meisterwerk der Sibylle, das, wann immer es entstünde, zweifellos noch hervorragender und außergewöhnlicher würde als das gegenwärtige wunderbare und erstaunliche Opus magnum. Max ließ den Brief mit den Übertreibungen seines Bruders sinken: Schon wieder neue Verhandlungen mit dem unbeugsamen, haarigen Gatten! Max rannte beinahe eine ältere englische Dame samt Begleiter und kleinem Hund, die rund um den Springbrunnen promenierten, über den Haufen. Angesichts der sich vor ihm türmenden irritierenden Hindernisse verflog auch der Rest seiner Zufriedenheit über erbrachte sexuelle Leistung.

Und so kam es, dass Max, mit dem Gegenvorschlag des Verlegers gerüstet, aber verdrossen und nervös in der Oberen Promenade 14 vorsprach. Doch der Anblick, der ihn in den behaglichen Räumen in der ersten Etage empfing, kam ihm vor wie ein eigenartiges und beunruhigendes wissenschaftliches Experiment. Lewes – wahrscheinlich war es Lewes – saß am Tisch, noch im Hausmantel, ein ausladendes Handtuch über den Kopf gelegt, so dass seine Stimme, die heiser und halb erstickt war, nur gedämpft durch die Falten drang. Unheilverkündende Balsamschwaden erfüllten den Raum mit Menthol- und Eisenkrautdüften. Die Tinktur stammte offenbar aus dem braunen Fläschchen auf dem Tisch, und die Sibylle goss langsam und vorsichtig heißes Wasser aus einem Krug in die Schüssel, vor der ihr Mann saß, so dass die Dämpfe daraus emporstiegen wie Nebel aus dem Tal. Sie nickte Max ernst zu.

»Zieh das Handtuch ganz herunter, Liebster, und atme tief ein, damit du möglichst viel davon hast.«

Lewes beugte sich über die Schüssel, als wollte er sich übergeben.

»Bedaure, alter Knabe«, ächzte es undeutlich aus der Tiefe, hallend wie ein widerstrebender Geistführer, der auf dem Höhepunkt der Séance unter den Leinentüchern gefunden wird. »Sie finden mich leider etwas indisponiert.«

Max machte Anstalten sich zu entschuldigen und wieder zu entfernen, doch die Sibylle wie auch der gedämpfte Lewes bestanden darauf, dass er Platz nähme und bliebe.

»Es ist nur ein Brustkatarrh«, ächzte die Stimme, »und Pollys wunderbare Inhalation wird ihn womöglich beenden. Ich möchte sie keinesfalls anstecken.«

In den geschlossenen, stickigen, überheizten Räumen stand ein entsetzlicher Mief, der einem mit seinem Geruch nach Krankheit und Nelken buchstäblich den Atem raubte. Die Sibylle blickte zu Max hin; in ihren wunderbaren graublauen Augen stand eine innige, besorgte Zärtlichkeit.

»George meinte, ob Sie wohl so freundlich wären, mich auf einer Runde durch den Park zu begleiten. Er ist sicher, dass es ihm morgen besser geht, und überzeugt, dass meine Kopfschmerzen wiederkehren, wenn wir mit geschlossenen Fenstern hier sitzen.«

»Tun Sie ein gutes Werk, Max, und führen Sie Polly in die Sonne. Das macht Ihnen doch nichts aus, oder?«, krächzte der Wissenschaftler, mentholumdampft, aus dem für einen Moment angehobenen Handtuch hervor. »Und wehren Sie die Engländer ab. Wir mussten heute Morgen bereits Lady Castletown und ihre Tochter fortschicken, Mrs Wingfield, die Polly mit Vertraulichkeiten zu überschütten pflegt. Die Engländer sind freundlich und gesellig, aber auch äußerst ermüdend. Was Polly braucht, ist ein flotter Galopp *à pied* und eine Portion Frischluft, sonst sind ihr die Strapazen einfach zu viel.« Lewes verschwand wieder unter dem Tuch und versenkte sich in die Dampfschwaden, schnaufend, als röche er Höllenfeuer lang vor der Zeit. Max nickte höflich zu jedem Vorschlag.

Und sogleich stand sie vor ihm, die Sibylle, war angetan mit Haube, Pelerine, Handschuhen und Schal und bereit, fernab der Neugier, mit der sie die englischen Gäste im Hessischen Hof beäugten, mit Max als ihrem Bewacher und Ritter die ungezähmten Teile des Parks zu durchstreifen. Die Dame legte ein forsches Tempo vor, und Max erkannte mit einigem Schrecken, dass seine charmanten Promenaden als Flaneur durch Berlins Füllhorn der Vergnügungen ihn nicht vorbereitet hatten, an der Seite der Sibylle, die über blanke Wurzeln hinwegsetzte wie ein Rennpferd beim Hindernisparcours, über feuchte Waldwege zu rennen. Zielstrebig, von einem leichten Wind angetrieben, schritten sie weit ausgreifend unter sich rötendem Laub dem Fichtenwäldchen zu. Das Tempo gestattete erst nur sparsame Konversation, eine beiläufige Bemerkung hier und da, doch sobald sie in sicherem Abstand von den Scharen der Morgenspaziergänger waren, die den Musikpavillon umkreisten, verfiel die Sibylle in einen langsamen gleichmäßigen Trab und ergriff den ihr gereichten Arm mit einer dankenden Neigung ihrer großen weißen Stirn. Die in Unordnung geratene Haube glitt ein Stück zurück und offenbarte eine gewaltige Mähne graudurchsetztes Kastanienhaar. Max, eingeschüchtert, geriet ob dieses nicht gesuchten Tête-à-Têtes augenblicklich in Verlegenheit. Die mächtigen Bäume ringsum streuten vielfarbige Blätter, bunt wie Josefs Mantel, vor ihnen auf den Weg. Er achtete auf Dornenranken, die nach ihrem Schal greifen könnten, übersprang Pfützen, denn hier, an den Rändern des Parks, wurde der Pfad holpriger und löchriger. Die Sibyl aber wusste, wohin sie wollte. Der leichte Druck ihrer Hand auf seinem Arm führte ihn über kaum begangene, menschenleere Waldwege. An einem Wiesensaum erschreckten sie einen Hasen, der mit angelegten Ohren ins Unterholz floh. Der Weg führte jetzt eine leichte Steigung aufwärts. Die Bäume standen dichter und dunkler, und auf dem Weg lagen Sonnensprenkel.

»Hier ist alles so friedlich«, bemerkte die Sibylle und benutzte einen abgestorbenen Ast, um die zusammengebackene Erde von ihrem Schuh zu stochern. In einem Stück plumpste sie, schwer und feucht, zu Boden. »Man begegnet keinem Menschen.«

Max, dem es vor seichter Unterhaltung graute, verbeugte sich. Er war sicher, dass sie ihn bereits als unaufrichtig und dumm verworfen hatte.

»Ich bin hergekommen, um über das Finale von *Middlemarch* nachzudenken.«

Jetzt wusste er doch etwas zu sagen.

»Ihre Leser werden nicht nur dankbar, sondern auch bestürzt sein, Madame. Denn jeder Schluss ist ja nicht nur Auflösung des Dramas, sondern auch Abschied. Vor allem für diejenigen, die Ihnen durch dieses lange und fesselnde Jahr gefolgt sind. Für so viele Ihrer Leser sind Ihre Charaktere zu lebendigen Menschen geworden, dass sie bangen, welches Ende sie wohl nehmen werden.«

Er dachte an die möglichen Schlüsse, die Sophie sich ausgedacht hatte; zufrieden, erinnerte er sich, war sie mit keinem. Auf einmal war es ihm grenzenlos wichtig, wie die Geschichte ausging. Unbedingt wollte er seiner Braut sowohl das ausgelöste Halsband als auch ein glückliches Ende der Geschichte überreichen. Doch die Sibylle kam ihm zuvor.

»Der Schluss ist bei den meisten Schriftstellern der schwache Punkt, aber das liegt nicht nur an ihnen, sondern an der Natur des Romanschlusses, der im besten Fall eine Verneinung ist.«

Max verstand nicht. Er setzte eine bitterernste Miene auf und umrundete eine schlammige Bodenunebenheit mit übertriebener Sorge um seine hellgrauen Beinkleider. Die Sibylle aber zog ihn hinter sich her in den Wald. Sie blickte zu den leise raschelnden Bäumen hinauf; Ahorn, Esche, Birke, Eiche wichen nach und nach einem immer dunkleren Immergrün. Seite an Seite standen sie und lauschten den rauschenden Fichten. Als sie sich wieder in Bewegung setzten, verschluckte das Nadelpolster das Geräusch ihrer Schritte, und sie mussten enger zusammenrücken, denn der Weg wurde schmaler. Sofort senkten sie auch die Stimmen, als hätten sie eine Kirche betreten.

»Jede Grenze ist nicht nur Ende, sondern auch Anfang«, murmelte die Sibylle mit schräggelegtem Kopf, als lauschte sie dem Rhythmus der eigenen Worte. »Wie kann man sich von jungem Leben trennen, wenn man es so lang begleitet hat, wie kann man nicht wissen wollen, wie es ihm Jahre später ergeht? Denn das Fragment eines Lebens, so typisch es sein mag, ist kein Ausschnitt aus einem gleichmäßigen Netz: Versprechen werden womöglich nicht gehalten …«

Sie hielt inne und sah ihn an, und ihr großes Gesicht wirkte düster und erschöpft. Max fühlte sich beurteilt.

In seinen Kinderjahren war er voller Verheißung gewesen, war gewachsen und gediehen, groß und stark geworden, der Lieblingssohn seines Vaters, der Benjamin der Familie und ein Wunder: endlich ein gesundes Kind nach mehreren tragischen Fällen von frühem Kindstod. Seine Schwester, zunehmend kränkelnd, wurde schließlich vom Scharlachfieber dahingerafft, und seine Mutter hatte keine Hoffnung mehr, Wolfgang je ein Geschwister zu schenken. Aber hier stand er, der frohe, schöne Max mit seinen dunklen Augen und seinen prächtigen, starken Gliedmaßen! Er sah sich furchtlos auf seinem ersten Pony galoppierend, mit sieben Jahren fließend Englisch und Französisch plaudernd, an der Seite seines drahtigen strengen Lehrers die Namen sämtlicher Pflanzen aufzählend, als sei die Erde sein. Er hatte, das wusste er noch, an seinem zehnten Geburtstag zu viel Kuchen gegessen und sich heftig übergeben müssen, und getroffen hatte es sein Schaukelpferd. Er erinnerte sich an seine Schultüte, mit der er seinen allerersten Schultag begonnen hatte, und wie er mit fünfzehn in seiner Kadettenuniform porträtiert worden war – das Bild hing noch immer in der Diele. Hatte er die goldenen Hoffnungen seiner frühen Jahre erfüllt? Er hatte nicht nur das Geld seines Bruders vergeudet, sondern enttäuschte Wolfgang immer wieder aufs Neue, weil er alles anfing und nie beendete. Erwies sich ein Vorhaben als schwierig oder irritierend, zimmerte Max sich sogleich eine Ausrede zurecht, um dieses Betätigungsfeld wieder zu verlassen. Nicht auf Erfolge und Leistungen, sondern auf Versuche und Anfänge blickte er zurück, und all sein Zauber, all sein Reiz waren umsonst und verloren. Sogar einer wie Hans Meyrick mit seinen weibischen Locken und seinem überschwänglichen Drang, Eindruck zu machen, hatte etwas fertiggebracht: Er hatte mehr Feen auf der Leinwand untergebracht als jeder andere Maler; preiswürdige Leistung.

Die Sibylle schien sein Unbehagen zu spüren. Ihre Antennen zuckten wie bei der Gottesanbeterin, wenn sie eine atmosphärische Störung registriert. Versöhnlich, großzügig, verzeihend glitt der leuchtend graue Blick über sein Gesicht. Er konnte ihr nichts verheimlichen.

»Manchmal scheint es mir ...«, begann Max seine Beichte, doch die Worte fehlten ihm ebenso wie die Gefühle. Ringsum atmete still der Wald; Sonnenflecken lagen auf Haube und Schal der Sibylle.

»Wissen Sie, Mrs Lewes«, begann er, kam gleich in Fahrt, und es sprudelte aus ihm heraus: »Ich bin wie Ihr Tito Melema. Oder bin in Gefahr, so zu werden. *Romola* ist Ihr Buch, das eine Buch, das mir am meisten bedeutet hat, jedenfalls bis jetzt ...« Auf das Eingeständnis, dass er von *Middlemarch* kein einziges Wort gelesen hatte, war er nicht vorbereitet.

»Tito Melema war doch kein schlechter Mensch. Es gab eben Dinge, die er nicht vertrug – Streitereien, Ungemach, die Notwendigkeit, Entscheidungen zu treffen. Darin erkenne ich mich wieder. Es sollte für ihn alles so angenehm und schön sein, wie er selbst war. Und er schob alles auf die lange Bank. Er wollte ja wirklich seinen Vater aus der Sklaverei retten! Sobald er sich in Florenz eingerichtet und ein bisschen Einfluss gewonnen hätte, wollte er ihn freikaufen. Er wollte den Mann, dem er alles verdankte, nicht vergessen. Und er liebte Tessa, die kleine *contadina*, aufrichtig, nicht weil sie anspruchslos und naiv war, sondern weil sie fraglos an ihn glaubte. Sein Charakter war eben nicht stark genug, um Romolas feineres moralisches Empfinden zu begreifen, ja um ihrer Liebe würdig zu sein ...« Max verstummte; was er hatte sagen wollen, war ins Lächerliche abgeglitten. Da stand er mitten im Wald und schilderte ausgerechnet der Frau, die sie erfunden hatte, eine fiktive Figur, in der er eine abstoßende persönliche Warnung erkannte. Auf einmal sah er Tito, den lachenden Griechen, vergnügt und bedrohlich zwischen den scharfen Schatten der Fichten stehen, und Max wand sich zwischen diesem Phantom seiner selbst und dessen einziger Erzeugerin.

»Ich kenne diesen Tito«, stieß er hervor. »Ich kenne seine ganzen Schwächen. Es ist mir schrecklich, dass ich ihn auf Anhieb erkannte. Noch dazu so genau.«

Die Sibylle lächelte, ohne ihre furchterregenden Zähne zu zeigen, und bot Max wieder ihren Arm. Sie gingen weiter den Waldweg entlang, der unter dem Teppich aus abgestorbenen Nadeln kaum noch als solcher zu erkennen war.

»Es geht mir sehr nahe und ist mir eine Ehre, dass mein Werk so klar zu Ihnen spricht, dass Sie Tito mit so treffsicherem Blick erkennen. Sie haben Recht. Er ist kein Verbrecher; er will lediglich auf einem Weg durchs Leben gehen, der lückenlos mit Anbetung und Rosen bestreut ist. Aber das moralische Leben, dieser beste Teil unserer Seele, ist weder so rosig noch so einfach.« Sie hielt inne und blickte zum Atem der Erde hinauf, der die Wipfel der Bäume bewegte. »Es stimmt, dieses Buch ist mir lieb und teuer. Ich war eine junge Frau, als ich damit begann, und eine alte, als es beendet war.«

»Sie waren unnachgiebig in Ihrer Gerechtigkeit.« Max dachte an Titos Ende und an das grausige Schicksal, das jene erwartete, die unfähig waren, den furchterregenden Erwartungen des moralischen Lebens gerecht zu werden. »Der Verräter starb durch die Hand des eigenen Adoptivvaters.«

Die Schriftstellerin nickte mit düsterer Miene.

»Aber Rache, so gerecht oder scheinbar edel sie sein mag, ist nur im Roman überzeugend, Max.« Ihre Stimme klang, als sie ihn mit seinem Vornamen ansprach, herzlich und vertraut, und ihre Hand auf seinem Arm schob ihn sanft weiter. »In unserer menschlichen Welt lässt Rache nur einen Geschmack von Asche zurück. Meine erste Anregung zu diesem Teil der Handlung von *Romola* kam mir von General Pfuhl; fast achtzehn Jahre ist das jetzt her. Wir begegneten uns in Fräulein Solmars Salon in Berlin. Er berichtete von einem wohlhabenden Aristokraten, den ein abgefeimter Adoptivsohn um seine ganze Habe prellte. Der Mann tötete den Dieb, den er ins Herz geschlossen hatte – brachte ihn augenblicklich um. Er wurde festgenommen, vor Gericht gebracht und wegen Mordes verurteilt. Es heißt, er habe am Abend vor seiner Hinrichtung die Beichte verweigert und geschrien: ›Ich will zur Hölle fahren, denn *er* ist schon dort, und ich will meine Rache beenden.‹«

»Hat es ihm denn nicht gereicht, den Verräter umzubringen?«

Für diese Frage wurde Max mit dem sibyllinischen Lächeln beehrt, das verstörend war: mit gelben, lückenhaften Zähnen.

»Anscheinend nicht. Rache, wissen Sie, bindet den Rächer unumstößlich an die Person, die ihm Unrecht getan hat. Sie sind bis in alle Ewigkeit verurteilt, nicht voneinander zu lassen, nicht einmal im Schattenreich des Hades. Baldassare hat sich von Tito niemals befreit. Sein Hass wuchs und wurde so groß, wie seine Liebe einst gewesen war.«

Max beschlich der Verdacht, dass die Sibylle keineswegs an Hölle und Hades glaubte, obwohl sie beides so beredt im Munde führte, und es kam ihm eine neue Frage in den Sinn, die er sich früher nie gestellt hatte. Warum pries sie, wenn sie ohne Glauben an Vorsehung und Jenseits auf der Erde wandelte, derart dezidiert die religiöse Leidenschaft? War es möglich, vor aller Welt mit einem verheirateten Mann zusammenzuleben und dennoch von der Kanzel ihrer Dichtung herab Moral und Rechtschaffenheit zu predigen? Wie Wolfgang ihm versicherte, waren ihre ersten Anhänger – noch aus einer Zeit stammend, als ihre Identität so gut getarnt war, dass nicht einmal ihr Verleger wusste, wer dieser mysteriöse »Freund« von Lewes war – überzeugt, dass der Autor von *Adam*

Bede ein Geistlicher sei, Pfarrer einer ländlichen Gemeinde in Mittelengland. Die Sibylle hob ihre bemerkenswerten Augen zu Max, überlegte kurz und erteilte ihre Absolution.

»Max, denken Sie einen Moment über Ihre Interpretation des Tito nach. Sie erkennen seinen Charakter als einen gefährlichen. Sie erkennen, wohin solche Herzensträgheit führen kann. Sie sind aber nicht Tito, und Sie müssen ganz bestimmt nicht seine Wesensart nachahmen. Sie können wählen.«

Und bei diesen Worten fühlte sich Max von ihrer priesterlichen Präsenz auf einmal erleuchtet und getröstet. Es war nicht alles verloren, er durfte sich noch ein zweites Mal bewähren – auch wenn er nicht wusste, wie; er wusste nicht einmal, warum. Das Gewölbe des kathedralengleich ragenden Waldes und dazu dieses unheimliche Gefühl, nicht nur gehört, sondern erwählt worden zu sein – sie wirkten zusammen und fraßen an den fragilen Wurzeln seiner Selbstgefälligkeit. Das Zusammensein mit ihr hatte etwas Ungreifbares, Unfassbares, das ihn aus dem Morast seiner Selbstsucht hob. Und er legte ein inneres Gelübde ab, nie wieder eine Prostituierte aufzusuchen und nie wieder eine Spielbank.

Doch ehe der Tag um war, wurde Max abermals in Versuchung geführt.

Als sie zurückkehrten, warteten ein Stapel Visitenkarten und Mr Lewes, der friedlich auf dem Sofa lag. Lady Castletown hatte ihm allerlei irische Bronchialkuren aufgedrängt und Fleischbrühe nebst gedünstetem Gemüse aus der eigenen Küche ins Haus geschickt. Ferner hatte sie verlangt, dass »meine liebe Mrs Lewes und ihr bezaubernder deutscher Verleger, dieser hübsche junge Mann mit seinem entzückenden deutschen Akzent«, mit ihr zu Abend speisten, womöglich mit der Aussicht darauf, später den Kursaal zu besuchen und beim Glücksspiel zuzusehen. Der quecksilbrige kleine Unterhalter, der ihr Mann war, musste schließlich das Bett hüten, und die große Schriftstellerin, befand Lady Castletown, dürfe sich nur aus gebührendem Abstand seiner annehmen, denn dieser Husten sei zweifellos ansteckend, weshalb sie ihm ihren Leibarzt samt dessen tüchtigem Assistenten senden werde, auf dass sie die rasche Genesung des lieben Mannes herbeiführten. Die Sibylle lehnte zuerst strikt ab und wollte nicht von der Seite ihres Mannes weichen. Lewes aber fügte dem allseitigen Gelärme sein eigenes werbendes Krächzen hinzu.

»Wir essen miteinander hier, Polly. Aber du musst auch ein bisschen unter die Menschen gehen, sonst wirst du Beute trüber Gedanken. Ich fühle mich schon viel besser, und eine lange friedliche Nacht wird mich ganz wiederherstellen.«

Er schloss die Augen. Max drückte der Sibylle sacht die Hand, nickte zum Abschied und verließ leise den Raum. Erst auf der Treppe fielen ihm Wolfgangs überarbeitete Vertragsklauseln ein. Eine Wiederaufnahme der Verhandlungen kam derzeit nicht in Frage, Mr Lewes' Erkrankung verschaffte ihm eine Galgenfrist. Im nächsten Augenblick aber schob sich eine andere Erinnerung in sein Bewusstsein: eine Flut von Opalen, Rubinen und Brillanten, die sich über den Ladentisch des Juden ergoss. Die beiden unabweislichen Gedanken setzten sich in Handlungsanweisungen um und störten seine neugefundene Gemütsruhe empfindlich. Seinen Hut umklammernd, stürzte er hinaus in den sonnigen Herbsttag.

Zurück im Hotel Grand Continental flatterten ihm an der Rezeption mehrere Nachrichten entgegen. Graf August von Hahn und seine Tochter erwarteten ihn sehnlichst: Nach einem Aufenthalt im Kurbad (der unter Arthritis leidende Graf) respektive einem Galopp über Stock und Stein (die Gräfin) werde der »liebe Max« in ihrer Suite erwartet, »wenn Sie der berühmten Dame genügend um den Bart gegangen sind und das Geschäft zum Abschluss gebracht haben«, schrieb der Graf. »Meine liebe Tochter brennt darauf, sie kennenzulernen, und meint die Begegnung in Abwesenheit ihrer zu Hause gebliebenen Mutter über ihren in sie vernarrten Vater in die Wege leiten zu können. Ich verlasse mich auf Sie, Max: Erweichen Sie sich nicht, arrangieren Sie kein Treffen. Es käme alles ans Tageslicht, und meine Gattin zerrisse mich in der Luft.«

Der Graf und seine Tochter bewohnten fünf miteinander verbundene Räume in der zweiten Etage mit Blick auf das Königsschloss und den Park. Als Max den Flur entlangging, eilte das Zimmermädchen an ihm vorüber und brachte zwei Krüge mit heißem Wasser, damit sich die junge Gräfin nach ihrem stürmischen Ritt an der Spitze einer Eskorte von Bewunderern erfrischen könne. Und hier stand sie ja schon vor ihm, die junge Dame, noch in Reitkleidung, den Schleier zurückgestreift. Ihre Porzellanwangen waren gerötet, und ihre Augen tanzten.

»Warum sind Sie denn nicht früher gekommen?«, fragte sie. »Ich wollte Sie sehen und Ihnen viel erzählen.«

»Sie ritten durch die Lande, und ich bin von den Geschäften meines Bruders in Anspruch genommen«, erwiderte Max lächelnd und charmiert. Sie griff nach seinem Arm und zog ihn in den weiten, prunkvollen Raum voller Lüster und goldgerahmter Spiegel herein. Vier Terrassentüren führten auf einen langen Balkon, hinter denen er den Garten mit seinen Springbrunnen erspähte.

»Nur rasch herein! Vater! Er ist da!«

Was sie wohl zu erzählen hat?, dachte Max. Gewiss nichts von Pfandleihern und Pfändern. Er nahm sich vor, das Geheimnis Geheimnis sein zu lassen, jedenfalls vorläufig. Sophie warf schwungvoll ihre Jacke von sich und betätigte den Klingelzug so stürmisch, dass das Seil nachvibrierte. Ihre Begeisterung war maßlos und nicht gespielt.

»Ich habe Schokolade bestellt. Meine Finger sind eiskalt. Sie müssen unbedingt ein Glas mit uns trinken.«

Konnte es sein, dass sie dieses Collier im Auftrag einer anderen Person versetzt hatte? Der weiche Geruch des Wohlstands wehte durch die Räume. Undenkbar, dass die junge Gräfin sich verschuldet hatte. Mit achtzehn! Sophie bot ihm eine Zigarette an und schob die doppelten Fenstertüren auf.

»Rauchen Sie auf den Balkon hinaus. So macht es Vater auch. Zu Hause wird er von Mutter genötigt, draußen zu rauchen oder im Wintergarten. Und der heißt bei uns das Fumarium.«

Ein Schwall Herbstluft drang in die Wärme des Salons und roch nach verbranntem Laub. Und im selben Moment trat der Graf persönlich ins Zimmer. Er trug eine blauseidene, mit Orden und Bändern geschmückte Weste und erklärte, er müsse vor einer kleinen politischen Gesellschaft reden – nichts Umstürzlerisches, wohlgemerkt, es sei lediglich eine Gruppe Gleichgesinnter. Und auf einmal stand der Kellner im Raum und hielt in seinen weiß behandschuhten Händen ein Tablett, darauf eine Kanne Schokolade, mit Sahne zubereitet, Orangenkekse sowie hohe schlanke Gläser russischer Art, die in silberner Fassung auf der Fläche balancierten. Niemand hatte ihn klopfen hören. Max versinkt unterdessen in der Betrachtung Sophie von Hahns, er schwelgt im Anblick des glatten, durchscheinenden Teints, der zierlichen Ohrläppchen, der schimmernden Perlenohrringe. Sie ist nichts als Bewegung und Verve. Sie kann keinen Augenblick stillhalten. Sie irrlichtert an ihm vorbei, weizenblond und blau wie ein sommerliches Weizenfeld. Sie wirft sich in einen Sessel und stößt dabei an den Rosenholztisch, so dass die darauf stehende Blumenvase ins Wanken gerät. Sie streckt ihrem Vater einen Fuß entgegen, damit er ihr den Schuh aufschnürt und auszieht; gleich darauf folgt der andere. Max beobachtet diese fröhlich-familiäre Vertrautheit und wirft einen verstohlenen Blick auf ihre weißbestrumpften Zehen. Die glatte Biegung des Rists, der sanfte Schwung des Knöchels, das komplizierte Zucken des Wadenmuskels, als sie den Fuß dehnt und anwinkelt – es trifft ihn unvorbereitet. All ihre Jugend und Schönheit strömt flirrend und vieldeutig in die lange Dehnung ihres Körpers, als sie sich im Sessel zurücklehnt und hinter vorgehaltener Hand gähnt. Max drückt sich angelegentlich gegen den kühlen Stein der Balkonbrüstung und bläst Rauch in die eingerollten Blätter des zunächst stehenden Kastanienbaums. Von seiner Erregung ist nichts zu bemerken.

In der tiefen, andächtigen Stille des Kursaals drängten sich sechzig oder siebzig Menschen um die Roulettetische, viele am Rand stehend und über die Schultern der Sitzenden spähend. Einige Liebhaber des Roulettes saßen schon seit dem frühen Nachmittag hier auf vergoldeten Stühlen. Die ehrfurchtsvolle Konzentration der an den Tischen Sitzenden blieb ungestört und ausschließlich; die Stille unterbrachen nur ein leises Rattern, ein schwaches Klimpern und gelegentliches eintöniges Murmeln auf Französisch – *Faites vos jeux, Rien ne va plus,* geäußert wie von einem ausgeklügelten Automaten, der eigens konstruiert war, um bei diesem Ritual zu assistieren. Denn das Glücksspiel ähnelt ja wirklich der heiligen Messe: In der ganz besonderen Stimmung der versammelten Gemeinde, einer Zusammensetzung aus Zuversicht und Verzweiflung, in die sich ein wenig Neugier oder Langeweile mischt, wird ein Sakrament gespendet. Manche sind nur als Beobachter hier, andere mit Leib und Seele in die tödlichen Wonnen des Spiels verstrickt. Max hatte beides getan, jedes zu seiner Zeit, an ebendiesen Tischen, und stand nun weit abseits, wie um jegliche Ansteckung zu vermeiden, hielt den Schal der Sibylle, während diese halblaut mit Lady Castletown konversierte. Vor ihnen breitete sich, lässig oder angespannt, die weite Welt der Männer – auch einiger Frauen –, alt und jung, reich und bankrott, manche weit über den

Tisch gebeugt, ohne einen Blick für die anderen, vollkommen versunken in die hypnotische Trance des Risikos. Hier waren die kompromisslosen Spieler versammelt, die alles auf Rot oder Schwarz setzten und den verarmten Dilettanten, die mit lächerlichem Brimborium kleine Beträge setzten, keinerlei Beachtung schenkten. Rang, Alter, Geschlecht verblassten vor dem Roulettekessel und den Zahlen und Vierecken davor. Waren diese liebreizenden, herausgeputzten Damen mit ihren edelsteinbesetzten Pompadours Liebesdienerinnen oder Töchter aus reichem Hause? Es kümmerte niemanden. *Faites vos jeux, Rien ne va plus.*

Max beobachtete die Spieler. Er empfand, als säße er selbst dort am Tisch, das Prickeln der Aufregung in Schenkeln, Brust und Hals, das den erfasst, der gewinnt, der am Beginn einer Glückssträhne steht, und ebenso empfand er das leise Seufzen ringsum – immer von den Zuschauern, nie von den Spielern –, wenn die Strähne endet. Darum geht es schließlich beim Spiel: ums Verlieren. Am Ende verliert man immer. Man spielt so lange, bis man verliert.

Am Nebentisch aber saß jemand, der eine Glückssträhne hatte, und dies verursachte eine gewisse Bewegung in der Phalanx der Zuschauer. Eine Dame war es; Max sah nur Rücken und Schultern einer blauen Jacke und ein elegantes Hütchen in passender Farbe, unter dem sich das aufgesteckte Haar verbarg. Die Dame trug keine Abendkleidung; eigenartig, dass man sie hereingelassen hatte – sie erweckte eher den Anschein, als sei sie eben aus dem Schlosspark hereinspaziert, um sich zwischen Abendessen und Tanzvergnügen die Zeit beim Roulette zu vertreiben und mit dunkelblau verhüllten Händen die Jetons einzustreichen, die wieder und wieder über das grüne Tuch auf sie zukamen wie magnetisiert. Sie gewann, ein ums andere Mal.

War sie schön, war sie hässlich? Max konnte ihr Gesicht nicht sehen. Er reckte den Hals. Immer wieder wurde das blaue Hütchen von der Menge verdeckt, die wieder näher gerückt war, um *la belle qui gagne* zu beobachten. Mit beinahe angewiderter Geste schoben die schmalen Finger in blauen Handschuhen die Jetons über den Tisch, als wären sie giftig. Zurück kamen ihr Einsatz und in seinem Gefolge die Einsätze der Mitspieler. Max hob sich, als ihm zwei dicke seidenumhüllte Rücken die Sicht auf die magischen Hände nahmen, unwillkürlich auf die Zehenspitzen. Die Sibylle, die empfindlich wie ein Schmetterling auf jede Luftbewegung reagierte, spürte augenblicklich, dass er ihr abtrünnig wurde.

»Wer ist denn die junge Dame?« Sie reckte ihren großen Kopf und spähte zum anderen Tisch hinüber, doch der, umdrängt wie eine belagerte Festung, verbarg seine Geheimnisse.

»Eine junge Dame, die recht waghalsig setzt, glaube ich. Und gewinnt.«

Die Sibylle folgte seinem neugierigen Blick, und ohne sich zu verständigen, gingen sie hinüber zur anderen Seite, um zuzusehen. Während Lady Castletown von einer ihrer zahlreichen englischen Bekanntschaften aus dem Hinterhalt überfallen wurde und auf halbem Weg anhalten musste, bezogen Max und die Sibylle auf einem Kanapee nahe der Treppe, wo sie einen exzellenten Blick auf beide Tische hatten, Stellung. Max, sich niederbeugend, ließ erst die Sibylle Platz nehmen, drehte sich dann um und sah sich nach dem Gesicht unter dem blauen Hut um. Jetzt erkannte er sie natürlich, schluckte hart vor Schreck, starrte fassungslos über die geringe Distanz zwischen ihnen hinweg: Wenige Schritte von ihm entfernt saß, jetzt vorgebeugt, um ihren Einsatz zu machen, die Hand in Blau besitzergreifend auf den kleinen Wagnisturm gelegt, die Gräfin Sophie von Hahn.

Sein erster Impuls war es, die Sibylle, die jetzt ebenfalls fasziniert auf die glücksspielende Schöne blickte, sitzen zu lassen und das nichtsnutzige Frauenzimmer an den Haaren aus dem Kursaal und zurück ins Hotel zu zerren. Wie konnte sie es wagen, ihr Geld hinzuwerfen wie ein Berufsspieler, ein betrunkener zumal? Und wo war Fräulein Garstein, die Anstandsdame, die Sophie auf ihrem Spaziergang durch den Park und zur Tanzstunde hätte begleiten sollen, während der Graf bei seinem politischen Zirkel weilte? Vor seinen Augen gewann Sophie abermals, und ihre Finger strichen habgierig die gestapelten Jetons über das grüne Tuch zu ihr her. *Faites vos jeux*. Umsichtig wie ein Frankfurter Bankier teilte sie ihre Jetons in zwei ungleiche Hälften, zögerte kurz, schob den Löwenanteil auf Schwarz. Ein hörbares Atmen aus der Menge der Zuschauer durchbrach die Stille. Sie hatte ihren Einsatz verdoppelt. Ihre Augen verschlangen das blitzende Kreisen des Rads.

Roulette ist, sofern das Haus nicht die Maschine manipuliert, ein reines Glücksspiel. Gewinnen und Verlieren scheinen so zufällig wie die Akzidentien der Geburt: Das eine Kind kommt mit glänzenden, langbewimperten Augen zur Welt, das andere mit einer Hasenscharte. Ach Sophie, mit deinem heißen Blick, dem trotzig gesenkten Kopf, der Haltung deiner Schultern, die mit allem, was deines Weges kommt, den Kampf aufnehmen wollen, siehst du nicht, was rings um dich passiert. Der ganze Körper der jungen Dame wiegte sich, kreiste mit der Cuvette und der hüpfenden Kugel darin. Die anderen Hände, die ihre Einsätze machten, existierten nicht für sie. Nichts nahm sie wahr als das Rad mit seinem Türmchen in der Mitte, den sich drehenden Nummernfächern. Sie gewann abermals. Ein Raunen der Bewunderung und des Staunens begleitete das leise Klicken der über grünes Tuch geschobenen Jetonstapel. Max erstarrte; die Menge um die Spielerin verdichtete sich. Er beäugte sie wie ein Gepard, der zum Sprung auf die Beute ansetzt.

Die Sibylle legte ihm sacht die Hand auf den Ärmel. Er blickte auf die elfenbeinfarbene Spitze vor dunklem Anzugstoff und erwachte aus seiner Trance.

»Die junge Dame ist eine Bekannte von Ihnen, nehme ich an?«

Max erinnerte sich wieder, wo er war, verbeugte sich höflich, senkte den Kopf zu ihr. Niemand sollte ihren Wortwechsel hören.

»Ja, das ist sie, leider. Dies, Madame, ist die älteste Tochter des Grafen August von Hahn. Den Umstand aber, dass sie sich hier im Kursaal befindet, und dies ohne ihren Vater oder ihre gewohnte Begleiterin, vermag ich Ihnen nicht zu erklären.«

Das ironische Lächeln des Wiedererkennens, das die Sibylle ihm zuwarf, verschaffte ihm eine kurze Atempause, die er brauchte, um seine Wut niederzukämpfen – sie vielmehr gegen das Fräulein Garstein zu richten, das es fertiggebracht hatte, Sophie entkommen zu lassen.

»Das ist wirklich nicht zu begreifen. Was kann ...«

»Setzen Sie sich doch einen Moment«, schlug die Sibylle vor.

Max gehorchte.

»Wissen Sie, weshalb Sie mit derart leidenschaftlicher Hingabe spielt? Sie lebt zumeist auf dem Land, nehme ich an, und das Casino dürfte nicht gerade ihr regelmäßiger Aufenthaltsort sein? Obgleich Fortuna sie derzeit wirklich ins Herz geschlossen hat. Können Sie sich denken, weshalb sie hier ist?«

»Ja.«

Verführt von der Güte dieser weiten Prophetenstirn und der großen Zärtlichkeit in den Augen der Schriftstellerin, gab Max dem universalen Impuls nach, sein Herz auszuschütten. Er tat es indessen mit Vorbehalt: Seine Geschichte, von der Sibylle aufmerksam entgegengenommen, erwies sich als Meisterwerk der Auslassung. Ja, er hatte mit der Gräfin gespielt, als sie beide Kinder waren. Und natürlich war Wolfgang immer ein guter Freund des Grafen gewesen. Maxens Strategie war es, der Erzählung einen sentimentalen Beiklang zu geben und dabei seine unübersehbare, womöglich übertriebene Entrüstung und Sorge zu erklären. Der Graf war ja wie ein Vater zu uns, als unser Vater starb. Und so kommt es, dass ich die kleine Gräfin eigentlich schon immer kannte. (Es hört sich so an, als wäre ich der Bruder, den sie nie hatte.) Ich hatte bis gestern keine Ahnung, dass sie in Homburg sind. – Den jüngst erfolgten Besuch im Jagdschloss erwähnte er lieber nicht, erst recht nicht den Verlobungsvorschlag, den der Graf zusammen mit Wolfgang ausgeheckt hatte. – Heute Morgen, als ich früh unterwegs war (nachdem ich die Nacht mit einer Prostituierten verbracht hatte), bin ich ihr in einem Stadtviertel begegnet, in dem man sie nicht vermutet hätte. – Und an dieser Stelle verriet er den Vorgang, dessen Augenzeuge er zumindest indirekt geworden war, den Pfandleiher und das versetzte Halsband. Opale, Rubine und Brillanten rollten der Sibylle in den Schoß. Ja, Sophie von Hahn hatte einen Teil ihres Erbes auf dem samtbespannten Ladentisch des Pfandleiher zurückgelassen.

»Ah, sie war offenbar bei Herrn Wiener«, antwortete die Sibylle und nickte. »Sein Laden ist in der Judengasse. Er ist ein Freund von uns. Ich kenne ihn über andere Verbindungen.«

Max bereute auf der Stelle seine Unhöflichkeit gegenüber dem Pfandleiher, der ja sichtlich beunruhigt gewesen war, und sah verwundert die Sibylle an. Sie schien allwissend zu sein, alles verzeihend und über die Maßen großmütig, denn ihr gesellschaftlicher Umgang spannte sich vom Schloss bis zum Ghetto. Was, wenn der Jude ihr verriet, wie ungehobelt Max sich ihm gegenüber benommen hatte? Dramatische Mutmaßungen über Sophies Beweggründe quollen aus ihm hervor, und er machte kein Hehl aus seiner Verlegenheit. Warum musste die Gräfin überhaupt Wertgegenstände versetzen? Steckte sie etwa in Schwierigkeiten, die unaussprechlich waren? Die Sibylle hatte nur rationale Erklärungen zu bieten.

»Entweder, lieber Max, sie braucht tausend Taler, um ihre Spielleidenschaft zu befriedigen, oder ihre Schulden übersteigen diesen Betrag noch, und sie ist jetzt in diesem Augenblick damit beschäftigt, sie durch Gewinne am Spieltisch zu tilgen. Aber sie wird bald zu verlieren beginnen, und bevor es so weit ist, müssen wir sie aufhalten. Wir müssen außerdem die Notwendigkeit – oder die

Schuld –, die sie vor ihrem Vater geheim hält, aus der Welt schaffen. Der Graf von Hahn hat sich seinerzeit sehr für mich eingesetzt. Und diese Freundlichkeit will ich ihm jetzt vergelten. Dass seine Tochter mit Ihnen in Beziehung steht, macht sie mir umso interessanter. Aber einer von uns muss sie aus diesem bösen Tal der Versuchung retten. Wegen des Halsbands werde ich zu Herrn Wiener schicken. Einen Wechsel, der von mir kommt, wird er annehmen.«

Max starrte sie an, bass erstaunt ob ihrer Entschlossenheit.

»Gehen Sie. Machen Sie schnell. Halten Sie sie auf. Ihr Glück wird nicht lang anhalten.«

Die Sibylle stand auf, trat auf Lady Castletown zu und entfernte sich mit ihr in Richtung Speisesaal. Max stürzte sich ins Getümmel. Sophie saß vorgebeugt, die Ellenbogen auf den Tisch gestützt, vor sich die Türme gestapelter Jetons – ein Schatz wie aus Ali Babas Höhle. Max packte sie unsanft an der Schulter und zischte:

»Gräfin von Hahn, ich denke, Sie sollten sich jetzt zu Ihrem Vater begeben.«

Ihre Augen weiteten sich vor Schreck, als sie Max erkannte.

»Sie! Wie kann das sein? Wolfgang sagt uns, er habe Ihnen die Spielbank verboten.«

»Ich spiele nicht, Sophie. Sie schon. Packen Sie Ihre Jetons ein und stehen Sie auf. Augenblicklich.«

Ringsum erhob sich enttäuschtes Gemurmel, als er die glücksspielende Schöne am Ellenbogen fortführte. Geschwellt vor Rechtschaffenheit und zugleich knirschend vor Zorn stand Max daneben, während Sophie ihre Jetons in Bargeld verwandelte, ergriff dann abermals ihren Arm und führte sie an zahllosen faszinierten Blicken vorbei durch den Kursaal. Es war ein Spießrutenlauf zu getuschelten Kommentaren.

»Ein bemerkenswertes Mädchen, diese Sophie von Hahn«, hörte er es hinter ihnen raunen, »jemand ganz Besonderes ...«

»Wie ich höre, verhandelt der Graf mit den Verlegern um ihren Preis. Das ist übrigens Max Duncker, der sie da von ihrer Lustbarkeit fortzerrt. Soll sie nun eigentlich den jüngeren oder den älteren Bruder heiraten?«

»Ach, sie muss immer aus dem Rahmen fallen. Das ist wohl ihre Art. Finden Sie sie hübsch?«

»Sehr. Es gibt sicher Männer, die Kopf und Kragen für sie riskieren würden – zumindest ein Narr würde dies tun.«

»Sie mögen das also – *nez retroussé* und schlangenhafte Augen und diesen burschikosen Gang? Sie benimmt sich wirklich äußerst undamenhaft.«

»Heute Nachmittag sah ich sie mit wehendem Schleier auf einem Braunen durch die Auen reiten. Ziemlich tollkühn, die junge Dame.«

»Ein junges Mädchen, das ein Pferd beherrscht, ist aber sehr reizvoll.«

»Der jüngere Duncker war früher jeden Abend hier in der Spielbank. In diesem Jahr habe ich ihn noch gar nicht gesehen. Anscheinend wird auch er von der kleinen Gräfin beherrscht.«

»Nun, anscheinend hat sie jetzt seinen Platz eingenommen und hat mehr Glück bei Fortuna ...«

Max, hin und wieder einem Bekannten zunickend, innerlich aber bebend vor Zorn, führte Sophie in die frühe Kälte des hereinbrechenden Abends hinaus und durch die erleuchteten Straßen zum Marktplatz, und nie nahm er wahr, welche gesellschaftliche Sensation ihr flotter Marsch durch die Straßen der Stadt erregte. Was ärgerte ihn am meisten? Dass die Sibylle, ohne mit der Wimper zu zucken, einen Wechsel über eintausend Taler ausstellen konnte, was ihm niemals möglich wäre? Dass seine künftige Braut Seite an Seite mit Männern von zweifelhafter Ehre und Damen, die ganz gewiss keine Damen waren, am Roulettetisch saß? Dass Sophie von Hahn sich dem Gerede der Leute, den Kommentaren und dreisten Blicken aussetzte? Oder das pflichtvergessene Verhalten Fräulein Garsteins? Der verantwortungslose Graf? Oder erboste ihn die bittere Wahrheit, dass sie gewann, sogar gewaltige Summen gewann, während er jeden Einsatz unweigerlich verlor?

»Sie müssen mich nicht abführen, als wäre ich eine Verbrecherin, Max. Lassen Sie mich los.«

»Sie gehen mit mir zurück ins Hotel. Wie konnten Sie nur so unbesonnen sein?«

»Womit denn? Mit meinem Glück im Spiel?«

Mit glutroten Wangen entwand sich Sophie seinem Griff, baute sich auf den Stufen des Grand Continental auf und erklärte so laut, dass alle Welt es hören konnte:

»Wie können Sie es wagen, mir das Spiel zu verderben? Ich war schon so weit! Ich weiß genau, wann ich aufhören muss. Sehr im Unterschied zu Ihnen, wie man so hört. Sie haben noch nicht einmal um meine Hand angehalten, und doch glauben Sie, Sie könnten mich behandeln, als wäre ich eine erbärmliche Ehefrau, die Sie herumkommandieren können. Sie haben kein Recht, mir Befehle zu erteilen. Und das werden Sie auch niemals haben.«

Max bugsierte sie und ihren unrechtmäßigen Gewinn durch das Hotelportal. Und da kam auch schon Fräulein Garstein, eine respektable, stattliche Person mittleren Alters in grauer Seide, auf sie zugeeilt.

»Ah, *ma chère*, da sind Sie ja endlich! Ich war in entsetzlicher Sorge um Sie! Der Herr an der Rezeption sagte mir, Ihr Kopfschmerz sei völlig abgeklungen, und Sie seien ein paar Schritte vor die Tür gegangen. Doch im Garten habe ich Sie vergeblich gesucht. Aber ach, wie erleichtert ich bin, dass Sie nicht allein waren! Da haben Sie ja zum Glück eine sehr akzeptable Begleitung gefunden!«

Sie lächelte Max, dem Bräutigam in spe, mit schlecht verhohlener Häme zu. Sophie indessen legte ihr schweres Bündel Banknoten und Münzen auf dem Marmortisch im Foyer ab, kehrte ihrem sehr akzeptablen Begleiter den Rücken zu und begann mit ostentativer Langsamkeit die Nadeln aus ihrem Hut zu ziehen. Max, vor Zorn verstummt, verbeugte sich vor beiden Frauen und entfernte sich wortlos. Während er die Obere Promenade bis zum Kursaal entlangmarschierte, verursachte er anhaltende Kränkungen bei mehreren Bekannten, indem er sie übersah.

Im Foyer des Casinos stand die Sibylle, schon mit Mantel und Schal angetan, schenkte der neugierigen Truppe von Bewunderern freundliches Wohlwollen, in ihren gleichsam flüssigen Augen aber stand eine bange Sehnsucht nach dem Heim, nach ihrem geliebten kleinen Wissenschaftler. Sie nahm Max beiseite, zog aus ihrem Handtäschchen ein leinenes Taschentuch, und als sie es auseinanderfaltete, funkelte es darin in allen Farben des Regenbogens. Im Gaslicht glänzten und glitzerten Edelsteine.

»Das ist doch ... das ist doch genau ...!« Max schnappte nach Luft. Wie hatte sie die Halskette in so kurzer Zeit an sich bringen können?

»Sie muss gleich zurückgegeben werden. Und zwar, denke ich, sollte man sie zu treuen Händen im Hotel abgeben.« Die Sibylle zögerte einen Moment. »Es wäre doch überaus kompromittierend«, sagte sie, »ja demütigend, wenn die Gräfin sie aus Ihrer oder meiner Hand empfinge. Sie hat nun mal ihr Schicksal selbst in die Hand genommen, und hier kommen wir und berauben sie aller neu gewonnenen Macht.«

Mit Schalk in den Augen sah die Sibylle ihn an.

»Ich habe mir die Freiheit genommen, folgende Nachricht zu verfassen. Meine Handschrift kennt sie ja nicht.«

Sie reichte Max ein aus einem Notizheft getrenntes Blatt, auf das sie mit gut lesbarer, aber geschwinder Hand auf Englisch geschrieben hatte:

Ein Fremder, der das Halsband der Gräfin von Hahn gefunden hat, gibt ihr dieses zurück in der Hoffnung, sie möge dessen Verlust nicht wieder riskieren.

Max errötete und sah die Sibylle stumm an; er fühlte sich ausgestochen, in den Schatten gestellt, zum Schweigen gebracht. Sie aber reichte ihm Kette und Nachricht und ergriff seinen Arm, als gehörten sie zusammen.

»Und jetzt, Lieber, hatte ich genügend Abenteuer für einen Abend in der Spielbank und wäre entzückt, wenn Sie mich heimbrächten.«

KAPITEL 8

in welchem unsere Erzählerin einige Ungereimtheiten reimt

Max, ungewohnt krumm auf seinem Stuhl am Frühstückstisch sitzend, beäugte die Neuankömmlinge, die den Speisesaal betraten, und knabberte an seinem mit Butter bestrichenen Hefezopf, während der Graf die englischen Zeitungen studierte. Sie waren alle heillos veraltet und doch heiß begehrt bei den frühen Gästen des Grand Continental. Hatte Max über Nacht seinen Seelenfrieden wiedergefunden? Wie wir alle zumeist? Durchaus nicht. Seine Gefühlstemperatur war um zehn Grad gestiegen, und als er eine kurze Nachricht an die Sibylle verfasste, in der er sich nach der Gesundheit ihres Gatten erkundigte, flammte der Zorn des vergangenen Abends mit unverminderter Heftigkeit wieder auf. Ob er Sophies Anwesenheit im Spielsaal erwähnen sollte? Nein, lieber bedeckt halten. Nichts Explizites oder gar Inkriminierendes. Ich danke Ihnen für Ihr freundliches Verständnis bezüglich des gestrigen Vorfalls. Das reicht schon.

Aber es reichte ganz und gar nicht. Er saß dem Grafen gegenüber, fühlte sich kompromittiert durch sein Schweigen über Sophies Eskapade am Vorabend und war überzeugt, dass sie dem Grafen auf jeden Fall zu Ohren käme. Die meisten Besucher in Homburg hatten Sophie am Spieltisch gesehen. Rückblickend schien ihm dieser Umstand noch gar nicht der schlimmste unter den gestrigen

Vorfällen. Dass ihm die junge Gräfin unverblümt einen Korb gegeben hatte, und dies unüberhörbar, in aller Öffentlichkeit auf der Treppe des Hotels, noch ehe er sich überhaupt hatte überwinden können, um ihre Hand anzuhalten, empfand er als niederschmetternd. Sicher käme auch dies dem Grafen zu Ohren. Warum hatte der nichts gesagt? Er saß einfach da, überflog die Spalten der *Times*, einer von ihm als widerwärtig bezeichneten Zeitung, und brummte mürrisch vor sich hin.

»Wiege der Demokratie, dass ich nicht lache! Ein zweites Athen! Sie wissen nicht, was sie sagen. Die Athener Demokratie war eine Oligarchie auf der Grundlage eines Sklavenstaats. Und von Frauenwahlrecht konnte keine Rede sein.« Keine seiner wahllos ausgestoßenen Lästereien richtete sich gegen Max.

»Ah! Hier bist du, meine Liebe!«

Mit ihrer als undamenhaft kritisierten Burschikosität hatte Sophie mit zwei Sätzen den sonnendurchfluteten Speisesaal durchquert, und im nächsten Moment landete auf des Grafen Schnauzbart ein schmatzender Kuss. Sie trug Reitkleidung und hatte den blonden Zopf um den Kopf geschlungen wie ein Bauernmädchen bei der Arbeit. Max stand sofort auf und verbeugte sich. Unter gesenkten Lidern hervor spähte er nach ihren Grübchen.

»Gräfin«, murmelte er. Sophie von Hahn, jäh errötend, verneigte sich ihrerseits, sagte aber nichts, sondern setzte sich abrupt.

»Ich habe Schokolade für dich bestellt. Max und ich trinken Kaffee.« Der Graf bemerkte die beiderseitige Verlegenheit und lächelte – aha, *bonjour l'amour*, wie passend, wenn junge Liebende beim wechselseitigen Anblick erröten und zu zittern beginnen, wir waren schließlich alle mal jung. Er winkte nach einem Ober.

Die vermeintlich Liebenden warfen einander einen gedemütigten Blick zu. In Gegenwart des Grafen konnte nichts gesagt werden. Sophie hatte sich als Erste wieder im Griff und bekundete ihr Bedauern mit stummen Lippenbewegungen, *Verzeihung bitte*. Ihre

Miene, der gesenkte Blick ließen echte Reue vermuten. Max saß kerzengerade ihr gegenüber und bezeugte seinerseits Bedauern. Er war entwaffnet. Ein Silberkännchen mit heißer Schokolade und ein Korb mit frischem Toast wurden gebracht, aber es kam auch der Hoteldirektor und überreichte der jungen Gräfin ein Päckchen, das am späten Abend für sie abgegeben worden sei, ein ihm unbekannter Knabe habe es gebracht. Besagten Knaben hatte Max, der währenddessen rauchend und unschlüssig auf der Treppe gestanden hatte, gegen Bezahlung beauftragt, das Päckchen an der Rezeption abzugeben, um gleich darauf selbst mit unbeteiligter Miene ins Foyer zu schlendern und als verantwortungsbewusster Freund der Familie darauf zu bestehen, dass das Päckchen bis zum anderen Morgen im Tresor verwahrt werde. Auf keinen Fall durften die eben erst ausgelösten Edelsteine der Gefahr eines neuerlichen Verschwindens ausgesetzt werden.

Sophie, ahnungslos und frei von Schuldbewusstsein, legte das Päckchen neben ihren Teller und sprach herzhaft ihrem Frühstück zu. Maxens Blick wich sie aus. Max wiederum saß reglos, wie gebannt auf das Päckchen starrend, und mimte Aufmerksamkeit für den politischen Vortrag des Grafen. Endlich griff Sophie zu dem Päckchen, schlitzte es mit ihrem fettigen Messer auf, als filetierte sie einen Fisch, und die Edelsteine quollen aus ihrer Hülle, die das Leinentuch der Sibylle war. Und hier lag auch die verhängnisvolle Nachricht, ein herausgetrenntes Blatt mit dem dezenten Tadel. Der Graf beugte sich vor, verwundert und mit keimendem Argwohn.

»Wie um Himmels willen kommt das Halsband deiner Mutter auf diesen Frühstückstisch, Sophie? Habe ich dir nicht befohlen, es im Hoteltresor aufzubewahren, wenn du es nicht trägst? Es ist viel zu kostbar, als dass du es einfach in der Handtasche herumtragen dürftest.«

Ihre Augen huschten über die beigelegte Nachricht. Wieder errötete sie tief, gleich darauf erblasste sie, und ihre Finger, die das

Messer hielten, zitterten. War es ohnmächtige Wut, was sie empfand, oder verletzter Stolz? Sie musste doch sofort erkannt haben, dass diese gut leserlichen Zeilen nicht von Maxens Hand stammten. Niemals schriebe er ihr auf Englisch. Aber kannte er die Identität dieses Fremden? Sie hob ihre grün funkelnden Augen und starrte ihm forschend ins Gesicht. Seine Miene war unbeteiligt, sein Blick auf das Zigarettenetui gerichtet, das er soeben aufklappte. Wer also? Wer wusste Bescheid? Hatte der Pfandleiher selbst das Pfand zurückgebracht?

»Sophie? Hörst du mir zu?«

»O ja, Vater. Ich bringe es auf der Stelle in den Hoteltresor zurück.« Als wäre das Halsband niemals anderswo gewesen.

»Du kannst es ja heute Abend zum Diner und anschließenden Ball tragen. Deine Mutter wäre gewiss erfreut.«

Das versetzte Collier war also nicht einmal ihr Eigentum; nicht zu fassen. Max verschleierte sein unwillkürliches Schnauben der Empörung mit einem nachträglichen Hüsteln. Sophie ließ die zerknitterte Nachricht in ihrem Ärmel verschwinden und das schuldige Halsband außer Sicht in ihrem Schoß. Er sah sie die Ärmelmanschette ein Loch enger knöpfen, um die Nachricht nicht zu verlieren. Darüber wird sie sich später in ihrem Zimmer den Kopf zerbrechen, dachte Max. Und sie wird sich jeden englischen Hotelgast ansehen und sich fragen, welcher es wohl sein mag. Unterdessen aber war ihr Appetit unbeeinträchtigt. Sie verschlang zwei weitere Scheiben Toast und eine Schale Birnen in Honig, leerte ihre immer noch dampfende Schokolade, zwei Tassen, stand auf.

»Ich bitte, mich zu entschuldigen.«

Das Collier mit beiden Händen umschlossen, ging sie zur Hoteldirektion davon. Sie wird den Direktor aushorchen, dachte Max, und dann rupft sie ein Hühnchen mit Wiener. Ob sie wirklich so weit ginge? Eines meinte er ganz sicher zu wissen: Sophie von Hahn hielt den Unbekannten, der ihr das Collier zurückgekauft hatte, seine Identität aber nicht preisgab, für einen Mann. Für einen, der sie wahrscheinlich beobachtete.

Fühlte die junge Gräfin sich kompromittiert, erniedrigt, bloßgestellt? Wie es angebracht gewesen wäre? Max hatte keine Vorstellung davon, was in ihr vorging. Der Graf wandte sich wieder zu Max, doch dessen Gedanken waren derart von Sophie besetzt, dass ihn die jähe Veränderung im Verhalten des Grafen, die plötzliche Vertraulichkeit seines Tons, die gesenkte Lautstärke unvorbereitet traf.

»Würden Sie wohl eine Weile ein Auge auf Sophie haben? Seien Sie so freundlich, bitte. Nur ein paar Stunden, während ich dem Kursaal einen kleinen Besuch abstatte.«

Glücksspiel? Der Graf? Max war sprachlos. Im nächsten Moment schnellte der ältere Herr vor wie eine Eule, die eine Maus erspäht, und hielt ihm seinen mächtigen Schnauzbart vors Gesicht. »Und kein Wort zu Hause, gut? Sie können Ihrem Bruder sagen, dass ich Ihnen verboten habe mitzukommen.«

Anscheinend waren alle, die durch die Straßen und Geschäfte von Homburg vor der Höhe schlenderten oder wegen seiner weithin gerühmten Heilquellen kamen – ein Elixier gegen alle bekannten Leiden, seien es Schuppenflechte, Arthritis oder Verletzungen diverser Art –, in Wahrheit aus ganz anderen Gründen hier, nämlich wegen des Casinos und seiner Roulettetische. Diese schlauen französischen Unternehmer, die Gebrüder Blanc, François und Louis, hatten vom Landgrafen Ludwig von Hessen-Homburg für dreißig Jahre die Konzession für Bau und Betrieb der Spielbank und den Anspruch auf einen Jahresumsatz von mindestens einhunderttausend Gulden erworben. Am 23. Mai 1841 wurde das Casino eröffnet. Und bald war aus einem unbedeutenden Provinzstädtchen, Hauptstadt eines Kleinfürstentums, mit einem eleganten Schloss auf dem Hügel und Bauernhöfen und Wäldern ringsum, ein internationaler Kurort mit einer mondänen Spielbank geworden, in der hohe Summen gesetzt wurden. Dostojewski nannte den Ort »Roulettenburg«, denn das Kurhaus mit seinen Säulen und dekorativen Türmchen ähnelte ja wirklich einem Schloss en miniature – in dessen linken Flügel drehten sich die verhängnisvollen Glücksräder. Unter den Verruchten und Zügellosen, die sich hier niederließen, blühte die Stadt auf; auch die Verruchten und Zügellosen gediehen und grünten wie der biblische Lorbeerbaum. Straßenlaternen beleuchteten die wichtigen Straßen, und eine direkte Zugverbindung nach Frankfurt verschaffte Homburg Zugang zur großen Welt. 1866 waren die drei opulentesten preußischen Casinos, in denen auch Ausländer, zumal Engländer sehr gern verkehrten, Wiesbaden, Ems und Homburg. Bald aber gewann die puritanische preußische Moral die Oberhand, und mit der Gründung des Deutschen Reichs erging der Befehl zur Schließung der Spielbanken. Die Gebrüder Blanc wollten bis zum allerletzten Augenblick, genauer: bis zur dreiundzwanzigsten Stunde des letzten Tages, des 31. Dezember 1872, weiterspielen lassen und erst dann zu ihrem profitablen kleinen Zweitunternehmen zurückkehren, dem Casino von Monte Carlo.

Die unmittelbar bevorstehende Schließung füllte den Spielsaal des Kurhauses mit süchtigen Spielern und schaulustigen Touristen. Hätte man ihn gezwungen, sich zu erklären, so hätte August Graf von Hahn zwei Gründe genannt, weshalb es ihn zu den Kartentischen und Fortunas Rad zog. Es war ihm ein echtes Herzensanliegen, an diesen silenischen Vergnügungen teilzunehmen, ehe die unfreundlichen preußischen Harpyien sie auskehrten; daneben aber lag ihm daran, ein kleines Tête-à-Tête zwischen seiner arglosen, munteren Tochter und ihrem Auserkorenen herbeizuführen. Sollten die jungen Leute einander doch besser kennenlernen. Keinen Moment lang zweifelte er an der Ehrenhaftigkeit von Maxens Absichten. Selbstverständlich wollte der junge Mann die hübsche Gräfin heiraten. Hätte nicht jeder ehrgeizige junge Mann, der die Mittel dazu besaß, diesen Wunsch? Der Graf hätte sein ganzes Vermögen darauf gesetzt. Nun, junger Mann, hier ist Ihre Chance.

»Ja, natürlich, mein Herr, selbstverständlich.«

Max stand auf und verbeugte sich, während der Graf sich auf die Suche nach seinem Portemonnaie und seinem Mantel machte. Einen Moment später war Sophie zurück.

»Wo ist denn mein Vater?«

»Auf dem Weg zum Kursaal«, antwortete Max und begegnete zum zweiten Mal an diesem Morgen ihrem Blick.

»Im Ernst?«

Die Entgeisterung, mit der sie einander anstarrten, war nicht ganz echt: Schon im nächsten Moment brachen sie gleichzeitig in verhaltenes Gekicher aus, das sich bald zu einem schallendem Gelächter auswuchs. Sie krümmten sich vor Lachen und mussten sich aneinander festhalten, und die Frühstücksgäste verstummten und starrten. Das Unaussprechliche ließ sich jetzt besprechen.

»Er wird es erfahren, Sophie. Jemand wird es ihm sagen.«

»Ich weiß. Ich muss mir irgendeine haarsträubende Geschichte ausdenken. Aber Sie springen mir bei, oder? Sie haben mich ja gewinnen sehen.«

»Ich kann nicht behaupten, ich hätte Sie ermutigt. Ich habe Sie dort herausgeholt.«

»Nun, jedenfalls haben Sie nicht selber gespielt. Ihr Bruder bekäme einen Anfall.« Ein neuerliches Gelächter drohte sie zu übermannen.

»Kommen Sie mit«, befahl sie dann. »Es ist abgemacht, dass ich vor dem Diner noch ausreite, und ich muss Ihnen etwas zeigen.« Sie nahm sich einen Apfel aus der Obstschale.

»Ich hoffe, Sie werden mir Ihr gestriges Verhalten erklären. Auch wenn Sie nicht das geringste Bedauern empfinden.«

Sie gingen bereits die Dorotheenstraße entlang; bei seiner Bemerkung blieb sie stehen und zwang ihn, ebenfalls innezuhalten.

Ein kalter Windstoß bauschte seinen offenen Mantel. Warm war es nur in der Sonne. Sie lächelte ihn verschmitzt an.

»Werde ich Ihnen alle meine Geheimnisse offenbaren?«

Sie ergriff seinen Arm und lachte, lachte wie damals, als sie ihn beim Jagdschloss ihrer Familie durch das Unterholz zu der geheimen Hütte geführt hatte, einem kleinen Holzschuppen, eigenhändig gezimmert, mit echten Vorhängen; die Kinder bewahrten dort angeschlagenes Geschirr auf, mit dem sie zum Essen aufdeckten. Max registrierte mit Sorge, dass sie die Stadt in derselben Richtung, in der die Königsgasse verlief, verlassen hatten, und fürchtete Schlimmes, doch sie bog bald in eine schmutzige, mangelhaft gepflasterte Gasse ein, in der gleich hinter den Ställen die Wiesen anfingen. Der Schlosspark mit der neuen Tannenwaldallee lag jetzt hinter ihnen, vor ihnen erstreckte sich die weite Fläche der Felder und Wiesen, in der Ferne grasten Kühe. Sophie bog in einen schmalen Feldweg ein, und gleich darauf mussten sie sich flach an die Hecke lehnen, denn zwei Reiterinnen, den Schleier tief ins Gesicht gezogen, um sich vor Staub zu schützen, trotteten vorüber. Max spürte die Zweige, die ihn in den Rücken stachen. Er hatte schon wieder vergessen, dass Sophie es abgelehnt hatte, ihn zu heiraten, und fing an, sich ihr gemeinsames Leben auszumalen. Er wusste, dass sie mit ihrer Mutter in Berlin die Wohltätigkeitskonzerte besuchte, im Theater oder in der Oper aber hatte er sie nie gesehen; hoffentlich bestand sie nicht darauf, den Großteil ihrer Zeit auf dem Land zu verbringen. Reichte es ihr denn, sich tagaus, tagein auf Feldern, in Gärten, in Ställen herumzutreiben?

»Sie reiten selten, Max, oder?« Er meinte in ihrem Tonfall einen fragenden Vorwurf herauszuhören und erschrak; offensichtlich sah sie ihn bis in alle Ewigkeit endlose Boulevards entlangschlendern.

»Mein Bruder hält eine Kutsche, aber keine Reitpferde«, räumte er ein und stellte mit Unbehagen fest, dass die Gebrüder Duncker durchaus gemäß ihren Verhältnissen zu leben schienen. Aber sie waren schon bei den Ställen angelangt. Den Rock ihres Reitkleids schürzend, sprang Sophie über eine Pfütze und ließ dabei ihre Stiefelchen sehen, deren Absätze mit den kleinen silbernen Sporen schlammbespritzt waren. Max beobachtete ihren offenen, leutseligen Umgang mit dem Stallmeister, der gleich herausgekommen war, um sie zu begrüßen. Sie schüttelte ihm herzlich die Hand – eigentlich sah es aus wie eine Vereinbarung per Handschlag. Dann wurde ihm klar, dass es genau das war: Sie verabredeten sich per Handschlag.

»Ich habe Vorkehrungen getroffen, dass das Geld direkt an seinen Vermittler gezahlt wird, das können Sie Herrn Halmers ausrichten. Der Restbetrag erwartet ihn im Hotel. Und ich wiederum erwarte, dass mir die unterzeichneten Papiere, eingeschlossen Dokumentation und Kaufurkunde, am Ende des Tages überbracht werden, damit ich den Transport per Bahn veranlassen kann.«

Sie drehte sich zu Max um. »Kommen Sie, schauen Sie!«

Und sie tänzelte in den langen düsteren Tunnel des Stalls mit den offenen Verschlägen zu beiden Seiten hinein. Er folgte ihr. Seine Augen gewöhnten sich nur langsam an das Dunkel; in der Düsternis mischten sich die satten warmen Gerüche nach Pferd und Heu und wurden intensiver, je tiefer sie eindrangen. Sophie öffnete vorsichtig einen Verschlag und sprach murmelnd auf eine große braune Stute ein, die leise schnaubend den Kopf hob. Hinter ihr stand ein kleinerer Brauner, vielleicht ein Einjähriger, mit weißen Fesseln. Max sah die Augen beider Pferde erschrocken flackern und ausweichen. Sophie legte der Stute ein Halfter um; das Tier senkte den Hals, und ein Zittern lief über seine mächtigen Flanken. Während der ganzen Zeit unterhielt sich die Gräfin halblaut mit beiden Pferden.

Und zu Max sagte sie: »Jetzt ist es geschafft. Jetzt gehören sie mir. Alle beide.«

Max, in gebührendem Abstand, verscheuchte hutwedelnd die Fliegen und staunte.

»Sie meinen, Sie haben gestern Roulette gespielt, um das Geld für den Kauf zweier Pferde zu gewinnen?«

»Ja. Und ich habe, wie sich gezeigt hat, viel mehr gewonnen, als ich brauchte.«

Dachte sie an das ausgelöste Halsband? Max konnte nicht fragen, ohne sich zu verraten.

»Vorsicht. Treten Sie zurück, bitte. Ich führe sie jetzt hinaus.«

Und die schwarzbraune Stute trat in die warme Herbstsonne hinaus, krümmte den Hals und hob den Schweif und setzte einen Haufen dampfender goldbrauner Äpfel gefährlich dicht neben Maxens frisch polierten Schuhen ab. Sophie lachte, als sie ihn mit einem Sprung auf sicheres Terrain ausweichen sah, und trat dann selbst zur Seite, um das Fohlen an seiner Mutter vorbeitrotten zu lassen. Es wieherte leise vor Aufregung über die Freiheit, die frische Luft. Die Pferde, die noch im Stall standen, begannen zu stampfen und wieherten sehnsüchtig ihren Gefährten nach, denn auch sie rochen jetzt Freiheit und weite Wiesen. Der Stallmeister gab dem Einjährigen einen Klaps auf die Kruppe, woraufhin der Kleine in Trab verfiel und, mit seinen noch unbeschlagenen Hufen über das Kopfsteinpflaster schlitternd, den Hof umrundete. Beide Tiere sprühten vor unverbrauchter Energie und Kraft.

»Heute lasse ich sie beide durch die Wiesen rennen, und morgen reite ich die Stute. Ich brauche einen breiteren Damensattel. Herr Halmers hält seine Pferde in Verschlägen eingesperrt. Dabei sind sie doch wie wir. Sie müssen galoppieren und sich an der Sonne freuen.«

Max schloss daraus, dass Sophie sich nie und nimmer in Krinolinen und Salons einschließen ließe. Was hatte er dieser Tochter von Artemis zu bieten? Eine Woge des Zweifels ergriff ihn und ertränkte fast sein wiederhergestelltes Selbstvertrauen. Er empfand sich als einen Zögerer, während Sophie vor Entschlussfreude sprühte. Hier stand sie, war maßlos entzückt von ihrer prächtigen Braunen und deren Fohlen, streichelte die schwarzen Mähnen und muskulösen Schultern, während die Tiere sie umtänzelten und schnaubend den Atem ausstießen; die Stute knabberte an Sophies Fingern und zerrte ungestüm am Seil, und als der Stallknecht das Tor öffnete, löste Sophie das Seil vom Halfter und ließ sie laufen. Endlich frei, warfen die zwei Pferde den Kopf in den Nacken und trabten mit einer Erregung, die geradezu ansteckend war, in die Wiesen davon, stampften auf der weichen Erde unter den Hufen und schüttelten die Mähne. Und nun verfielen sie in Galopp, den Schweif erhoben wie flatternde Fahnen, riefen einander zu und stoben hügelabwärts zum Fluss. Zurück blieb eine pfeilgerade Spur durch das feuchte Gras, und ihre dunklen Silhouetten hoben sich scharf vor dem silbrigen Laub der Weiden ab.

Sophie, auf der unteren Sprosse des Tors stehend, jauchzte vor Begeisterung.

»Sehen Sie, Max! Sehen Sie sich meine Pferde an! Nicht einmal ich – und ich habe sie doch ausgesucht –, nicht einmal ich hätte gedacht, dass sie *so* schön sind!«

Ihre grünen Augen wurden feucht, und sie griff kurz mit ihrer behandschuhten Hand nach seiner Schulter, um das Gleichgewicht wiederzufinden. Ihre selbstvergessene Hingabe an den Augenblick bezauberte ihn. Diese junge Frau, die im Geist mit ihren Pferden galoppierte, nahm seine Gegenwart gar nicht wahr, so vollkommen fühlte sie mit der Begeisterung der Tiere, ihrer Kraft, ihrer Lebensfreude. Max stand neben ihr und hielt das Tor fest.

»Hätte Ihr Vater sie Ihnen nicht gekauft?« Der Graf erfüllte seiner Tochter doch jeden Wunsch, wie ein herbeigerufener Flaschengeist.

»O doch, aber dann wären es ja nicht meine Pferde gewesen. Wirklich meine. Und ich wollte sie so unbedingt. Und ich dachte, ich werde mir das Geld schon irgendwie beschaffen. Dann sah ich, dass in der Spielbank auch Damen verkehren, und so kam ich auf die Idee: Ich konnte ja im Roulette gewinnen, was ich brauchte.«

»Aber wenn Sie Ihre ganzen Ersparnisse verloren hätten?«, fragte Max behutsam nach; es blieb ihr Geheimnis – und seines –, woher ihr Eingangskapital stammte.

»Ich habe gewonnen. Und ich gewinne wieder«, erwiderte Sophie und sprang sporenklirrend von der Torsprosse.

Auf dem Rückweg in die Stadt fürchtete Max, dass sein eleganter Mantel den Pferdegeruch angenommen habe und gebürstet werden müsste, vielleicht könnten auch ein paar Spritzer Kölnisch Wasser helfen. Sein letzter Blick auf Sophie, die in flottem, staubwirbelndem Trab den Feldweg hinab verschwand, hatte ihn mit neuer Entschlossenheit erfüllt. Er würde ihr den Hof machen, sie erobern, ihr Vertrauen gewinnen und ihre Liebe erringen. Er wollte immer wieder sehen, wie sie auf ihn zukam, die grünen Augen von derselben Leidenschaft erfüllt, mit der sie ihre Pferde beobachtete. Max erkannte etwas Fühlbares und Kostbares in ihrem Gesicht, und diese Inbrunst sollte ihm gehören. Ein Mann konnte sich doch keinen größeren Lohn wünschen als einen maßlosen, verschwenderischen Strom von Liebe, der allein ihm galt. Aber bis dahin musste er sie – und sich – erst überzeugen, dass er ein ernsthafter Mann sei, echter Gelehrsamkeit und herausragender Leistungen fähig. Er ließ sich in der Bibliothek des Hotels nieder, um sich die jüngsten hier eingetroffenen Hefte der *Edinburgh Review* vorzunehmen.

Er saß behaglich in einem Lehnsessel am Fenster und döste über einem naturkundlichen Artikel, als ein Hoteldiener an ihn herantrat und dezent weckte, um ihm eine Nachricht der Sibylle zu überbringen.

Lieber Max,

danke für Ihre freundliche Nachfrage nach unserem

Befinden. Mein Mann ist heute Morgen sehr weitgehend wiederhergestellt, dennoch haben wir Doktor Schöngraben konsultiert, der zusätzlich zu den Trinkkuren, die wir ohnedies befolgen, eine schonende Wasseranwendung empfiehlt. Wir setzen unser ganzes Vertrauen in ihn, denn er war ein Schüler des berühmten Herrn Dr. Gully in Malvern, der vor Jahren solche Wunder an Mr Darwin getan hat und dessen Behandlungen, als wir ihn bei früherer Gelegenheit schon einmal zurate zogen, nicht fruchtlos blieben. Wären Sie wohl so freundlich, uns heute Abend zu besuchen? Mein Mann ist sehr erpicht darauf, Ihres Bruders Angebot für Nachdrucke und zukünftige Veröffentlichungen im Haus Ihres Bruders unter Dach und Fach zu bringen.

In herzlicher Zuneigung,
M. E. Lewes.

PS: Ich vertraue darauf, dass bei unserer glücksspielenden Schönen keine heiklen Konsequenzen aufgetreten sind und sie unser Päckchen erhalten hat. Ich bin, muss ich gestehen, wirklich begierig, mehr von ihren Abenteuern zu hören. Die junge Dame interessiert mich überaus.

Über Sophies Pferdehandel sollte lieber der Mantel des Schweigens gebreitet werden, dachte Max. Noch waren ihm ihre Beweggründe dunkel. Weshalb sie so großen Wert darauf legte, von ihrem Vater unabhängig zu handeln, war ihm unbegreiflich. Die Großzügigkeit des Grafen war ja weithin berühmt und schier unerschöpflich; dank seiner Überschwänglichkeit lebten auch seine Familie, fernere Angehörige und Freunde gleichermaßen in Saus und Braus. Das Hotelpersonal verfiel bei seinem Anblick in Betriebsamkeit und stritt sich um seine Zuwendungen. Sophie von Hahn hätte sich einen ganzen Stall Rennpferde erbitten können, wenn sie nur gewollt hätte. Die Doppelzüngigkeit seiner erhofften Braut verstörte ihn nicht wenig. War sie in Wahrheit eine rücksichtslose, waghalsige junge Frau, die zu Jähzorn, Ungeduld und Hinterlist neigte? War ihre liebevolle, sanftmütige Folgsamkeit gegenüber ihrem Vater nur kalkulierte Darbietung? Und ihre Küsschen und Liebkosungen eine List, um den alten Herrn über ihre wahren Ziele und Absichten hinwegzutäuschen? Aber was, um Himmels willen, waren ihre Ziele? Die meisten Männer bilden sich ein, sie wollten eine geist- und temperamentvolle Frau. Die wahre und in der Regel uneingestandene Herausforderung aber ist es, ihren Geist zu brechen und ihren Willen dem eigenen zu unterwerfen, denn die eigentliche Frage ist doch, wie Humpty Dumpty, Lewis Carrolls Ei auf der Mauer, so treffend formuliert: wer die Macht hat.

Max beantwortete die Nachricht der Sibylle postwendend. Das Päckchen, schrieb er, sei während des Frühstücks überbracht und mit verlegener Verblüffung entgegengekommen worden, und Herr Wiener könne ganz beruhigt sein, die Angelegenheit sei hiermit erledigt. Insgeheim bezweifelte er, dass der wichtigtuerische Mr Lewes nach der Wasserbehandlung, die zweifellos eine Tortur war, einer handfesten Diskussion über Zahlen und Auflagenhöhe gewachsen sei. Die Hydrotherapie und ihre Schwester, die Thalassotherapie, vulgo das Baden im Meer, waren in den vierziger und fünfziger Jahren des viktorianischen Jahrhunderts wegen der wundersamen Besserungen bei jedwedem Leiden zu großem Ruhm gelangt; die Homburger Wasserkur folgte dem englischen Modell. Jeder Patient wurde auf strenge Diät gesetzt, bestehend aus reichlich Gemüse, wenig Fleisch und keinerlei Alkohol, damit der Körper von allen Giftstoffen befreit würde. Ferner wurde, je nach Leiden, eine bestimmte Abfolge von Bädern und Waschungen der betroffenen Körperteile verschrieben, um die dort befindlichen Organe aus ihrer Trägheit wachzurütteln. Lewes wurde als

»gallig« diagnostiziert und musste daher stundenlange Leberwickel über sich ergehen lassen und anschließend eine Schwitzkur absolvieren, bei der er, in Decken gewickelt, unter eine Wärmelampe gelegt wurde. Allerdings befand der listenreiche Doktor Schöngraben das Nervensystem des Kranken als zu empfindlich, als dass man ihn der Kaltdusche aussetzen könne. Selbige war ein gewaltiges Behältnis mit Eiswasser, das jäh und aus großer Höhe als Schwall über dem Patienten entleert wurde. Der damit verbundene Schock wirkte anscheinend Wunder, für den Kreislauf ebenso wie für eine empfindliche Verdauung; sogar anhaltendes Erbrechen, ein überaus missliches Leiden, wurde damit gelindert.

Max, wie alle jungen Männer mit strotzender Gesundheit gesegnet, misstraute aller Medizin und allen Doktoren; das einzige Heilmittel, an das er glaubte, waren weniger essen und spazieren gehen. Was die Wasserbehandlung betraf, so hatte er Recht. Der beklagenswerte Mr Lewes war, wie sich zeigte, nach feuchten Wickeln und Schwitzkur außerstande, am Abend Besucher zu empfangen.

Es blieb ihm also nichts anderes übrig, als sich nach gründlicher Reinigung in Schale zu werfen, seinen modischen Schnauzbart zu trimmen und zu Spitzen zu zwirbeln, sein üppig gelocktes Haupthaar zu pomadisieren, in ein frisches weißes Oberhemd mit gestärkten Kragen und Manschetten samt weißer Weste mit winziger Goldstickerei zu schlüpfen und, Stunden im Voraus, den Entschluss zu fassen, die Gräfin Sophie von Hahn um den ersten Tanz zu bitten. Er sah sich die Gästeliste des Hotels an. Keine nennenswert gefährlichen, weil ihm bekannten Jungfrauen weilten in Begleitung von Müttern, verehelichten Schwestern, Kusinen oder Tanten und in der Hoffnung auf einen verheißungsvollen Saisonbeginn in Homburg. War die Gräfin von Hahn von ihrem Ausritt zurück? Ja, die junge Dame habe sich zurückgezogen und reichlich Erfrischungen in ihre Suite bestellt. Als in sämtlichen Häusern die Lichter angezündet wurden, bereitete sich das Hotel auf die Festlichkeiten des Abends vor. Schon während des Tages waren Möbel gerückt und Tische geschmückt worden, und nun war es Zeit, die Gaslichter in den Fluren und im Foyer anzuzünden. Der Tanzsaal, die berühmte, vor Vergoldung und Spiegeln funkelnde Prunkkammer, blieb von der modernen Zeit unberührt – und einstweilen auch von Musik, Seidenpantoffeln und Lederschuhen – und erstrahlte in goldenem Kerzenlicht. Vom Parkett stieg ein starker Bienenwachsduft auf.

Noch Jahre später erinnerten sich die Homburger an jenen Festabend, der als Architektenball in die Geschichte einging. Schloss Homburg, einst die Residenz der Landgrafen von Hessen-Homburg, gehörte jetzt Kaiser Wilhelm I., der das Schloss zu seiner gern besuchten Sommerresidenz machte und nach dem Studium diverser Schätzungen und Angebote den Königsflügel zu luxurösen Appartements umgestalten ließ, in denen es sogar englische Wasserklosetts gab: in Wandschränken verborgen. Die Stadt, die bereits von ihrem neuen Glanz als modischer Kurort aus ihrer mittelalterlichen Dumpfheit gerüttelt worden war, schickte sich nun an, königliche Besucher in Empfang zu nehmen, und die Erwartungen auf allen Seiten waren hoch. Es wurde viel gebaut, Hotels, Ställe, eine neue Brauerei, Jagden und kunstvoll gestaltete Gärten wurden eingerichtet, Parks im englischen Stil angelegt, Seen ausgehoben, Unterkünfte errichtet und Straßen neu verlegt, die Gasbeleuchtung der Straßen ausgebaut; Wunderdoktoren und Kurzwarenhändler, Damen- und Herrenschneider und Juweliere kamen tatendurstig aus Berlin. Polsterer, Maler und Tapezierer eilten händereibend aus Frankfurt herbei, denn gewiss gäbe es Umbauten und Renovierungen zuhauf, es brauchte Vermessungen für Vorhänge und Polsterstoffe, und das aufstrebende Bürgertum verlangte nach feinem Porzellan.

Der Ausbau der Gasbeleuchtung in der Stadt war ein unumstrittenes Thema. Die Kurverwaltung hatte an der Frankfurter Landstraße bei Gonzenheim bereits eine Gasfabrik errichten lassen; sämtliche Straßen und Plätze waren jetzt bei Einbruch der Dämmerung hell erleuchtet, und das Kurhaus prunkte mit Gaslampen in allen Räumen. Sophie von Hahn aber gab die Ansichten ihrer Mutter über Gaslicht wieder: In ihrem Haus werde sie es niemals dulden, denn dann werde ja der ganze Schmutz, den sie im Lauf der Jahre mit Hausmädchenhilfe von einer zur anderen Seite gefegt hatte, mit einem Schlag sichtbar. Der Graf, der uneingeschränkt für jede moderne Errungenschaft eingenommen war, so absonderlich sie auch sein mochte, schnaubte nur. In England war Gaslicht eine Selbstverständlichkeit. Sogar in den Küchen.

Der Architekt und der Baumeister aus Darmstadt besichtigten das Schloss, um erste Entwürfe für die kaiserlichen Gemächer anzufertigen. Der Hof kommt nach Homburg! – der hohe, lang ersehnte Besuch wird eine Schleppe an Wohlstand hinter sich herziehen, reiche Beute für alle, ein irdisches Füllhorn an Reichtum und Glück. Auf elfenbeinfarbene Karten gedruckt, trafen die Einladungen ein. *Der Stadtrat lädt Sie … zum feierlichen Diner mit anschließendem Ball ins Hotel Grand Continental (Louisenstraße 12).* Doch hinter diesen frohen, vertrauensvollen Erklärungen lauerte eine unterschwellige Verzweiflung. Verschont die Spielbank, klagte der Rat, Desaster ahnend; aber es gab keine Galgenfrist fürs Glücksspiel mehr, Ende des Jahres sollte der Große Spielsaal geschlossen werden. Die Stadt lebte in Furcht vor den Folgen. Die Zahl der Gäste würde sich innerhalb einer Saison wahrscheinlich halbieren. Der Architektenball war ein letzter verzweifelter Versuch, die Wirtschaft der Stadt vor den Klauen der herannahenden Preußen zu retten.

Eine ausgewählte Anzahl von Gästen, Sophie und ihr gräflicher Vater eingeschlossen, hatten an dem Diner teilgenommen; die Einladungen zum Ball aber waren weniger exklusiv, und nun schlenderten Herren und Damen jeglicher Art durch die Tür des Grand Continental. Etliche geschmückte Hetären, die unbegleitet waren, aber überreichlich geschminkt, huschten herein und steuerten sofort auf die Damengarderobe zu. Max, der durchs Foyer schlich und Sophie zu erspähen hoffte, traf mit einem Bekannten zusammen; der Künstler kam in annehmbaren, wenn auch leicht schäbigen Kleidern, hutlos, die Locken mit einem Samtband gebändigt.

»Meyrick! Wie geht es den Feen?«

»Oh, ganz famos!«

Sie schüttelten einander die Hände.

Hans Meyrick wirkte erschreckend jung und adrett. Max vermerkte verdutzt, dass der Maler alle Eintretenden zu kennen schien: In einem Wirbel welker Blätter stand er im Foyer und war von fröhlich lächelnden Gesichtern umringt.

»Ja, ich habe großes Glück«, bekannte der Künstler, an den Marmortisch gelehnt, auf den Sophie ihren Spielgewinn geworfen hatte. »Frau Lewes ist einverstanden, mir Modell zu sitzen, allerdings nur für eine Reihe von Porträts in Kreide und Silberstift. Ihr Gatte meint, sie sei nicht kräftig genug für die langwierigen Ateliersitzungen, die es für ein Porträt in Öl braucht. Nichtsdestoweniger ist es ein bedeutender Auftrag, und ich werde selbstverständlich mein Bestes geben. Der Graf von Hahn hingegen ist durchaus nicht einverstanden mit den Photographien, die von seiner Tochter gemacht wurden. Er sagt, keines fängt die dynamische Energie ihres Blicks ein. Und daher soll ich sie malen, in ihrem blauen Reitkleid mit Peitsche, die Stiefel und Sporen sichtbar, und dies in einem Stil, der ihre Verve wiedergibt …«

In dem Augenblick unterbrach ihn die junge Dame persönlich. Hämmernden Schritts, die Röcke hoch über ihre Ballschuhe geschürzt, kam sie auf die beiden Herren zu. Sophie hatte Fräulein Garstein in der Garderobe zurückgelassen und stand jetzt stolz vor ihnen im Foyer, ganz bezaubernd in ihrem blassgrünen Kleid, das Dekolleté mit dem umstrittenen Halsband geschmückt, das Haar zu einer Lockenkaskade getürmt und die Taille gegürtet mit einem grünen Band und einer prächtigen Schleife im Rücken. Bebend vor Enttäuschung und gestautem Zorn herrschte sie Max an:

»Sie ist hier, hier in Homburg! Die Autorin von *Middlemarch*! Sie wussten es und haben mir nichts gesagt! Mein gesprochenes Englisch und Französisch sind so gut, dass ich ihr ohne Weiteres vorgestellt werden kann! Ich habe jedes Wort gelesen, das sie je geschrieben hat, und Sie nicht! Mamans idiotische Verbote zählen nichts, wenn wir nicht zu Hause sind!«

»Guten Abend, Gräfin«, sagte Meyrick diplomatisch, griff nach ihrer weiß behandschuhten Hand und führte sie in die Nähe seiner Lippen. Die junge Dame nickte gnädig, ohne von ihrem Handel mit Max abzulassen.

»Ihre Mutter mag nicht hier sein«, antwortete der. Es fiel ihm nicht ein, ihr diesen neuerlichen Ausbruch von Torheit durchgehen zu lassen. »Ihr Vater ist es sehr wohl. Und er wäre durchaus nicht einverstanden, wenn Sie Frau Lewes gegen den ausdrücklichen Wunsch Ihrer Mutter aufsuchen.«

»Aha, Sie ergreifen Partei gegen mich!« Sophie biss sich durch den Handschuh auf den Daumen. »Weshalb sollte es mich kümmern, was sich schickt und was nicht? Natürlich wüsste ich, wenn eine meiner Handlungen ungebührlich wäre, denn in dem Fall hätte ich kein Vergnügen daran. Herr Meyrick wird sie porträtieren, Ihnen ist es erlaubt, jeden Tag bei ihr vorzusprechen, und mir soll es verwehrt sein, ihr auch nur die Hand zu reichen oder ihr zu sagen, welche Freude sie unserem Haus beschert? Nichts könnte sittlich erhebender sein als ihre Bücher. Sie sind der Beweis ihres Edelmuts, ihrer seelischen Größe.«

Max zog daraus sofort den Schluss, dass die Bücher der Sibylle nichts dergleichen waren, verzichtete aber darauf, die Auseinandersetzung in diese Richtung zu schieben. Er war nicht der Meinung, dass die Sibylle eine Verteidigung aus moralischen Gründen nötig hätte, erkannte aber sehr wohl, dass Sophie, trotz gierigen Verschlingens der sibyllinischen Romane, und deren vielbewunderte Urheberin in sehr verschiedenen Welten lebten. Die Idee, dass sie einander gegenübersäßen, überstieg seine Vorstellungskraft. Und es behagte ihm nicht, dass an öffentlichem Ort über Frau Lewes gesprochen wurde, als sei sie Allgemeinbesitz. Der erhabene Augenblick der Absolution im Wald war ihm noch sehr gegenwärtig. Diese Schriftstellerin bewegte sich in einer Sphäre jenseits der engherzigen Urteile gewöhnlicher Menschen: Mit Worten war sie nicht zu fassen. Ja, er war in ihren Bann geraten.

Die große Welt zog an ihnen vorüber, und mancher, der im Casino die glücksspielende Schöne im Einsatz erlebt hatte, hielt für einen Moment inne und warf interessierte Blicke auf die Streitenden. Der Hoteldirektor, der die Verantwortung für den Ball trug und vom Ausmaß der Ereignisse schier überrannt war, hatte bereits die Musiker platziert, die ihre Instrumente stimmten, während die Gäste hereinströmten. Max, Meyrick und die explosive Junggräfin, die immer noch im Foyer standen, waren Gegenstand von Erheiterung und Kommentaren.

Über die drei aber hatte sich ein düsteres Schweigen gesenkt. Meyrick blickte sehnsüchtig zum Ballsaal hinüber. Sophie befühlte ihr Halsband und ließ den Blick über die Menge schweifen. Sie hält nach ihm Ausschau, dachte Max, dem Mann, der ihr Geschmeide ausgelöst hat. Sie trägt es als Signal. Er spähte nach ihrer Tanzkarte und sah zu seiner Bestürzung, dass bereits mehrere Namen dort standen. Zum Orchester, das jetzt eingesetzt hatte und über den Tumult im Foyer deutlich zu hören war, gehörten auch Posaune und Tuba; vom anderen Ende des Ballsaals her tönte ein mit tiefen Rhythmen untermaltes Geschmetter.

Max bemühte sich um einen versöhnlichen Ton. »Hoffentlich sind Sie noch nicht für jeden Tanz verpflichtet«, sagte er.

»Noch nicht.« Einen Moment lang starrte sie ihn finster an, dann gab sie unerwartet nach und streckte ihm, breit lächelnd, die Hand hin. Der lange Handschuh reichte bis über den Ellenbogen, und darüber verschwand die Haut des Oberarms, die weich und makellos war, in der grünen Spitze des Ärmels, um gleich wieder daraus aufzutauchen: Weiß und bloß schwang sich die Schulter zur Kehle empor, auf der warm das Geschmeide lag. Max hatte nie so viel Haut von ihr gesehen. Er holte tief Atem.

»Bitte verzeihen Sie mir, dass ich Sie angeschrien habe. Das war sehr unhöflich. Ich bin einfach so enttäuscht. Da ist mir Frau Lewes zum Greifen nah und wird mir dennoch vorenthalten – wie ein Gott, der allgegenwärtig ist, aber niemals zu sehen.«

Sie blickte auf ihre Tanzkarte. »Du meine Güte, Herr Meyrick. Ich habe Ihnen diesen Tanz versprochen!«

Meyrick reichte ihr den Arm und lächelte Max verzeihungheischend an. »Die Gräfin erweist mir die Ehre der ersten Quadrille.«

Und Sophie rief ihm über die Schulter zu: »Kommen Sie und fragen Sie mich in der ersten Pause. Sie waren doch immer ein brillanter Walzertänzer. Mein Tanzlehrer, der auch der Ihre war, sagt, Sie besäßen wahre Anmut.«

Damit zogen sie von dannen, und der beflissene Meyrick verneigte sich grüßend nach rechts und nach links.

Max sah ein, dass er nicht den Ballsaal betreten und *nicht* tanzen konnte – zu viele junge Damen suchten einen Partner. Deshalb trat er, statt das Risiko der Unhöflichkeit einzugehen, in Dämmerung und weißes Gaslicht hinaus. Aus den erleuchteten Fenstern sämtlicher Hotels in der Louisenstraße fiel Lichtschein, die Kutscher und Fußgänger aber, die grimmig durch den windigen, feuchten Abend strebten, hatten nur ein Ziel, das Grand Continental. Der Architektenball zog alles an, ein Wirbelsturm, in dessen Zentrum ein Ball stattfand. Max bog in eine finstere Seitenstraße und ging unter dem vorspringenden Dach eines breiten, behäbigen

Hauses mit geschnitzter Tür dahin. Bald verschluckte ihn die Dunkelheit.

Maxens Temperament, das von dem der Gräfin von Hahn mit ihrem geschwinden Ungestüm so verschieden war wie der Tag von der Nacht – ja, man hätte eine wahrlich unüberbrückbare Kluft vermutet! –, brauchte Zeit; nicht nur zum Nachdenken, sondern auch zum Nachfühlen. Rauchend stand er in der Dunkelheit, von der Hoteltreppe aus nicht zu sehen und durch das Dach vor dem leichten Nieselregen geschützt. Er hatte sich das Eheleben als Diadem vorgestellt, zusammengesetzt aus liebevollem Lächeln, sexueller Annehmlichkeit und vorzüglicher Organisation des Haushalts. Von Zeit zu Zeit käme ein Kind zur Welt, und die ganze Schar stünde dann gewaschen und schüchtern vor ihm und spräche ihn respektvoll mit »Papa« an. Würde dann rasch in die Kinderstube fortgebracht, bis sie zu passender Gelegenheit abermals hervorgeholt würde. Es herrschte Ruhe im ganzen geordneten Haus, das ein stiller Hafen wäre, und in seinem Herzen stünde, beaufsichtigend, gärtnernd, schmückend und leitend, die kleine Gräfin, das bezaubernde Goldhaar unter einer bescheidenen Haube verborgen. Doch ach, diese konventionelle Phantasie wurde, kaum geboren, gleich wieder verworfen. In seinem Geist stand eine sehr andere Sophie von Hahn vor ihm, die ihn mit gefurchten Brauen und zurückgeworfenem Kopf musterte. Von gesetzter Ruhe keine Spur. Auch Gehorsam gegen Vater und Mutter spielte in ihrer moralischen Landschaft kaum eine Rolle. Binnen zweier kurzer Tage hatte Sophie von Hahn eine beunruhigende Metamorphose durchlaufen. Nie hatte Max den Wunsch verspürt, eine Frau zu heiraten, die schon so fest in ihren Ansichten verwurzelt war, geschweige denn eine, die im Spiel vom Glück begünstigter war als er.

Wolfgang hatte ihn angewiesen, seine frühere Spielkameradin als passende künftige Ehefrau zu sehen, und am Urteil seines Bruders zweifelte er nie. Aber Sophie war noch immer ein Kind – und auch wieder nicht. Sie sprach alle seine Sinne an, sie besaß alles, was er begehrte: Schönheit, Intelligenz, Reichtum. Aber ebenso klar war, dass er durch sie einen Blick auf tiefgreifende häusliche Zerrüttung, auf unangenehmste Streitereien tat, und diese Aussichten waren beängstigend. Im Geist sah er sie tanzen, strahlend, in leuchtendem Grün, wirbelnd und kreisend in den Armen von Männern, die er nicht kannte und nie gesehen hatte. Wie lang stand er schon hier versteckt in der feuchten Dunkelheit, fernab vom hellen Licht der Gaslichter und Kutscherlampen? Wie viele Zigaretten hatte er geraucht? Ein Gefühl von Niederlage ergriff ihn, und er kam sich idiotisch vor. Er hatte einem weitaus weniger beeindruckenden Mann wie Hans Meyrick das Feld überlassen, der ihr womöglich in genau diesem Moment mit Geschichten von der Feenkönigin den Kopf verdrehte. Max trat seine Zigarette aus, riss sich zusammen und marschierte rasch zurück zum Grand Continental, um, wenn möglich, von der Gräfin Sophie von Hahn Besitz zu ergreifen und sich an die Zähmung der Widerspenstigen zu machen.

Im Tanzsaal war es erdrückend heiß und qualvoll eng, weil sich neben den Tänzern auch Zuschauer und Lakaien hier drängten, und die Stimmen, viele englische darunter, schwirrten laut durcheinander. Max steuerte auf eine Ecke zu und reckte den Hals. Augenblicklich erschien rechts hinter ihm sein Spiegelbild; äußerst gutaussehend, befand er, geradezu faszinierend, und einfach um des Vergnügens einer längeren Betrachtung willen gab er vor, seine Krawatte richten zu müssen. Aber noch während er sich diesem Augenblick harmloser Eitelkeit hingab, erspähte er ihre tanzenden Locken und Meyricks gespreizte Hand, die fest auf dem grünen Stoff ihrer Taille ruhte. Des Malers langes Haar, das sich teilweise aus seinem samtenen Band gelöst hatte, wehte vor ihrem Gesicht. Ah, *mich* sollst du sehen, wie ich die Polka tanze! Mit großspurigem Elan schwenkte der Maler die Gräfin umher.

»Mein Herr«, schrie es da über den Lärm hinweg; es war der Hoteldirektor, der Max sogar in seinem zeitweiligen Spiegelversteck entdeckt hatte. »Darf ich Sie mit einer jungen englischen Dame bekannt machen, die Ihre ideale Partnerin für die nächsten Tänze sein könnte?«

»Mit dem größten Vergnügen.«

Max stand vor einer dicklichen, einfältig lächelnden Engländerin, bestimmt fünf Jahre älter als er und von großzügig bemessenem orangefarbenem Taft umhüllt. Seine Besorgnis wuchs, als die Dame, eingeschworene Verehrerin der allgegenwärtigen Mrs Lewes, sich auch als gut unterrichtete Anhängerin von Mr Darwin erwies. Ob Herr Duncker *The Descent of Man* gelesen habe? Bemerkenswertes Buch. Und sei es bereits ins Deutsche übersetzt? Soweit sie wisse, sei Mr Darwin hinsichtlich seiner Übersetzer ja sehr wählerisch, aber er stehe wohl in ständiger brieflicher Verbindung mit etlichen Mitgliedern der »Gesellschaft Deutscher Naturforscher und Ärzte«, von welchen viele für den »Darwinismus« bereits weitgehend gewonnen seien. Tatsächlich hatte Wolfgang Duncker, seitdem er das Ruder übernommen hatte, immer mit Blick aufs gute Geschäft zahlreiche populärwissenschaftliche Werke veröffentlicht, ebenso Verteidigungs- wie Anklageschriften wider Darwins Lehre. Die andauernde Kontroverse fand einen erfreulichen Niederschlag in den Büchern; die meisten Verlagskunden lasen die Schriften der Gegner wie der Anhänger Darwins. Max hingegen hatte sich nie die Mühe gemacht, auch nur eines der Traktate und Pamphlete zu lesen, und befand sich daher nach wie vor in seliger Unkenntnis des ganzen Themas Evolution und natürliche Zuchtwahl sowie sämtlicher Weiterungen, die seit neuestem die gebildete Welt in Aufruhr versetzten. Für ihn lag die Verwandtschaft zwischen Affen und Menschen auf der Hand, aber so, wie man entfernte Verwandte oft gar nicht kennt und nicht kennen will, fühlte auch Max sich nicht berufen, tiefer in die Materie einzudringen. Die klassische Antike, obwohl sie so fern lag, dass man sie exhumieren konnte, ohne die Entdeckung noch unverwester Leichen fürchten zu müssen, bewegte ihn schon genug. Die blaustrümpfige Taftfülle walzte entschlossen mit ihm durch das wogende Gedränge tanzender Paare, ohne je ein Plauderwort zu verlieren, etwa über das Wetter, die Ankunft des Kaisers in seinem Sommerschloss oder die Hitze im Saal. Er reichte der Dame den Fächer, als er sie nach einer angesichts wachsender Transpiration und wallenden Busens verbrachten strapaziösen halben Stunde zu ihrem Platz geleitete.

Im Erfrischungsraum stand auf einmal die Gräfin von Hahn hinter ihm, ein Kelchglas in der Hand, in dem sich Speiseeis befand.

»Haben Sie Miss Gibbons überlebt? Ich sah sie Ihnen einen wissenschaftlichen Vortrag halten. Sie besitzt ein reisendes Chemielabor, mit dem sie das Homburger Wasser geprüft hat, und unser Doktor sagt, ihre Analyse der Mineralstoffe sei perfekt.«

Max griff nach Sophies Hand, und das Schaudern, das ihn überlief, riet ihm dringend, ein Sofa aufzusuchen. Das gräfliche Fräulein sprang ihm bei.

»Gehen wir hinauf und essen Eis in Vaters Suite.«

Die gemeinsame Flucht aus dem Ballsaal erwies sich als schwierig, weil natürlich völlig sittenwidrig. Fast ununterbrochen begegneten sie neugierigen Bekannten, sogar dem Grafen persönlich, der den Architekten des Kaisers aufgespürt und mit einer Diskussion über die Umbauten an der Orangerie in die Enge getrieben hatte. Einträchtig wie glückliche Brautleute, die der Zustimmung der Familien gewiss sind, eilten Sophie und Max die Treppen hinauf – sie mit der Linken die grüne Gaze raffend, um nicht auf den Spitzenvolant zu treten. Ihre weißen Ballschuhe tapsten über die Steinfliesen, als sie durch den Korridor eilte.

Speiseeis unterschiedlicher Geschmacksrichtungen waren die

Hauptattraktion der Erfrischungsräume und zu jeder Jahreszeit in Mode.

»Einen Krug Eiswasser, zwei große Gläser *et deux petites corbeilles de glace, s'il vous plaît*. Bitte schicken Sie alles gleich herauf. Danke.«

Der Kellner hob angesichts der jungen Gräfin, die sich allein mit dem Verleger ihres Vaters in des Grafen Privatsuite aufhielt, unwillkürlich eine Braue, enteilte aber unverzüglich, um sein Wissen zu verbreiten. Die Dienstboten waren der Pulsschlag des Hotels. Wenn sich nachts leise eine Tür öffnete, wenn ein Dielenbrett knarzte, wann die letzte Lampe gelöscht war – sie wussten es, sofort. Als bevorzugtes Gesprächsobjekt hatte sich, nicht nur beim Küchenpersonal, sondern auch bei den Zimmermädchen, die Gräfin von Hahn erwiesen. Ihre Umgangsformen, die leutselig, resolut und frei von Standesdünkel waren, kamen überall gut an. Sie weiß, was sie will, die junge Dame, verschwendet nicht unsere Zeit mit Schrullen und Capricen. Sie isst auch immer alles auf, was für ein gesegneter Appetit. Und zum Abendessen trinkt sie einen Fingerhut Wein. Dennoch hat sie so eine schmale Taille! Das kommt vom vielen Reiten, und sie macht doch so gute Figur auf dem Pferderücken. Stellt euch vor, was ich gehört habe. Sie hat ihren ganzen Roulettegewinn schon wieder verprasst. Und wofür? Das erratet ihr nie. Jetzt ist sie dort oben mit dem jüngeren Verleger. Ohne ihre Gesellschaftsdame, die unterdessen durchs Haus wandert wie eine verirrte Kuh. Sind sie nicht verlobt? Also wenn nicht, dann werden sie's bald sein müssen. Sie hat ja auch mit diesem Maler getanzt, Hans Meyrick, mehrmals. Er sieht ebenso gut aus wie der Verleger, ist aber nicht so reich. Ist der wirklich so reich? Ich glaube, das Geld hat sein Bruder. Nun, wenn er die Gräfin heiratet, hat er ausgesorgt. Und sollten sie doch noch was brauchen, kann sie ja immer ins Casino gehen.

Sophie von Hahn streifte ihre Ballschuhe ab, legte die Füße auf einen Schemel, schob die väterlichen Papiere zur Seite und machte sich über ihr Eis her. Max staunte über ihre Unersättlichkeit. Darauf bedacht, keine Krümel zu verstreuen, seine Hemdbrust nicht mit Eis zu verunzieren, knabberte er an einem Keks. Er hielt nicht mit ihr Schritt.

»Sie tanzen mit mir, wenn wir wieder nach unten gehen, ja? Wie früher? Besonders den letzten Galopp, den habe ich mir eigens für Sie freigehalten. Aus der Quadrille mache ich mir nichts. Die verpatzt immer jemand.«

Max, vollständig entwaffnet, sah sie stumm an. Sie lächelte.

»Ich beschützte Sie vor Miss Gibbons. Ungemein viele englische Damen studieren Folianten, die ich nicht mal hochheben könnte, so schwer sind sie. Aber Miss Gibbons ist die einzige Wissenschaftlerin. Haben Sie gewusst, dass sie Mrs Lewes besucht hat? In ihrem Londoner Haus, Priory heißt es. Das Kloster! Der Abt ist wahrscheinlich sie. Waren Sie mal dort?«

Ein leiser Vorwurf schwang in ihrem Tonfall mit. Nein, bekannte Max, er habe nie einen Fuß in die Priory gesetzt.

»Miss Gibbons sagt, es ist ein wunderschönes, abgeschiedenes Herrschaftshaus und der Garten eine einzige Rosenpracht. Alle möglichen Leute besuchen sie, berühmte und weniger berühmte, und nicht nur Herren. Ich könnte doch mit Vater …«

Max zuckte ungeduldig die Achseln.

»Darüber haben wir doch schon gesprochen, Sophie.«

Das Funkeln des Colliers an ihrem Hals schien ihm zuzuzwinkern: die Steine wie dunkle, böswillige Augen, wie lauernde Kröten. Sophie wechselte das Thema.

»Wie finden Sie meine Pferde – sind sie nicht wunderschön? Und war es das Richtige, sie zu kaufen? Als ich sie heute Abend gerufen habe, kamen sie gleich angetrabt. Ich glaube, sie kennen schon meine Stimme. Allerdings hatte ich einen Eimer Hafer und Melasse dabei, und das konnten sie natürlich riechen.«

Max sann darüber nach, weshalb ihm diese unberechenbare und gefährliche Schönheit Angst machte. Alle Frauen, deren Röcke er hob, deren Körper von vielen Männerhänden gezeichnete Landschaften waren, wurden von ihm dafür bezahlt, dass sie ihm zu Diensten waren. Diese junge Frau wollte herrschen. Beunruhigt stellte er fest, dass sich hinter seiner Ehrfurcht vor ihrer Unschuld in Wahrheit eine Furcht vor ihrer Jungfräulichkeit verbarg. Auch ihr konnte man, wie der Sibylle, keine Lügen auftischen. Jetzt sah sie ihn offen an, grünäugig, fröhlich und strahlend, und wartete auf seine Antwort. Sie kam von Herzen.

»Ich fand Ihre Pferde sehr schön. Ich fand auch Sie sehr schön, als Sie ihnen nachsahen, wie sie davongaloppierten. Sie hatten Tränen in den Augen.«

Sophie sprang auf, stieß dabei ihre leere Eisschale um, die zu Boden fiel und unter den Sessel rollte, ergriff ihn an beiden Händen und küsste ihn auf den Mund – mit einem lauten Schmatzen ungestümer Zuneigung.

»Sie sind ein Schatz! Sie verstehen mich. Sie finden, dass ich es richtig gemacht habe.«

In diesem Augenblick flog die Tür zum Salon auf, und herein trat der Graf, das Spitzenhalstuch leicht derangiert, an der Brust ein Gefunkel von Orden für Verdienste im Feld.

»Sophie!« Er sah seine Tochter über den Verleger gebeugt, so dass ihre Locken über sein Gesicht fielen, als hätte sie rittlings auf seinen Knien gesessen. Sie aber richtete sich frei von jeglichem Schuldbewusstsein auf und lächelte mit geröteten Wangen. Max hingegen schrumpfte auf Regenwurmlänge zusammen. Erstarrt saß er zwischen den Polstern, von Sophies Kuss wie vom elektrischen Schlag getroffen.

»Was muss ich da hören? Im ganzen Hotel ist von nichts anderem die Rede. Du warst im Casino, den ganzen gestrigen Nachmittag hindurch, ohne weibliche Begleitung, und hast vor aller Augen gewaltige Geldsummen beim Roulette gewonnen? Die du für den Kauf von *Pferden* verwendet hast? Heraus mit der Sprache. Auf der Stelle. Erkläre dich.«

»Es stimmt alles, Vater. Aber ich habe nicht alles ausgegeben. Ich habe so viel gewonnen, dass ich auch ihren Transport nach Hause selbst bezahlen kann.«

Also sprach Sophie. Ohne ein Anzeichen von Reue.

»Du ungezogenes kleines Gör! Wie stehe ich jetzt da! Wie ein Mann, der es sich nicht leisten kann, seiner Tochter alle Pferde der Welt zu kaufen!«

»Aber ich wollte, dass es *meine* Pferde sind, Vater. Bezahlt von meinem eigenen Geld.«

Der Graf, im Kreis durchs Zimmer marschierend, wischte sich die Stirn. Max versuchte sich unsichtbar zu machen; in einem unbeobachteten Moment glitt er aus dem Sessel und postierte sich nahe der offenstehenden Terrassentür, in der Hand noch immer den Kelch mit dem geschmolzenen Eis, weil er keinen passenden Platz fand, um ihn abzustellen.

»Es tut mir leid, dass ich dich in Verlegenheit gebracht habe, Vater. Das wollte ich nicht. Ich bin gar nicht auf den Gedanken gekommen. Bitte verzeih mir.«

In der fraglosen Erwartung des Freispruchs blickte sie zum Grafen auf. Und wirklich hatte der Graf schon wieder andere Sorgen.

»Du kannst dein Erbe erst antreten, wenn du verheiratet bist. Erst dann kannst du über dein Geld verfügen.« Maxens Anwesenheit kam ihm auf einmal zu Bewusstsein; er trat zu ihm, klopfte ihm knapp auf die Schulter, ließ sich auf eines der Sofas fallen.

»Nun, Max, ich habe mich mit dem Problem von Sophies Erbe befasst, und es ist verflucht kompliziert, wenn sie einen Nichtadeligen heiratet. Mit dieser Möglichkeit hat ihr Großvater nicht gerechnet, aber er war ja auch ein sehr altmodischer Herr. Völlig veraltete Ansichten. Und offenbar besteht die einzige Möglichkeit, die Wünsche ihres Großvaters zu erfüllen und ihr gleichzeitig Titel, Namen und Privileg zu erhalten, in einem Appell an den Kaiser persönlich. Beziehungsweise den König – er führt ja beide Titel. Aber hier gibt es gute Neuigkeiten: Sein erster Sekretär wird morgen im Schloss sein, um sich mit dem Architekten zu besprechen, und mir wurde eine Audienz zugesagt. Ich habe die Sache jetzt in Bewegung gesetzt! Natürlich muss ich auf meine politische Betätigung verzichten, aber das ist ein kleines Opfer, wenn ich euch junge Leute damit reich und glücklich machen kann.«

Max fühlte sich in einem langen düsteren Flur mit Pferden verschwinden, die den Kopf über die Tür ihres Verschlags streckten und von beiden Seiten her wieherten.

»Max, mein Junge, Sie sollten diese meine Tochter sofort heiraten, damit ich sie los bin. Wie Sie sehen, habe ich nur noch eine symbolische Kontrolle über sie.«

Sophie fiel ihm ins Wort: »Aber Vater, er hat doch gar nicht um meine Hand angehalten.«

Und sie lächelte Max breit an.

KAPITEL 9

in welchem man sich ins Museum begibt

Max aber machte ihr weder an diesem Abend noch am nächsten Tag einen Antrag. Dafür brauche er Kamelien, sagte er sich, oder einen Wintergarten mit leuchtenden Orangen, und seine Braut müsse mit gesenkten Lidern vor ihm stehen, geschmeichelt und bescheiden, um dann in dankbarer Anbetung zu ihm aufzublicken. Wie sollte er diesem ausgelassenen Gör, das durch das Gedränge auf dem Tanzboden hüpfte, beim letzten wirbelnden Galopp in seinen Armen einen Spitzenvolant verlor, dann beim letzten Stoß der Tuba überschwänglich vor Jugend und Tanzlust lachend in die Hände klatschte, einen Heiratsantrag machen? Unvorstellbar. Aber wer könnte je eine wie Sophie von Hahn bezähmen? Wer bekäme sie zu fassen? Lachend, neckend, flirrend vor Eile, entwand sie sich und war gleich auf und davon. Hielte sie jemals lang genug still, um sich einen Antrag auch nur anzuhören? Wie sollte er ihr seine Liebe erklären, wenn er sich so gut wie sicher war, dass die Dame ihn nur auslachte. Und liebte er sie überhaupt?

Die Geschworenen hatten sich noch zur Beratung eingeschlossen und waren zu keiner Entscheidung gelangt.

Darum empfand er den letzten Brief seines Bruders, der ihn nach Berlin zurückrief, als Gnadenfrist. Wolfgang schrieb ihm, dass Herr und Frau Lewes der dauernden Behelligung durch Engländer, die ihre Bekanntschaft zu machen suchten, überdrüssig seien und, statt die ermüdende Wasserkur fortzusetzen, beschlossen hätten, Richtung Stuttgart und Karlsruhe zu entweichen, wo sie vor den Nachstellungen von halbseidenen Herrschaften, Schmeichlern und Autogrammjägern wahrscheinlich sicher seien. Die Verträge seien nun ausgehandelt und aufgesetzt und warteten nur noch auf die Unterschriften. Herr Lewes sei eingeladen, auf einer gemeinsamen Konferenz der Goethe-Gesellschaft und der Gesellschaft zur Förderung wissenschaftlicher Kenntnis einen Vortrag mit anschließender Diskussion zum Thema Goethe als Naturwissenschaftler zu halten. Du weißt ja, Max, wie antiquiert diese Gesellschaften sind. Weibliche Mitglieder sind verboten und auch als Gast nicht geduldet. Aber keine Sorge; es wurde schon vielfach protestiert. Ich wäre dir daher sehr verbunden, wenn du Frau Lewes durch die neuen Sammlungen führtest. Dein dich liebender Bruder etc. pp.

In den Jahren unmittelbar nach Gründung des Kaiserreichs war Berlin von einem grandiosen Baufieber erfasst. Den Bau der Nationalgalerie hatte der Deutsch-Französische Krieg erst einmal zum Stillstand gebracht, doch inzwischen wurde weitergearbeitet; klaffende Löcher in der Erde spien Arbeiter aus, und Armeen von Steinmetzen bearbeiteten die riesigen weißen Blöcke, die sich auf den Zufahrtsstraßen stapelten. Unter dem Lärm von Hämmern auf Meißeln bahnte sich Max einen Weg zwischen Schuttbergen hindurch. Die Schaffung der Museumsinsel, die schon recht fortgeschritten war, erzeugte Wirbelstürme aus Staub, und an trockenen Tagen bedeckte die Menschen, die an der Haltestelle auf den doppelstöckigen Omnibus warteten, sehr rasch eine weißlich-graue Schicht. Wer auf dem oberen Deck und folglich im Freien saß, dem fuhren Wolken aus feinstem Sand ins Gesicht. Die bayrischen Kutschpferde, die den Omnibus zogen, standen geduldig nebeneinander wie Mann und Frau, und ihr Fell war mit Steinstaub und Sägespänen gesprenkelt. Schirmbewehrt kämpfte sich Max bis zur Freitreppe des Museums, wo er die Sibylle in einem eleganten neuen Persianerjackett mit passendem Muff erspäht hatte. Lewes tigerte bleich und rastlos hin und her und sah sich nervös nach allen Richtungen um. Max eilte auf sie zu.

Auch in der Wochenmitte lockte das Museum die Besucher an; zu Dutzenden strömten sie durch das Eingangstor. Max vernahm englische Stimmfetzen und schauderte. Entschlossen, sie vor der eigenen Berühmtheit zu retten, führte er die Sibylle in die Skulpturengalerie und durch den langen kühlen Säulengang. Endlos reihten sich die Nischen aneinander, in denen Statuen standen: viele überlebensgroß, eine bleiche Besatzungsarmee. Manche Gestalten verbeugten sich, neigten Kopf und Hände den Besuchern entgegen; andere blickten arrogant und distanziert über die emporgewandten fragenden Gesichter hinweg. Marmorne Satyrn umklammerten mit bösen Grimassen ihren gewaltigen Phallus; fliehende Frauen kehrten das Gesicht himmelwärts und blickten auf Falken und herabsteigende Götter. Olympioniken schleuderten Speere und bückten sich zum Diskuswurf. Ein kriegerischer Herkules schwang seine Keule, und Diana – römische Kopie eines griechischen Originals – zügelte ihre Hunde. Die Sibylle, deren Hand leicht auf seinem Arm ruhte, sagte erst nur wenig. Sie wirkte verstört und beunruhigt, dass Lewes so schnell verschwunden war.

»Wir sind jetzt in einem Alter, Max, in dem jede Trennung, und sei sie nur für ein paar Stunden, wie ein Vorgeschmack des unvermeidlichen Augenblicks ist« – sie musste sich sichtlich zusammennehmen –, »dieses Augenblicks, in dem wir für immer Abschied nehmen. Wenn Sie wüssten, wie ich diesen entsetzlichen Tag fürchte; bliebe ich zurück …«

Sie seufzte und wandte das Gesicht den großen Fenstern zu; Mitgefühl übermannte ihn beim Anblick ihrer runzeligen, gramgezeichneten Haut. Er drückte ihr leicht die Hand, und als nähme sie erst jetzt seine Gegenwart wahr, hob sie ihren großen Kopf zu ihm, und vor seinen Augen verwandelte sich ihre Miene zum

Inbegriff sanfter Güte. Max beeilte sich, sie zu beschwichtigen, zu trösten.

»Aber er schien doch, ich meine, als wir uns vorhin von Mr Lewes verabschiedeten und er über den Platz davonlief – da schien er doch ganz und gar wohlauf. Er freute sich, ja eigentlich war er hell begeistert, in derart erhabener, erlesener Gesellschaft Goethes *Metamorphose der Pflanzen* verteidigen zu dürfen. Er hat sich von seinem kurzen Anfall von Bronchitis in Homburg doch vollständig erholt.«

»Ja, das ist wahr. Und es hat uns so viel Vergnügen gemacht, an der Spree spazieren zu gehen. Wir sind wieder in unsere alte Wohnung eingezogen und haben es dort sehr komfortabel. Ich muss meine Ängste beiseiteschieben – oder sie benutzen, um diese schöne Zärtlichkeit zu speisen, die mich mit Mr Lewes verbindet. Ich denke mit so großer Dankbarkeit an ihn, Max, denn alle meine Erfolge verdanke ich doch ganz und gar ihm. Ohne ihn wäre ich völlig außerstande gewesen zu arbeiten. Er hat mich vor allen Zudringlichkeiten bewahrt.«

Max setzte mit Bedacht einen neuen Gesichtsausdruck auf. Es behagte ihm nicht, Lewes als unverzichtbar sehen zu müssen.

Die Sibylle betrachtete die Göttin Athene, die mit ihrer zertrümmerten Nase wie ein erbitterter Krieger nach verlorener Schlacht aussah: Nur ihr Helm war noch unversehrt. Die Sehnsucht der Sibylle nach ihrem abwesenden Gatten schien zu verebben, als sie sich von der Athene ab- und der berühmten Verwundeten Amazone des Kresilas zuwandte, der barbrüstigen Jungfrau, die an einer Marmorsäule lehnte; im Tageslicht der Galerie wirkten ihre großen, bloßen, weißen Füße verstörend nackt. Zwei Künstler, die unterhalb der Fenster mit dem Rücken zur Wand auf Schemeln saßen, zeichneten konzentriert die muskulösen Athletenkörper. War es hier, dass ich Meyrick zum ersten Mal gesehen habe? Max blickte auf eine peinliche Reihe winziger Penisse und angespannter Gesäßbacken. Frauen sahen nackte Männer sicher selten, und auf keinen Fall blickten sie Nacktheit nicht so unverhohlen an wie jetzt die Sibylle, die ganz ohne Scheu auf den prächtigen Antinoos zutrat. Sie lächelte. Hochgewachsen, heraldisch, potent, stand der jugendliche Liebhaber des Kaisers Hadrian in einer Pose, in der sonst meist Apoll dargestellt ist.

»Ah, der geliebte Knabe«, sagte die Sibylle und umrundete die Statue, die Augen auf der Höhe seiner Genitalien. »Ist es nicht bemerkenswert, wie Hadrians Kult um seinen toten Geliebten sich durchs ganze Reich ausbreitete? Nach Antinoos wurden Städte benannt, Tempel gebaut – ein ganzes religiöses Empfinden erwuchs aus Hadrians Trauer. Antinoos war bald weit mehr als ein toter Lustknabe, wie vor ihm schon viele; er wurde ein Hermes der Unterwelt. Er alterte nie.«

Max starrte auf die stolze Nacktheit der Statue, seinen erhobenen Arm, Helmschmuck der Welt. Die leeren Augen befragten die Nachkommenden. Der geliebte Knabe, fand Max, wirkte arrogant und mürrisch, und hätte er länger gelebt, so wäre ihm zweifellos ein mächtiges Doppelkinn gewachsen. Die Anzeichen waren jetzt schon da. Dieser Prachtknabe neigt zum Fettansatz. Max nahm sich vor, mehr auf seine Ernährung und den abendlichen Portweingenuss zu achten. Die Sibylle aber hatte zu moralisieren begonnen, und er nahm Haltung an: Es rief die Pflicht. Seine Aufgabe an diesem Oktobermorgen war es, ergeben den Kopf zu senken und seine Ansichten für sich zu behalten.

»Hadrian büßte seine klassische Gelassenheit ein, das herausragende Merkmal weiser Herrscher der Antike. Er fiel Quacksalbern und Scharlatanen zum Opfer, kaufte ihnen leichtgläubig alles ab, hörte auf jeden Kult, der ewiges Leben verhieß. Er kam nicht darüber hinweg, dass sein jugendlicher Geliebter ihn verlassen hatte, dass sie einander nie wieder umschlingen sollten. Denn Antinoos war unter merkwürdigen, eigentlich unerklärlichen Umständen ertrunken. Manche behaupten, er habe sein Leben für Hadrian hingegeben, eine bizarre, primitive Selbstopferung am Ufer des Nils. Zu der Zeit blühten in Ägypten die Mysterien- und Auferstehungskulte – nicht zuletzt der Isis- und Osiriskult.«

Die Sibylle, die es offensichtlich gewohnt war, vor andächtigem Publikum zu sprechen – in der Regel aus einem einzigen hingerissenen Individuum bestehend – und ebenso offensichtlich eine pädagogische Ader besaß, schien ihren jungen Begleiter als dringend belehrungsbedürftig zu empfinden. Max wagte es, den herablassenden Äußerungen der Sibylle über die spirituelle Suche der Ägypter zu widersprechen.

»Aber die Anhänger dieser Kulte könnten doch wirklich auf der Suche nach der Wahrheit gewesen sein.«

»Natürlich, und ich verachte sie keineswegs. Ich will auch nicht Hadrians edle Trauer herabsetzen. Er machte aus seinem Antinoos einen Gott.«

Max betrachtete zweifelnd den nackten Marmorfuß vor seiner Nase. Eine undenkbare Vorstellung, einen Mann mit der maßlosen Leidenschaft zu lieben, mit der Hadrian diesem Antinoos begegnet war.

Die Sibylle fuhr fort: »Aber unser Verhältnis zu solchen Religionssystemen hat sich grundlegend gewandelt, seitdem unser eigener vorherrschender Glaube von sehr ernst zu nehmenden wissenschaftlichen Anfechtungen, allen voran seitens deutscher Schriftsteller und Denker, tief erschüttert wurde. Nichts scheint mir bemerkenswerter als die Ausbreitung des Skeptizismus – des Rationalismus, wenn Sie so wollen –, die ich jetzt in meinen späten Jahren erlebe. Jeder Mensch, der keinen festen und allumfassenden Glauben an die Existenz eines personalen Gottes oder an Lohn und Strafe in einem jenseitigen Dasein hat, kann als Lebensmaxime nur noch jene Impulse und Triebe nehmen, die ihm als die stärksten oder besten erscheinen. Wir besitzen die Fähigkeit zu denken, und unsere höchste Einsicht gebietet uns, zum Wohle anderer zu handeln. Dies ist zweifellos das tiefste Vergnügen auf dieser Erde: die Liebe der uns Nahestehenden zu verdienen und zu erleben, wie die alles durchdringende Güte immer weitere Kreise zieht.«

Diese kosmische Perspektive universalen Wohlwollens stand in keinem Verhältnis zu dem herrschenden Unrecht, das er überall ringsum und häufig, mit Sorge, auch im eigenen Inneren wahrnahm: Er konnte diese Sichtweise durchaus nicht teilen, zog es aber vor, nicht zu widersprechen, sondern lenkte sie, während er sich den Anschein gab, er sei ganz Ohr, weiter zum Saal der klassischen römischen Porträts.

Die marmornen Gesichter, in ihrer abstrakten Ebenmäßigkeit bisher unwandelbar und fern, waren hier mit einem Schlag gealtert, hatten Falten und Runzeln bekommen, und der blinde Blick regloser Züge war auf einmal zielgerichtet, konzentriert, aufmerksam; verstörend real. Um diese Augen und Münder hatte die Ewigkeit, die Antinoos nichts hatte anhaben können, Linien gekerbt. Der Tod und die Zeit gingen mit den Römern Hand in Hand. Hier standen Kaiser Augustus als Marmorrelief und hier eine Büste von Caracalla, den Gurt seiner Schwertscheide um die nackte Brust und den Umhang kampfbereit zur Seite geworfen. Vor dem Grabrelief von Publius Aiedius und dessen Gattin Aiedia blieben sie stehen: Zwei alte Gesichter blickten aus dem steinernen Rahmen wie aus einem Fenster in der Wand ihres letzten Heims; die Oberkörper leicht zueinander geneigt, die Schultern einander berührend, die Hände verschränkt. Die Sibylle betrachtete den eingesunkenen Mund und den mageren Hals des alten Mannes und murmelte, mehr zu sich:

»Dieser lange, späte Nachmittag der Liebe. Mehr als alles erstrebenswert.«

Max wollte nichts hören, er empfand eine dumpfe Eifersucht auf jeden besorgten Gedanken, der ihrem Mann galt. Ihre eigenartige Gabe, mit ungeteilter Präsenz zuzuhören, wurde nie zurückgehalten. Aber sie war von Lewes so vollständig in Anspruch genommen, dass jede Überlegung mit der Patina hingebungsvoller Gattenliebe überzogen war. Jeder lebte das Leben des anderen mit, und aus dieser klaustrophobischen Intimität blieb alles andere ausgeschlossen. Niemand, außer den konvertierten Anhängern, hatte Zutritt zu ihrer Gegenwart, und Lewes als Türhüter prüfte alle Bewerber auf Herz und Nieren. Wie seltsam, dachte Max, dass er ins Innere dieser Mauern geraten war, und dies ganz ohne Hilfe eines Trojanischen Pferdes. Langsam, Arm in Arm, durchschritten sie die Ausstellungsräume. Max behielt die anderen Besucher im Auge, doch niemand machte Anstalten, auf sie zuzugehen oder gar die Sibylle anzusprechen.

»Hier ist es ja endlich«, rief sie aus, »das Gesicht, dessentwegen ich gekommen bin.«

Vor ihnen, neben einem bewegten Kampf des Theseus mit dem Minotaurus, stand auf einem Sockel eine Büste und blickte zum Fenster hinaus. Von der polierten Eiche der Platte schälte sich das handgeschriebene, sicher provisorische Etikett: *Der Dichter Lukian. Erworben 1871.* Das nachdenkliche, geistesabwesende Gesicht gehörte einem, der sich langweilte, weil er stillsitzen musste, während unter den Händen des Bildhauers das tönerne Abbild seiner Züge Gestalt annahm. War es ein edles, ein kompromissloses Gesicht? Max hatte eine Ähnlichkeit mit der Sibylle erwartet: Davon konnte keine Rede sein, stellte er überrascht fest. Eher schlau und durchtrieben als ansehnlich, eher asketisch als großmütig, und die sanfte Freundlichkeit, die so oft den Blick der Sibylle beseelte, kam im Charakter dieses Mannes nicht vor, fand Max. Aber auch für Schönheit war kein Raum in seinem Gesicht, wie bei der Sibylle. Bedrohlich ragte eine Adlernase aus seinem gefurchten Antlitz, und unter seinen gefalteten Händen standen, wie auf eine Tafel geschrieben, die Worte: »SUAVE MARI MAGNO.« Max sah es erst, als die Sibylle ihn darauf hinwies und den Vers vervollständigte, erst lateinisch, dann in Übersetzung: *Es ist angenehm bei hoher See und das Meer aufwühlenden Winden, vom Land aus, den großen Mühen eines anderen zuzusehen.*

»Das sind die ersten drei Worte des zweiten Buchs von *De rerum natura* des Dichters Lukrez. Lukian und Lukrez waren keine Zeitgenossen – Lukrez starb 55 vor Christus, und während wir zwar nicht wissen, wann genau Lukian gelebt hat, nehmen wir doch an, dass er rund ein Jahrhundert später in Südgallien geboren wurde, vielleicht im Jahr 50 A.D. Aber wir wissen, dass Lukian das Gedicht sehr schätzte, auch wenn er seinen Inhalt für subversiv und womöglich staatsschädigend hielt. Viele seiner Kommentare scheinen gegen die Philosophie Epikurs gerichtet, den Lukrez wiederum verehrte. Die Epikuräer scheinen mir heute so modern! Aber Lukian kannte die Dichtung aller seiner Vorgänger natürlich sehr gut, und wenn diese Skulptur wirklich, wie wir glauben, ein Porträt von ihm ist, so muss er selbst diesen Vers ausgewählt haben, denn er beschreibt ja genau, was Lukian tat: Er schied aus dem Staatsdienst aus, zog sich auf sein Landgut am Meer zurück und widmete sich der Landwirtschaft und dem Schreiben. Soweit ich weiß, reiste er, außer in seiner frühen Zeit, als er in Athen studierte, niemals um des Vergnügens willen. Er lebte in stiller Zurückgezogenheit und blickte aufs Meer hinaus und auf die Ärgernisse anderer Leute.«

»Aber wenn das *Fragment* echt ist«, sagte Max, den das Gesicht des antiken Atheisten neugierig machte, »dann konnte er doch, selbst wenn er nicht mehr Statthalter von Bithynien und Phrygien war, den Wandel der Sitten im Römischen Reich so aus der Nähe verfolgen, um in Kenntnis der Umstände darüber zu schreiben.«

»Das stimmt.« Die Sibylle wandte keinen Moment den Blick von dem nachdenklichen Gesicht vor ihnen, das in den Trümmern von fast zweitausend Jahren verloren gewesen und jetzt in neuem Glanz zwischen Cäsaren und berühmten Gladiatoren aufgestellt war. Wie die Sibylle hatte sich auch Lukian in eine Berühmtheit verwandelt. »Er lebte nicht weit von einem vielbefahrenen Mittelmeerhafen. Über das Wasser breitete das Christentum sich rasch aus.«

Mit kritischem Blick umrundete sie das Porträt zweimal.

»Diese Büste wurde für ein öffentliches Gebäude hergestellt, um den Mann zu ehren. Ich denke, er war über fünfzig, als sein Konterfei entstand. Die Provenienz der Skulptur dürfte gesichert sein; die Archäologen sind ja offenbar vollkommen überzeugt, dass dies der Dichter und Philosoph Lukian ist. Seine Stimme, die über seine Zeit und die Zukunft aller Völker nachdenkt, ist so unverwechselbar, und sie tönt so klar und wahr, als spräche sie heute zu uns. Seine organische Theorie der Gesellschaften und Religionen hat, glaube ich, Herder beeinflusst. Seiner Ansicht nach wird eine Gesellschaft geboren, wächst, gedeiht, blüht und reift, aber dann beginnt sie unvermeidlich zu welken, verfällt und stirbt dahin, damit neue Welten und neue Denkweisen entdeckt und geboren werden können. Kennen Sie die Geschichte von Lukian und dem Sklavenmädchen? Sie stammte aus Palästina und besaß erstaunliche Heilkräfte, und er kaufte sie genau in dem Moment, als die neue Religion seine Schwelle bereits überschritten hatte, was er, als Hausherr, aber nicht wusste.«

Sie drehte sich zu Max um, der den Kopf schüttelte. Und die Sibylle erzählte ihm die Geschichte der ersten Begegnung zwischen Lukian und Myriam.

Der alte Philosoph hatte seinen Sachwalter beauftragt, ihm auf dem Sklavenmarkt am Hafen mehrere Sklaven zu beschaffen, die aber, ehe sie in seine Dienste traten, auf Ungeziefer und Krankheiten untersucht werden mussten. Anschließend wurden die neuen Sklaven vor den Herrn geführt, der sie selbst nach ihrer Herkunft und ihren Talenten befragte. Die junge Frau aus Palästina konnte Lateinisch und Griechisch lesen und schreiben: für eine in die Leibeigenschaft verkaufte Frau eine äußerst ungewöhnliche Fertigkeit. Der Oberkoch bürgte für sie; sie kenne sehr viele Heilkräuter, sagte er, und ihre Begabung, Wunden, Fieberfröste und Erkrankungen der Haut zu heilen, grenze ans Wundersame. Neugierig geworden, wollte Lukian wissen, wo sie das gelernt habe. Der Koch starrte sie an, die Frau aber stand erhobenen Hauptes und schwieg trotzig. Hatte sie etwa Angst, in Gegenwart ihres Gebieters zu sprechen? Lukian ließ Schiefertafel und Kreide kommen. Konnte sie schreiben? Wäre sie nützlich?

»Lass sie aufschreiben, woher sie ihr Können hat.«

Die Frau riss Tafel und Kreise an sich, kritzelte einen Umriss und reichte Lukian das Bild. Zum ersten Mal erblickte er das geheime Zeichen der Christen, den Fisch. Die ringsum versammelten Sklaven duckten sich und fürchteten um ihr Leben. Denn niemals durfte man sich ungestraft zu der neuen Religion bekennen, die im Haus des Philosophen längst Fuß gefasst hatte. Lukian aber nickte nur und entließ sie alle, zuvor jedoch gab er Befehl, die Frau gut zu behandeln und, wenn sie die Sprache wiedergefunden habe, wieder vor ihn zu bringen. Und so begann die merkwürdige Verbindung zwischen dem alten stoischen Philosophen und der Sklavin aus Palästina, die Auseinandersetzung zwischen klassischer Antike und der neuen Religion.

»Lukian erkannte sofort, dass das Christentum nicht mehr aufzuhalten sei. Und er sah dessen Macht voraus. Die alten Religionen bedienten ihre Götter mit einem System aus Bestechung und Überredung und der Darbringung tierischer Blutopfer. Die Christen behaupteten, sie liebten ihren Gott und, Gipfel des Irrsinns, seien ihrerseits von ihm geliebt. Lukian erkannte die Wucht dieser Aussage sehr wohl. Und nie vergesse ich den Schmerz seiner Worte: *Ich suchte meine heiligen Haine auf und musste feststellen, dass die Nymphen geflohen waren.* Die alte Religion, die sich nicht weiterentwickeln konnte, hatte der Gefahr nichts entgegenzustellen; sie musste dahinsiechen und sterben.«

»Aber er dachte, das Christentum werde ebenfalls verschwinden«, wandte Max ein, den die Unerschrockenheit der Sibylle erschütterte und der ahnte, dass er auf die Probe gestellt wurde. »Und das Heidentum welkte nicht einfach in Schönheit dahin. Die alte Religion wurde mit Gewalt niedergeschlagen.«

»Nicht viele Menschen wären eher gestorben als ihren Glauben an Aphrodite aufzugeben, Max. Sie waren Opportunisten. Die alte Religion zeichnete sich durch das Ritual aus: Was man tat, zählte mehr, als was man glaubte. Die Christen aber waren bereit, für ihren geheimen Glauben zu sterben: für etwas Unbewiesenes, Ungesehenes. Wird ein Volk wegen seiner Überzeugungen verfolgt und gefoltert, so werden sicherlich manche widerrufen, andere aber, die Fanatischsten unter ihnen, sterben lieber, und sei es auf noch so entsetzliche Weise, um Zeugnis abzulegen. Und ich glaube nicht, dass das Christentum als Religionssystem zu unseren Lebzeiten friedlich entschlummert.«

Sie lächelte Max still an, ohne ihre furchterregenden Zähne zu zeigen.

»Die alte Religion schwelte weiter durch die Jahrhunderte, mein Lieber. In England zum Beispiel wollten die Menschen des sechzehnten Jahrhunderts sich nach allen Seiten hin absichern und suchten heilige Brunnen auf und hängten Locken ihrer Kinder an heilige Bäume. Und in der Bretagne haben wir eine kleine Kapelle besucht, die ursprünglich der Venus errichtet war: Sie tauchte von Fischen umschwärmt aus dem Wasser empor, und ihre hübschen Brüste waren nackt. Im Mittelalter aber wurde die Kapelle der heiligen Agatha geweiht, die ihre Brüste dem Himmelreich geopfert hatte. Und so wechselten die schönen nackten Brüste der Göttin einfach die Seiten, aus der alten Religion wurde der neue Glaube.«

Nie hatte Max mit einem Menschen über die erotischen und religiösen Möglichkeiten von Brüsten diskutiert, nicht einmal mit seinen Offizierskollegen, und keine Frau, die er kannte, hätte jemals mit derartiger Offenheit über solche Themen gesprochen. Er deutete eine Verbeugung vor Lukian und der Sibylle an, eine List, um eine beginnende Schamesröte zu verbergen. Die Sibylle, sehr erheitert, ergriff seinen Arm.

»Kommen Sie. Ich muss Ihnen noch etwas zeigen, das mir bei unserem letzten Besuch aufgefallen ist.« Sie näherten sich dem aus rotem Sandstein gemeißeltem Grabmal eines Kreuzfahrers und seiner Frau, die mit gefalteten Händen nebeneinanderlagen.

»Sehen Sie genau hin, mein Lieber. Fällt Ihnen an diesem andächtigen toten Paar etwas auf?«

Nein, nichts. Beide waren in gemeißeltem Stein erstarrt, die leeren Augen zum Himmel gerichtet. Zu Füßen des Ritters lag ein knurrender Löwe, und die langen spitz zulaufenden Eisenschuhe krümmten sich über den Löwenleib. Die Dame hatte zu ihren Füßen einen Windhund liegen, der sich still in den steinernen Faltenwurf ihres Gewandes schmiegte. Es fehlte nichts. Der Grabstein schien bemerkenswert gut erhalten und unversehrt. Mann und Frau waren seit knapp fünfhundert Jahren tot.

»Schauen Sie genauer hin«, forderte die Sibylle ihn auf.

Und tatsächlich. Aus den Falten ihrer Robe ragend, ein wenig verdeckt von der kunstvollen Kordel um ihre Taille, lag ein Schwert. Die Dame hatte ihr Schwert mit ins Grab genommen, und es war kein gewöhnliches Schwert; es war ein Breitschwert mit edelsteinbesetztem Griff, wie es nur Ritter im Kampf trugen. Die Dame lag bewaffnet für die Ewigkeit, wie ihr Mann; auch sie war ein Ritter.

»Du meine Güte«, sagte Max. »Wie befremdlich.«

»Ich frage mich«, kommentierte die Sibylle befriedigt seine Überraschung, »welche Geschichte hinter dieser Kuriosität stehen mag, die in den Reiseführern nirgends erwähnt ist.«

»Wahrhaftig!«, sagte Max und reichte ihr den Arm. Die Vorstellung, dass eine Gattin, die zu Lebzeiten imstande war, ihren Mann zu enthaupten, auch nach dem Tod vorsichtshalber ihre Waffe behielt, gefiel ihm keineswegs.

Die Sibylle besaß eine besondere Gabe, Verstörendes wahrzunehmen, seien es Um- oder Gegenstände; immer hatte sie ein Auge für das Besondere, und die charmante Ironie, mit der sie das entdeckte Sonderbare und Verschrobene mitteilte – und der Genuss, mit dem sie es tat –, fand er hinreißend. Es wurde ihm eine Audienz gewährt, er bekam Zutritt zu ihrer inneren Welt. Ihr Publikum hätte womöglich ein erhabenes Spektrum der Empfindungen und Stimmungen erwartet, dem Rang nach aufgereiht wie die Statuen der antiken Götter ein Stockwerk höher. Er hingegen durfte einen Blick in ein Kuriositätenkabinett tun, in dem das Bizarre über das Moralistische und Schöne triumphierte. Er hatte die Erlaubnis erhalten, der Sibylle auf deren ureigenem Terrain zu begegnen.

»Niemand anderes als Sie hätte dieses Schwert entdeckt.« Vor einer riesigen Renaissance-Madonna stehend, die einen schwebenden Engel mit Regenbogenschwingen empfing, betrachtete er das ausdrucksstarke Profil der Sibylle.

»Nein, ich glaube, das Schwert ist ganz oft bemerkt, aber dann wieder vergessen worden. Wir neigen ja dazu, Unerklärliches nicht zur Kenntnis zu nehmen. Sehen Sie sich den Gesichtsausdruck dieser Madonna an. Was sehen Sie? Ich sehe Überraschung, Ungläubigkeit, auch Ablehnung. Die Mutter des Jesus von Nazareth war mit hoher Wahrscheinlichkeit Analphabetin. Heute hingegen, da uns Frauen erlaubt ist, das Lesen zu lernen, werden wir bei dieser kostbaren, stillen Meditation ständig gestört, selten von Engeln, manchmal von Menschen.«

Sie warf ihm einen verschmitzten Seitenblick zu, und Max errötete. Natürlich musste er daran denken, wie er in Homburg in ihre Lukian-Lektüre eingebrochen war.

»Verzeihen Sie, ich würde niemals absichtlich ...«

»Entschuldigen Sie sich nicht! Das sagte ich nur um des Vergnügens willen, Sie wieder erröten zu sehen. Sie verbreiten ein so bezauberndes, bescheidenes Glühen.«

Max, geschmeichelt und in die Enge getrieben, neigte den Kopf.

»Werfen wir noch einen Blick auf die byzantinischen Skulpturen? Es gibt ein neues Exponat, einen Sarkophag aus dem zweiten Jahrhundert, den ich bei unserem Besuch im Frühjahr nicht gesehen habe, aber Mrs Harleth sagt mir, der Fries sei in vollendetem Zustand.«

Als sie zur vereinbarten Zeit das Museum verließen, dankte ihm die Sibylle liebenswürdig.

»Den Rest unserer Zeit in Deutschland verbringen wir in Karlsruhe und Stuttgart, aber ich hoffe, wir sehen Sie noch vor unserer Rückkehr nach England? Wissen Sie, wir haben eine Schwäche für die sogenannten langweiligen Orte – wir blühen dort richtiggehend auf.«

Weil sie sagte, sie sei zu müde, um zu Fuß zur Dorotheenstraße zu gehen, hielt er eine Droschke an. Als er ihr hinaufgeholfen hatte, griff sie in die Tasche und reichte ihm mit verschwörerischer Miene ein kleines Kuvert.

»Die Gräfin Sophie von Hahn hat mir geschrieben. Nachdem auch Sie in ihrem Brief vorkommen, halte ich es nicht für ehrenrührig, die ganze Sache Ihnen zu übergeben. Antworten Sie ihr an meiner Stelle, Max – ich hätte es ja doch nicht fertiggebracht, mich der Erwähnung eines gewissen Colliers oder einer Moralpredigt über das Laster des Roulettespiels zu enthalten.«

Max überlief es kalt vor Schrecken und Sorge, als er das Kuvert entgegennahm.

Sophie hatte es gewagt, Frau Lewes zu schreiben! Was hatte sie geschrieben? Der Sibylle, die wachsam wie eine jagende Eule war, entging sein Unbehagen nicht. Das schalkhafte Lächeln, das sie ihm zuletzt zuwarf, zeigte endlich wieder ihre ungeheuren Zähne; mit einem Schlag wurde aus der Großmutter der Wolf. Max, auf dem belebten Gehsteig zurückbleibend, sah der Droschke nach, die holpernd auf der breiten Straße davonfuhr. Er schluckte schwer. Dann öffnete er das Kuvert und zog den Brief heraus, den Sophie von Hahn an Mrs Lewes geschrieben hatte.

KAPITEL 10

welches einen unerfreulichen Höhepunkt erreicht und unseren Helden in verzweifelter Verfassung zurücklässt

Sophie schrieb deutsch und auf Briefpapier mit dem Kopf des Grand Continental. Der offensichtlich in Eile hingeworfene Brief – die Zeilen reichten oft bis dicht an den rechten Rand und senkten sich abwärts – war noch in der Nacht des Architektenballs vor fünf Tagen verfasst worden.

Sehr geehrte Frau Lewes,
darf ich es wagen, diese Zeilen an Sie zu richten, von denen mein Herz übervoll ist? Sie empfangen ja gewiss so zahlreiche Briefe der Bewunderung und Dankbarkeit von Ihren Lesern, dass ich den Stapel nur erhöhen kann. Ich ertrage es nicht, Sie so nah – hier in Homburg – zu wissen und nicht sehen zu dürfen. Welches Vergnügen und Entzücken ich Ihnen verdanke! Wenn ich Ihre Worte lese, scheint es mir, als befände ich mich in Ihrer kostbaren Gesellschaft, und während der langen Stunden, die ich mit Ihren Büchern verbringe, höre ich Ihre Stimme zu mir sprechen, und nur zu mir, so als wären wir allein miteinander in einem Zimmer. Und ich habe sehr aufmerksam Ihrer Klugheit und liebevollen Versöhnlichkeit gelauscht. Sie

blicken in jedes Herz, lesen in der Seele des Menschen. Verzeihen Sie, dass ich nur von mir spreche. Ich kann nicht wissen, wer Sie wirklich sind, und doch meine ich Sie zu kennen. Wie gern hätte ich die Kraft, immer nur zu tun, was richtig ist; in meiner gegenwärtigen Situation kann ich das nicht immer erkennen. In Ihren Worten fand ich immer die liebevolle Entscheidung, die ich suchte. Und deshalb wende ich mich auch jetzt an Sie.

Ich bin Max Duncker, dem jüngeren Sohn Ihres deutschen Verlegers, zur Ehe versprochen, weiß aber nicht, ob es das Richtige ist, für mich ebenso wie für ihn. Kann ich ihn jemals als Mann lieben? Und steht es in seiner Macht, mich glücklich zu machen? Ich weiß ja nicht einmal, ob ich überhaupt das Leben einer Ehefrau führen will. Ich bin nie gereist, habe nie ein eigenes Leben geführt, eigene Entscheidungen getroffen, mich in der Welt bewährt. Könnte ich mich zufriedengeben mit den Pflichten einer Ehefrau? Mit einem Leben, das an Haushalt und Kinder gebunden ist? Ich kann mir nicht vorstellen, Mutter zu sein; ich will mehr, mehr, als einer Frau meines Ranges und meines gesellschaftlichen Standes offenbar zusteht. Ich möchte andere Länder sehen, ihre Menschen und deren Geschichte kennenlernen, wie Max es getan hat. Vielleicht könnte ich Forscherin oder Wissenschaftlerin werden – das wäre die Erfüllung eines Traumes! Könnte ich Ägypten, Indien und Afrika bereisen, mit Büffelherden durch die amerikanischen Prärien reiten! Wissen Sie, ich habe so viele Sehnsüchte und Träume. Hat eine Frau denn nicht das Recht, mehr zu wollen, als ihr geboten wird oder ihr zu wünschen erlaubt ist? Das Recht, ein außergewöhnliches Leben zu führen, das ein Ziel und eine Bedeutung hat? Wie Dorothea, die sich nach einer großen Sache sehnte, der sie ihr Leben widmen konnte. Das Recht, an jenem größeren Reich menschlichen Strebens teilzuhaben? So zu leben wie Sie?

Ich hoffe inständig, Sie halten meinen Brief nicht für vermessen, und bitte Sie sehr, mir ein Gespräch mit Ihnen zu gewähren, so kurz es auch sein mag. Habe ich die Grenze des Anstandes überschritten, so ist die einzige Buße, die ich tun kann, der Entschluss, alle Worte der Warnung oder des Rates von Ihnen anzunehmen. Ich will sie in alle Ewigkeit bewahren wie einen Schatz. Denn ich glaube an Sie, liebste Frau Lewes, ich liebe Ihre Romane von ganzem Herzen und ich liebe auch Sie.

Damit verbleibe ich, sehr verehrte Frau Lewes, als Ihre Ihnen sehr verbundene und gehorsame Dienerin

Sophie Gräfin von Hahn

Wie er dort auf der Straße stand, umströmt von Menschen und Fahrzeugen, war sein erster Impuls, diesen Brief in tausend winzige Fetzen zu zerreißen und in die Gosse zu werfen, dann wie vom Teufel geritten zum Jagdschloss des Grafen zu hetzen, wo die Familie nach wie vor in ihrer Sommerresidenz weilte, und die nichtsnutzige Gräfin übers Knie zu legen und zu versohlen, bis sie schrie. Oder hielt sie sich noch mit ihrem Vater in Homburg auf, um den Transport der wundersam und teuer erkauften Rösser zu überwachen? Max starrte auf ihre Handschrift und kochte vor Zorn, dass nicht er der Empfänger dieses völlig gedankenlosen Sturzbachs an Vertrauensbekundung, Bewunderung und Liebe war. *Ihm* sollte sie leidenschaftliche Briefe schreiben, ihm und niemand anderem. Welcher heillose Wahnsinn hatte sich des Mädchens bemächtigt und es veranlasst, der Sibylle einen *solchen* Brief zu schreiben? Und mit welcher Dreistigkeit wagte sie zu schreiben, sie sei ihm, Max, »zur Ehe versprochen«? Nichts dergleichen war vereinbart! Und dann die unverblümte Andeutung, sie sei mit ihm als Ehemann womöglich nicht einverstanden! Max ballte die Fäuste vor Wut, und er hatte die albtraumhafte Vorstellung, er könnte eines Morgens erwachen und feststellen, dass er, ganz ohne sein Zutun, mit der ungestümen Gräfin verheiratet sei. Wäre ihm die Ehe mit ihr denn recht? Oder wäre er entsetzt allein bei der Aussicht darauf? Er wusste es nicht, er wusste es einfach nicht. Eines allerdings stand ihm sehr klar und deutlich vor Augen – es galt, jeden Anknüpfungsversuch vonseiten Sophiens zu unterbinden: Die Wege der beiden durften sich niemals kreuzen. Max, der sich zum gegenwärtigen Zeitpunkt der eigenen Beweggründe nicht hinreichend bewusst war, hätte nicht sagen können, wovor er sich eigentlich fürchtete. Die Sibylle mit ihren großen verwaschenen Augen und ihrer vornehmen Contenance, zu der sie im Alter gefunden hatte, wusste zu viel über ihn. Er fürchtete diese Freimaurerei des Geschlechts, die in Bekenntnisse intimster Art mündete. Es schauderte ihn bei dem Gedanken, dass die Sibylle ihn als zögernden und schwachen Charakter beschriebe. Sie besaß durchaus die Möglichkeit, sein so sorgfältig aufpoliertes Selbstporträt zu trüben – was für ein Verrat. Hatte sie ihm Sophies Ausbruch überschwänglicher Offenherzigkeit als Warnung überreicht? Und wenn ja, wer stellte eigentlich die Gefahr dar – Sophie oder die Sibylle?

Weshalb legte Max so großen Wert darauf, wie die Welt ihn sah? Er war dreiundzwanzig und hatte noch nichts für die Unsterblichkeit getan; an Großem nichts vollbracht als den großen Berg Schulden, den er aufgehäuft hatte. Seine Kenntnisse und seine Lektüre, eher wahllos als vertieft, würden gewiss nicht den Anforderungen diverser Gelehrtengesellschaften genügen, denen beizutreten er bemüht war. Seine Studien des klassischen Altertums konnte man bestenfalls rudimentär nennen. Er warf keinen Schatten – darin ein wahrer Peter Schlemihl, ein Mann ohne Substanz. Nicht aber ohne Ehrgeiz! Er wünschte sich einen Namen in der Welt, und er wollte in Erinnerung bleiben. Er stellte sich vor, wie ihm Denkmäler für große Taten errichtet würden, so groß, dass es noch nicht einmal den Keim einer Idee davon gab, geschweige denn deren Umsetzung. Sein Geist war wie eine Glasglocke, aus der die Luft gepumpt worden war.

Das Verlagshaus Duncker in der Jägerstraße war ein vierstöckiges Gebäude. Das Personal bestand aus einem Diener, dem alles und jedes Anliegen und Sorge war, auch die zwei Brüder; einer Köchin, einer Küchenhilfe, einem Spüljungen, zwei Hausmädchen und einem Stallburschen; und diese Hausgemeinschaft, fast vollzählig versammelt, sah zu, wie Max ins Haus stürmte, seinen Mantel auf die Truhe in der Diele warf und sogleich in der väterlichen Bibliothek verschwand, in deren Kamin auch sommers immer ein Feuer brannte, damit keine Feuchtigkeit in die Bücher drang, und fragte sich, mit wem er wohl gestritten hatte, der Gräfin oder seinem Bruder.

Max schloss die Tür hinter sich ab. Seine derzeitigen Studien, dazu die Photographien von der vorgesehenen Grabungsstätte in Anatolien, glühten vor Vorwurf und Vernachlässigung. Auf den herausragenden Aufsätzen von Professor Marek lag eine tote Fliege. Er schnippte sie ins Feuer. Ließ sich anschließend in den Sessel seines Vaters fallen und nahm sich abermals Sophies Brief vor.

Distanz, vertraute Umgebung, Zeit, um über Alternativen nachzudenken. – dies alles ist kühlem Nachdenken förderlich und sorgt dafür, dass der Mensch zuletzt ruhigen Blutes zu seinem Urteil gelangt. Nicht in diesem Fall. Maxens Zorn schwoll von Minute zu Minute. Die Gräfin von Hahn hatte ihn vorsätzlich, wissend und arglistig hintergangen. Der Gedanke, dass das Verhalten der jungen Dame ihn zum gegenwärtigen Zeitpunkt keineswegs derart nahegehen sollte, ja ihn im Grunde nichts anging, kam ihm nicht. Ihre Angelegenheiten, fand er, waren seine Angelegenheiten, es konnte nicht anders sein. Er stöberte zwischen Wolfgangs Papieren, die über den Schreibtisch des Vaters verstreut lagen, und entdeckte die noch unkorrigierten Fahnen der ersten Übersetzung von *Middlemarch*. Das unselige Kapitel 29 begann folgendermaßen: »Es war an einem Vormittag, einige Wochen nach ihrer Ankunft in Lowick, als Dorothea – aber warum immer Dorothea? War denn ihre Ansicht über diese Heirat die einzig mögliche?« Max las nicht weiter. Hätte er weitergelesen, wären ihm die schlimmen Folgen vernachlässigter Wissenschaft und der ewig unvollendete Schlüssel zu allen Mythologien vor Augen geführt worden. Stattdessen fühlte er sich in seinem Zorn bestätigt, seine Anschauung gerechtfertigt und von der Sibylle selbst untermauert. Ja, man konnte Sophies Brief und die jüngsten Ereignisse in Homburg auch einer anderen Lesart unterziehen. Die Gräfin von Hahn hatte seine Integrität beleidigt und seine Selbstachtung angefochten. Ferner hatte sie einer vollkommen fremden, wenn auch einflussreichen Person ihre privaten Ambitionen offenbart, und diese standen in direktem Konflikt mit ihren Pflichten als seine Gattin. Er legte ein Blatt Papier vor sich hin und warf eine kurze und förmliche Nachricht an den Grafen von Hahn darauf, mit der er den Empfänger um Zustimmung zu einer privaten Unterredung mit dessen ältester Tochter zum frühesten passenden Zeitpunkt ersuchte.

Die Nachricht wurde unverzüglich zur Berliner Residenz der von Hahns am Wilhelmplatz geschickt, wo die Familie zwar täglich erwartet wurde, aber noch nicht eingetroffen war, reiste dann weitere sechzehn Meilen zum Jagdschloss am See und wanderte dort aus den Händen des Grafen sofort in die seiner Gattin, die mit dem Gärtner Tulpenzwiebeln in der Erde versenkte. Sie zog ihre Handschuhe aus und strahlte ihren Ehemann an. Eine private Unterredung! Nun, mein Lieber, so formell drückt sich unser Max doch sonst nicht aus. Und so bald nach dem Besuch in Homburg, wo sie einander doch täglich gesehen haben. Sind sie da nicht praktisch mit Schleifen zusammengebunden? Die letzten Tänze hat sie mit ihm getanzt, und ich habe sie oben in unseren Räumen beim gemeinsamen Verzehr von Speiseeis ertappt. Sein Bruder wird natürlich eine anständige Regelung erarbeiten. Die Dunckers verfügen von mütterlicher Seite her ja über viel Grundeigentum. Die Angelegenheit mit Sophies Titel und Erbe konnte ich einstweilen noch nicht regeln, des Kaisers Sekretär aber hat mir viel Hoffnung gemacht, und ich wurde wie auch sonst bei Hof empfangen, ungeachtet meiner Memoiren. Was meinst du? Soll ich schreiben und ihn hierher einladen? Oder ist es früh genug, wenn wir ihn am Ende der Woche in unsere Berliner Wohnung bitten? Arm in Arm stand das Elternpaar, betrachtete wohlgefällig die Gärten und dachte an den wunderbaren Augenblick zwei Jahrzehnte früher zurück, als der Vater der Gräfin, Gott schenke seiner Seele Ruhe, Zahlen addiert, den jungen Grafen argwöhnisch beäugt, am Ende aber seine Zustimmung gegeben hatte.

Sophie Gräfin von Hahn
freut sich, Maximilian Reinhard August Duncker
eine private Unterredung zu gewähren und
bittet ihn, sie am Freitag morgens um zehn
in ihrem Elternhause, Wilhelmplatz 2,
Berlin, aufzusuchen.

Im Verlauf der nächsten drei Tage entwickelte Max einen Tremor in der linken Wange. Sophie, zutiefst unschlüssig, was die klügste Vorgehensweise sei, und in der untätigen, aber steten Hoffnung, dass die Sibylle ihr unheilvolles Schweigen bräche, auf die Post lauernd, bestellte vorsorglich ein neues Kleid in blassblauer Seide: nur für den Fall, dass der Ausgang der Unterredung neue Garderobe erforderlich machte. Sie verbrachte Stunden im Gespräch mit ihren Pferden. Die ihr in ähnlicher Weise antworteten: Beim Klang ihrer Stimme, ihrer nahenden Schritte im Hof hoben sie den Kopf und schnaubten leise. Ihre jüngeren Schwestern dichteten gnadenlose Spottverse auf sie, die sie im Chor sangen:

Gräfin Sophie und ihr Bräutigam,
Der zu uns in das Jagdschloss kam,
Ritten zusammen durch Wald und Feld.
Sie hatt' für ihn nichts als ihr ganzes Geld.
Da sprach er: Oh weh, Geld hab ich selber,
Gräfinnen aber sind dumme Kälber.

Dieses und ähnliche Liedchen endeten in unterdrücktem Gekreisch und schrillem Kichern. Das Haus knisterte vor Erwartung. Die Mutter überlegte, ob eine achtmonatige Verlobungszeit als unanständig kurz empfunden würde und ob ihr Mann sich wohl erkundigen könne, wann genau Professor Marek den archäologischen Neuling in Weltgegenden zu entführen gedachte, in denen man vom Essen krank wird.

Seinem Bruder gegenüber erwähnte Max keine Silbe von seinem Vorhaben.

Am Freitagmorgen stand er kampfbereit in der Diele des Duncker'schen Hauses: schwarz gewandet wie ein Bestatter mit feierlichem Anzug und Weste, langem Mantel, den Zylinderhut auf dem Kopf; weiß waren an ihm nur Manschetten und Kragen. In der unbestimmten Überzeugung, dass er mittags als Sieger dastünde, stellte er sich vor den Spiegel.

»Wo willst du denn hin, um Himmels willen?« Wolfgang, von der wissenschaftlichen Zeitschrift aufblickend, die er mit der Lupe studierte, starrte seinen Bruder fassungslos an.

»Fort«, fauchte Max und verließ das Haus.

Doch als er zum Wilhelmplatz kam, der in kaltem Sonnenlicht lag und unter den herabwehenden herbstbraunen Blättern ständig die Farbe veränderte, war sein Mut wieder dahin, und er begann den allseits von Stadthäusern umschlossenen Park zu umrunden. Flaneure schlenderten darin umher; ein Knabe, der am Schürzenzipfel seines Kindermädchens hing, zog ein kleines Spielzeugauto hinter sich her, und jemand verscheuchte einen kleinen weißen Hund. Zwei dick eingehüllte alte Damen trippelten, französisch parlierend, an ihm vorbei. Kutschen ratterten über das Pflaster. Aus der Ferne hörte Max die Kirchenglocken zehnmal schlagen. Er beschleunigte seinen Schritt und befühlte währenddessen den verhängnisvollen Brief in seiner Tasche. Sollte er einfach alles vergessen und nach Hause zurückkehren?

Just in dem Moment aber entdeckten ihn der Graf und seine Gattin, die im oberen Salon, der ebenso auf den Platz vor dem Haus hinausging wie auf die Privatgärten dahinter, besorgt durch das hohe Fenster spähten. Warum war Max zu Fuß gekommen und nicht mit der Kutsche, wie es angesichts des feierlichen Anlasses und der Oktoberkühle wohl angemessen gewesen wäre?

»Was fällt ihm denn ein? Er muss doch wissen, dass wir hier sind!«, rief der Graf, als er Max einen Ausfall über das feuchte Gras machen und gleich darauf hinter den herbstlichen Büschen verschwinden sah.

»Wo ist Sophie?«

Die kleine Gräfin, panisch vor Lampenfieber, hatte den Salon der Beletage, sonst ihr bevorzugter Schauplatz für Konfrontationen, verlassen und marschierte mit hohem Tempo, ohne Handschuhe, Hut und Mantel durch den französischen Garten; unter ihren Füßen knirschte der Kies der kleinen Alleen, und gelegentlich hieb sie mit der Faust gegen eine Buchsbaumhecke. Warum kommt er zu spät? Es ist nach zehn. Er kommt doch nie zu spät! Sonst bin ich doch diejenige, die auf sich warten lässt! Wie eine Festung stand das erwartungsfiebernde Haus zwischen den Hauptgegnern. Max nahm sein Herz in beide Hände und preschte los. Der Klang der Glocke erschütterte die Mauern. Der Portier, der direkt hinter der Tür stand, hatte Maxens Marsch durch den Innenhof beobachtet und vorsorglich den schweren Vorhang zurückgeschoben. Das Feuer im Kamin der Halle knackte und knisterte.

»Das junge Fräulein Gräfin hat Sie im Salon erwartet, mein Herr. Jetzt, meine ich, ergeht sie sich im Garten.«

Max marschierte gleich weiter; durchquerte in gerader Linie das Haus und stieg, noch mit Handschuhen, den Zylinder aber in der Hand, weil ihn die Empörung erhitzte, die Stufen zum Garten hinunter. Da war sie ja, mit kurzem rotem Jackett und blauem Reitrock, und strebte auf Kieswegen von ihm fort zum stillgelegten Springbrunnen.

»Fräulein Sophie!«, rief er in die stille Luft.

Sie schlug einen Haken wie ein Polopferd, machte kehrt und kam auf ihn zu. Ihre Wangen waren vor Freude und Aufregung gerötet. In kurzem Abstand voneinander blieben sie stehen, stumm. Eine entsetzliche Stille trat ein, und Max, hin- und hergerissen zwischen scheuer Liebe und gekränktem Ehrgefühl, vergaß beinahe seine einstudierte Rede. Leider nur beinahe; leider überdachte er seine Strategie nicht, sondern legte an und feuert die ersten Schüsse ab.

»Frau Lewes dankt Ihnen für Ihren Brief, den sie mich, da sein Inhalt mich ja in nicht unerheblicher Weise betrifft, zu lesen und Ihnen zurückzugeben aufforderte. Hier ist er. Sie bedauert, Ihnen in der fraglichen Angelegenheit nicht mit ihrem Rat behilflich sein zu können.«

Sophies blankes Unverständnis ließ alle Farbe aus ihrem Gesicht weichen. Max hielt ihr mit einer schwarz behandschuhten

Hand – in der anderen hielt er nach wie vor den Zylinder – den aufgefalteten Brief hin. Sie erblickte ihre eigene Handschrift. Sah Max vor sich stehen wie den Boten des Todes, der die Schreckensnachricht überbringt und sich gleich wieder davonmacht. Riss ihm den Brief aus der Hand und überflog ihn in atemloser Hast, als seien die Worte ihr neu. Als sie wieder aufblickte, war sie dunkelrot. Sie zitterte. Sie trat einen fatalen Schritt auf ihn zu. Er dachte, sie wollte ihn schlagen.

»Dieser Brief ist an Frau Lewes adressiert und nur für ihre Augen bestimmt. Und Sie betrifft er in keiner Weise. Wie können Sie es wagen, anderes zu vermuten? Woher nehmen Sie das Recht, meine Privatkorrespondenz zu lesen?«

»Seien Sie vorsichtig, was Sie sagen, Sophie.«

»Vorsichtig? *Sie* befehlen mir Vorsicht?« Ihre Stimme hob sich und ihr Atem kam zerstoßen, fauchend, beinahe dampfend, als steckten ihre inneren Organe am Bratspieß. »Niemals hätte ich Ihnen eine solche Heimtücke zugetraut. Eine solche Falschheit. Sie beobachten mich heimlich. Sie stellen mir nach! Wie ich für Frau Lewes empfinde, ist meine Sache. Ganz allein meine Sache!«

Und für ihn, was empfand sie für ihn? Max wandte sich ab, um seinen Zylinder am Brunnenrand abzulegen. Zu spät erkannte er, dass er von seiner geliebten Sophie Zerknirschung und Scham erwartet hatte, nicht ungezügelten Zorn. Er hatte mit Tränen und ein wenig Gejammer gerechnet. Vielleicht mit Minuten besonnenen Schweigens. Nach welchem die Dame ihre schönen grünen Augen zu ihm aufgehoben und ihn um Verzeihung gebeten hätte. Erst hätte er sich hochmütig und gekränkt gegeben. Doch ein, zwei, drei flehentliche Blicke und die sich festigende Einsicht, dass ihr gesamtes Glück von seinem Wohlwollen abhinge, hätten die Schlacht gewonnen. Wie die Szene ausginge, hatte er sich nicht ausgemalt; die Geschichte jedenfalls endete mit seiner Apotheose als großmütiger Schmied ihres Schicksals. Jetzt aber flatterte dieses Rollenheft, mit dem er den Akteuren den Text in den Mund hatte legen wollen, in den milchigen Himmel davon, denn die Gräfin hielt sich nicht daran. Sondern hatte sich unerwartet in eine bösartige Harpyie verwandelt. Er zupfte an den Fingerspitzen seiner schwarzen Handschuhe. Sophie hatte seinen Arm gepackt. Der Strom von Liebe und Vertrauen, der in den anstößigen Brief eingeflossen war, durchlief offensichtlich eine rasche, dramatische Veränderung, die einer Umwälzung gleichkam. Jetzt tobte sie, die junge Gräfin, gegen Max wie gegen die abwesende Sibylle.

»Sie hat mich verraten, und das in einer Weise, die mich sie verachten macht. So wie ich jetzt Sie verachte. Und das ist es nicht allein. Sie hat auch dafür gesorgt, dass ich Sie hasse und Ihnen nie wieder trauen kann. Einem Mann von Ehre wäre es niemals eingefallen, meinen Brief zu lesen. Und keine Frau, die das eigene Geschlecht achtet, hätte Ihnen diesen Brief gegeben. Nie wieder werde ich eine einzige Zeile von ihr lesen. Es ist mir gleichgültig, wie ihr Roman endet. Sie hat eine Mauer zwischen uns errichtet. *Und das hat sie vorsätzlich getan.*«

Hatte Frau Lewes tatsächlich die Absicht verfolgt, Zwietracht zwischen zwei Turteltäubchen aus Kindertagen zu säen? Denn dies war, wenn wir den jeweiligen Charakter der betroffenen jungen Leute berücksichtigen, leider das unausweichliche Ergebnis der Art und Weise, wie Frau Lewes den Brief zurückzugeben beschlossen hatte. Und so aufmerksam und wach sie sonst sein mochte, sie kannte Sophie nicht. Verhalten geschmeichelt, in Gedanken aber anderswo, hatte sie jugendliche Leidenschaft für Unreife gehalten und, anbetungsgewohnt, wie sie war, den kritischen Geist, der sie jenseits von unbedachtem Gefühlsüberschwang um Rat fragte, nicht erkannt. Die französischen Gärten, immergrün, geometrisch, mit der symmetrischen Präzision von Spielkarten ausgelegt, bildeten einen ironisch ordentlichen, ruhigen Hintergrund, vor dem die entfremdeten Liebenden einander am kalten Springbrunnen entgegentraten. Ein Gürtel aus säuberlich in Form geschnittenem Buchsbaumtürmchen umgab sie. Mit Aufruhr im Herzen starrte Max auf diese Kegel der Vernunft. Er schlug zurück.

»Ehe Sie Frau Lewes, die einst so Bewunderte, jetzt be- und verurteilen, sollten Sie eines wissen. Sie war mit mir an jenem Tag, an dem Sie in der Spielbank waren. Und sie war die Fremde, die das Collier beim Pfandleiher für Sie ausgelöst hat. Sie hat Ihre Schulden bezahlt und Sie vor Schande bewahrt. Sie verdanken ihr einiges, verehrte Gräfin.«

Sophie erstarrte vor Entsetzen. Max nutzte ihre Sprachlosigkeit.

»Ich sah Sie aus dem Geschäft des Pfandleihers kommen. Ich wusste, was Sie getan hatten. Dieses Collier gehört Ihrer Frau Mutter, und Sie hatten kein Recht, das Schmuckstück zu versetzen. *Mich* bezichtigen Sie der Falschheit? Werfen Sie einen Blick in den Spiegel.«

Sophie stand zitternd und stumm und offenen Mundes vor ihm. Die Demütigung hätte nicht schlimmer sein können.

»Und nun entschuldigen Sie mich, Gräfin.«

Max verbeugte sich, setzte den Zylinder wieder auf und schritt weit ausgreifend auf dem Kiesweg davon. Er mied das Haus und steuerte direkt auf das Tor in der Mauer zu, jenes geheime Tor, durch das er einst Hand in Hand mit Sophie entwichen war, als sie den kleineren Kindern entrinnen wollten, um stattdessen zu zweit draußen im Park Verstecken zu spielen. Das Tor war versperrt. Er riss so lange am Klingelzug, bis der Portier herbeieilte, und stand bleich, ohne mit der Wimper zu zucken da und wartete, bis der alte Mann ein zweites Mal mit dem Schlüssel wiederkam.

»Und dürfen wir Ihnen gratulieren, mein Herr?«, fragte der Portier, als er zum Tor kam.

Max starrte den Unglücklichen an, als habe der den Verstand verloren, und entfernte sich ohne ein Wort des Dankes oder Abschieds. Er hatte ein paar hundert Meter auf der Wilhelmstraße zurückgelegt, bis ihm klar wurde, dass er nicht nur die falsche Richtung eingeschlagen, sondern auch Tränen in den Augen hatte.

Graf und Gräfin saßen oben, wartend und zunehmend befremdet. Sie rechneten damit, das glückliche Paar jeden Moment freudestrahlend und segensgewiss hereinkommen zu sehen, stattdessen aber stürmte die Tochter allein ins Haus und schloss sich in ihrem Zimmer ein, aus dem man sie später heulen, dann schluchzen und schließlich, völlig unerklärlich, Seiten aus ihren geliebten Büchern reißen hörte. Ihre kleinen Schwestern, die sie durchs Schlüsselloch beobachteten, berichteten großäugig von ungeheurem Kummer, wie er in dieser Familie niemals erlebt worden war. Als Sophie das Abendessen zurückschickte, auch dies ein unerhörtes Ereignis und einmalig in der gesamten Geschichte ihrer Wutanfälle und Strafen, setzte der Graf sich nieder und schrieb an seinen Verleger.

Sehr verehrter Herr Duncker, lieber Freund!
Gestern nach Berlin zurückgekehrt, hofften wir Ihren Bruder zu sehen, der, wie Sie sicher wissen, um eine private Unterredung mit meiner Tochter Sophie angesucht hatte. Nach jener Tanzveranstaltung in Homburg waren meine Frau Gemahlin und ich gewiss, dass Sophie und Max zu einer Übereinkunft gelangt seien, wie ja von uns sehr gehofft. Dass er zuvor mit mir spräche, war nicht erforderlich, denn ich hatte mich ja sowohl mit Ihnen, seinem Bruder, wie auch mit ihm selbst längst verständigt. Natürlich waren wir sehr erfreut, als wir erfuhren, dass er käme. Ich will nichts überstürzen, begrüße jedoch klare und geordnete Verhältnisse. Die beiden sind ja doch mehr oder minder miteinander aufgewachsen! Zu unserem allergrößten Bedauern kam es jedoch heute im Garten zu einem Streit

zwischen den beiden jungen Leuten. Max rannte davon, ohne bei uns vorzusprechen, was doch so gar nicht zu ihm passen will. Meine Tochter wiederum hat sich jetzt in ihrem Zimmer eingeschlossen und verweigert jede Mahlzeit. Haben Sie, lieber Freund, eine Erklärung für dieses befremdliche Verhalten? Und wären Sie in diesem Fall wohl so freundlich, mich Ihre Gedanken wissen zu lassen, damit wir die leidige Angelegenheit so rasch als möglich aus der Welt schaffen können?

In herzlicher Zuneigung
Ihr Freund August Graf v. Hahn

Wolfgang aber hatte durchaus keine Erklärung: zumal er bei dieser Gelegenheit erst erfuhr, dass eine private Unterredung überhaupt stattgehabt hatte. Weshalb war er nicht zurate gezogen worden? Wolfgang Duncker hielt seinen jüngeren Bruder für einen Taugenichts, charmant zwar, doch nervenzerrüttend, guten Herzens, aber auch mit einer gewissen Verschlagenheit ausgestattet. Indessen war Maxens Verhalten seit einiger Zeit in der Tat befremdlich, ja einzigartig. Seine Verwandlung in ein Nachtwesen brachte es mit sich, dass er die Tage über seinen Studien in der Bibliothek verbrachte; seine Mahlzeiten nahm er außer Haus ein, was er höflich, aber kategorisch mitteilte. Zwischen dem Grafen und seinem Verleger entspann sich eine kuriose Korrespondenz. Denn auch Sophies Benehmen war absonderlich. Sie hatte, höchst erstaunlicher Weise, sämtliche Bücher von Frau Lewes aus ihrem Zimmer verbannt. Bis hin zur Anbetung hatte sie die berühmte Schriftstellerin verehrt, und nun riss sie aus *Die Mühle am Floss* ihre liebsten Seiten heraus, auch *Adam Bede,* das sie einst zu herzlichen, ungehemmten Tränen gerührt hatte, war verstümmelt. Was hatte dies zu bedeuten? Das herrschaftliche Haus am Wilhelmplatz rumorte vor Unordnung und Missbehagen. Die junge Dame erschien gelegentlich zu den Mahlzeiten, stocherte auf ihrem Teller herum, magerte ab. Der Graf ließ ihre Pferde in die Stadt holen, doch obwohl sie sich stundenlang in den Ställen aufhielt und den Tieren alle ihre Nöte anvertraute, wollte sie nicht reiten. Ihre rosigen Wangen waren bleich geworden. Ihre Mutter wollte einen Arzt rufen, wenn möglich einen Spezialisten.

Verkehrte Max in Hetties Keller? Wolfgang Duncker stellte diskrete Erkundigungen an. Nein, man hatte nichts von ihm gesehen; seitdem er von seiner Mission in Homburg zurück war, hatte man ihn dort nicht mehr zu Gesicht bekommen. Ob der junge Herr etwa erkrankt sei?, gurrte Madame Hettie, die sich seit neuestem als Französin ausgab, und Wolfgang fragte sich, ob sein Bruder gar dem Laster abgeschworen habe. Ein gebrochenes Herz? Es ist die einzig mögliche Erklärung. Sophie hat ihm einen Korb gegeben. Und jetzt bedauert die junge Gräfin ihre Entscheidung, ist aber zu stolz, um ihre Weigerung zurückzunehmen. Und nachdem die Gräfin gesellschaftlich so hoch über ihm steht, wagt Max seinen Antrag nicht zu erneuern. Wolfgang Duncker und Graf August von Hahn gingen, nachdem sie sich von dieser irrigen Schlussfolgerung überzeugt hatten, alsbald daran, Abhilfe zu schaffen. Gute Romane nehmen immer ein glückliches Ende – neben dem hübschen Mädchen ist das glückliche Ende eine unverzichtbare Zutat. Daher die Ablehnung, die der Sibylle entgegenschlug, denn sie ist die Schriftstellerin, die Adam grausam von seiner einzigen wahren Liebe trennte und die fabelhafte Maggie Tulliver, Opfer vereitelter Liebe, die moralisch nichts Unrechtes getan hat, im Fluss ertränkte. Wie sollte Sophies Geschichte enden? Keinesfalls mit Ablehnung und Zurückweisung! Es galt, ein neues Kapitel zu erfinden und zu schreiben, das von dramatischen Versöhnungen und immerwährender Freude erzählt.

Ich will Max nach Stuttgart schicken, wo er Herrn und Frau Lewes vor deren Rückkehr nach England die neueste Fassung der

Übersetzung bringen soll. Und Sophie soll zu ihrer Patin, die eine anständige Seele ist, soll eine Weile auf dem Land leben, ehe das schlechte Winterwetter einsetzt. Dann werden wir anlässlich ihrer beider Rückkehr nach Berlin einen Musik- oder Theaterabend veranstalten. Wie finden Sie das? Viele Menschen, ein festliches Ereignis – ein Konzert von Herrn Klesmer lockt verlässlich eine Zuhörerschar. Ich setze mich mit ihm in Verbindung und vereinbare ein Datum. Und wir lassen es hier am Wilhelmplatz stattfinden. Irgendwann vor Weihnachten, wenn die Saison in vollem Gange ist. Nun, Herr Duncker, was meinen Sie?

Und so kam es, dass die aufrichtig, aber enttäuscht Liebenden von ihren nächsten männlichen Anverwandten, die der Ansicht waren, dass ein junges Herz Beschäftigung braucht und nicht ins Grübeln versinken darf, in unterschiedliche Richtungen geschickt wurden. Sophie reiste samt ihren Pferden auf das Landgut ihrer Patin, und als eine Woche vergangen war, galoppierte sie hutlos über Wiesen und Felder und kehrte erst in der Dämmerung ausgehungert zurück. Man denke sich Sophie nicht als wankelmütigen Backfisch mit seichten Gefühlen! Junge Triebe streben unaufhaltsam zum Licht. Es lag nicht in ihrer Natur, einem Menschen, den sie seit jeher lieb gehabt hatte, lange zu grollen, so wenig wie sich Scham und Wut über längere Zeit aufrechthalten ließen. Wenn sie jetzt an Max dachte, dann mit der alten Zuneigung ihrer Kindheit. Im Herzen hatte sie ihm vergeben. Sie wartete auf ihn und war gewiss, dass er wiederkäme. Niemals zweifelte sie an ihrer Liebe zu ihm, nie kam sie auf den Gedanken, er könnte sie weniger lieben als früher.

In Max aber grub sich die schlimme Szene im französischen Garten, unmerklich wie ein unterirdischer Fluss, ein gefährliches Bett. Er sah Sophie von Hahn nicht mehr als seine künftige Frau. Sie verstand ihn nicht. Die Sibylle verstand ihn. Er stieg in den Zug nach Stuttgart.

KAPITEL 11

in welchem eine Eisenbahnfahrt nach Stuttgart erfolgt, was der Erzählerin Gelegenheit gibt, Max genauer in Augenschein zu nehmen

Sophie hatte Max verziehen. Der Sibylle zu verzeihen aber gelang ihr nicht. Auch wollte sie nicht allzu gründlich nach deren Beweggründen fahnden. Sie hat mich verraten, sagte sie sich, und das werde ich ihr weder vergessen noch vergeben. Solcherart entschlossen, fühlte Sophie sich zwar unchristlich, doch reinen Herzens. Sie brauchte einen Sündenbock, auf dem sie diesen Gefühlswirrwarr ablegen, den sie von der Körpermitte aufwärts hassen konnte. Als sie zwischen gelbem Herbstlaub und sumpfigen Wiesen dahinflog und auf den tief gefurchten brandenburgischen Feldwegen den Stallknecht weit hinter sich ließ, blühte sie wieder auf; zugleich aber wuchs der Giftwurm des Grolls und der Bitterkeit in ihrem Herzen. Nie las sie das Ende von *Middlemarch*, als die letzte Episode, die ihre Mutter eigens bestellt hatte, im Haus am Wilhelmplatz eintraf. Und daher erfuhr sie auch nie, nachdem sie selbst eine Nacht der Enttäuschungstränen hinter sich hatte, von Dorotheas Erkenntnis, dass alle Menschen eins sind und das menschliche Leiden universal, noch las sie von der Fürsprache jener heiligen Teresa der Neuzeit für Lydgate, als dieser die ganze Stadt gegen sich hatte. Sophie kam zu dem Schluss, dass der Sibylle Einsatz für Aufopferung und kritische Moral letztlich nichts anderes sei als ermüdendes, geschwollenes Geschwafel, und davon wollte sie nichts mehr wissen. Nieder mit der Sibylle und ihrer scheinheiligen Tugend! Wer glaubt einer Prophetin, die nicht lebt, was sie predigt, vor allem wenn ihre Predigten mit dem atheistischen Evangelium wissenschaftlicher Vernunft gewürzt sind.

Da Sophie jedoch mehr an Pferden interessiert war als an Darwins Lehre oder den Gedanken von einem vollkommenen Recht für die gesamte Menschheit, verbannte sie ihre Enttäuschung über die Sibylle bald in einen fernen Winkel ihres Herzens. Sie freute sich, Max nach einer angemessenen Zeitspanne, in der alle zu ihrer Seelenruhe und Würde zurückfänden, wiederzusehen. Niemals bezweifelte sie, dass Max irgendwann um ihre Hand anhielte und sich ihr zu Füßen legte. Denn dieser Mann, der einst im feuchten Wald ihren entschwindenden Zöpfen nachgerannt und um ihretwillen den Ruin seines Sonntagsanzugs im Springbrunnen in Kauf genommen hatte, schlenderte nicht als Gast oder Freier durch ihr Leben, sondern als dauernder Bewohner und fester Bestandteil ihrer häuslichen Umgebung. Der Zweifel an ihm, den sie in dem Brief an die Sibylle in Worte gefasst hatte, spiegelte weniger ihre tiefsten Gefühle als vielmehr den Einfluss, den sie den Werken ihrer einstmals geliebten Autorin einräumte. Einen Mann zu heiraten, der nicht sie an die erste Stelle setzte, dem ihre Wünsche nicht Befehl waren, konnte Sophie sich nicht vorstellen. Sie liebte Max bedingungs- und fraglos – als wäre er bereits Bestandteil ihres Reitstalls und brauchte Fellpflege, Futter und Peitsche.

Wie aber stand es um Max? Eines, ist mir aufgefallen, ist ihm ganz offenkundig entgangen. Die Sibylle hat ihm den ominösen Brief womöglich nicht deshalb übergeben, damit er ihn läse. Und sicher wollte sie nicht, dass er sie als die Fremde preisgäbe, die das Collier beim Pfandleiher ausgelöst hatte. Ihr Beweggrund kann auch ein anderer gewesen sein: Hätte sie persönlich auf Sophies Sturzbach achtzehnjähriger Anbetung geantwortet, so hätte ihre

Handschrift sie vielleicht verraten. Dachte auch sie, wie Sophie, dass ein Ehrenmann niemals die private Korrespondenz einer jungen Dame liest? Verfolgte sie, als sie den unversiegelten Umschlag überreichte, bewusst die Absicht, diese beiden jungen Leute zueinander zu führen? Oder war sie sich über ihre Beweggründe selbst nicht ganz im Klaren? Auch Genies erleben wolkige Momente. Max sollte an ihrer Stelle den Brief beantworten. Wie aber hätte er dies bewerkstelligen sollen, ohne den Brief zuerst zu lesen? Sophie hatte erklärt, sie sei Max zur Ehe versprochen; also waren sie miteinander verlobt, nicht wahr? Gut, ein paar scharfe Worte mochten gefallen sein, doch waren alle ernsten Fragen, die mit Geld und der Zustimmung der Familien zu tun hatten, zweifellos längst entschieden. War die Sibylle der Überzeugung, dass Sophies unbedachter Ausbruch, die Äußerung ihrer tiefsten Hoffnungen Max ins Mark träfen und ihn dazu brächten, ihr nicht nur die Ehe, sondern ein Leben in Kameradschaft und Abenteuer, auf Entdeckungsreisen um die Welt anzutragen?

Wer weiß. Eines immerhin ist gewiss. Im weiten, umfassenden Bewusstsein der Sibylle war Max zum Objekt besonderen Interesses geworden. Ich besitze keinen schlüssigen Beweis dafür, dass Männer dem Herzen der Sibylle näherstanden als Frauen. In Edith Simcox etwa weckte sie lebenslange Liebe, und junge Menschen beiderlei Geschlechts warfen sich ihr zu Füßen und kehrten ihr Innerstes nach außen. Im Gedächtnis bleibt ein engherziger Kommentar von Mrs Jebb:

»Sie interessierte sich für Männer stets mehr als für Frauen und befleißigte sich jeder Kunst, um sich attraktiv zu machen, dabei immer in der bitteren Empfindung, welch ein Kampf dies ist, wenn die Schönheit fehlt, deren Einfluss sie, wie alle hässlichen Menschen, überschätzte.«

Nun – dass Sophie Gräfin von Hahn Jugend und Schönheit im Überfluss besitzt, steht außer Zweifel. Ist die Sibylle am Ende schlicht eifersüchtig? Ich denke nicht. Denn Ruhm und Reichtum der Sibylle krönte ein immaterieller Glorienschein: das Bewusstsein des eigenen Rechts, über andere zu urteilen und dennoch angebetet zu werden. Ist sie der fatalen Eitelkeit schuldig, die berühmte Personen häufig überkommt, wenn sie – gleichgültig, wie groß ihre Begabung in Wahrheit ist – begehrt, umschwärmt und vergöttert werden? Hatte sie begonnen, nicht mehr ihrem eigenen Urteil zu trauen, sondern dem, was andere über sie dachten?

Der arme Blackwood, ihr treuer Verleger, schrieb nach dem Erhalt von *The Legend of Jubal, and Other Poems* in wehleidigem Ton: »Sollten Sie leichtere Stücke haben, die entstanden sind, bevor das Bewusstsein dafür, was ein großer Schriftsteller für die Menschheit tun soll, Sie so stürmisch überkam, so würfe ich gern einen Blick darauf.« Auch ich würde sagen, dass Lyrik nicht ihre größte Stärke ist. Aber zu dem Zeitpunkt war ihr Ruhm bereits so kolossal, dass sich auch die Gedichte blendend verkauften.

Der Zug nach Stuttgart ist noch nicht aus Berlin abgefahren. Der Schaffner sieht mich kommen und hält mir die Tür auf. Das Damenabteil ist bis auf den letzten Platz besetzt. Egal. Ich suche nach Max. Natürlich habe ich ihn auf dem bisher zurückgelegten Weg aufmerksam beobachtet. Ich träume sogar von ihm. Aber nie haben wir uns dasselbe Wetter geteilt, dieselbe muffige Luft geatmet, und natürlich sind wir einander nicht in der Eisenbahn gegenübergesessen. Wenn ich ihn näher in Augenschein nehmen kann, werde ich klarere Vorstellungen haben, wie es weitergeht.

Er erhebt sich, kaum habe ich das Abteil betreten, und schafft Platz für meinen kleinen Koffer, meine Hutschachtel, den Regenschirm. Er verbeugt sich und wartet, bis ich bequem sitze. Er schließt das Fenster, damit keine Rußflöckchen hereinwehen. Ich bin es nicht gewöhnt, von einem Apparat, der sich wie ein orthopädisches Korsett anfühlt, in stangengerader Position gehalten zu werden, und erst recht bin ich es nicht gewöhnt, so viele Schichten Kleidung zu tragen. Ich verstecke mich hinter einem dichten Musselinschleier. Er kann meine Augen nicht sehen, und ich kann ihn ungesehen beobachten. Er hat zwei Lachfältchen in den Augenwinkeln. Und er sieht älter aus, als er ist. Sein Schnurrbart ist elegant gestutzt, bleistiftdünn, er erinnert an den Gentleman-Piraten; und er hat weiße Hände mit sauberen, kurz geschnittenen Nägeln. Sieht er gut aus? Ja, sehr, er ist weitaus hübscher als Antinoos. Ich bin ja berüchtigt für mein eisernes Herz und frostiges Hirn. Ich habe mit vielen Schriftstellern gearbeitet, die mir exzellente Referenzen über meine kalte Selbstbeherrschung ausstellen können. Niemals könnte ein Mann mich verzaubern, aber dieser hier, der mir aufgewühlt, romantisch, fesselnd erscheint, bringt es doch fertig, meine Aufmerksamkeit zu bannen. Seine üppigen gestutzten dunklen Locken reizen meine Finger (die feucht sind von den weißen Häkelhandschuhen). Kein Wunder, dass sein Bruder, der seine beginnende Glatze nicht verhehlen kann, nicht gut auf ihn zu sprechen ist. Berühren darf ich ihn nicht, denn ich stamme aus einer künftigen Zeit. Aber ich sehne mich wirklich danach. Und jetzt spürt er die Intensität meines Blicks und rutscht unbehaglich und verwirrt auf der Bank hin und her. Keine respektable Frau unterzöge einen Mann einer derart dreisten Musterung. Er zückt seine Taschenuhr. Ich betrachte die Knöpfe an seiner Weste. Gleichzeitig wenden wir das Gesicht dem Fenster zu; die Lokomotive stößt ein langes Pfeifen aus und macht einen Ruck, dann gerät der ganze Zug in stampfende Bewegung. Ich suche nach seinem Spiegelbild in der Scheibe, doch ich sehe nichts als die vorbeiziehenden Rauchschwaden.

KAPITEL 12

in welchem Max eine Gelegenheit ergreift und etwas sehr Dummes anstellt

»Mein Herr, habe ich das Vergnügen mit einem der Gebrüder Duncker? Ja, ich glaube wohl. Ich habe, mein Herr, die Ehre, Ihren Bruder Wolfgang zu meinen engen Bekannten zu zählen. Darf ich fragen, was Sie nach Stuttgart führt?«

Max zuckte zusammen, als er angesprochen wurde; er war erschüttert, dass er so leicht zu erkennen war. Sein sich hebender Blick erfasste erst eine mächtige haarige Tatze, dann einen nicht minder mächtigen schwarzen Bart. Die Stimme, die kehlig und polternd war, vervollständigte den Eindruck von einem kanadischen Bären, der allerdings mit Gehrock und hohem Zylinder angetan war; seine Beinkleider trugen Schmutzspritzer.

»Zu meiner Beschämung muss ich bekennen, dass ich wirklich nicht weiß …«, begann Max peinlich berührt.

»Natürlich, verzeihen Sie. Carus. Julius Victor Carus. Wir sind uns in Berlin in den Verlagsräumen an der Jägerstraße begegnet, als ich Ihren Bruder wegen der Übersetzung des berühmten Werks von Herrn Darwin aufsuchte. Bestimmt fällt es Ihnen wieder ein.« Carus hakte ihn unter, und als er sich in Bewegung setzte, war es, als führte er Max ab wie einen festgenommenen Übeltäter.

»Ja, wissen Sie, ich habe die Ehre, der deutsche Übersetzer von Herrn Darwin zu sein. Sein zweiter Übersetzer, genauer gesagt.

Heinrich Bronn besorgte die deutsche Erstausgabe, die hier in der Schweizerbart'schen Verlagsbuchhandlung erschien, und ich wurde beauftragt, manch phantasievolle Hinzufügung des alten Herrn zu bereinigen. Ging allerdings erst, nachdem der Gute den Löffel abgegeben hatte. Vor fünf oder sechs Jahren war das, und ich habe jeden fraglichen Punkt mit dem großen Mann persönlich auf dem Korrespondenzwege besprochen. Manchmal waren es zwei, drei Briefe täglich. Vor deren Veröffentlichung Ihr Bruder allerdings zurückschreckt. Verständlich. Mit all diesen Flugschriften – *Evolutionslehre: pro et contra* – hatte er ja schon genug Kontroversen am Hals.«

Der Bär polterte unaufhaltsam und ließ Max kaum Zeit für einen höflichen Einwurf dann und wann.

»Sie waren noch ein recht junger Mann damals, gerade mal aus den kurzen Hosen herausgewachsen. Allerdings habe ich Sie seither gesehen – im vergangenen Sommer im Park mit Graf Hahn und seiner Familie – ganz hübsche Tochter hat der Mann. Das wird die Älteste sein, wie? Sie hingen an ihrem Arm.«

Carus, der Max über das Kopfsteinpflaster führte, drehte den Kopf und warf ihm ein leicht anzügliches Lächeln zu, und Max zuckte abermals zusammen, als ihm klar wurde, wie man ihn wahrnahm: *Er* hing am Arm besagter hübscher Tochter, nicht umgekehrt, wie es überhaupt, in seinem Fall, das Fräulein war, das den Balztanz anführte.

»Ach ja, das dürfte die junge Gräfin Sophie gewesen sein«, schob Max rasch dazwischen, um einen gleichgültigen Ton bemüht.

»In der Blüte der Jugend, das Kind. Ihre Mutter, muss ich sagen, hat als Debütantin alle anderen jungen Damen ausgestochen. Erfreuliche Anblicke in dieser Familie, alle miteinander. Das Fräulein Tochter ist ja Ihre Verlobte, wie man hört.«

Max erlitt einen inneren Anfall und wurde erst bleich, dann tief rot. Carus bemerkte es nicht, und er hielt auch nicht inne.

»Wir haben dasselbe Ziel, vermute ich? Tja, welchen Grund hätten Sie sonst, sich in die Rote Gasse zu begeben. Und die Dame ist schließlich eines Ihrer ausländischen Zugpferde, nicht wahr? Neben Walter Scott. Vorsicht, steigen Sie nicht in den Mist.« Er steuerte Max an einem Haufen frischer Pferdeäpfel vorbei.

Die Lewes' hatten sich eine bukolische Gegend der Stadt ausgesucht, nicht weit von einem kleinen Hotel, in dem sie ihre Mahlzeiten einnahmen. Die Straßen waren schon so ländlich, dass man hier einer wandernden Gänseschar begegnete und in eine Vielzahl landwirtschaftlicher Gerüche eintauchte. Carus fand die Umgebung überaus passend und gab sich als Freund der frühen Romane zu erkennen, die alle in ländlicher Gegend spielen – weil sich, vermutete er, Mrs Lewes ins ländliche Idyll ihrer Kindheit zurücksehnte.

»Das spürt man ja auf jeder Seite. *Adam Bede,* ideales Beispiel. Mit Liebe geschrieben. Sie wissen schon – die Sache mit diesem bezaubernden kätzchenhaften Weibchen, das in der Meierei buttert.« Max hatte keine Ahnung mehr, was Hetty Sorrel und Hauptmann Donnithorne in Mrs Poysers Meierei getrieben hatten. Allerdings erinnerte er sich an eine Frau, die im Freien gepredigt hatte.

»Ich habe hier die Übersetzung ihres jüngsten Romans«, sagte Max, auf ein dickes Päckchen deutend, das er unter dem Arm trug. »Sie will den gesamten Text lesen, der bisher fertig ist. Und das Finale soll ich dann nach Berlin bringen.«

»Heikle Sache, das Übersetzen«, knurrte Carus. »In der Wissenschaft genauso ernst zu nehmen wie in der Kunst. Der alte Bronn hatte selber seine liebe Not, als er sich an die Übersetzung Darwins machte. Verstehen Sie, für ihn war die große Frage: Muss jedes Lebewesen notwendigerweise durch Vermittlung eines anderen Lebewesens zustande kommen, oder kann Leben auch aus unverbundener organischer Materie entstehen? Er, Bronn, hielt es mit den Franzosen. Nichts Ehrenrühriges daran. Das taten viele. Und Bronn merkte sofort, dass Darwins Theorie mit dem Begriff des Schöpfergottes aufräumt. Aus und vorbei mit Tag eins bis sechs und es werde Licht! Können Lebewesen aus anorganischer Materie geschaffen werden? Darum geht's. Um den allerersten Ursprung des Lebens. Woher stammen wir: von Gott oder aus der Natur? Darwin hält sich da sehr bedeckt, wissen Sie. Sehr besonnen, gibt keine großen Stellungnahmen ab. Moment mal, jetzt sind wir direkt dran vorbeigegangen. Hier ist es. Kennen Sie Lewes? Er ist ja selber ein bedeutender Mensch; erstklassiger Botaniker, der Mann. Deswegen hat er ja auch einen so überzeugenden Zugriff auf Goethe.«

Das Haustor öffnete sich in einen dunklen gemauerten Flur, der in die Tiefe des Hauses hineinführte. Carus war hier offenbar schon öfter gewesen und kannte sich aus.

»Hinten hinaus!«, donnerte er, dass sein Bass von den steinernen Wänden widerhallte. Ein junger Knabe, der einen schwarzweißen Hund jagte, rannte Entschuldigungen rufend an ihnen vorbei, und als er die Tür am anderen Ende des Hauses aufriss, blickte Max in die windbewegten, durchsonnten Goldtöne eines herbstlichen Gartens. Die Tür fiel wieder ins Schloss, der Garten verschwand. Carus, der Max die Hand hinstreckte, rief: »Vorsicht, Stufen. Drei Stück abwärts.«

Gleich darauf standen sie selbst im Garten hinter dem Haus. Er war einmal nach französischer Art in geometrischen Formen angelegt worden, aber es kümmerte sich niemand mehr darum, und die niederen Hecken verwilderten: Dünnes ineinander verschlungenes Gezweig spreizte sich in eigenartigen Winkeln ab. Inmitten der Wildnis stand eine Klause, ein rustikales, glyzinienüberwuchertes Gartenhäuschen, halb vergraben unter buntem Herbstlaub, und die davor gepflanzten Rosen wiegten sich sacht im milchigen Licht der letzten warmen Tage, in sonnendurchflutetem Rot, Orange und Rosa, doch nur noch mit herbstmatter Kraft: Als die Zugluft aus dem Hausflur sie anwehte, regnete es Blütenschauer. Der Zauber dieses verwilderten Gartens brachte Max sofort auf den Gedanken, dass diesen letzten Wohnsitz in Deutschland natürlich die Sibylle gewählt hatte. Niemand, der nicht ausdrücklich eingeladen war, konnte sie hier aufspüren. Auch er wäre, hätte ihn nicht eine glückliche Fügung mit Carus zusammengebracht, sicher lange durch die Rote Gasse geirrt und hätte, während ihm seine Last, das Übersetzungsmanuskript, schwer und schwerer geworden wäre, nach dem geheimen Durchgang gesucht.

»Hier wohnen sie. Hübsches kleines Innenhofhäuschen.« Carus überquerte knirschend Kies und Kraut und riss am Klingelzug, dass die Glocke am oberen Ende hektisch bimmelte. Die Tür ging auf, ein Trio knicksender Mädchen erschien; alle drei starrten verzückt auf Max.

»Sind Herr und Frau Lewes zu Hause? Dann los, marsch, kündigen Sie uns an!« Carus nahm Max die Visitenkarte aus der Hand, klatschte sie dem ersten Mädchen in die offene Hand und scheuchte sie ins Hausinnere davon. Sie verschwand mit klappernden Holzpantinen. Die beiden anderen standen noch ein Weilchen herum und blickten wie gebannt auf Maxens Locken, als er den Hut abnahm.

»Ein Glücksfund, dieses Häuschen. Sie haben es über das Hotel ›Zum wilden Mann‹ am Marktplatz gemietet. Marian sagt, es erinnert sie an Goethes Gartenhaus in Weimar. Das steht in einem kleinen Park; einer Wildnis, nichts als Hecken und Ranken. Hier hingegen gibt es eine Hintertür, die in Wald und Feld hinausführt. Und eins können Sie glauben, die beiden rennen ständig draußen herum, egal, bei welchem Wetter.«

In diesem Moment unterbrach George Lewes den Carus'schen Monolog, indem er mit ausgebreiteten Armen auf die Gäste zueilte und mit seiner Leutseligkeit die ganze Diele erfüllte. Er riss ihnen die Mäntel aus den Händen und scheuchte die Gäste ins Nebenzimmer zu Polly und dem brennenden Kamin.

Als Max den Blick der Sibylle entgegenhob, um sie zu begrüßen, sah er sie wie zum ersten Mal. Sie stand auf, flocht ihre dünnen Finger ineinander, zögernd und nervös wie ein an Gesellschaft nicht gewöhntes junges Mädchen. Die Spitzeneinfassung ihres hochgeschlossenen schwarzen Samtkleids passte zu der kleinen Spitzenkappe, die ihre üppige, grau durchsetzte Haarmähne krönte. Innig blickte sie Max an; unter der Freude, mit der sie seine Hand umfasste, verklärten sich ihr gefurchtes Gesicht und ihre schweren Züge zu Schönheit. Max deutete auf sein Bündel.

»Ihr großes Werk, gnädige Frau, übersetzt.«

Sie senkte anerkennend den Kopf und verneigte sich, und Max fühlte sich auf unerklärliche Weise getröstet und verstanden. Er legte ihr den Schatz auf den Tisch.

Doch auch in diesen warmen, niedrigen Räumen, in die ferne Kirchenglocken und Kinderstimmen drangen, kam es wieder wie schon früher: Max plätscherte nicht durch hochtrabende Intellektualität, die ihm heimisches Gewässer war, in dem er sich furchtlos bewegte, sondern fand sich bestürmt von zügelloser Spekulation über das Wesen der Dinge, die alle bekannten Häfen hinter sich ließ. Lewes und Carus hatten das Evangelium nach Charles Darwin gehört, hatten das Wunder der Evolutionstheorie in all ihrer Erhabenheit erlebt, dieses große und mächtige Wunder, und waren nicht nur leidenschaftliche Gläubige geworden, sondern selbst Evangelisten. Carus' Neuübersetzung der *Entstehung der Arten* bildete den Kern der Diskussion. Überraschenderweise ergriff Lewes Partei für Heinrich Georg Bronn selig und vergab ihm seine eigenmächtigen Zusätze.

»Bronn hat einfach die Konsequenzen aus der Darwin'schen Lehre gezogen. Er sah, was für einen entsetzlichen Schlag das Buch den kirchlichen Lehren und engstirnigen Orthodoxien versetzte. Aus welcher Arroganz heraus behaupten die Bischöfe, wir stammten von Halbgöttern ab und stünden nur um ein Geringes unter den Engeln? Wir sind Tiere. Wir verhalten uns wie Tiere und wir denken wie Tiere. Alle Kriege beginnen als Kämpfe um Fortpflanzungspartner, Reviere und Nahrungsquellen.«

»Einverstanden«, rief Carus dröhnend, »aber heimlich seine Privatmeinung ins Buch einzuschleusen und sie Darwin unterzuschieben, das geht nicht. «

Lewes schien das Übersetzen als solches als eine Art zweiseitiger Debatte zwischen Autor und Übersetzer zu betrachten. Die Sibylle griff ein und verschob die Richtung des Gesprächs.

»Darwins Entwicklungslehre«, sagte sie, »hat eine neue Epoche eingeleitet. Daran kann kein Zweifel bestehen. Aber meiner Ansicht nach erzeugen die Entwicklungslehre und überhaupt alle Entstehungsprozesse von Leben nach wie vor einen schwachen Eindruck im Vergleich zu dem Geheimnis, das hinter diesen Prozessen steht.«

Max hielt probeweise einen Zeh ins kalte Wasser.

»Aber auch wenn wir über unsere Herkunft nachdenken, sie vielleicht sogar nachvollziehen können, so sind wir den unerbittlichen Gesetzen von Entstehung und Entwicklung doch nicht ausgeliefert. Wir können uns ihnen verweigern.«

»Und das«, erklärte Carus, »ist das Merkmal, das die zivilisierten Rassen von den Wilden unterscheidet.«

»Genau«, rief Lewes und durchsuchte die Masse der auf dem Tisch verstreuten Bücher. »Und ich habe sogar den Abschnitt in der *Abstammung des Menschen* angestrichen, denn er benutzt deine Worte, Polly, genau deine Worte. Hör zu.

›Bei Wilden werden die an Geist und Körper Schwachen bald beseitigt und die, welche leben bleiben, zeigen gewöhnlich einen Zustand kräftiger Gesundheit. Auf der andern Seite thun wir civilisirte Menschen alles nur Mögliche, um den Process dieser Beseitigung aufzuhalten. Wir bauen Zufluchtsstätten für die Schwachsinnigen, für die Krüppel und die Kranken; wir erlassen Armengesetze und unsere Aerzte strengen die grösste Geschicklichkeit an, das Leben eines Jeden bis zum letzten Moment noch zu erhalten. … Hierdurch geschieht es, dass auch die schwächeren Glieder der civilisirten Gesellschaft ihre Art fortpflanzen. … Die Hülfe, welche dem Hülflosen zu widmen wir uns getrieben fühlen, ist hauptsächlich das Resultat des Instincts der Sympathie, welcher ursprünglich als ein Theil der socialen Instincte erlangt, aber später in der oben bezeichneten Art und Weise zarter gemacht und weiter verbreitet wurde.‹«

Lewes klappte das Buch zu und sah die Sibylle mit überfließender Zuneigung an.

»Ich dachte an dich, Polly. *Sei die süße Gegenwart eines alles durchdringenden Guten.*«

Carus war indessen nicht geneigt, vor der Lehre der Sympathie das Haupt zu beugen. »Aber Sympathie«, sagte er, »mag dann die Auflösung unserer Rasse einläuten, denn sie sorgt für die Fortpflanzung der Schwäche. Vielleicht gehen die weißen Rassen unter, während andere aufsteigen.«

An dieser Stelle erfolgte eine Unterbrechung durch hereingetragenen Tee mit Kuchen. Die Gesellschaft versank in nachmittägliche Betrachtungen. Das Mädchen, das Teewasser brachte, blieb vor Max stehen, als hätte es Wurzeln geschlagen, und Lewes musste ihm behutsam die Kanne aus der Hand nehmen. Die Sibylle beobachtete das kleine Drama überaus erheitert. Dann nahm sie das Gespräch wieder auf.

»Auch Darwin meint, wie ich, dass Sympathie der edelste Teil unserer Natur sei. Selbst wenn das ungetrübte Licht der Wahrheit auf uns herabströmt, dürfen wir jenes höhere moralische Leben nicht vernachlässigen, welches uns antreibt, nach dem vollkommenen Recht zu streben. Wir suchen nach dem Richtigen, Wahren, Guten. Das ist unsere höchste und heiligste Bestimmung, und den Weg dorthin, nämlich zu unserer wahren Bestimmung, finden wir im Dienst am anderen.«

Die alte Frau glomm wie von einem inneren Leuchten. Ihre Äußerung bewegte die drei Männer auf je unterschiedliche Weise. Max saß ungläubig und sprachlos. Carus, sichtlich bemüht, sich zurückzunehmen, strich sich über den Bart. Lewes drückte ihr zärtlich die Hand. Einen Moment lang sagte niemand etwas. Max hegte den Verdacht, dass die Sibylle nur wenig Bekanntschaft mit wahrem Laster gemacht habe, sonst hätte sie die Drohung der Verdammnis nicht derart leichten Herzens geleugnet. Ihre hoffnungsfrohe Beurteilung der menschlichen Natur und der Größe, deren der stets liebevolle, zärtliche, zutiefst verzeihende Mensch fähig sei, ließ eine brutalere Wirklichkeit außer Acht, die er, Max, sehr wohl spürte und fürchtete. Er vernahm den brutalen Trommelschlag unter seiner ansonsten zivilisierten Haut.

Die Sibylle aber hielt eine kleine prophetische Ansprache in leisem, feierlichem, fesselndem Ton.

»Dass der Mensch mit den Tieren verwandt ist, steht außer Frage. Und wir wissen, dass Wesen und Gegenstand aller Religion ganz und gar menschlich sind. Das göttliche Wesen ist nichts anderes als das menschliche Wesen. Wer aber die Despotie von Religionssystemen ablehnt, leugnet damit nicht notwendig die heilige Kraft unserer intimsten und heiligsten Bande. Diese Quelle wahren lebendigen Gefühls, der eigentliche Kern des Menschen, wird von ihrem rechtmäßigen Gegenstand getrennt und dem Gott überreicht, der nichts begehrt. Wo es ernst mit dem Recht ist, bedürfen wir keiner Anfeuerung und Unterstützung von oben her. Wem das Recht nicht durch sich selbst heilig ist, dem wird es nun und nimmermehr durch die Religion heilig.«

»Aber, Madame, Sie sprechen sich für eine natürliche Moral aus, die alle sozialen Beziehungen durchdringt …«, polterte Carus.

Max unterbrach ihn kurzerhand: »Nein, Sie sprechen, als wären alle Menschen Brüder; als reichte es, wenn sie nur begriffen, dass es notwendig ist, einander zu lieben! Aber das passiert einfach nicht.«

Er sprach Lewes und Carus direkt an und wunderte sich über seinen Mut. Dass er es wagte, der Sibylle zu widersprechen!

»Und während es recht klar ist, dass Sie alle die Erbsünde als überholten Unsinn betrachten, hat die schlichte Erklärung, dass sie nicht existiere, noch nie das Gemetzel auf der Straße verhindert. Wenn Sie den christlichen Glauben aufgeben, sprechen Sie sich selbst das Recht ab, auf der christlichen Moral zu bestehen.«

»Ich unterschätze die Schwierigkeit des menschlichen Schicksals keineswegs«, antwortete die Sibylle, die Maxens leidenschaftlichen Einwänden wie stets mit olympischer Ruhe begegnete, »aber ich habe mit allem, was ich je schrieb, versucht, die englische Sichtweise ein wenig zu erweitern und die Vorstellungskraft der Menschen für das Verständnis jener menschlichen Ansprüche wachzurütteln, die nur gerechte Forderungen ihrer Mitmenschen sind. Gleichgültig, wie anders oder abstoßend sie scheinen mögen.«

Und mitten in diese ahnungsvolle Aussage hinein huschte das kleinste der drei knicksenden Mädchen und brachte eine Nachricht. Es knickste nacheinander vor jedem Mitglied der Runde und reichte am Ende dem Hausherrn das zusammengefaltete Blatt Papier. Er sprang begeistert auf.

»Polly, mein Liebes, wir sind alle morgen Abend in die Oper

eingeladen. Und das schließt auch Sie, Max, mit ein. Herr Klesmer ist in der Stadt und glüht vor Sehnsucht nach seiner Lieblingsschriftstellerin. Ist das nicht wunderbar?«

Max hatte also vierundzwanzig Stunden Zeit, um im Saft seiner unbestimmten Empörung zu schmoren. Die Darwin'sche Debatte war nicht gänzlich an ihm vorübergegangen. Er hatte sogar rauchend neben Wolfgang gesessen, während der die Fahnen zu verschiedenen Traktaten von Anhängern und Gegnern korrigierte, und den Ausbrüchen seines Bruders gelauscht, allerdings ohne die Argumente wirklich zu verstehen. Besonders wenn man reich und jung ist und sich guter Gesundheit erfreut, ist es sehr gut möglich, durchs Leben zu schlendern und die Ansicht zu vertreten, dass die geistigen Kontroversen des Zeitalters zum eigenen Vergnügen da seien; sie von Zeit zu Zeit zur Kenntnis zu nehmen und ansonsten nach Belieben zu ignorieren. Zu Miss Gibbons' atemloser Begeisterung für die Evolutionslehre hatte er, während er in Homburg mit ihr durch den Ballsaal gewalzt war, nur friedlich genickt und den Sturzbach entwicklungsgeschichtlicher Gewissheiten, den sie über ihm ausgegossen hatte, als eine Schrulle hingenommen, wie sie nicht untypisch für ein älteres Fräulein ist, zumal wenn es aus England stammt. Die rigorose Diskussion darüber hatte vor allem anderswo stattgefunden und ihn persönlich nicht betroffen. Jetzt auf einmal doch. Und ohne sein Einverständnis.

In Max brodelte Widerspruch; allerdings unausgesprochen. Auch das Römische Reich war untergegangen; und sein Verständnis der Ursachen dieses langsamen Abstiegs ließ ihn zu der Befürchtung gelangen, dass Dampfmaschinen, Gasbeleuchtung, neue Märkte, zahlreiche Kriege und eine allgemeine Anhebung der Bildung und des Lebensstandards keineswegs eine Garantie für das Überleben einer Nation seien. Fortschritt war alles andere als unvermeidlich, sondern blieb eine prekäre Angelegenheit. Die Kleinheit des Menschen, die Begrenztheit seines Begriffsvermögens und seine lasterhaften Sitten, im modernen Berlin ebenso wie in Südgallien während Lukians friedlichen Rückzugs in den Ruhestand, beeindruckten ihn wegen ihrer Ähnlichkeiten. Lukian und die Sibylle, erhabene Giganten, die für ihren fehlgeleiteten Glauben brannten, gingen beide im Vertrauen darauf durch die Welt, dass Vernunft und Wahrheit letztlich und bis in alle Ewigkeit triumphieren mussten. Max sah keinen Anlass für diesen wohlmeinenden Optimismus. Alles sprach für die uralte, überholt geglaubte Lehre vom angeborenen Übel, gegen das unsere besseren Eigenschaften nach ihrem Vermögen einen Dauerkampf führen; die Anzeichen dafür stürmten auf ihn ein wie eine Heerschar feixender, fahnenschwenkender Dämonen. Er verbrachte einen unbehaglichen verregneten Vormittag in seinem Hotelzimmer, trank Kaffee, rauchte und starrte auf kleine Tapetenmuster.

Am frühen Nachmittag tauchten Herr Klesmer und die Sonne auf. Fast ohne Vorankündigung stürmte der Musiker durch die Tür; seine weiße Mähne wehte, und den Kopf hatte er in den Nacken geworfen wie ein Redner nahe dem rhetorischen Höhepunkt. Die Befremdlichkeit dieses Auftritts ließ Max, der zwischen dem Ofen und dem fernsten Fenster, von dem aus er nur Giebeldächer und herbstliche Baumwipfel sah, hin und her ging, mitten in der Bewegung erstarren. Er hatte Klesmer zuletzt mit einem bacchantischen Gefolge von Verehrern durch Berliner Straßen von dannen ziehen sehen, und jetzt kam er zurück, hielt wieder Einzug, als hätte er seither die Welt durcheilt und Lobesgirlanden und hymnische Verherrlichung eingesammelt.

Auch Klesmer erstarrte nun in dramatischer Pose wie ein Teilnehmer an einer Charade, der die perfekte Stellung für das Tableau gefunden hat, und heftete seinen grimmigen Blick auf Max.

Doch plötzlich verbeugte er sich, als sei ihm die Höflichkeit im Nachhinein eingefallen, rief »Guten Tag, mein Herr!« und äußerte, den Hut theatralisch von sich gestreckt, seine Bitte.

»Ich möchte, dass sie heute Abend auf der Hut sind, lieber Herr Duncker. Ich zähle auf Ihre Unterstützung, denn es könnte Aufruhr geben. Ich liebe Streit nicht, noch suche ich ihn. Aber wenn es gilt, eine klare Position einzunehmen, bin ich furchtlos. Das versichere ich Ihnen: furchtlos!«

Max verbeugte sich seinerseits und hoffte, den Mut des Musikers damit ausreichend gewürdigt zu haben.

»Heute Abend nämlich werden Sie Wagners grandiosem Drama um Leidenschaft und Verdammnis beiwohnen, dem *Fliegenden Holländer*! Ich dirigiere die Aufführung wie vom Komponisten beabsichtigt. Es gibt keine Pause. Sie hören die Musik der Zukunft – das *Kunstwerk* der Zukunft! – unzensiert, unbehindert, das wahre Musikdrama, von dem Liszt und ich immer geträumt haben. Eine Oper darf nicht bloßes Mosaik aus Melodien sein, keine Aneinanderreihung nach primitiven Methoden wie rein zufälligem Kontrast, wie einfallsloser Aufeinanderfolge schlecht vorbereiteter Krisen! Es braucht ein organisches Ganzes, das emporwächst und sich ausfächert wie eine Palme!«

An dieser Stelle warf Herr Klesmer seinen Hut von sich, breitete die Arme aus und mimte die gewaltigen Fächerwedel der Dattelpalme.

»Und der Keim dazu muss von Anfang an da sein, von den allerersten Tönen der Streicher bis hin zur Endkatastrophe.«

Er hielt inne, sann kurz nach, dann erklärte er:

»Aber ich habe Gerüchte vernommen, wonach die Opposition anwesend sein wird. Auf Carus ist Verlass. Er wird, falls nötig, kühn meine Partei ergreifen. Madame Lewes allerdings ist fragil, empfindlich. Sie lässt sich leicht überwältigen. Ich setze also meine Hoffnungen in Sie, mein Herr: Nehmen Sie sich der großen Dame an, sehen Sie ihre Ängste voraus, führen Sie sie aus dem Theater, falls das Publikum sich vergisst und außer Rand und Band zu geraten droht.«

Max, vollkommen überrascht von dieser stürmischen Störung, stand staunend an den Sekretär gelehnt.

»Aber Herr Lewes wird doch da sein, falls, wie Sie fürchten ...«

»Ha! Lewes! Er begreift nichts! Er kommt nur, um zu spotten. Wagner fordert Unterwerfung, Hingabe; die ganze Seele seines Publikums muss ihm zu Füßen gelegt werden. Wahrhaftig hören heißt glauben. Und Sie sind der jüngere Mann. Sie müssen aufrecht stehen, mein Herr, und seinen Platz an ihrer rechten Seite einnehmen. Ich nehme Sie in die Pflicht. Und jetzt bitte ich Sie, mich zu entschuldigen.«

Er machte auf dem Absatz kehrt und entschwand schwungvoll. Max blieb verdattert in einer Wolke eigenen Zigarettenrauchs zurück. Hatte er sich das ganze Gespräch nur eingebildet? Und wie war Wagner Weimars Klauen entronnen? In Bismarcks Deutschland schien der Wagnerismus die Gemüter weitaus stärker zu spalten als der Streit um Charles Darwin, dessen Kernthesen bei deutschen Wissenschaftlern und Intellektuellen längst akzeptiert waren. Tatsächlich waren Wagners Opern, die in zahlreichen Städten von den Theaterintendanten auf den Index gesetzt worden waren, beim allgemeinen Publikum derart dramatisch durchgefallen, dass Max niemals eine gehört hatte. Allmählich wurden Wagners Anhänger streitbar, formierten sich und schwärmten von Weimar in andere Städte, andere Theater aus, um Konvertiten und Mitstreiter zu finden. Klesmer und Liszt, einträchtig wie Jagdhunde, die Witterung aufgenommen haben, streiften durch Salons und Konzerthäuser, wo sie ihr Publikum aufstöberten und so lange bearbeiteten, bis es kapitulierte.

»Keine Pause?« Max besann sich auf die Folgen von Klesmers Rede. »Tja, die Sorbetverkäufer werden nicht erbaut sein.«

Ein wunderbar warmer, stiller, trockener Abend lockte die Menschen auf die Straßen. Es waren die letzten schönen Tage des Altweibersommers, fast verheißungsvoll, eine letzte spiegelglatte Heiterkeit, die voraussehbar in peitschenden Regen- und Graupelschauern und laubentleerten Bäumen münden musste. Vorerst aber kamen die Frauen mit offenem Mantel und zurückgestreifter Kapuze, und Max, der auf den Stufen des Theaters stand, vernahm wieder einmal englische Stimmen. Laut Besetzungszettel hatte Julius Klesmer die musikalische Leitung, Herr Süßmann sang als Bariton die Titelrolle und seine liebreizende Gattin die Senta, die bereit ist, für ihre große Liebe zu sterben. Süßmanns Name stach in mächtigen schwarzen Lettern heraus, viel größer als der Name des Komponisten, den der Stuttgarter Intendant noch immer für publikumsabschreckend hielt. Süßmann hingegen wurde geliebt, er war der Magnet. Aber wie sich zeigte, war die Handlung der Oper die noch größere Attraktion. *Der Fliegende Holländer!* Wer kannte nicht die Fabel vom Seemann, der verdammt ist, bis zum jüngsten Tag die sieben Meere zu befahren, es sei denn, er fände eine Frau, die ihm aus Liebe ihr Leben opfert? *Treu bis in den Tod!* Der Theaterzettel, sah Max, verhieß ein spektakuläres Bühnenbild und nicht weniger spektakuläre Requisiten: ein Geisterschiff mit seiner gespenstischen Mannschaft aus Untoten und ein brandneues, eigens für diese Aufführung geschaffenes Diorama. Das Theater, das erst jüngst neu bestuhlt worden war, pries sich an als »luxuriös ausgestattet mit allen Erfordernissen für Sicherheit, Komfort und Schönheit«; die Sitze im Parkett waren sogar gepolstert.

Und hier kam auch schon Lewes die Treppe heraufgesprungen.

»Ah, Max! Polly hatte gehofft, Sie speisen mit uns. Haben Sie unsere Nachricht nicht bekommen? Egal! Vielleicht im Anschluss an die Oper noch ein kleines Souper, falls wir die Verwüstungen von Verdammnis und Unsterblichkeit durch immerwährende Liebe überleben!«

Hinter ihm folgte, flirrend im unheimlichen Gaslicht, den dünnen Schleier zurückgestreift, voller Zuneigung und Konzentration zu ihm aufblickend, die Sibylle.

»Unser gestriges Gespräch hat Sie gequält, fürchte ich.« Sie sprach so leise, dass nur Max sie hörte, und ergriff seinen Arm. »Um nichts auf der Welt möchte ich Sie betrübt sehen. Der Gedanke, dass ich womöglich Mitverursacherin eines Missmutes bin, wäre mir äußerst schmerzlich. Wir sind doch so gute Freunde geworden.«

Max drückte ihre Hand; seine Verärgerung wich im Nu, er fühlte sich unendlich beruhigt. Er war gehört und zur Kenntnis genommen worden; von einem bedeutenden Menschen zumal. Die Sibylle verstand jede Strömung seiner Gedanken, mehr noch: ahnte sie voraus. Wohin immer sein Blick fiel, sah er sie, geduldig auf ihn wartend, und in ihrer Miene standen Rat und Verzeihen; ihre Gegenwart war allumfassend wie die Ewigen Arme Gottes.

»Liszt betrachtet den *Fliegenden Holländer* als ein Werk des Übergangs«, fuhr sie fort, »in dem Wagner nur seinen Götzen zu entrinnen sucht, denen er einst geopfert hat. Er ist noch nicht so weit, dass er auch Krieg gegen sie führte. Was diesen Abend betrifft, können Sie also ganz beruhigt sein. Sie werden eine Flut dramatischer Situationen und bewegender Melodien erleben. Aber leiden, wie wir im *Lohengrin* gelitten haben, werden Sie nicht.«

Da standen sie nun vor einem riesigen, üppig verzierten Bilderrahmen, der die Bühne war, mit schweren quastenverzierten Vorhängen; davor der Orchestergraben mit neuen Rohrstühlen für die Musiker; die Parkettsitze aus rotem Plüsch und an den Wänden neue Velourstapeten mit Bildern berühmter Momente bei Shakespeare: Lear, die tote Cordelia in den Armen, augenrollend und taumelnd; Benedikt und Beatrice im Garten, einander missverstehend und in verschiedene Richtungen davonstolzierend; Juliet, über ihr Balkongeländer gebeugt; Rosalind in Reithosen den Wald durchstreifend; und Macbeth beim Bankett, entsetzt auf Banquos Geist blickend. Die Gesellschaft nahm die reservierten Plätze in der zweiten Reihe direkt unter dem seitlichen Balkon ein, leicht verunsichert durch die lärmende Menge auf den harten Sitzen über ihnen. Carus hob den Blick und sah hämische Mienen; er ahnte Ungemach.

»Keine Sorge!«, rief Lewes ihm zu. »Klesmer wird sie niedertönen.«

Wie ein großes Schiff mit erwartungsvollen Auswanderern in Neue Welten füllte sich das Theater bis auf den letzten Platz, und viele aßen und tranken, denn das Gerücht, dass die Pause ausfiele, hatte sich verbreitet und eine gewisse Besorgnis ausgelöst: Wie sollen wir ohne Essen und Trinken drei Stunden überstehen? Das laute, schwitzende, fröhliche Publikum erwartete ein phänomenales Spektakel und stürmische Gefühlswallungen. Zwei Platzanweiser eilten durch den Zuschauerraum und drehten die Gaslampen herunter: Darauf hatte der Maestro bestanden, der die trübe Beleuchtung für einen gefühlssteigernden Bestandteil der Aufführung hielt. Begrüßt von unterbrochenem Applaus, zogen die Musiker ein. Eine Armee von Blechbläsern und Paukisten quetschte sich in den viel zu engen Raum des Orchestergrabens: Hier sollte anscheinend mit der Kraft der Musik das Gebäude gesprengt werden. In der ganzen Stadt wohlbekannt für seine Konzertaufführungen, erwies sich Klesmer als Günstling des Publikums, und als er ans Pult trat, verwandelten die zwei dicken Kerzen rechts und links der Partitur sein Gesicht in ein dramatisches Chiaroscuro – wie ein aus der Tiefe emporgestiegener Dämon blickte er über sein Orchester hin.

»Klesmer! Klesmer! Klesmer!«, schrie eine rüpelhafte Bande von den oberen Rängen herab.

Der Begeisterungsausbruch verebbte rasch unter einem kollektiven Atemholen, als der Vorhang sich hob. Auf der Bühne standen, hoch aufragend, zwei riesige Schiffe im Mondlicht, die vor einem bemerkenswert schwindelerregenden Abgrund und gemalten, sich in der Ferne verlierenden Klippen gefährlich schaukelten. Gleichzeitig fegte ein grausiger Windstoß durch die Streicher. Die Katastrophe des Schiffbruchs schien unausweichlich. In der Takelung kletterten Seeleute, leuchteten kurz im Schein des Rampenlichts auf und waren gleich wieder im flackernden Zwielicht verschwunden. Während der gesamten Ouvertüre huschte dieses unstete Licht über die Bühne, das wogte und waberte, und das Publikum starrte atemlos, fiebernd, durchschauert von Spannung. Trotz des Tuttigedonners waren die Rollen unter den Schiffsrümpfen unhörbar, und als die Schiffe sich hoben und verschoben, ragte das schwarze Gespensterschiff mit wunderbar roten, zerfetzten Segeln über Dalands kleinerem Handelsschiff auf wie ein Vampir, der sich vorfreudig über sein Opfer beugt. In der Tiefe der Bühne tauchte jetzt, hoch oben auf dem Mast des schwarzen Schiffs mit der zerfetzten Takelung, ein bleiches Gesicht auf, verschlagen wie Mephisto, und starrte über die Dioramagrenzen hinweg in die Ewigkeit. Ein hörbares Raunen ging durchs Publikum, als es Süßmann erkannte. Klesmer peitschte das Orchester voran; die Bühnenlampen zeichneten scharfe Schatten in seine eindrucksvollen Gesichtszüge, und mit seinen dramatischen Gesten am Pult, seiner wehenden Mähne sah er aus, als jagte er seinem eigenen Gespenst hinterher. Sekundenkurz leuchtete jetzt das Mädchen Senta auf, das mit ausgestreckten Sehnsuchtsarmen am Rand der Felswand stand, während die Ouvertüre ihrem Ende entgegengaloppierte. Erst nur in wenigen kostbaren Minuten kondensiert, begann sich die aufwühlende Geschichte dieser Oper jetzt in großer Ausführlichkeit zu entfalten. Im Publikum zwängten sich zwei, drei Personen durch die Reihen und strebten hinaus ins Foyer.

Der lange Eröffnungsmonolog des Holländers aber gewann selbst die Zweifler in den hinteren Reihen. Tragisch bleich wie ein Gestorbener, verkörperte Herr Süßmann den Ewigen Wanderer und war erschreckend, zersetzend, rücksichtslos und herzzerreißend in seiner Sehnsucht nach Frieden.

»Bravo! Bravo!«, schrie jemand in der Nähe, offenbar ein Freund der italienischen Oper, der mit seinem Lob eine Wiederholung zu erzwingen hoffte. Natürlich ignorierte Klesmer den Rufer.

»Diese Oper hat mich begeistert, als wir mit Liszt in Weimar waren«, raunte die Sibylle. Ihr Schal fiel über Maxens Arm.

Der Grundkonflikt, den die beiden Schiffe bildlich darstellten, erwies sich als Metapher für die gesamte Inszenierung. Dalands elegante moderne Weste samt Taschenuhr, seine adretten Matrosen und sein flottes Handelsschiff kündeten von Gewinn, von erfolgreichen kapitalistischen Unternehmungen und häuslichem Wohlstand. Die gegen die Felsen seiner Heimat anbrandende See blieb ein unbequemer, aber nicht lebensbedrohlicher Gegner. Für den Holländer aber, das kreidebleiche Inbild der Verdammnis, bildeten Meer, Stürme, Flutwellen und der grenzenlose Horizont das einzige Element, das er als ewig Untoter kannte. Und zwischen ihm und der Seefahrt, die kein Ende haben konnte, stand ein junges Mädchen und dessen befremdliche Leidenschaft für einen sagenumwobenen Mann, den sie nie gesehen hatte.

Wie aber entwöhnt ein revolutionärer Komponist ein konventionelles Publikum seiner traditionellen Nummernopernkost? Die Zuhörer sehnen sich nach Arien, Duetten, *romanze, cavatine* … drei ganze Akte hindurch, fürwahr, manchmal auch vier, mit einer Balletteinlage in der Mitte. Und wie verhindert man, dass sie herumlaufen, draußen im Foyer Luft schnappen, Bekannte besuchen und plaudern, sich auf eine Zigarettenlänge oder auf der Suche nach einem verlegten Schal entfernen und dann lärmend in den Saal zurückeilen, um den Soloauftritt des Lieblingssängers nicht zu verpassen? Die Pausen abschaffen und die Handlung straffen: Wenn sie auch nur ein Bein bewegen, versäumen sie Entscheidendes!

Diese zwei Fäden, des Holländers Verdammnis und Sentas Erlösungsversprechen, schrille Tremoli auf den hohen Violinsaiten, verminderte Septakkorde, eine Mischung aus diatonischen und chromatischen Figurationen in den Bässen und ah!, dieses vertraute, endlos in Quarten und Quinten emporsteigende Motiv – sie durchdringen die Partitur und zwingen den bleichen Kapitän der eigenen Erlösung entgegen. Niemand darf sich in den Schatten davonstehlen, denn auch dort erreicht ihn keine Gnade, niemand wird je der mitfühlenden Umschlingung der Ewigen Arme entrinnen. Es ist Aufgabe des Inspizienten, das Bühnenbild rasch und heimlich zu verwandeln, während die Musik voranstürmt, die Sänger antreibt und die Zuhörer auf ihren Sitzen zermalmt.

Und an diesem Abend ging die Strategie auf. Sie saßen wie gebannt, das ganze Theater, atemlos, mit schweißfeuchter Stirn, gefesselt. Wird sie dem bleichen Holländer treu sein? Kann ihr hübscher junger Jäger sie in ein sicheres Leben zurücklocken, wo ihr nichts weiter widerfahren wird als Jahre der Ehe, der Kinder, des Friedens und Glücks? Wird sie sich für einen erhabenen Augenblick glorreicher Aufopferung entscheiden oder aber für das sanfte Geplätscher langer Sommertage? Sie ist an den Holländer verkauft worden! Aus Habgier hat Daland seine Tochter an den Kapitän des schwarzen Geisterschiffs mit den zerfetzten roten Segeln verschachert. Sie ist einem anderen versprochen, doch sie selbst will es so: Vor ihr steht endlich, aus den Tiefen des Meeres auferstanden, der Mann, den sie liebt.

Klesmer wusste, dass im Publikum umstürzlerische Charaktere lauerten. Der Autor der *Wagnerfrage* und seine Freunde hatten die Stuttgarter Aufführung als Riss im Damm eines einhelligen Vorurteils bezeichnet, das Wagners Opern von den Provinztheatern ferngehalten habe. In Dresden aber hatten Liszt und Klesmer bereits gesiegt. Ihre Freundschaft und Wagnerverehrung lag nun offen zutage: weithin sichtbar. Die Juden haben sich mit den Wagnerianern zusammengetan! Dieses schleichende Übel muss aufgehalten werden!

Wie weit aber war man unterdessen in der Partitur fortgeschritten?

Steuermann, lass die Wacht! Steuermann, her zu uns!

In einem der oberen Ränge entstand Unruhe. Drei junge Männer waren aufgesprungen. Nein, sie wurden von den Umsitzenden wieder herabgezogen und von einem schmetternden Chor norwegischer Seeleute, die direkt hinter ihnen postiert zu sein schienen, übertönt. Max nahm die Störung und ihre rasche Unterdrückung wahr. Klesmer konnte nichts mehr aufhalten. Aus dem Bauch des Geisterschiffs drangen die unheimlich hohlen Rufe der Holländermannschaft, und in der Takelung flackerte es wie Irrlichter. Max sorgte sich wegen der brandfördernden Natur dieser außerordentlichen Bühneneffekte. Die Sibylle schob ihren Arm unter den seinen. Ja, es nahte der Höhepunkt! Jeder Bereich der Bühne, selbst die Seitenkulissen schienen zu schaudern, zu wogen. Die Sänger aber wankten nicht, sondern stürmten voran; eisern hielten sie sich an Klesmers Tempo. Die Hitze im Haus näherte sich der Temperatur eines tropischen Regenwalds. Max lockerte seinen Kragen und stellte fest, dass Carus und Lewes vor ihm dasselbe getan hatten. Auch auf der Oberlippe der Sibylle schimmerte es feucht. Dann flog auf einmal ein rauchendes Objekt von der Größe eines Einweckglases von oben herab und landete zwischen den Celli. Beißender Schwefelgeruch, begleitet von dichten Rauchwolken, hüllte die Musiker ein.

Der junge Jäger hatte unter den scharfen Augen des Holländers seine Kavatine – *Willst jenes Tags du nicht dich mehr entsinnen?* – bereits hinter sich, und das Finale war in Sicht. Klesmer, die Lippen fest aufeinandergepresst und den Kopf zurückgeworfen, stand stolz über dem wabernden Rauch, der aus der Bombe im Orchestergraben quoll. Er hatte durchaus nicht die Absicht, einen einzigen Ton auszulassen. Kein Orchestermitglied wagte sich zu rühren.

Du kennst mich nicht – du ahnst nicht, wer ich bin!

Der Holländer entblößte endlich seine Seele und verkündete mit Donnerstimme dem entsetzten Ensemble und dem schwitzenden Publikum seine wahre Identität. Im Saal hielt man den Schwefelgestank und die gelblichen Rauchwolken für einen weiteren kühnen Bühneneffekt zur Steigerung der Wirkung. In den Rängen brach ein Faustkampf aus, als die zwei Lager aufeinanderprallten. Ein Schuh flog durch die Luft und traf Lewes an der Stirn. Der sprang auf, schwankte und fiel um, auf Carus.

Klesmer erhöhte das Tempo.

Den Fliegenden Holländer nennt man mich!, schmetterte Herr Süßmann der entrückten Zuhörerschaft entgegen. Die Sibylle bemerkte mit einem Mal, dass ihr Mann blutend in Carus' Schoß lag, und stieß einen erstickten Schrei aus, der in Sentas ekstatischem Gelübde unterging:

Hier steh ich – treu dir bis zum Tod!

Ein Aufschrei kam aus dem Publikum, als sie vom Rand der Felswand zu fliegen schien, direkt in die Arme des Holländers, der daraufhin vom Mast seines Schiffes emporschwebte, höher und immer höher ins trübe Zwielicht der Oberbühne. Dann waren sie beide verschwunden, und das mächtige Geisterschiff stürzte mit ohrenbetäubendem Gepolter in sich zusammen, gespiegelt vom tosenden Orchester, das den Kampf in den Rängen, der sich bereits ins Treppenhaus weitete, ausblendete.

»Klesmer! Klesmer! Klesmer!«

Die Anhänger des Dirigenten stimmten in den Sprechchor ein, während der Saal sich mit ekelerregendem Rauch füllte. Die Zuhörer im Parkett, jetzt im höchsten Maß beunruhigt, traten die

Türen ein und platzten ins Foyer und in die Herbstnacht hinaus. Etliche ließen Mäntel und Hüte in der Garderobe zurück, um sich in Sicherheit zu bringen, andere hingegen hatten bei dem gedämpften Gaslicht gar nicht so recht mitbekommen, was geschehen war; sie applaudierten stehend Herrn Süßmann und seiner Gattin, die ungesehen von der Oberbühne herabgeklettert, wieder auf die Bühne gekommen waren und sich jetzt nach rechts und links verbeugten, und warfen ihnen Blumen zu. Klesmer und sein Orchester waren im rauchgefüllten Graben kaum noch zu erkennen. Lewes richtete sich wieder auf und drückte, leicht zitternd, das Taschentuch gegen seine Stirnwunde, die nicht wenig blutete. Doch unverwüstlich, wie er war, hatte er den Schuh des Anstoßes gepackt und wedelte damit über seinem Kopf, um gegen den Täter, wer immer er sein mochte, zurückzuschlagen.

»Liebster, wir müssen augenblicklich nach Hause!«, rief die Sibylle.

»Bravo! Bravo!«, schrien die im Aufwind begriffenen Wagnerianer.

Max suchte mit dem Schal der Sibylle, den er schwang wie der Stierkämpfer sein Tuch, den Rauch zu vertreiben, während er verzweifelt zum Ausgang strebte.

Auf der Rückfahrt zum Häuschen der Lewes in einer rumpelnden Droschke versorgten sie, eng aneinandergequetscht, den Verletzten. Die Sibylle, selbst ein wenig blutbefleckt und zerfahren vor mütterlicher Sorge, drückte ihm ein Taschentuch ums andere gegen die Stirn und reichte Max die gebrauchten Behelfsverbände. Lewes aber plauderte währenddessen ungerührt weiter. Er pries Klesmers Mut, fand jedoch die Inszenierung strotzend von billigen Pantomimetricks für infantile Gemüter. Kaum angekommen, rannte Carus los, um den Arzt zu holen, der nicht lang danach im Abendanzug erschien, auch er überquellend von Ansichten über das Opernereignis des Abends. Lewes blutete irgendwann nicht mehr, und der Doktor lief in die Nacht davon, weil unter den Kämpfern ein Noteinsatz erforderlich war. Am anderen Morgen war der Zwischenfall, der im Theater begonnen hatte, zum Straßenkrawall ausgeartet.

Max missfiel die erdrückende Sorge, die von der Sibylle ausging. Lewes war schließlich nicht lebensgefährlich verletzt. Was er brauchte, war ein Herztonikum und die Möglichkeit, sich auszuschlafen; dann wäre anderntags nur noch ein Kopfschmerz übrig. Max schlenderte durch den nächtlichen Garten; es ging kein Windhauch, und es war noch immer bemerkenswert warm, selbst zu dieser späten Stunde. Er zündete sich eine Zigarette an und wanderte die schmalen Kieswege entlang, zertrat Unkraut und schrammte an den wuchernden Buchsbaumzweigen entlang. Das Haus hinter ihm strahlte kleine erleuchtete Vierecke in die Dunkelheit.

Zuerst hörte er sie nicht kommen. Denn die Sibylle, den indischen Schal über ihr kurzes Pelzjäckchen gelegt, schwebte auf einem Kissen aus warmer Luft auf ihn zu. Er bemerkte sie erst, als sie ihm eine Hand auf den Ärmel legte.

»Danke, Max«, sagte sie leise, »für Ihre Freundlichkeit. George hat sich jetzt hingelegt. Carus ist bei ihm. Und ich bin hier, um gute Nacht zu sagen.«

Sie nahm seinen Arm, und Max legte seine Hand auf die ihre. Sie machten sich auf den langen Rundweg. Im leisen Gespräch wie alte, vertraute Freunde unternahmen sie einen Spaziergang durch die Nacht. Die Aufregungen des Abends drangen in ihre Unterhaltung ein: Wagners endlose Leidenschaft für die Liebe, die selbst dem Tod trotzt, Klesmers wundersamer Triumph, die frohlockenden Wagnerianer, die randalierend durch die Stadt zogen, Lewes' missliches Unglück, ein in die Schusslinie geratener Anhänger.

»Er besitzt eine so ungeheure Energie, lieber Max, dass man bei ihm niemals eine schwache Konstitution annähme, aber ich fürchte oft – wenn ich nicht selbst wegen Zahnschmerzen oder einer Gallenkolik darniederliege –, dass seine Gesundheit in Wahrheit angegriffener ist als meine. Gewiss kommt Ihnen meine Sorge um ihn übertrieben vor. Sie haben Recht, ich weiß es selber. Und es tut mir leid. Aber Max« – und hier blieb sie neben dem trockenen Brunnen stehen –, »Ihre Freundschaft ist mir zu kostbar, als dass ich Ihnen nicht uneingeschränkte Offenheit schuldete. Es wurden mir beinahe zwanzig Jahre beständigen Glücks zuteil, und ich fürchte, fürchte mit jeder Faser meines Seins den letzten Abschied, wenn wir für immer getrennt werden. Wagner träumt von immerwährender Verbindung, aber wir wissen, dass es nicht sein kann.«

Max schauderte ein wenig. Er dachte an Senta und den Holländer und ihre verklärte Auffahrt zum Bühnenhimmel.

»Und doch müssen wir begreifen, was dieser letzte Abschied bedeutet – er verleiht ja unserer Beziehung zueinander die höchste, heiligste Zärtlichkeit. Selbst unser eigener Tod ist so vertraut und natürlich wie das Herannahen von Herbst oder Winter.«

Tod und die Ewigkeit des Nichtseins waren in Maxens Überlegungen bisher nicht vorgekommen. Und die Sibylle war so hingerissen und so überzeugt von der Tiefgründigkeit ihrer Lehren, dass sie die dreißig Jahre, die zwischen ihnen lagen, weitgehend vergessen hatte. Max hatte sein Leben noch vor sich; sie hingegen blickte vom Ende ihrer Reise her, lehnte sich an seine Jugend und Kraft – und doch war ihr sanfter, erbaulicher Ton, in dem sie von den vier letzten Dingen sprach – und die Gewissheit, mit der sie davon sprach –, ein großer Trost für ihn, zärtlich, innig und von unendlicher, milder Ruhe. In der Gartenlaube, in der es dunkel und trocken und noch recht warm war, setzten sie sich auf eine Bank, die Sibylle sprach von Sympathie, Freundschaft und der unverwüstlichen Macht menschlicher Bindungen. Max gewann die Überzeugung, dass ihr dieser Augenblick im dahinwelkenden Garten mehr als alles andere bedeutete. Dass er ihr fahrender Ritter sei. Und nie waren ihm die Anmut und Schönheit seiner Dame, die in diesem seltsamen Zwielicht selbst wie verklärt wirkte, so beredt und unausweichlich erschienen. Doch dann schleuderte die Sibylle, als wäre es ein Speer, einen Satz in diese vorübergehende Ruhe, der die ganze Erde vergiftete.

»Sobald George sich erholt hat, kehren wir nach England zurück.« Noch ehe sie geendet hatte, wallte panische Furcht in ihm auf. Sein Kompass und Leitstern drohte ihn zu verlassen, womöglich für immer. Sie saßen in der kleinen Gartenlaube, es roch ein wenig nach Feuchtigkeit und Moder, und die Sibylle sagte nichts mehr, sondern sah Max nur fragend an. Der stieß hervor:

»Ich kann nicht länger schweigen, Madame. Ich muss reden. Wenn ich unverschämt scheine, so liegt es daran, dass Sie alle Schranken zwischen uns eingerissen haben. Ich sehe nicht mehr, wohin mein Weg mich führt, mir sind jede Gewissheit, jede Überzeugung abhandengekommen. Ich hielt mich für einen Mann des Glaubens, und jetzt zweifle ich. Statt eine Mission oder Bestimmung zu suchen, war ich immer zufrieden mit meinem Leben. Meine Entscheidungen hatten keine Eile. Jetzt aber steht mein ganzes Sein in Frage – ich weiß nicht mehr, wer ich bin, und ich kann nicht weiterleben wie bisher, jede Welle spült mich ans Ufer. Ich sage Ihnen, ich muss sprechen.«

Max drehte sich im Kreis, sein Ton war leise, aber ungestüm und erregt, und er rammte die Schuhspitze in den Boden. Riss welke Blätter von der Glyzinie, die sich über ihnen in die Höhe rankte. Schlangengleich das Gitter umschlingend, schraubte der Stamm sich in die Höhe und war dicker als Maxens Unterarm. Er stützte sich mit einer Hand gegen diese hölzerne Spirale und starrte auf ihr beschattetes Gesicht. Die Sibylle drapierte ihre Röcke um sich und hob ihr mächtiges Kinn; ihre Haltung war selbstsicher, aufmerksam und vollkommen ruhig. Sie wartete ab. Sie hatte nicht die geringste Ahnung, wohin sein ebenso leidenschaftliches wie unzusammenhängendes Gerede strebte. Sie richtete sich in der schrecklichen Pause ein, die eintrat, weil Max sich außerstande fühlte, die in ihm brodelnden Gefühle zu äußern.

Eine Zeile Shakespeare kam ihm in den Sinn. »Ihr habt der Worte mich beraubt«, platzte er heraus.

»Das ist misslich«, sagte die Sibylle lächelnd. Er sah ihr weißes Gesicht, schattengesprenkelt, vernahm ihren ebenso amüsierten wie distanzierten Ton. »Unsere Nähe ist doch ganz auf Worten aufgebaut, meist verständig gewählten zumal.«

Max brach innerlich zusammen. Er hatte die Grenze der rationalen Rede erreicht, vor ihm lag jetzt ein weites, finsteres Stiegenhaus, durch das die wallende Gestalt der Sibylle entschwand, weil sie ins Reich des ewigen Lichts emporstrebte. Er wollte, er *konnte* sie nicht gehen lassen. Er warf sich auf den grabeskalten Stein zu ihren Füßen und stammelte wie ein Wahnsinniger.

»Madame Lewes – Marian – es kann Ihnen nicht entgangen sein, wie tief mir unsere Freundschaft zu Herzen geht – wie bedingungslos meine Bewunderung – kurzum, wie sehr ich Sie liebe. Ich flehe Sie an – schicken Sie mich nicht fort.« Er griff nach ihrer Hand.

Mit verblüffender Kraft nahm sie ihn beim Handgelenk und zwang ihn, sich wieder neben sie auf die Holzbank zu setzen.

»Max. Atmen Sie tief. Halten Sie still. Und schweigen Sie bitte.«

Doch Max, inzwischen völlig außer sich, konnte nicht schweigen. In ihm hatte sich der Gedanke festgesetzt, dass er heiraten musste. Und die Frau, die jetzt bei ihm war, hatte ihn bis ins Mark erschüttert. Er eilte bis an den Rand seines melodramatischen Abgrunds und war nicht aufzuhalten.

»Madame! Ich bete Sie an. Ich muss sprechen, sage ich Ihnen. Machen Sie mich zum glücklichsten Mann auf Erden. Heiraten Sie mich. Ich flehe Sie an, heiraten Sie mich.«

Zitternd hingen die verhängnisvollen Worte zwischen ihnen wie ein abgeschossener Pfeil nach dem Einschlag. Bekenntniszwang, nicht Vernunft hatte Max fest im Griff. Es war ihm ernst, jedes

Wort. Die Sibylle aber hatte sich erhoben und ragte jetzt neben ihm auf wie ein belagerter Bergfried, bebend vor Gekränktheit.

»Mein Herr«, sprach sie, »Sie scheinen zu vergessen, dass ich bereits verheiratet bin.«

Der Umstand aber, dass sie nicht weniger frei war als der junge Mann vor ihr, jeden Erwählten zu heiraten, brannte in ihrer Seele und ließ alle Farbe aus ihrem Gesicht weichen. Zwischen ihnen gähnte der Abgrund.

»Verzeihen Sie mir.«

Max stürzte sich ins Wasser der Erniedrigung. Die Sibylle suchte Halt an den Glyzinienranken und ignorierte die ausgestreckte Hand, die er ihr, aufspringend, hinhielt.

»Werden Sie mir je verzeihen können?« Das Feuerrad, auf das er geflochten war, drehte sich erbarmungslos weiter. »Meine Gefühle für Sie können und werden sich niemals ändern.« Und in der unsäglichen Pause, die nun eintrat, wussten beide, die alte Frau und der sie hoch überragende junge Mann, dass dies für immer wahr wäre. Die Sibylle zog ihren Schleier herab. Ihre wiedergewonnene Fassung besiegelte sein Verderben.

»Ich wünsche Ihnen eine gute Nacht.«

Raschelnd entfernte sie sich zwischen rebellischen Buchshecken, bis das dunkle Dreieck ihrer Gestalt mit der tieferen Dunkelheit des herbstlichen Gartens eins war. Max stand da, endlich wahrhaft sprachlos, und schauderte in der plötzlichen Nachtkälte; weiß wölkte sich der Atem vor seinem Gesicht. Der Schmerz des Abschieds legte sich über ihn wie ein Leichentuch. Er starrte auf die stummen, steinernen Statuen, die welken Rosen, die in Form geschnittenen Eiben, die zu zwielichtigen Tieren mit erhobenen Köpfen bezwungen waren. Der einst sprudelnde Brunnen stand still; im Becken verweste schwarzes, stinkendes Laub. In der Ferne schlug eine Tür; das war sie, die ins Haus trat; und er blickte in seinen Himmel ohne Gott.

TEIL II

KAPITEL 13

in welchem der Leser Zeuge diverser unwiderruflicher Taten von Personen wird, die wir bereits kennen, und Herr Klesmer und Miss Arrowpoint die Sängerin begleiten

Unterdessen verharrten Wolfgang Duncker und Graf von Hahn in seligem Unwissen um die Stuttgarter Katastrophe, ja selbst die Teilnahme unserer illustren Gesellschaft an der triumphalen Aufführung des *Fliegenden Holländers* blieb ihnen verborgen. Es dauerte indessen nicht lang, bis die Nachricht von dem Vorfall auch Berlin erreichte, wo der Opernabend, nun von vornherein als »Krawall« bezeichnet, die Titelseiten der Zeitungen beherrschte. Die Schuld an allem Aufruhr hätten Wagner und seine Musik, hieß es. Seine ausschweifende Tonalität habe seine gleichermaßen exzentrischen Anhänger in unmäßigen Aufruhr versetzt, weshalb es zu Scharmützeln im Theater gekommen sei, die sich auf die Straßen ausgeweitet und zu Kleinkriegen zwischen Betrunkenen bis weit in die Nacht geführt hätten. Zur allgemeinen Verwunderung habe George Henry Lewes, der berühmte englische Wissenschaftler und bedeutende Biograph Goethens, für Herrn Klesmer, den musikalischen Leiter des Abends, Partei ergriffen. Mr Lewes, selbst aus einer Stirnwunde blutend, habe einen Schuh als Waffe in der Schlacht um Wagner geschwungen. Unwiderstehlich hingegen sei Herrn Süßmanns ergreifende Darbietung als verwünschter Holländer gewesen, etc. pp. Wolfgang Duncker schickte auf der Stelle einen besorgten Brief an die Lewes', in dem er sich nach ihren Verletzungen erkundigte und seiner Hoffnung Ausdruck verlieh, dass Max sich bei den bedauerlichen Handgreiflichkeiten wacker geschlagen habe. Er war drauf und dran, noch ein Telegramm hinterherzuschicken, doch der Graf riet ihm ab: Schließlich sei bei den Krawallen niemand ums Leben gekommen. Und wenn einer der unsrigen ernsthaft verletzt worden sei, hätten wir inzwischen schon davon gehört.

Und so machten sich die unverzagten Konspiratoren in romantischer Mission, der Graf und sein Verleger, ans Werk, um eine befriedigende Versöhnung zwischen den entzweiten Liebenden herbeizuführen: Überzeugt, dass ein diskreter und sanfter Anstoß allen Widerstand überwände, stürzten sie sich in einen Kreuzzug unseliger Intrigen. Der Graf übernahm die Führung. Beschlossene Sache! Wir veranstalten einen rauschenden Silvesterball! Sophie sprengt ja schon lang vor Weihnachten hoch zu Ross nach Berlin zurück, und nach dem Landaufenthalt ist sie natürlich begierig nach Vergnügungen. Zahlreiche hübsche junge Burschen und auch ein paar von der älteren Garde, damit wir ein bisschen Ballast haben. Den gesamten Zirkel von der Zeitschrift und sämtliche reiferen weiblichen Verwandten, die wir hinter dem Ofen hervorlocken können. Dann können die Geheimdienste uns nicht vorwerfen, wir veranstalteten eine Versammlung von Radikalen. Es ist eine Familienfeier! Was meinen Sie, lieber Herr Duncker? Nicht unschlau, wie?

Das geplante Vergnügen musste jedoch heruntergeschraubt und der Größe des Salons am Wilhelmplatz angepasst werden. Ein früher Kälteeinbruch mit Schneefall und heftigem Sturm hatte einen Baum gefällt und einen Teil des Dachs auf der Gartenseite des Tanzsaals zerstört. Die Reparatur, die teuer und langwierig war, zwang den Grafen zur Planänderung. Nun musste es eine sozusagen private Silvesterfeier werden, einigermaßen intim, nur fünfzig Gäste, mit musikalischen Darbietungen, darunter auch Liedvorträgen, Klesmer am Klavier natürlich – haben Sie übrigens gehört, dass er sich mit einer englischen Erbin verlobt hat, reiner Geldadel vermutlich, aber die Familie will es nicht, weil er Jude ist? Da kann einer weltberühmt sein, Jude ist er trotzdem, und daran ist nicht zu rütteln. Eigentlich glaube ich, er hat sie bereits geheiratet. Sie war eine Schülerin von ihm, sehr begabte Pianistin. Könnten Sie vielleicht herausfinden, wie sie heißt? Wir müssen sie ja namentlich einladen. Nach dem Souper und dem mitternächtlichen Feuerwerk, das ist alles schon geregelt, habe ich einen chinesischen Künstler engagiert, der es versteht, viel Brimborium zu machen, ohne dass davon gleich der Pavillon in Flammen aufgeht, wir rollen die Teppiche ein und tanzen auf dem guten alten Parkett. Nun, was sagen Sie, lieber Duncker? Der Graf bestand darauf, alles aus eigener Tasche zu bezahlen, auch Klesmers Honorar. Sie ist doch meine liebe Tochter, und wir wollen das Missverständnis zwischen ihr und Max so rasch wie möglich aus der Welt schaffen. Liebeskummer ist doch kein Zustand!

Wolfgang Duncker, dem der Zustand, der keiner war, offensichtlich vollkommen fremd war, stimmte zu.

Max schlich nach Berlin zurück und machte sich unsichtbar, indem er sich in archäologische Museen und Archive zurückzog und in Besprechungen mit Professor Marek, die tief in den Eingeweiden der Universität stattfanden. Er verzichtete auf starke Getränke, ließ Hetties Keller und seine alten Waffenbrüder links liegen, leistete seinem Bruder selten bei den Mahlzeiten Gesellschaft und schlief wenig. Man hörte seine rastlosen Schritte, wenn er in der väterlichen Bibliothek auf und ab marschierte wie ein gefangener Vampir – kurzum, er zeigte das Verhalten eines Mannes, der in der Liebe enttäuscht worden ist.

Was aber hat Sophie die ganze Zeit getrieben? Sie hat sich mit der

Jagd und dem Bogenschießen beschäftigt. Sie lernt sogar das Schießen mit der Pistole und nötigt ihrem alten Onkel, einem Obersten a. D., und ihrem gräflichen Vater Respekt ab. Hier ist sie, in Jägergrün gekleidet, mit weißer Rüschenbluse, die Ärmel aufgekrempelt, seitlich zum Ziel stehend, die geladene Waffe mit ausgestrecktem Arm erhoben. Zielen, atmen, Finger auf den Abzug, locker, in den Knien frei schwingen, Sophie, steh aber gerade, nicht vorbeugen, jetzt ausatmen – FEUER! Du lieber Himmel, das Mädchen hat ihm glatt den Kopf abgerissen. Das Ziel war ein Fasan aus Papier, auf einem Besenstiel nebst Sockel montiert und von den jüngeren Schwestern koloriert. Gut, der Papiervogel bewegte sich nicht; die beiden Herren fanden Sophies Treffsicherheit dennoch bemerkenswert. Der abgetrennte Fasanenkopf war nicht aufzufinden.

Unterdessen blühten und gediehen die Silvesterpläne trotz winterlichen Wetters. Mitte Dezember ließ der Graf die Einladungen samt Programm drucken: auf der Vorderseite die Bestandteile der musikalischen Unterhaltung, auf der Rückseite die Speisenfolge samt der Liste der zu jedem Gang servierten Weine und ein Hinweis auf das zu erwartende Feuerwerk um Mitternacht.

Was die räumliche Gestaltung betraf, so war die Familie uneins.

»Das Orchester setzen wir hierher, Liebes, auf ein kleines Podest zwischen den Türen.«

»Damit, wenn das Souper serviert wird, jeder erst hinaus in die Diele muss, Liebster. Nein, schau: Wenn du die Musiker ans andere Ende setzt, können die Gäste einfach durch den kleinen Salon gehen.«

»Aber was tun wir dann mit dem Kamin? Ich habe eigens große Holzscheite bestellt und Stechpalmenzweige für die Porträts.«

Der Maestro erschien mit seiner frisch Angetrauten, ehemals Miss Arrowpoint, jetzt Frau Julius Klesmer, um sie der Gräfin-

Mutter vorzustellen, die eine bezaubernde Glückwunschnote geschickt und alles erdenkliche Glück auf die Neuvermählten herabbeschworen hatte. Die Gräfin empfing das Paar sehr huldvoll, ihre Begrüßungstonlage erhöhte sich um eine halbe Oktave. Niemals hatte sie wissentlich in Herrn Klesmer einen Juden gesehen und war entschlossen, ihm auch hinfort niemals despektierlich zu begegnen. Der Maestro inspizierte die Räume und klagte ein wenig über die Akustik. Sophie betrachtete Miss Arrowpoint, die elegant den Kopf neigte und lächelte. Sie war eine schlichte, feste, dabei sehr liebenswürdige Person, die sich unter ungeheuer romantischen Umständen gegen ihre Familie gestellt und aus Liebe geheiratet hatte. Es kam aber so, dass die Familie vor einer Halsstarrigkeit, die der ihren in nichts nachstand, und der Berühmtheit eines Musikers, dessen Name beinahe täglich in der Presse stand, am Ende kapitulierte und Ehevertrag, Mitgift, Aussteuer, Kutschen, einem Landsitz in Gloucestershire mit Stallungen für acht Pferde und einem Stadthaus in London zustimmte, beide Anwesen unbelastet. Nichts dergleichen kam in Sophies Phantasie vor. Miss Arrowpoint stand stolz und statuarisch, eine Heldin, die über die Stränge der Konvention geschlagen hatte, um in Freiheit durch die Welt zu galoppieren.

»Dürfte ich mit einer Bitte an Sie herantreten? Helfen Sie mir, meinen Gesangsvortrag für das Silvesterkonzert einzustudieren?«, fragte Sophie vorsichtig an, das dünne Notenheft an sich gedrückt. »Mutter sagt, Sie sind auch eine große Korrepetitorin.«

»Wenn ich am Klavier etwas tauge«, erwiderte die Erbin lächelnd, »dann nur dank Julius. Er war und ist mein größter und anspruchsvollster Musiklehrer.«

»Oh«, sagte Sophie und schluckte. Augenblicklich erschien ihr Miss Arrowpoint noch glanzvoller und interessanter. Dort saß sie, gerundet und strahlend auf einem seidenbespannten Sofa, und verbreitete die Aura befriedigter Liebe.

Ich möchte auch so glücklich sein wie sie, dachte Sophie. Und begann einen Plan zu schmieden.

Die beiden Damen ließen sich heiße Schokolade und Kerzen ins Musikzimmer bringen. Miss Arrowpoint befürchtete, der Flügel könne zu nah am Feuer stehen, klimperte Tonleitern und horchte besorgt auf hitzebedingte Unreinheiten. Sophie warf ihren Schal von sich und stellte sich kerzengerade und gereckten Hauptes vor den Notenständer.

»Schauen Sie. Das hier habe ich mir ausgesucht.«

Miss Arrowpoint schlug das Heft auf: Es war »The Ballad of Tam Lin«.

»Ach«, sagte sie.

Sie nickte und studierte die Noten der Klavierbegleitung zu der traditionellen Ballade aus der schottischen Region Borders, die derzeit der letzte Schrei in den großbürgerlichen Salons Europas war, und fragte sich sofort, ob das Lied für ein unverheiratetes junges Mädchen von achtzehn Jahren wohl ein schicklicher Vortrag sei. Gewiss – die Berliner Gesellschaft, vergleichsweise zwanglos, vergleichsweise gelassen und offener für Unterschiede und Debatten als die provinziellen englischen Kreise, in denen sie bisher verkehrt hatte, würde wahrscheinlich ohne ein Wimpernzucken der Geschichte lauschen, die von Jungfräulichkeit und Verführung unter freiem Himmel erzählte. Sofern sie den Text überhaupt verstanden. Miss Arrowpoint warf einen Blick auf das lebhafte junge Mädchen, das jetzt sein gestricktes Jäckchen lockerte und mehrmals tief durchatmete.

»Ich habe die Vertonung von Schubert probiert. Aber ich mag sie nicht. Die traditionelle Musik ist wirklich die beste. Da kann ich jeder einzelnen Figur einen besonderen Charakter geben, das erhöht die Dramatik.« Sophie wollte offenbar hoch hinaus.

Eine Ballade erzählt immer eine Geschichte. Und die Themen sind meist tragisch: unerwiderte Liebe, Verrat, jäher Tod, Mord,

Eifersucht, Rache. Feen und Geister machen gemeinen Sterblichen das Gelände streitig. Böse Taten bleiben oft ungesühnt, List und Tücke zahlen sich aus. Diese amoralische Welt, die maßlos und verlockend ist, ist nur eine Armeslänge entfernt. »Die Ballade von Tam Lin« verkündet eine gefährlich treffende Botschaft, die dem Herz jedes jungen Mädchens gilt: Frau, hüte dich vor der Frau. Das ist anfangs nicht klar. In der Regel werden junge Mädchen vor dem bösen Verführer gewarnt – der in diesem Fall allerdings ohne Schuld ist, denn er ist ein verzauberter Ritter.

Janet, unsere beherzte und furchtlose Heldin, begibt sich in den Wald von Carterhaugh, obwohl dieser geheime, geheiligte Ort ausdrücklich verboten ist; sie geht dorthin, wo sich zwei Flüsse vereinigen.

Euch Jungfern hab ich's verboten,
euch Mädchen mit Gold im Haar,
nie dürft ihr's nach Carterhaugh wagen,
denn dort – dort wartet Tam Lin!

Für das unerlaubte Betreten des Waldes fordert der verzauberte Ritter Tam Lin ein Opfer von dem jungen Mädchen, und zwar, sofern noch vorhanden, die Preisgabe der Jungfräulichkeit. Nun ja, sagte sich Miss Arrowpoint, während sie sich durch die auf und nieder wogende Einleitung spielte, wenn sie den Text auf Schottisch singt, wird ihn ohnehin niemand verstehen.

Janet, aufreizend, um nicht zu sagen: auffordernd gekleidet, geht allein nach Carterhaugh und pflückt dort eine Zwillingsrose. Auf der Stelle erscheint Tam Lin und droht ihr. Sie weicht nicht. In trotzigem Ton antwortet sie:

Carterhaugh gehört aber mir!
Mein Vater hat's mir geschenkt!

Ich komm' und geh', wie mir's gefällt,
und keiner verbietet es mir!

Woraufhin er ihr Gewalt antut. Miss Arrowpoint, die ihr den Text übersetzte, äußerte sich recht unverfänglich über die Abfolge des Geschehens, fragte sich allerdings, ob Sophie erfasste, was das Heben der Röcke andeutete. Janet jedenfalls kehrt post festum ins väterliche Schloss zurück, »grün wie grünes Glas«: Der geisterhafte Ritter hat sie geschwängert. Aber, welch wunderbare Geschichte, sie tritt dem ganzen Hofstaat entgegen und bekennt ihre Liebe zu Tam Lin.

Vater, wenn ich in Hoffnung bin,
so ist es nur meine Schuld.
Kein kühner Herr an deinem Hof
Gab deiner Tochter die Huld.

Mein Liebster ist nicht von der Welt!
Er ist nur ein dunstgrauer Elf.
Doch schenkt' ich meine Liebe nie
auch nicht dem Höchsten am Hof!

Und wieder geht sie nach Carterhaugh, denn sie will wissen, wer ihr Geliebter in Wahrheit ist. Es kommt alles ans Licht. Er ist – so weit, so ehrbar – der Enkel von Lord Roxborough, der auf der Jagd kopfüber vom Pferd stürzte und damit der Feenkönigin in die Hände fiel, doch nun ist seine Zeit auf den lüsternen Lichtungen des Feenlands beinahe um. Sophie sang den Ritter mit echtem Gefühl für die Tragik seines Loses. Er ist der Liebhaber der Königin, die ihn aber ohne viel Federlesens dem Teufel übergeben wird, wenn sie, wie alle sieben Jahre, ihren Zehnt zahlen muss, denn was ihn ihr, der Feenkönigin, so köstlich und kostbar macht – ich bin so schön und prall im Fleisch –, wird zweifellos auch den Herrn der Hölle verlocken.

Morgen ist Allerheiligen, Frau,
und heute der Abend davor.
Erstreit mich, erkämpf mich, erringe mich dir,
denn heute, das weiß ich, könntest du's wohl.

Zur düsteren Stunde der Mitternacht,
reitet das Volk der Feen im Wald,
und wer seine Liebe erringen will,
der hält in Miles Cross heut die Wacht.

Sophie, die vor dem leeren Musikzimmer auftrat, als stünde sie vor realem Publikum, verhaspelte sich, als sie versuchte, mit dramatischer Geste eine furchterregende Stimmung zu erzeugen. Die gewesene Miss Arrowpoint ließ die Begleitung auf einem Triller ausklingen und schlug vor, mit der »düsteren Stunde der Mitternacht« noch einmal anzufangen.

»Bei der nächsten Probe kann ich's auswendig«, rief Sophie. »Beim Konzert singe ich ohne Noten. Das lenkt zu sehr ab. Das Publikum soll doch *sehen,* wie ich eine Rolle nach der anderen spiele.«

Miss Arrowpoint hatte die junge Dame mit ihrer unschuldigen, lauten Bedenkenlosigkeit bereits ins Herz geschlossen. Unterdessen reitet Tam Lin auf seinem milchweißen Ross vorüber, und Janet zieht ihn herab. Die Magie wirkt, Tam Lin krümmt sich unter der Macht der Feenkönigin. Er verwandelt sich in einen Löwen, einen Bären, eine Schlange und in ein glühendes Eisenband, einen Feuerreif! Doch Janet, allein um Mitternacht an der Wegscheide stehend, wankt kein einziges Mal, sondern hält ihren Liebsten eisern fest.

In deinem Arm, Frau, verwandle ich mich,
in eine Schlange, sodann eine Natter,
halt du mich fest und fürchte dich nicht,
trägst du doch nun unser Kind!

Aufs Neue werd' ich verwandelt vor dir,
in einen rotglühenden Reif aus Stahl,
doch halt du mich fest und hab keine Angst,
durch mich geschieht dir nie Qual.

Und am Ende verwandle ich mich
In ein brennendes Scheit von Holz.
So wirf mich weit fort, so weit, wie du kannst,
hinab in den Brunnen, ins Wasser so tief.

Dann werd' ich dein einziger Liebster sein,
dann bin ich ein Ritter und nackt.
Wirf du deinen grünen Mantel auf mich,
bedeck mich, dass keiner mich sieht.

Sieg! Das Blatt wendet sich, die Feenkönigin hat den schönsten Ritter in der langen Reihe Sterblicher, die ihre Leibeigenen waren, verloren. Die Geschichte endet nicht mit der glücklichen Vereinigung der Liebenden. Mit brennenden Augen drehte sich Sophie zu Miss Arrowpoint. Sie verwandelt sich in ihre Erzfeindin, die Zauberin, die weise Königin der Schatten, die Männer verbraucht, jeden Mann, am liebsten aber die schönen jungen, die nach ihrem Gefallen sind.

Da sprach auf einmal die Königin.
Aus einem Ginstergestrüpp heraus:
»Wer immer sich Herrn Tam Lin geholt,
hat einen sehr edlen Herrn im Haus.«

Diese Klavierbegleitung erinnert wirklich sehr an den »Erlkönig«, sann Miss Arrowpoint und wechselte unvermittelt und umso düsterer und faszinierender in die Durtonart.

Mit lauter Stimme die Königin rief,
sie war eine zornige Frau:

Kopf hoch, Sophie! Brust heraus! Atme! Das ist der beste Teil! Schleudere es ihnen ins Gesicht, zieh alle Register! Werde die Königin! Ja! Genau so!

Schande über ihr hässlich' Gesicht,
In Elend und Gram soll sie sterben!
Sie hat mir den schönsten Ritter
aus meinem Gefolge geraubt.

Sophie holte tief Luft für die letzte Strophe:

Hätt' ich gewusst, hätt' ich gewusst, Tam Lin,
dass ich dich dereinst verlier',
so hätt' ich dir gleich das Herz geraubt
und einen Stein in die Brust gesetzt.

Denn das Herz ist der Verräter. Sieben Jahre harrte Tam Lin am Hof der Königin aus und war das Werkzeug ihrer bösen Rache an sterblichen Frauen. Tam Lin erfüllte getreu seine Aufgabe und war Verführer und Vergewaltiger, bis er die Jungfer im grünen Umhang erblickte, die ihr Leben aufs Spiel setzte, um ihren Geliebten zu retten, den Vater ihres Sohnes. Seine Rettung war sein menschliches Herz. *Hätt' ich gewusst, hätt' ich gewusst, Tam Lin* – die ungestüme Drohung der Feenkönigin, die überlistet und entmachtet ist, entrang sich Sophiens Brust. Sie spielte beide Rollen mit gleicher Inbrunst, die mutige Maid mit dem grünen Umhang und die alte Hexe mit dem weißen Gesicht der Verdammnis. Miss Arrowpoint hämmerte die letzten triumphalen Akkorde in die Tasten.

»Bravo, Sophie!«, rief sie und applaudierte. Sophie, rotwangig vor Anstrengung und Erleichterung, eilte in einem Spitzen- und Stoffgewölk um den Flügel und fiel der englischen Dame in inniger Dankbarkeit um den Hals. Von der Tür her setzte der Applaus sich fort.

»Meine Liebste«, sprach Julius Klesmer, »zu welchen Torheiten verleitest du die junge Gräfin? Und wer hat diese aufwieglerische Ballade ausgewählt? Bezaubernd und sehr dramatisch. Aber so geht das nicht. Das ist noch nichts. Wir müssen das ordentlich durcharbeiten. Von Anfang an.« Mit sanftem Druck ließ Klesmer seine Frau ein Stück zur Seite rücken und übernahm selbst den Flügel.

Als die an die Gebrüder Duncker adressierte Einladung zum Silvesterball in der Jägerstraße eintraf, konnte der Ältere so tun, als habe er zwar Kenntnis von dem im Haus der von Hahns geplanten Ball, Fest oder Abendvergnügen, sei jedoch in völliger Unkenntnis etwaiger Ränke, die der Wiedervereinigung eines separierten Paares dienten. Die Faltkarte auf Armeslänge von sich hinhaltend, brachte er es fertig, den verantwortungsvollen älteren Bruder zu spielen. Die Szene ereignete sich am Frühstückstisch. Max, verkniffenen Gesichts und friseurbedürftigen Haupthaares, kaute stumm an seinem Brot.

»Ich antworte in unser beider Namen, ja?«

Max gab nur ein Knurren von sich.

»Sie wären sehr gekränkt, wenn du nicht kommst, Max.«

Max zuckte stumm die Achseln.

»Der Graf ist nicht nur der älteste Freund unseres Vaters; er ist auch unser meistverkaufter Autor. Auf gleicher Höhe mit Frau Lewes.«

Max verschluckte sich an seinem Kaffee und blickte an seinem Bruder vorbei, als gäbe es ihn nicht. Wolfgang fühlte seinen Blutdruck steigen.

»Schau, Max, ich weiß nicht, was zwischen dir und der Tochter der von Hahns vorgefallen ist, aber ich sehe ja, dass dich etwas vollkommen aus der Fassung gebracht hat. Seit deiner Rückkehr aus Stuttgart bist du nicht mehr ansprechbar. Es liegt mir fern, mich in deine persönlichen Angelegenheiten zu mischen. Du bist offensichtlich aufgebracht, und das ist deine Sache. Aber du kannst nicht für immer leben wie Hieronymus im Gehäus. Man fragt nach dir. Und stell dir vor, sogar mir fehlt deine Gesellschaft. Kopf hoch, alter Knabe! Es gibt nichts, das sich nicht wieder in Ordnung bringen ließe!«

Max blickte in seine leere Kaffeetasse und sagte nichts. Wolfgang ging das Risiko ein, seinen Bruder direkt zu fragen.

»Hast du um ihre Hand angehalten? Und sie hat abgelehnt?«

Max erbleichte bis in die Lippen, Entsetzen stand in seiner Miene. Wolfgang nutzte seinen momentanen Vorteil, während sein Bruder ihn anstarrte wie das Kaninchen die Schlange. Immerhin wird er mir zuhören, dachte Wolfgang. Er gönnte sich ein kurzes, aber irriges inneres Frohlocken. Gut, gut, dachte er, anscheinend habe ich ins Schwarze getroffen.

»Entschuldige bitte. Es war falsch von mir, dich zu fragen. Herzensangelegenheiten, ich weiß schon, das ist immer sehr persönlich.« Also hatten er und der Graf korrekt vermutet: ein Heiratsantrag, der am erstrebten Ziel vorbeigeflogen ist; wir haben genau den richtigen Schluss gezogen. Armer Max, ist natürlich ein herber Schlag für seine Selbstachtung. »Aber schau, das ist doch nicht das Ende der Welt. Nimm dich zusammen. Es werden noch weitere

Gäste erwartet. Es ist keineswegs so, dass nur wir beide zum Diner eingeladen wären. Und die erste Begegnung nach einem Korb ist immer die schlimmste. Ist das erst einmal ausgestanden, so ist es nur noch halb so schlimm. Und dann … wer weiß.«

Frauen wollen doch immer zweimal gefragt werden, dachte Wolfgang. Bis Lichtmess sind sie verlobt.

»Entschuldige bitte.« Max stand auf, sein Brot blieb liegen. »Es fällt mir sehr schwer – das heißt – es ist nicht ganz so, wie du denkst …«

Er gab den Versuch auf, sich zu erklären, und rauschte aus dem Zimmer. Wolfgang schenkte sich Kaffee nach und war in Gedanken bei einem Briefchen an den Grafen: Sie könnten einander ja jetzt beglückwünschen, fand er.

Max, der sich oben in seinem Zimmer eingeschlossen hatte, wurde von einem Gefühlsorkan gebeutelt. Er hatte auch schon vor der unseligen Expedition nach Stuttgart zahlreiche Stürme und turbulente Tage überstanden; die Szene mit der Sibylle aber hatte ihn zerrüttet. Er fühlte sich dumm, gedemütigt, herabgesetzt und vollkommen aus der Bahn geworfen. Er verstand weder Sophie noch die Sibylle; beide waren monströse Erscheinungen für ihn geworden. Er schlingerte zwischen Skylla und Charybdis, zwischen Meeresungeheuer und Mahlstrom, aus dessen wirbelndem Schlund Wrackteile ragten. Zu spät, zu spät; er sah jetzt, dass Sophies Zorn gerecht war. Ein Mann von Ehre hätte diesen Brief niemals gelesen. Und hätte er ihr den Brief gefaltet und ungelesen zurückgegeben, so wäre er in seiner Liebe zu Sophie niemals wankend geworden und hätte auch nie gewusst, dass sie selbst ihre Liebe zu ihm in Frage gestellt hatte. Er, nicht Sophie, war gewogen und als zu leicht befunden worden. Da stand er vor einer weiteren schrecklichen Abrechnung. Und doch – und doch war er nicht einverstanden mit Sophies Folgerung, dass ihm nämlich die Sibylle den Brief in der Absicht gegeben hatte, dass er ihn läse, ihr unbedachtes Geständnis erführe. Aber welcher Grund mochte sie sonst bewogen haben? Tücke? Gehässigkeit? Ein perverser Wunsch, Zwietracht zu stiften? Nein, gewiss traf die Sibylle keine Schuld. Die traf ihn allein. Er hatte seine Kindheitsfreundin verabscheuungswürdig behandelt, und dies allein aus gekränkter Eitelkeit. Zu spät; er konnte nichts ungesagt, nichts ungeschehen machen. Er blickte sich ins Gesicht, und was er sah, war ihm zuwider.

Aber was hatte er eigentlich Schlimmes getan? Er war gekränkt, wo keine Kränkung beabsichtigt war, hatte die Ergüsse eines stürmischen jungen Mädchens gegenüber einer angebeteten Schriftstellerin missdeutet, und alles war aus dem Lot geraten. Dann war er selbst in den Bann seiner Abgöttin geraten, war dank einer katastrophalen Kombination aus Darwin und Wagner weit vom Weg abgekommen und hatte Sicherheit und Rettung in den mütterlichen Rockfalten der großen Dame gesucht. Wer konnte ihn retten? Sie.

Und seltsamerweise – bei dem Gedanken hieb er mit der Kleiderbürste auf seine Frisierkommode – war er davon noch immer überzeugt. Die unheimliche Macht der Sibylle, zu erleuchten und zu verzeihen, glühte so stark wie je. Aber sie war nicht frei. Und er, Rohling, der er war, hatte sich über diese unumstößliche Wahrheit hinweggesetzt. Angesichts der dreißig Jahre, die zwischen ihnen lagen, kam eine Ehe natürlich nicht in Frage. Aber konnte er nicht die Rolle des Cicisbeo ausüben, des *cavalier servente*, konnte ihr galanter Verehrer und Diener sein, der Handschuhe und Schals durch Opernhäuser trug und Zielscheibe für Lewes' Spott wurde, seine Scherze und seine Andeutungen? An Kandidaten für diese Rolle mangelte es nicht. Max hatte die liebedienernden Horden gesehen, die ihr in Homburg nachgerannt waren. Kein Wunder, dass das gefeierte Paar an öde Orte floh und sich in obskuren Mietshäusern auf dem Land verschanzte, deren Kamine rauchten und deren Tapeten Albträume verursachten.

Max blickte seiner immerwährenden Schande ins Auge. Er stieg von seinem hohen Ross und sank in den Staub. Ja, er musste die Einladung der von Hahns annehmen und sich auf den Weg machen, majestätisch, aber düster, um den Silvesterfeierlichkeiten beizuwohnen. Die Suppe auszulöffeln.

An Silvester fiel Schnee. Zu Mittag lag die Stadt gedämpft unter stillem Weiß, das Rattern der Räder, Klappern der Hufe klang wie unter Watte, und alles Reglose trug hohe weiße Hauben. Kahle Bäume, die Stämme auf der Windseite weiß gefärbt, kleideten sich in die Farben des Winters. Die Buchshecken um das Haus am Wilhelmplatz, oben weiß und darunter immergrün, umgaben wie erhöhte Fahrdämme, auf denen es keinen Matsch und keinen zugedeckten Schlamm gab, kahle Beete. Der große Teich fror nach und nach zu, doch war die Eisdecke nicht dick genug, um darauf Schlittschuh zu laufen.

»Ach nein«, rief Sophie, als sie ins stetig fallende Weiß hinausblickte, »da kommt doch niemand.«

»Unsinn, Kind.« Der Graf strahlte vor Zuversicht und Gastfreundschaft. »Regen hält die Leute im Haus, Schnee nicht. Außerdem wird ihnen das Menü, das deine Mutter zusammengestellt hat, das Wasser im Mund zusammenlaufen lassen, und bis vier Uhr sind sie alle hier. Und wir haben weiß Gott Zimmer genug – wenn jemand sich vor nächtlicher Eisglätte fürchtet, können wir Obdach anbieten. Ich lasse oben einheizen.«

Im Paletot stapfte er hinaus, dem Majordomus auf den Fersen. Hielt das Dach des Ballsaals? Die Reparatur war noch lang nicht abgeschlossen, der Schaden mit Leinwand und einer mächtigen Schicht Dachziegel abgedeckt. Eibenzweige, mit roten Schleifen geschmückt, Tannenzapfen und glitzernde Glasglöckchen trugen die

Winterdüfte von draußen herein in die Zimmer und Säle. Der große Salon war zum Fest gerüstet und erwartete die Gästeschar. Ungezählte Kerzen und die brennenden Scheite im Kamin, von der Gräfin eigenhändig entfacht, verbreiteten Wärme und goldenes Licht, und sogar der Kachelofen war seit dem Morgen geheizt worden und strahlte heiß. In einem silbernen Behältnis dampfte zimt- und nelkenduftender Glühwein; Zuckergebäck, in geometrischen Mustern gelegt, verlockte die ersten Ankömmlinge. Ein eigener Raum war für Mäntel, Stiefel, Umhänge, Hüte und Galoschen reserviert, jeweils mit eigens zugewiesenen Stühlen und Sofas. Die Schneiderin, die Sophies Kleider zu nähen pflegte, wartete in der Damengarderobe, um allfällige Reparaturen vorzunehmen, und weil sie sich langweilte, spähte sie durch den Türspalt und beobachtete das Treiben in der Halle, das Kommen und Gehen in der Küche. Die Gräfin inspizierte Hände und Fingernägel der Dienerschaft, ehe sie neue weiße Handschuhe ausgab. »Wenn die Handschuhe sauber sind, gilt das auch für die Hände darunter«, sagte sie, und aus ihrem Mund klang es wie göttliches Gebot. Die Jüngeren unter den Dienstboten blickten dem Fest begeistert entgegen und gehorchten bereitwillig dem Befehl zur Maniküre. Die Gräfin, eine Dame alter Schule, kannte Namen und Herkunft sämtlicher Angestellten und wurde für ihre Freundlichkeit und Menschlichkeit vom Personal geliebt. Nur ihre Hygienemanie galt allenthalben als ungesund.

Wolfgang und Max Duncker trafen früh ein, standen in der Halle und klopften sich, umlagert von den jüngeren Kindern, den Schnee ab. Dem Grafen war nicht anzumerken, dass zwischen seiner Familie und Max etwas aus dem Lot geraten war, so wenig wie man ihm ansah, dass er seit über zwei Monaten ein Auge auf den jüngeren Duncker als prospektiven Schwiegersohn geworfen hatte.

»Ah, da sind Sie, junger Mann! Famos! Sophie kann es nicht erwarten, Sie zu sehen und Ihnen alles über die verflixten Pferde zu erzählen, die wir in Homburg erstanden haben.«

Mit einem Schlag waren alle Kränkungen, alle Irrtümer und Missverständnisse ausradiert. Max wurde von der Gräfin-Mutter umarmt, deren warm-süßer Duft ihn wieder in der Familienfestung willkommen hieß. Er öffnete die Augen und fühlte sich zu Hause. Und mitten in der ausgelassenen Geschäftigkeit der Halle, in der zwei Dienstboten Mühe hatten, die schweren Türflügel gegen den herandrängenden Wind zu schließen, machte Max endlich auch die zögernde Gestalt seiner Maid aus, der Unrecht getan worden, und deutete, ohne den Blick von ihrem verschatteten Gesicht zu wenden, eine Verbeugung an. Diese Geste der Umkehr und Demut löste eine augenblickliche Reaktion aus. Mit energischem Schritt zwängte sich Sophie durch die Menge, streckte beide Arme aus und packte ihn, nicht allzu sanft, an den Schultern, zog ihn zu sich her und küsste ihn ungestüm auf beide Wangen. Ihre sommersprossige Nase streifte die seine, und sie trat ihm auf den Fuß. Mit Absicht, empfand er. Einen Moment lang hielt er eine duftende Wolke aus schleifengeschmücktem Satin im Arm.

»Ich freue mich, Sie zu sehen«, erklärte Sophie so laut, dass alle Welt sie hören konnte. »Wir haben Sie alle sehr vermisst. Ich noch mehr als die anderen. Kommen Sie und sehen Sie sich an, wie wir den Salon geschmückt haben. Aber fassen Sie die Glasglöckchen nicht an – Vater hat bereits eines zerbrochen, dabei kommen sie doch alle aus Venedig und kosten ein Vermögen!«

Sophie von Hahn war nicht einzuschüchtern oder in Verlegenheit zu bringen; sie hegte aber auch keinen Groll, war nicht unaufrichtig, ließ sich nicht übersehen. Max sah sie mit bewundernder Dankbarkeit an. Hatte ihn dieses leidenschaftliche, arglose Mädchen tatsächlich beschimpft? Er hätte es verdient, in die Eiserne Jungfrau gestellt zu werden, bis er sich mit blutiger Brust ihre Zuneigung verdient hatte. Er folgte ihr, bereit, alles zu bewundern, was sie ihm zeigte, gefesselt von diesem Sturzbach wallenden Goldes, ihrer bändergeschmückten und doch ungezähmten Mähne, die ihm voranging. Sophie stand an der Schwelle aller Möglichkeiten. Sie hatte sehr wohl die Absicht, ihren Kindheitsfreund neu zu verhexen und von dem Schadenszauber zu befreien, der ihn zu einem grässlichen, tadelsüchtigen Wesen gemacht hatte. Keine Furcht, keine Schuld, keine Scham. Sie trat an, um zu siegen.

Das Ehepaar Klesmer hatte, hierzu ausdrücklich ermuntert von dem gastfreundlichen Grafen, nicht nur die zu Besuch weilenden Verwandten mitgebracht, sondern auch eine lustige Schar von Engländern, die in Berlin lebten. Leider gab es demnach eine nicht unbeträchtliche Anzahl von Personen, die durchaus in der Lage waren, der Handlung sowie den unausgesprochenen Weiterungen von Sophies Ballade zu folgen. Dieser Umstand war der gewesenen Miss Arrowpoint schmerzlich bewusst, und sie überlegte, den einen oder anderen zensierenden Eingriff zu empfehlen; Sophie hingegen schien die Anwesenheit der Engländer in keiner Weise als peinlich zu empfinden. Und wirklich versetzten die Hitze im Raum, die fröhlichen Begrüßungsstürme, die Eröffnungsrunden festlicher Getränke und Speisen die Gäste in eine Stimmung, in der alles, wirklich alles Genuss zu werden versprach.

Allerdings strapazierte Herr Klesmer den guten Willen der Anwesenden aufs Äußerste, indem er sich an den Flügel setzte und die Klavierfassung von Siegfrieds Rheinfahrt zum Besten gab, gefolgt von einer eigenen Komposition, die das Publikum leicht erschüttert und beklommen zurückließ. »Du lieber Himmel«, raunte Max in Sophies Richtung, »hoffentlich hat das neue Jahr keine Ähnlichkeit mit Herrn Klesmers Werken.«

»Vater gefallen sie gar nicht. Er hält den Wagner für triumphalen preußischen Bombast. Und für geschmacklos. Er wird den Punsch mit Cognac nachwürzen. Oh, gut, schauen Sie!« Sophie hob sich auf die Zehenspitzen. »Frau Klesmer spielt auch etwas. Das wird jedenfalls viel fröhlicher.«

Ein virtuos vorgetragener Scarlatti entzückte alle und endete mit Beifall und erleichtertem Lachen. Die Künstlerin erhob sich, strahlte wie ein rotbackiger Apfel und verkündete mit echter Begeisterung, die älteste Tochter des Hauses, Sophie Gräfin von Hahn, werde nun eine schottische Ballade in der originalen Vertonung und in der Originalsprache vortragen. Der englische Teil des Publikums bekundete Zustimmung. Sophie erbleichte ein wenig, drückte Maxens Arm und begab sich hoch erhobenen Hauptes nach vorn, zum Flügel. Max schob sich durch die Menge zum Fenster hin, von wo er sie im Profil sehen konnte. Von draußen schimmerte das Winterweiß der dicht verschneiten Terrasse herein.

»Psst«, fauchte Klesmer einer der englischen Damen zu, die gefragt hatte, wer das sei.

Miss Arrowpoint schlug den ersten Akkord an. Aus manchen Kehlen tönte ein Seufzen des Wiedererkennens. Es folgte Sophies Einsatz; sie sang, und mit jeder Strophe wuchsen ihr Selbstvertrauen und ihre Kraft. Klesmer hatte aus ihrem Vortrag, der zuvor einfach eine von der Tochter des Hauses präsentierte Zugnummer gewesen war, eine Deklaration sexueller Selbstbestimmung gemacht, fraglos, grell und so verstörend wie Vashtis glühende Darbietung der *Lady Macbeth*. Ihre grünen Augen funkelten, als sie ihren verhexten Geliebten umklammerte und die Feenkönigin herausforderte, ihren schwärzesten Zauber zu vollbringen. Der ungewöhnliche Ausgang der Geschichte – »hätt' ich gewusst, hätt' ich gewusst, Tam Lin« – wiederum verzauberte die Gäste. Eine atemlose Stille legte sich über das Publikum, als Sophie sich nach ihrer letzten Verwandlung erschöpft ans Klavier lehnte und langsam die Hände sinken ließ. Sie hob den Kopf; eine Röte kroch ihr über Hals und Schlüsselbein, doch ihre Augen, blaugrün und schneekalt, blickten trotzig und ohne Reue ins Publikum. Ihre älteste Tante, die, stocktaub, wie sie war, zwar in der ersten Reihe saß, aber kein Wort mehr verstand, nicht einmal in ihrer Muttersprache, begann mit anrührender Unbekümmertheit zu klatschen. Die Zuhörer erwachten aus ihrer starren Erschütterung, in die Sophies Vortrag sie versetzt hatte, und stimmten ein.

Wolfgang Duncker rettete die Lage. »Was für eine dramatische Geschichte!«, rief er aus. »Der Mut einer Frau, die ihren Geliebten aus den Klauen böser Feen rettet. Und wunderbar vorgetragen, Gräfin. Bravo! Janet ist wahrhaftig eine Heldin.«

Klesmers Schwiegermutter, zu Besuch in Berlin, widersprach prompt.

»Sie ist doch eigens nach Carterhaugh gegangen, um Aufruhr zu stiften. Ich bedaure die Feenkönigin. Sie ist die ältere Frau hier, und ihr wurde Unrecht getan. Es wurde ihr einer ihrer Ritter geraubt – noch dazu der hübscheste!«

Auf der Stelle entflammten Debatten und Streit.

»Sie haben ja eine sehr hübsche Stimme, Kind, aber ich denke nicht, dass sie vor Gesellschaft derart anzügliche Themen singen sollten.«

»Ach, Unfug. Diese Ballade ist vollkommen schicklich; wer versteht denn Schottisch in Berlin!«

»Carterhaugh gibt es wirklich, das ist ein Ort in den schottischen Borders, wo zwei Flüsse zusammenfließen, der Ettrick und der Yarrow. Wir waren letztes Jahr mit einer Jagdgesellschaft in der Nähe unterwegs und kamen schlammverkrustet und durchgefroren zurück.«

»Düstere Balladen sind keine passende Unterhaltung für die Weihnachtszeit. Sie sollten uns etwas Fröhlicheres singen, Kind. Trinken Sie ein Gläschen Punsch, Sie kommen mir sehr angestrengt und erschöpft vor.«

Sophie nahm ein großes rotes Glas entgegen, das nach Hustensirup roch; und wirklich empfand sie eine sonderbare Beklemmung in der Brust, als hätte sie vor aller Augen ihr Kleid ausgezogen und stünde entblößt, in Unterkleid und Strümpfen vor allen Leuten. Max starrte auf die Röte ihrer Wangen und spürte die gleiche Hitze.

Er hatte sie sehr gut verstanden. Die Führung aber übernahm seine Liebste.

»In der Bibliothek ist der Kamin eingeheizt. Kommen Sie mit.«

Die Heldin von Carterhaugh war nicht bereit zu verhandeln. Diesmal sollte die Begegnung auf ihrem Territorium und zu ihren Bedingungen stattfinden. Männerlachen aus dem Speisesaal folgte ihnen in die kühleren Räume mit den ledergebundenen Büchern des Grafen. Max stieß mit dem Globus zusammen, der neben einem Sessel stand; Sophie zog ihn in den Lichtschein des Feuers. Sie schob das schwere schmiedeeiserne Gitter beiseite und hievte zwei neue Scheite auf den Rost. Holzspäne hafteten an ihren Handschuhen.

»Hat Ihnen die Ballade gefallen?«

Sie stand dicht neben ihm, nervenaufreibend nah.

»*Sie* fand ich wunderbar, liebe Gräfin. Und schön wie nie zuvor.«

»Aber die Ballade, wie fanden Sie die?«

Max fühlte sich in die Falle gelockt.

»Sie ist überliefert, von unbekanntem Autor, nicht wahr? Oder hat Sir Walter Scott sie gedichtet?«

»Ich habe sie für Sie gesungen.«

Kein Rück- und kein Ausweg. Sophie drehte sich zu ihm, stand jetzt direkt vor ihm. Er roch die Hitze ihres Körpers durch den weißen Puderstaub auf ihrem Dekolleté und ihren Oberarmen. Ihr Schal glitt von ihren bloßen Schultern. *La belle dame sans mercy hält dich in Bann.*

»Können Sie mir verzeihen?« Max hörte seine Stimme, die leise und flehend war, wie aus großer Ferne. Ihre Mundwinkel strafften sich.

»Ich werde Ihrer nie würdig sein, Sophie. Ich bin nicht gut genug für Sie.«

»Sie könnten es versuchen.« Ihr Mund verzog sich zu einem breiten Lächeln, und gleich darauf brach ein sprudelndes Gelächter aus ihr. Sie schluckte ihre Heiterkeit rasch hinunter. Wenn ich jetzt um ihre Hand anhalte, dachte Max, wird sie mich auslachen.

»Ich – also ich …«, stammelte er.

»Schauen Sie«, rief Sophie, »ich habe Ihnen sozusagen vor allen Gästen meines Vaters mitgeteilt, dass ich Sie liebe und Ihre Kinder gebären will. Sie wissen, dass ich alles für Sie täte. Und ich stünde mit meinem Leben für Sie ein. Dass Sie mir einen Heiratsantrag machen, ist das Allermindeste, was Sie jetzt tun können.«

»Ich liebe Sie von ganzem Herzen, Sophie«, platzte Max heraus. »Und das war immer so. Aber werde ich Sie glücklich machen?«

»Ich will das Risiko eingehen.«

Sie starrten einander an.

»Also was ist jetzt?«, fragte Sophie schließlich, lächelnd.

Max ergriff ihre Hand, drückte einen sanften Kuss darauf, ließ sich, knackend, auf ein Knie nieder, so dass er zu ihr aufblickte, und tat, wie von ihm erwartet.

»Sophie Gräfin von Hahn, machen Sie mich zum glücklichsten Mann der Welt und sagen Sie mir, dass Sie meine Frau sein wollen.«

»Ja«, rief sie frohlockend und unsentimental. »Könnten Sie bitte aufstehen? Ihr Knie hat ein hässliches Geräusch von sich gegeben, als Sie sich darauf niederließen. Sitzen Sie denn immer nur in Bibliotheken herum?« Sie half ihm auf die Füße und schlang die Arme um seinen Hals. Alles Schlimme, das Max Tag und Nacht gequält, ihm den Schlaf geraubt und Albträume beschert hatte, löste sich im neuen Schnee auf.

»Wollen wir es gleich Vater und Mutter sagen? Oder halten wir es geheim? Und haben Sie Hunger? Ich sehr. Heißt Verlobtsein, dass Sie mich nun jeden Tag besuchen können? Wie früher? Und reiten Sie mit mir aus, wenn der Schnee wieder fort ist?«

Max blickte in eine sonnige, von Bäumen beschattete Allee des Glücks, die sich vor ihm hinzog, so weit sein Auge reichte.

KAPITEL 14

welches zu einer Reihe gefährlicher Abenteuer aufbricht, archäologischer und anderer Art

Im Januar 1873 schrieb die Sibylle an Wolfgang Duncker und schickte ihm eine ausführliche Liste mit Korrekturen, Vorschlägen und Änderungswünschen zur deutschen Übersetzung von *Middlemarch*. Sie nutzte den Umstand, dass auf dem Festland nachgedruckt wurde, um ein paar kleinere Fehler in der englischsprachigen Ausgabe zu beseitigen. Und sie erkundigte sich herzlich nach Max. Wolfgang teilte postwendend die frohe Kunde mit: Max sei mit der jungen Gräfin von Hahn verlobt! Am Silvesterabend sei man zu der Übereinkunft gelangt, und die Hochzeit werde im Juni stattfinden – diese jungen Leute könnten ja nicht warten. Aber die beiden kennten einander schließlich von früher Jugend an, daher brauche es keine lange Verlobungszeit. Es folgte eine kleine Schmeichelei über die wunderbare und so wohlverdiente Aufnahme, die *Middlemarch* beim Publikum gefunden habe, um die »verehrte Frau Lewes!« für das nächste grandiose Werk in Schwung zu bringen, mit dem Sie, gnädige Frau, die Welt entzücken werden.

Die Sibylle schrieb darauf:

Die Deutschen sind exzellente Leser unserer Bücher. Zu meiner großen Verwunderung traf ich in Berlin so viele an, die einen wirklich gelesen haben. Und nicht nur

Komplimente machten nach Art jener Bewunderer, die Rousseau in Wut brachten – sie rannten ihm nach, weil sie ihn unbedingt besuchen wollten, und kannten doch kein Wort seiner Schriften. Sie, lieber Herr Duncker, und andere gute Leser haben mich verwöhnt und machen mich fast schaudern ob der Aussicht, nur einmal gelesen zu werden; und Sie können sich denken, wie wenig Befriedigung mir von Menschen zuteil wird, die mir eine Freude zu machen glauben, indem sie mir versichern, sie wollten warten, bis *Middlemarch* beendet sei, um dann »alles in einem Zuge« zu lesen.

Bitte teilen Sie mir den für Maxens Hochzeit anberaumten Tag mit. Ich möchte ihm gern persönlich schreiben.

Daher nannte Wolfgang Duncker in seinem nächsten Brief den Tag im Juni, für den die Hochzeit geplant war.

Häusliche Vorkehrungen und umfangreiche Anschaffungen von Geschirr, Wäsche, Teppichen und Vorhängen forderten von Max eine Vielzahl von Entscheidungen sowie die Bezahlung hoher Rechnungen. Keine Ausgabe wurde gescheut. Das Berliner Verlagshaus Duncker & Duncker wuchs und gedieh nicht zuletzt dank manchem verlegerischen Glücksgriff, nämlich einer Reihe von Broschüren für und wider Wagner, ein sehr teures Buch mit Photographien von ethnographischem Interesse: zahnkettengeschmückte Wilde aus Neuguinea, marokkanische Stammesangehörige, die nach Frauenart verschleiert auf Kamelen ritten, nackte Südseeinsulanerinnen, die unbefangen der Kamera ihre Zahnlücken zeigten; ferner einer gewagten autobiographischen Reihe nach dem Vorbild der aufwieglerischen Lebenserinnerungen des Grafen von Hahn. Diese Denkschriften waren es, nicht die tahitische Pornographie, die dem Verleger nachts den Schlaf raubten. Er rechnete jederzeit mit neuerlichen Besuchen der Geheimpolizei. Doch nichts geschah.

Wolfgang machte Max zum gleichberechtigten Partner der Firma und vertraute ihm die historische Reihe an, auf dass er sie ausbaute und weiterentwickelte. Weil die archäologische Expedition aus Mangel an Mitteln zu scheitern drohte, tätigte der Graf in einem Anfall wissenschaftlicher Großmut eine beträchtliche Spende, an die nur eine geringe Bedingung geknüpft war, nämlich dass als Teil des Projekts wieder ein Buch mit Photographien gedruckt werde: *Bilder antiker Monumente*.

Die offizielle Verlobung und der im Februar ausgehandelte und unterzeichnete Ehevertrag machten Max zum reichen Mann. Fortan konnte er sich dem Altertum widmen, ohne seine künftige Gattin um ein paar Reichsmark bitten zu müssen. Am 1. April zogen die Mieter aus dem ehemaligen Familiensitz der Dunckers, drei Häuser weiter in derselben Jägerstraße, aus. Wolfgang übernahm die Renovierungskosten; was ihn am meisten erheiterte, war, dass seine künftige Schwägerin vor der Inbesitznahme des Hauses durch sie und ihren Gatten nur bestimmte Teile davon besichtigen wollte, und das waren die Ställe.

Der Winter härtete sich zu Girlanden langer glänzender Eiszapfen, die wie Damoklesschwerter von den Dachvorsprüngen hingen. An blauen Wintersonnentagen gingen die Brautleute eislaufen, fuhren mit dem väterlichen Schlitten aus, nahmen in der familieneigenen Theaterloge die Glückwünsche von sehr entfernten Bekannten entgegen, verplauderten Stunden mit trivialen Themen. Jeder liebt junge Paare und Märchenromantik: Er ist ein schöner Mann, sie eine schöne Frau und reich obendrein, und beide fließen über vor Zuneigung und Wohlstand und sind heftig entschlossen zu lebenslangem Glück. Nur die Hexe, die zum Fest nicht geladen wurde, hegt Heimtücke zuhauf und bewahrt sie für den Moment, von dem an es kein Zurück mehr gibt.

Hatte die Sibylle die Absicht, Maxens Zuversicht zu erschüttern, als er sich aufmachte, Hals über Kopf ins eheliche Glück zu springen? Wer weiß. Der gewählte Zeitpunkt hätte jedenfalls nicht günstiger sein können. An den ersten Junitagen des Jahres 1873 war das Wetter miserabel; vereinzelte Graupelschauer legten die Pfingstrosen um, Hagel zerschlug sogar zwei Glasscheiben des Wintergartens am Wilhelmplatz, und natürlich fürchtete man um das Wetter am Hochzeitstag. Wäre es zu kalt für die offene Kutsche? Sollte Sophie sich in Schals gehüllt von ihrem Vater vor den Altar führen lassen? Wie verfuhr man mit einer langen Schleppe angesichts des Morastes vor der Kirchentreppe?

Die Entourage der Gräfin-Mutter wurde von nervöser Hysterie befallen. Nichts davon tangierte die Braut.

»Wenn es regnet, lassen wir die Schleppe halt weg«, erklärte sie unbekümmert, »und dann sehen alle, dass ich Mamas Hochzeitskleid trage. Und dass das Oberteil aus französischer Spitze besteht und mit echten Perlen bestickt ist! Seit zwanzig Jahren hat kein Mensch mehr so ein Hochzeitskleid getragen!«

Die Gräfin wollte ein vertrauliches Gespräch unter Frauen über die Hochzeitsnacht beginnen, doch Sophie winkte ab.

»Schon gut, Mama, ich habe ein sehr modernes englisches Buch mit Schaubildern gelesen. Ich weiß, wie kleine Jungen aussehen. Und ich wage zu vermuten, dass Max viel Erfahrung hat. Er war schließlich Soldat.«

Die Mutter war sprachlos; und voller Bedenken hinsichtlich der Natur dieser Schaubilder. Während eines Ausritts ihrer Tochter unternahm sie eine rasche Durchsuchung von Sophies Zimmer nach dem sehr modernen englischen Buch, fand aber nichts. Manche Dinge fügen sich einfach nicht wie vorgesehen.

Am Abend vor der Hochzeit empfing Max ein Briefchen der Sibylle. Er öffnete es, ohne zuerst zu bemerken, dass es aus England kam.

The Priory, 1. Juni 1873

Mein lieber Max,

Mr Lewes und ich wünschen Ihnen alles erdenkliche Glück für Ihre baldige Ehe mit der jungen Gräfin von Hahn. Bitte übermitteln Sie auch ihr unsere herzliche Gratulation zur Vermählung und unsere besten Wünsche. Sie, lieber Max, sind sehr oft in meinen Gedanken, und ich denke mit großer Zuneigung an Sie.

Ich bin, wie immer, Ihre treue Freundin

Marian Evans Lewes

So wurde das lange Schweigen, das seit jener warmen, aber gefährlichen Herbstnacht in Stuttgart gewahrt worden war, schließlich gebrochen, die Sibylle stand wieder vor ihm, und ihre eindringliche Gegenwart reichte bis in den letzten Winkel seiner Räume – die jetzt kahl waren; denn sein ganzes Hab und Gut war bereits aus seiner Ordnung aufgestört und verpackt und stand als stumme Zeugen in Kisten und Schachteln herum. Er konnte ihre Stimme hören, leise und voller mitschwingender Andeutungen. *Sie sind sehr oft in meinen Gedanken.*

Max wurde fahrig. Er lief die Treppe hinab, packte Hut und Mantel und verließ das Haus. Wolfgang, der in Vorbereitung auf den nächsten Morgen seinen Gehrock auf Mottenbefall prüfte, hörte die Tür gehen und trat ans Fenster. Das war ja Max, der durch graues Geniesel die Jägerstraße entlanghastete, als sei der Teufel hinter ihm her.

Wolfgang läutete seinem Diener.

»Ich sehe, dass mein Bruder ausgegangen ist. Wissen Sie vielleicht, wohin er will?«

»Nein, gnädiger Herr.«

»Hat er gar nichts gesagt?«

»Nein, gnädiger Herr.«

Wolfgang konnte weder sein Unbehagen noch seinen Diener entlassen.

»Fehlt noch etwas bei seinem Gepäck? Oder an seiner Toilette für morgen?«

»Nicht, dass ich wüsste, gnädiger Herr.«

»Sehr befremdlich«, murmelte Wolfgang.

Der Diener gab doch noch eine kleine Information preis.

»Er hat soeben eine Nachricht erhalten, gnädiger Herr. Sie scheint die Ursache seines jähen Aufbruchs zu sein.«

»Aha. Von der jungen Gräfin?«

»Nein, gnädiger Herr. Es ist ein Brief aus England.«

Wolfgang stand noch verdutzt am Fenster und starrte in den elenden Regen hinaus, als Max durchnässt und erschüttert im Haus am Wilhelmplatz eintraf. Seine Braut und ihre Schneiderin waren bei der letzten Anprobe des perlenbestickten Hochzeitskleids. Waren die Ärmel nicht etwas zu eng, vor allem hier unter den Armen? Ich trage ja meinen Rosenstrauß, und irgendwann muss ich die Arme heben, so.

Tumult an der Tür! Aber der Bräutigam darf seine Dame doch erst vor dem Altar im Hochzeitskleid sehen! Es bringt Unglück, wenn er sie vorher erblickt. Sophie! Sophie! In ihrer Kammer hörte sie ihn rufen. Rasch schälte sie sich aus dem Kleid, das sie achtlos der Schneiderin in die Arme drückte, fuhr in ihren Morgenrock – weiße Seide, mit grünen Blättern bestickt – und eilte barfuß, mit offenem Haar und ebenso offenen Knöpfen ins Empfangszimmer. Max hatte sie nie so spärlich bekleidet gesehen, doch in seiner gegenwärtigen Verfassung hatte er keinen Sinn für bloße Haut und aufreizend wogende Seide.

»Was ist los, Max? Sie klingen wirklich besorgt!«

Auf einmal kam Max die Lächerlichkeit seines Tuns zu Bewusstsein – da rannte er durch den Regen und ließ sich von einem Dämon verfolgen, den er doch längst in seine Höhle zurückgescheucht hatte.

»Ich wollte Sie sehen«, stotterte er. »Um sicher zu sein, dass Sie noch da sind und es sich nicht anders überlegt haben.«

»Anders überlegt?« Sie lachte und schob ihn näher zum Feuer, das an diesem nasskalten Tag im Salon brannte. »Wärmen Sie sich auf, Lieber, Sie sind ja eiskalt. Natürlich habe ich es mir nicht anders überlegt.« Ihre Miene verdüsterte sich abrupt.

»Ich bin keine, die in der einen Minute liebt und in der nächsten nicht mehr. Zweifeln Sie nicht an mir, Max. Nie.«

Er zog den Brief hervor.

»Heute kam dies. Aus England.«

Sophie überflog die Zeilen. Dann rückte sie die Lampe so, dass sie die Nachricht genau lesen konnte.

»Sie hat den Brief so abgeschickt, dass er unmittelbar vor unserer Hochzeit eintrifft«, murmelte Max, nachdem er Distanz, Daten, Zustellzeit berechnet hatte. Was die Beweggründe der Sibylle betraf, so überließ er sie Sophies Interpretation.

»Ach. Wirklich?«, sagte Sophie. Sie hob den Blick, sah Max an – und zerriss den Brief mit Bedacht in viele kleine Fetzen, die sie ins Feuer warf. Das Papier ging sofort in Flammen auf und beleuchtete ihre Wangen und ihre Stirn.

»So. Jetzt ist sie nichts als Asche. Asche und Staub.« Mit strahlend weißem Lächeln drehte sie sich zu Max um. »Jetzt können wir glücklich sein.«

Ohne auf den bestürzten Blick der Schneiderin zu achten, schmiegte sie sich in Maxens feuchte Arme.

Der Tag der Hochzeit begann ebenfalls feucht – am Morgen hatte es noch geregnet –, erblühte dann aber in zögerndem, hoffnungsvollem Sonnenschein. Die Rosen in den Gärten richteten sich wieder auf, die Pferde wurden vor die offene Kutsche gespannt, Schals und

Schirme abgelegt, und man entschied sich für die lange Schleppe. Die Brauteltern begaben sich, bereits in vollem Staat, in Seide und Brokat – des Grafen Brust mit sämtlichen Orden geschmückt –, gemeinsam in den Garten, um für den Brautkranz weiße Rosen zu schneiden. Im Schutz der Gartenmauern wuchs die Kletterrose, die sie im Jahr 54 gepflanzt hatten, als ihr erstes Kind zur Welt kam. Und jetzt – achtzehn Jahre später! – war sie eine robuste, zähe Pflanze, die fleißig das schmiedeeiserne Gitter umrankte. Dieser Rosenstock, der gehegt und gepflegt und geliebt wurde, konnte auch tausend Jahre leben. Seine Blüten waren geruchlos, doch trieb er tausende Schösslinge, die sich dornenübersät emporrankten und treu und dankbar überall Halt fanden. Sophies Rose wappnete sich für die Ehe. Unser kleines Mädchen – jetzt ist sie auch schon bald verheiratet, und sie heiratet ihren Jugendfreund. Fröstelnd, die Augen ein wenig feucht und beide Arme voller Rosen, kehrte das Elternpaar ins Haus zurück.

Sophie, die erst voller Sorge wegen ihres Kleids war – wir haben es doch gestern ausgelassen, so weit es ging, warum sitzt es sich immer noch so eng – hier? –, vergaß beim Anblick des Brautkranzes und der Sträußchen aus weißen, kaum geöffneten, rosa überhauchten Knospen alle kleinen Unpässlichkeiten. O Mama, rief sie und fiel ihrer Mutter so stürmisch um den Hals, dass dieser fast der Atem stockte.

Und dann schritt sie am Arm ihres Vaters durch den Mittelgang, strebte der Musik voraus, und ihre Frühlingsschönheit konkurrierte mit der üppigen Rosenpracht. Als der Pfarrer sein Buch aufschlug und auf die jungen Gesichter des Brautpaars hinabblickte, veränderte sich die Miene der Braut, ihr freudiges Strahlen wich einem deutlichen Unbehagen. Nehmen Sie, Maximilian Reinhard August, Sophie Anna Elisabeth Konstanze zu ihrer rechtmäßig angetrauten Ehefrau? Sophie reichte ihrer kleinen Schwester Lotte das Rosenbukett, trat von einem Fuß auf den anderen, wischte unter dem

Schleier am Dekolleté hin und her, kratzte sich mit finsterer Energie – ja! Kein Zweifel: die Braut kratzte sich hinter den Ohren.

»Sophie, was ist los?«, raunte Max, als der Pfarrer Gott bat, die Ringe zu segnen.

»Ich bin voller Blattläuse«, zischte sie. »Sie kommen von den Rosen, die Kirchenwärme hat sie aufgetaut.«

Rom, die Stadt sichtbarer Geschichte, in der die Vergangenheit einer halben Hemisphäre mit fremdartigen Ahnenbildern und Trophäen von weither in einer Begräbnisprozession dahinzieht! Sophie und Max besichtigten Rom: wo der Pfeil ihrer Hochzeitsreise endlich sein Ziel gefunden hatte. Das junge Ehepaar bewohnte eine weiträumige Suite im Hôtel d'Angleterre. Sophie reduzierte die Dienerschaft auf zwei Personen; Karl musste sich um Gepäck, Trinkgelder, Hotels und Zeitpläne kümmern, und Margareta, die Schneiderin, war für Sophies Reisegarderobe, Hutschachteln, Schmuckkästchen, zahllose Schuhpaare, Schals, Unterkleider aus Spitze und Seide, Abendroben, Morgenröcke, Reitjäckchen, Strümpfe, Pantoffeln sowie allerlei Unaussprechliches zuständig.

Wie aber waren sie gereist, welche hohen Hindernisse hatten sie überwunden? Sophies ungestümes Wesen und ihre praktische Vernunft leisteten ihnen gute Dienste auf ihrer Reise nach Italien. Max erwartete, dass alles ohne Störung vonstatten ginge. Sophie nahm sich der Störungen an, die dennoch auftraten. Mit der Eisenbahn reisten sie von Berlin nach Paris, während das alte Haus in der Jägerstraße von Handwerkern wimmelte und der gute Wolfgang die Aufsicht über die Umbauarbeiten führte. Nach einer angemessenen Zeitspanne im Louvre, die der Betrachtung berühmter Kunstwerke zugedacht war, gingen sie daran, sich mit den Altertümern zu befassen. Sophies Sprachkenntnisse erwiesen sich als angenehme Aufstockung des in die Ehe eingebrachten Gutes, das sich besonders auf Reisen als nützlich erwies. Sie sprach und las drei Sprachen; Französisch so fließend wie ihre deutsche Muttersprache, und bis auf einen leichten Akzent, der allgemein als bezaubernd empfunden wurde, war ihr von einer Parade Gouvernanten gepolstertes Englisch mehr als passabel. Schon beim Hochzeitsfrühstück hatte sie mit Miss Arrowpoint bilderreich und fehlerlos parliert. Jetzt erschmeichelte sie in jedem Hotel bessere Zimmer mit großartiger Aussicht und an Grenzübergängen die beschleunigte Rückgabe der Pässe, begleitet von Verbeugungen und Komplimenten – auf der Stelle, Gräfin, selbstverständlich sofort.

Und wie war der Blütenmorgen der Ehe? Waren es kostbare Stunden der Glückseligkeit oder peinliche, unglückliche Wochen, an die zurückzudenken man in späteren Jahren tunlichst vermied? Nun, beide Beschreibungen treffen nicht zu. Bedenken Sie bitte, dass Sophie und Max einander ja seit frühester Jugend kannten. Er neckte sie, als sie das Laufen lernte, und lachte, wenn sie umfiel. Sie biss ihn in die Schulter, als er sie einmal zu fest hielt. Sie aß seine Cremetorte, dieses eine Stück, das er sich zur Feier seines ersten Geburtstagsessens am Tisch der Erwachsenen eigens aufgespart hatte; übrig war nach Sophies Überfall nur noch ein leerer Teller, von dem selbst die Krümel abgeleckt waren. Und er scheuchte sie in den Springbrunnen. Nein, Max Duncker und Sophie Gräfin von Hahn – deren Namen, Titel und Erbe getreu dem Wunsch ihres Großvaters und dank erteiltem Dispens des Kaisers unangetastet blieben –, dieses junge Paar erzankte sich den Weg in eine gute Ehe. Sie führten ausgiebige Auseinandersetzungen über so gut wie alles. Und beide genossen jede Minute ihrer Streitereien. Die ominöse Hochzeitsnacht, die von modernen englischen Schaubildern unterstützt werden sollte, sank in liebevollem, erschöpftem Schlummer in sich zusammen. Und der erste ernste Ehekrach ereignete sich, als Sophie verkündete:

»Max, hör zu, das ist wichtig. Ich möchte mindestens zwei Jahre keine Kinder. Und ich habe hier diese ganzen Geräte und Techniken, die verhindern, dass es dazu kommt. Schau!«

Max hatte keine Einwände gegen Geräte und Techniken – manche ihm nicht unbekannt –, sofern sie kein Hemmnis für seine Lüste darstellten; Einwände hatte er hingegen, dass Sophie über derlei Bescheid wusste. Sie wiederum fand dies unvernünftig.

»Du setzt schließlich nicht im Wochenbett dein Leben aufs Spiel! Ich schon.«

Er fühlte sich überrannt und abgelehnt. Sie sah darin einen unerträglichen Ausdruck von Egoismus.

Doch die besitzergreifende Liebe guter Gefährten, die jede wache Stunde damit zubrachten, dass sie einander ansahen oder zumindest an den anderen dachten, gewann stets die Oberhand. Die Dienstboten gewöhnten sich daran, dass der gnädige Herr und die Gräfin entweder die Treppen auf und nieder eilten, um einander zu suchen, oder aus dem Fenster nach einander riefen.

Nun, Sophies Sprachbegabung trägt ihr viel Achtung ein. Latein und Griechisch aber hat sie nie gelernt. Max wohl. Und auf einmal wurde Sophie, zwischen lauter Sarkophagen, in den zurückweichenden Schatten des Museums in Florenz, wo sie auf dem Weg nach Rom einen Zwischenhalt eingelegt hatten, angesichts der Grenzen, die ihre Bildung ihr auferlegt hatte, von Groll übermannt. Sie entschloss sich, gegen die toten Sprachen der Grabinschriften einen Angriff zu reiten.

»Was heißt das?« Sie deutete auf die Widmung unter einer Sitzenden auf einer kleinen Urne.

»Das weiß ich nicht«, sagte Max. »Das ist Etruskisch.«

Er lügt doch, dachte Sophie wütend und marschierte durch die staubigen Flure davon. Max blieb bei den fremdartigen Etruskergräbern.

Aber dann war sie in Rom und überwältigt von der schieren

Menge der Ruinen aus der Antike, von umgestürzten Säulen, marmornen Fußböden und der kolossalen, zerschmetterten Größe, die durch das Gewebe der modernen Stadt ragte wie tote weiße Rippen. Sie standen auf den Stufen des Palazzo Senatorio und betrachteten die mächtige Ruhe der von Witterungsschwärze seltsam gestriemten und entstellten Kolosse. Angesichts fremdartiger, unfasslicher, untergegangener Erscheinungen, erkannte Sophie, führte der zuverlässigste Weg zum Verständnis über Geduld, Lernen und die Fähigkeit, still zu sitzen und zuzuhören. Aber sehr wenige junge Mädchen, die noch nicht neunzehn, aber frisch verheiratet sind, besitzen diese Gaben, eigentlich Geschenke der Reife. Wer jemals Rom mit der beschleunigenden Kraft eines Wissens besichtigt hat, das allen Erscheinungen der Vergangenheit eine Seele einhaucht, wird Sophies Dilemma nicht ohne weiteres verstehen. Sie betrachtete die Trümmer der Antike und konnte nichts mit ihnen anfangen. Wie kam es, dass eine ganze Welt mit eigener Sprache und Religion, mit großem Wohlstand und einem fast grenzenlosen Territorium und einer beneidenswerten, arroganten Identität einfach aufgehört hatte zu existieren? Warum wurden ausgerechnet diese Fossilien für bedeutsam erklärt? Und was genau hatte das römische Imperium zerstört und war dann weiter durch die Geschichte marschiert, ohne auch nur einen Blick zurück zu werfen? Max stieß später am Abend wieder zu seiner jungen Frau und fand sie in eine unwiderstehliche Kombination von Bulwer-Lytton und Gibbon vertieft.

Aber wenn die Nächte den *Letzten Tagen von Pompeji* und *Verfall und Untergang des römischen Imperiums* und damit dem ernsten Erwerb wissenschaftlicher Kenntnisse von den Zyklen der Geschichte gewidmet waren, so gingen die Tage über der Besichtigung der bleibenden Wunderwerke dahin. Sie wanderten durch die Arkaden des Kolosseums, in denen Fenchel zwischen zerfallendem Gemäuer wucherte, und durch die Thermen des Caracalla, in deren verlassenen Sälen hungrige Katzen neben lästigen Bettlern hausten.

Eines Abends war sie zu einer besonderen Besichtigung der Schätze im Vatikan eingeladen. Der Nachmittag aber war drückend und schwül. Sophie legte sich nach dem Mittagessen aufs Bett und schlief sofort ein, Band 2 von *Verfall und Untergang* aufgeschlagen auf der Brust. Es war sechs Uhr vorbei, als das Mädchen an ihre Tür klopfte. Hinter den reglosen Vorhängen war ein hässliches graues Licht. Sophie rieb sich die Augen, stand auf, bückte sich, schnürte ihre Schuhe und wappnete sich für die Vatikanischen Museen.

Aber es kam ein Besucher herein, Kurt Marek, Professor für Archäologie, Geschichte des Altertums, Altphilologie, griechisches Recht und Religionsphilosophie seit ihren Anfängen. Sophie hatte ihn nie gesehen, den berühmten Professor, und jetzt stand er gänzlich unerwartet vor ihr. Er wirkte wie aus dem Teppich gewachsen, als sie den Salon betrat, ein gepflegtes, lebhaftes, flinkes kleines Männchen. Er verbeugte sich, trippelte durch den Raum auf sie zu, um ihr die Hand zu küssen, richtete sich wieder auf, so dass sie seine weinrote Weste und die smaragdbesetzte Krawattennadel bewundern konnte, nickte in Anerkennung des Umstandes, dass er zumindest einen Kopf kleiner war als sie, strich sich über den Spitzbart und verkündete:

»Frau Gräfin! Ich fühle mich geehrt! Ich bin hier, um Sie zu Ihrem Herrn Gemahl zu geleiten, der vermutlich einen schwierigen Nachmittag in den Museen verbracht hat. Es ist heute unerträglich schwül, wahrscheinlich steht uns ein Gewitter bevor. Der Fiaker erwartet uns. Gestatten Sie mir, Ihren Umhang zu tragen?«

Er eilte vor ihr her die Treppen hinunter.

»Zu schwül, liebe gnädige Frau, um etwas anderes als die allerleichteste Jacke zu tragen, und doch fürchte ich, wir werden noch vor Einbruch der Dunkelheit Regenkleidung benötigen. Sie tragen Stiefel? Gut, gut. Aber dieses Hütchen wird Sie nicht schützen. Ah, der Umhang besitzt eine Kapuze? Nun, dann sind Sie ja gegen alle Eventualitäten gefeit. Fahren Sie«, rief er dem Kutscher zu, der Aufforderung mit einem kräftigen Schlag auf das Dach des Fahrzeugs Nachdruck verleihend. Mit einem Ruck fuhr der Fiaker los, auf den von den Kolonnaden des Bernini umfangenen Dom der Christenheit zu. Das Bleigrau des Flusses passte zum Himmel. Sophie vermerkte mit Abneigung, wie arm viele Menschen waren, die sich in den Straßen in Flussnähe herumtrieben. Schmutzige, barfüßige Kinder in Lumpen wühlten im Abfall, der sich hier und dort türmte, in verrottendem Gemüse. Es stank beißend nach Fäkalien und Urin. Professor Marek schob energisch die Fensterscheibe nach oben, was den Gestank fernhielt, die Luft in der Kutsche aber zunehmend heiß und stickig werden ließ.

Wie herrlich waren danach die Gärten und Brunnen des Vatikans! Die täglichen Besucher strömten an ihnen vorbei, viele mit argwöhnischem Blick zum niedrig hängenden Himmel, alle mit schweißglänzendem Gesicht. Im zarten Gischtnebel eines Springbrunnens blieben die Gräfin und der Professor stehen und erfrischten sich; er betupfte sich die Stirn mit einem lavendelduftenden Taschentuch. Am Portal zückte er ein mit zahlreichen violetten Briefmarken beklebtes Kuvert und sprach ein paar Sätze in rasantem Italienisch. Das Ergebnis ließ nicht lang auf sich warten: Unter Verbeugungen und förmlichen Grußworten wurden sie eingelassen, und gleich darauf eilte Sophie hinter dem Professor, der ein ganz erstaunliches Tempo vorlegte, durch hohe Gewölbehallen.

Max saß auf einem Klapphocker vor einem reich geschmückten Sarkophag, dessen Inschrift er in sein Notizheft übertrug; er sprang sofort auf, als er ihrer ansichtig wurde. Schwitzend und leicht derangiert schüttelte er dem Professor die Hand, begrüßte Sophie mit einem Kuss auf die Wange und schloss rasch seinen Kragenknopf. Während die beiden Männer beisammenstanden und sich unterhielten, entfernte sich Sophie und schlenderte zwischen Gräbern und Statuen dahin. Von den hohen Gewölben hallte jedes Geräusch wider; es war hier etwas kühler als draußen, die Luft aber roch verbraucht und uralt. Jenseits der Reihen ewiger Steingräber, deren Bewohner seit langem Staub waren, fiel ihr Blick durch eine hohe Holztür auf die weißen Gestalten blickloser Statuen, die einander bedrängten, ja fast rempelten wie eine fliehende, mitten in der Flucht erstarrte Menge. Götter und Menschen machten sich gegenseitig den Platz streitig. Vor einer Wand reihten sich auf Augenhöhe zahlreiche Büsten aneinander, die Statuen aber, die überlebensgroß waren, blickten alle zu ihr her; ihre Reglosigkeit war unheimlich. Ein Athlet hielt einen Diskus, ein anderer, der jeden marmornen Muskel spannte, schleuderte einen nicht mehr vorhandenen Speer; daneben stand eine der Gorgonen, ihr Haupt ein wimmelndes Schlangennest, und schlang eine mächtige Hand um ein Gefäß. Ein Sterbender, einen Arm über das Gesicht erhoben, streckte die andere Hand nach dem Betrachter aus. Zwei Finger, die trotz des trüben Dämmerlichts weißer als Marmor schimmerten, waren offensichtlich nachträglich ersetzt worden. Sophies weicher Handschuh strich über den Fuß des Hinscheidenden und blickte zu dem gekrümmten Leib hinauf, der unter schmerzvollen Krämpfen niedersank; ein gemeißeltes Feigenblatt bedeckte seine Scham. Diese Torsi, Gesäßbacken, angespannten Hälse, angewinkelten Knie waren in Reglosigkeit erstarrt und verstörten sie dennoch, wie eine Armee, die mit erhobenen Armen und zurückgelegten Köpfen heranstürmt.

»Sophie!«, rief Max durch die Hallen. Sie sollte herkommen und sich die größten Werke ansehen: den *Apollon Sauroktonos* oder

Echsentöter, den sitzenden *Menander,* den *Faun* des Praxiteles und den alten *Faun mit Bacchus als Knabe*. Eine Ansammlung von Wundern erwartet uns! Während sie schwitzend durch die weiten Hallen schlenderten, in denen sich Relikte des Altertums drängten, waren der Professor und Max in dauerndem halblautem Gespräch. Vor jedem Kunstwerk spülte die Flut der Gelehrtheit Daten, Details und die spitzfindigen Kommentare des kundigen Betrachters an Land.

»Diese Porträts sind römische Kopien der griechischen Originale. Die Daten sind natürlich nur Näherungen. Abgesehen von dieser Figur hier, die wirklich sehr berühmt ist. Ebenfalls eine Kopie ...«

Sophie blickte in ein eigenartiges Gesicht, das streng und asketisch war, das Gesicht eines Richters; um den Mund aber lag ein merkliches Zittern. Sie lehnte sich an einen Sockel und konzentrierte sich. Die leeren Augen starrten in die ihren; ein mutiges Gesicht, unmittelbar, modern, von der Zeit unberührt, wie ihr schien.

»Wer ist das?«, fragte sie.

Auch Professor Marek blickte in das Gesicht; zum ersten Mal wich alle Zappeligkeit von ihm, er stand ganz still und ehrerbietig.

»Das, liebe gnädige Frau, ist der Dichter und Philosoph Lukian, Statthalter von Bithynien und Phrygien, später Karien und Lykien. Gebürtiger Gallier. Er überstand Neros Herrschaft und verbrachte seine letzten Jahre auf seinem Anwesen im Süden. In seinen privaten Schriften hinterließ er wunderbare Beschreibungen seines geliebten Landhauses, seiner Fischteiche, Olivenhaine und Weingärten. Aber meine Kollegen in Frankreich brachten es nicht fertig, den Ort genau zu bestimmen.«

»Er war ein Stoiker«, fügte Max leise hinzu, »ausgebildet in Athen an den griechischen Schulen. Der neuen Religion schloss er sich nie an, aber wir wissen, dass er Christen in seinem Haus Schutz gewährte.«

Sophie fuhr herum.

»Kennst du ihn?«, fragte sie. »Hast du ihn schon gesehen?«

»Ja. Das ist eine Kopie des Originals, und ein Duplikat davon haben wir jetzt auch in Berlin. Das Original war überlebensgroß, sein Schöpfer ein Grieche. Aber soweit wir wissen, wurde das Porträt nach der Wirklichkeit gestaltet. Die erste Statue stand im Tempelkomplex von Milet und bewachte den Weg zum Marktplatz. Angeblich hat er dort gelehrt, unter freiem Himmel. Er schrieb auf Lateinisch und Griechisch, beherrschte aber noch etliche andere Sprachen. Ich habe alle seine Schriften gelesen, jedenfalls alles, was uns erhalten ist. Und er ist einer der ersten Kommentatoren des Christentums, einer der frühen Zeugen. Manche halten seine Zukunftsvision von unserer Religion für prophetisch.«

»Wann hast du ihn denn in Berlin gesehen?«, wollte Sophie wissen, und Max errötete leicht.

»Letztes Jahr.«

»Mit Mrs Lewes? Hat sie dir erklärt, wer er war?«

»Ja. Woher weißt du …?«

»Ist ja nicht schwer zu erraten. Man merkt es an der Art, wie du Auskunft gibst«, antwortete Sophie schnippisch. Professor Marek entging die tiefere Bedeutung dieses Wortwechsels, nicht aber der Name.

»Ah, Mrs Lewes! Die berühmte Autorin. Große Dame, das kann man wohl sagen. Herr Duncker, Sie sind ihr Verleger, nicht wahr? Ihre Beherrschung des Griechischen ist unübertroffen. Und sie interessiert sich sehr für die Wissenschaft, wie ein Mann. Die tiefgründigsten Fragen interessieren sie. Sie hat sich meinen höchsten Respekt verdient.«

Sophie, gedemütigt durch ihre Unwissenheit, stand stumm vor der weißen Statue. Nie hatte sie einen römischen oder gar griechischen Schriftsteller gelesen. Und bis zu diesem Moment hatte sie niemals von Lukian gehört. Jetzt aber, in den Vatikanischen

Museen, fasste sie einen Entschluss, der recht ungewöhnlich war. Vor Lukians Angesicht, so weit zurücktretend, dass sein Blick dem ihren begegnete und niemandem sonst, tat sie ein stilles Gelübde. Ich werde deine Sprachen lernen und dein Werk lesen. Dann werden wir sehen, was du mir zu sagen hast, und nur mir. Aus erster Hand und nicht gefiltert durch den Geist anderer.

Max berührte sanft ihren Ellenbogen. Sie schüttelte ihn ab; im selben Moment wurde es hinter dem großen Fenster beinahe schwarz, als sei ein Vorhang gefallen, und ein weißer Blitz durchzuckte die Halle mit den weißen Gestalten. Fast im selben Augenblick krachte der Donner, die Mauern schienen sich zu heben und zu schwanken, die vor ihren leeren Gräbern erstarrten Statuen bebten beinahe. Einer der Wächter, der eine brennende Fackel vor sich hertrug, kam flackernd durch den langen Gang heran. Die Besucher ließen die leblosen Marmorleiber stehen und eilten durch die Säle davon, während der Fackelschein marmorne Momente beleuchtete, einen Faltenwurf, eine nackte Brust, eine geblähte Nüster. Als sie den Säulenvorbau erreichten, überschwemmte der Regen, der in wehenden grauen Vorhängen herunterprasselte, die Gärten und Gehsteige. Unter dem giftigen Gewittersturm wurde die von Menschen leergefegte Piazza zum rauschenden Wadi.

Professor Marek erstaunte noch immer. Aus seiner Ledermappe zog er einen Gegenstand hervor, der wie ein Teleskop aussah. Mit zwei raschen Gesten entfaltete sich das Ding zu einem schwarzen Schirm mit jagdstockähnlichem Griff und metallener Spitze.

»Voilà«, rief er, ein befriedigter Zauberer, dessen bester Trick geklappt hat. »Jetzt gehen wir in die Peterskirche zur Abendmesse, die Kerzen brennen schon.«

Und im selben Moment begann, gemischt mit Donnergrollen, das Glockengeläut.

Sophie hielt sich an ihr Gelübde. Zurück in Berlin, setzte sie sich in die Bibliothek ihres neuen Hauses und begann mit klassischer Philosophie, Dichtung und Theologie. Sie vergrub sich in Kommentaren und Variorum-Ausgaben. Sie besuchte eine Reihe öffentlicher Vorträge über antike Flachreliefs und Schwarzfigurenkeramik an der Friedrich-Wilhelms-Universität. Sie lernte Altgriechisch. Latein fiel ihr leichter, weil sie weite Teile des Wortschatzes vom modernen Italienischen her wiedererkannte – in Rom war sie von grinsenden Hausierern mit »*Salve madonna*« begrüßt worden. Und das Alphabet war ihr nicht fremd. Zu Weihnachten konnte sie sowohl Propertius als auch Homer im Original lesen, und sie zögerte dabei immer nur kurz. Max empfand diesen Ausbruch an klassischer Gelehrsamkeit als ebenso bezaubernd wie beängstigend und versicherte ihr, sie sei ihm als Assistentin bei seinen Studien herzlich willkommen.

»Nun«, lächelte sie, »wir werden sehen, ob ich nach meinen eigenen Studien noch Zeit dafür habe. Und nach meinen Pferden.«

Warum tat sie das? Max hatte keine Ahnung.

»Und wirst du bald einen Artikel über grammatische Probleme bei Homer veröffentlichen?«, neckte er sie und strich ihr einen Zopf zurecht. Sophie lächelte wieder, doch ihre Miene war hintergründig und verschlossen und verriet nichts.

Maxens junge Frau war zauberhaft, elegant, vielbeschäftigt und vielgefragt, und sie regierte den Haushalt wie ein strenger Quartiermeister. Nie mehr war er in Hetties Keller oder am Kartentisch. Zu vieles, Ereignisse interessanter und unerwarteter Art, tat sich zu Hause. Sophie lud jeden an ihren Tisch ein, der etwas Wichtiges und Originelles zu sagen hatte. Prahlhänse und affektierte Damen wurden nicht geduldet, und manche Angehörige der höheren Gesellschaft, die an dieser Gepflogenheit erheblichen Anstoß nahmen, wurden nie wieder eingeladen. Sie sparten freilich nicht mit Kritik: Bekanntlich füllt sie ihren Salon mit Juden und

Malern, man kann nie wissen, wem man dort alles begegnet. – Das stimmte. Viele, die sich zuvor um die Sibylle geschart hatten, umschwärmten nun die junge Gräfin. Klesmer und seine Frau waren häufige musikalische Gäste, aber auch der flinke Professor, dessen sich festigende Freundschaft mit der Gräfin so tief wie überraschend war.

Professor Marek schreckte vor keinem Streit zurück. Als 1873 Heinrich Schliemanns erste ekstatische Zeitungsberichte in Berlin eintrafen, in denen er behauptete, er habe mit keinem anderen Wegweiser als Homer Troja entdeckt, schrien Philologen und Forscher vor Hohn und Verachtung auf. Zwei Stimmen in der Deutschen Akademie unterstützten ihn: Professor Wilhelm Dörpfeld und Professor Kurt Marek. Letzterem schlug an Sophies Esstisch wegen seiner auf universitären Podien verkündeten und in ausführlichen Zeitungsartikeln dargelegten Ansichten scharfer Widerspruch entgegen, und er erklärte weithin hörbar:

»Das Misstrauen des Berufsstandes gegen den erfolgreichen Außenseiter ist das Misstrauen der Mittelmäßigkeit gegenüber dem Genie. Und die Mittelmäßigkeit« – er fixierte seinen Gegner mit wildem Blick – »ist die Mehrheit und sitzt meist bequem auf den Thronen der Macht.«

»Hört, hört«, rief Klesmer, der zufällig neben ihm saß. Die beiden Männer drückten einander die Hand wie Verschwörer. Frau Klesmer, die gewesene Miss Arrowpoint, lenkte die Aufmerksamkeit eilig auf den korpulenten Samowar aus graviertem Silber, in dem es sanft zu brodeln begonnen hatte, und erkundigt sich nach dessen exotischer Herkunft. Und mit Ausrufen des Erstaunens wurde die Antwort quittiert, es handle sich um ein Hochzeitsgeschenk von russischen Bewunderern des Grafen von Hahn, die, so wollte es das Gerücht, empörenderweise Anarchisten seien.

Professor Marek war, obwohl bereits Anfang fünfzig, unverheiratet, und da von keinen nahen Angehörigen daran gehindert, kreuzte er zu seltsamen Zeiten auf und brachte Bücher, Keramik und antiken Schmuck für Sophie. Einen Schlangenarmreif aus Kreta, der, frisch poliert, golden an ihrem Arm funkelte: ein Schatz, den sie nur nachts ablegte.

»Der Professor sagt, Aphrodite persönlich habe ihn getragen«, lachte die Gräfin, als sie in ihrem Ankleideraum stand und, mit einem verführerischen Blick zu Max, ihr Spiegelbild bewunderte. Max konnte in Anwesenheit seiner Frau nicht ruhig dasitzen, ohne sie zu berühren – ihr Haar, ihre Schulter, ihren Ellenbogen, ihre Fingerspitzen. Welch eine eigenartige Erleichterung bereitete es ihm, wenn er sich in die unbehagliche Kargheit seiner nun fast leeren Räume in Wolfgangs Haus zurückzog. Dort stapelte er seine Bücher auf dem Tisch und machte sich an die Arbeit. Aber kaum zu Hause, stürmte er in die Halle und rief: Sophie, Sophie! Ist die Gräfin vom Ausritt zurück? Ist sie zum Wilhelmplatz gefahren? Ist sie in ihrem Salon? Oder in der Bibliothek? Oder sieht sie in der Küche nach dem Rechten? Und sobald er sie gefunden hatte, stand er da, scheu wie ein Knabe, und wandte den Blick ab, während sie ihm entgegeneilte.

Die archäologische Expedition nach Milet und Priene war dank dem Grafen von Hahn jetzt mit ansehnlichen Mitteln ausgestattet und konnte Anfang März 1874 von Marseille auf dem Seeweg nach Kleinasien aufbrechen. Im Laderaum des Schiffs stapelten sich Berge von Lattenkisten. Professor Marek hatte endlich die Erlaubnis erhalten, den Tempelkomplex der untergegangenen Stadt und das Athenaheiligtum auf dem Hügel zu erforschen, die vermutlich zu einer Kleinstadt gehört hatten, seit ihrer Zerstörung aber – vermutlich durch ein Erdbeben, denn alle Säulen des Tempels waren zur selben Zeit eingestürzt – weder ausgegraben noch überbaut worden waren. Die Stapel von Papieren und – beschönigend als Gebühren bezeichneten – Geldscheinen, die es brauchte, um die Zugangserlaubnis für diesen Ort zu erwirken, erreichten eine vergleichbare Höhe wie die Erd- und Schutthaufen, die sich auf der Stätte selbst türmten. Professor Marek setzte mehr Vertrauen in die Schilderungen des Pausanias als in die rhapsodische Schönheit Homers, der behauptete, die Götter persönlich hätten Trojas Mauern errichtet. Pausanias, der im zweiten Jahrhundert Griechenland durchwandert hatte, beschrieb viele der alten Städte als bereits in Ruinen liegend. In Höfen und Palästen, in denen einst große Könige geherrscht hatten, streiften nun glöckchenbimmelnde Schafe umher. Die Mündungstrichter der Flüsse versandeten, der Meeresspiegel sank, und die griechischen Städte an der ägäischen Küste verlagerten ihren Standort, befanden sich nun entweder näher am Meer oder wichen landeinwärts zurück und leerten sich; und aus kunstvoll gemeißelten Steinen wurden Häuser, Moscheen und Speicher. Im geborstenen Marmorpflaster siedelten Pinien, Ziegen grasten in Bädern und Theatern. Das Stadion verwandelte sich in eine Wiese zurück, die im Frühjahr ein Blumenmeer war, und die von der Natur friedlich zurückeroberten Ruinen boten ein Bild unaufhaltsamen Verfalls: Inbegriff des Wandels, die Erfüllung jenes noch niemals gebrochenen Versprechens, dass alles ein Ende hat.

Ein kleines Gästehaus am Fischereihafen, als Unterkunft für die Besucher aus Deutschland requiriert, hängte ein paar Fahnen heraus, eine griechische, die bei einem Scharmützel mit einem in türkische Gewässer vorgedrungenen griechischen Schiff erbeutet worden war, und eine amerikanische unbekannter Herkunft; mehr hatten sie nicht. Professor Marek dankte dem Wirt in vollendetem Türkisch. Max hoffte inständig auf saubere Betten und beobachtete die Hausmädchen, wie sie vor der jungen Gräfin in die Knie sanken, als diese, vom glitzernden Aquamarin der Ägäis verzaubert, über die Terrasse stolzierte.

»Milet hat über tausend Jahre lang geblüht. Es ist eine der ionischen Städte an der Westküste Anatoliens.«

Professor Marek, Experte auch für das Werk des Philosophen Thales von Milet, hatte eine kontroverse Abhandlung über dessen Glauben verfasst, wonach alles in- und einander gehöre, Leben und Materie nicht zu trennen seien und selbst die wilden Orchideen, die jetzt in den zerfallenen Heiligtümern seiner Stadt wuchsen, eine lebendige Seele hätten.

»Ich habe ihn in der Bibliothek nachgeschlagen«, rief Sophie, »und erfahren, dass keines seiner Werke erhalten ist. Woher wissen Sie denn, was er dachte?«

Professor Marek drängte seine Lieblingsschülerin, den türkischen Kaffee zu kosten.

»Sie trinken ihn aber sehr süß. Wie Likör.« Sophie rümpfte die Nase.

»Nein, gnädige Frau, genau so muss er sein. Wir besitzen nichts, das ausdrücklich von ihm gezeichnet wäre; fünf Theoreme werden ihm zugeschrieben. Aber Philosophen sind wie Planeten. Man sieht den Einfluss, den sie aufeinander ausüben, auch wenn das ursprüngliche Himmelsphänomen unsichtbar bleibt. Wo wäre Sokrates ohne Plato?«

Mit den Philosophen hatte Sophie sich noch gar nicht befasst. Stattdessen schlang sie jetzt Brot und Oliven in sich hinein, während der Geruch nach Fisch auf Kohlenglut über die Veranda wehte. Vom Steingarten direkt unter der Terrasse aus hörte Max, der dort unten rauchte, dem Wortwechsel zwischen seiner Frau und dem Professor zu. Eine in den Felsengrund des Gästehauses geschlagene Steintreppe lief in einen kleinen Landungssteg aus, gegen den sanft die Brandung schlug. Er beobachtete ein kleines weinrotes Ruderboot mit schmuckem weißem, offensichtlich frisch gestrichenem Bug, das im blauen Wasser tanzte.

Die Stimme des Professors wehte zu ihm herab.

»Nun, Milet dürfte aufgegeben worden sein, als der Hafen nicht mehr schiffbar war. Die Flussmündung ist voll von angeschwemmten Ablagerungen. Aber Niedergang und Preisgabe vollziehen sich ja nicht im Handumdrehen, sondern können ein sehr langsamer, auch sehr ungleichmäßig fortschreitender Prozess sein. Von dem Erdbeben, das wahrscheinlich Priene zerstört hat, ist uns nichts überliefert. Und die beiden Städte sind einander ja sehr nahe. Im vierzehnten Jahrhundert, als die Osmanen mit Venedig Handel trieben, war der Hafen noch in Gebrauch. Aber die Hauptruinen liegen heute einen knapp zweistündigen Ritt vom Meer entfernt. Und die Grabungen am Fluss wurden vernachlässigt. Im Winter liegt die Stätte teilweise unter Wasser.«

»Tatsächlich? Wie kommen wir dann hin?«, fragte Sophie in ungeduldiger Erwartung des Abendessens.

»Mulis und Karren. Es ist für alles gesorgt. Von den Arbeitern, die letztes Jahr unter meinem französischen Kollegen Olivier Rayet gegraben haben, stehen manche jetzt bei uns im Dienst. Ich verlasse mich auf die Erfahrung des Vorarbeiters.«

»Max«, rief Sophie ins goldene Abendlicht, »wo bist du? Es gibt Essen!«

❧

Das Ziel, dem sie unter leichten Regenschauern im Wechsel mit Sonnenschein zustrebten, schien die lange holprige Fahrt über unwegsames Gelände kaum der Mühe wert zu sein. Sophies erster Eindruck von Milet, der zerfallenen Stadt der Philosophie, war ein weites, morastiges Schwemmland. Aus brackigem Wasser ragten Säulen und Mauern, und darunter waren deutlich die einstigen Straßen zu erkennen, die schnurgerade als geometrisches Gitter angelegt waren. Genau hier, in diesem Bereich der Stadt, für den sie eine Grabungserlaubnis hatten, gab es noch ungehobene

Ruinen. Professor Marek hatte nicht die Absicht, Zeit zu vergeuden. An höherer Stelle ließ er das Lager aufschlagen, teilte seine Arbeiter ein und begann hinter den ionischen Säulen, auf dem heiligen Weg, wo der feuchte Grund abfiel, mit der Grabung. Der erste Graben, der mindestens fünfzehn mal fünf Meter maß, förderte alsbald neue Mauern zutage und füllte mehrere Kisten mit Gefäßscherben, doch die Gruben liefen augenblicklich voll und mussten gelenzt werden wie ein sinkendes Schiff.

Der Sohn des Vorarbeiters, der fünfzehnjährige Mustafa, wurde Sophie als Begleiter zugewiesen. Natürlich verliebte er sich heillos in die schöne weiße Dame mit dem grünen Kapuzenumhang, die rittlings auf ihrem Muli saß wie ein Mann und gegen Schlamm, Regen und Hitze völlig gleichgültig zu sein schien. Sie begann ihm Französisch beizubringen, und bald plapperten sie, wenn sie rund um die Grabungsstätte trotteten, in einem fröhlichen Kauderwelsch miteinander.

Mustafa führte seine europäischen Gefangenen die wilde Bergflanke hinauf, um ihnen die Ruinen von Priene zum ersten Mal zu zeigen. An diesem Tag brachen strahlender Frühling und Hitze aus. Sie ließen die Mulis auf einer Lichtung zurück und kämpften sich auf den Trampelpfaden der Ziegen, den einzigen Wegen durch Pinienwald und blühendes Dornengestrüpp, den steilen Hang hinauf. Max, über weiße Felsbrocken im Dickicht stolpernd, folgte Sophie und Mustafa durch die duftende Vegetation.

»*Le pin d'Alep!*«, rief Sophie, auf die im Mittelmeerraum beheimatete Aleppo-Kiefer deutend, und machte gleich eine Französischlektion aus dem, was die Landschaft bot. »*Le bois est fragile, mais très résineux et donc hautement combustible.*«

»*Combustible*? Was ist *combustible*?«, fragte der Junge verständnislos.

»*Feu!*«, donnerte Sophie und mimte Panik und Ersticken in unwegsamem Gestrüpp.

»*Feu!*«, schrie nun auch Mustafa, begeistert von ihrer Pantomime. »Schnell!« Und er zog sie über die Felsen zu sich herauf.

»*Romarin*! Rosmarin, und noch dazu blühend.« Sophie brach ein Zweiglein ab, hielt inne, um daran zu schnuppern, und reichte ihn Mustafa, der ihn ehrerbietig entgegennahm. »Und das ist *primevère élevée*. Schau, Max, Waldschlüsselblumen, hier in der Wildnis.«

Eine Flut violetter Zwergiris umwucherte die alten Steine.

»*Églantier,* die Hundsrose. Und *épine noire,* Schlehdorn. Der gehört auch zu den Rosengewächsen.« Wie eine Göttin in ihrem Garten stand sie da und vergab Namen. »Ginster. Das Gelbblühende ist Ginster. Sprich mir nach, Mustafa.«

Doch der Junge wollte ihnen das geheime kleine Theater zeigen: Es war ein Tummelplatz von Schafen, die nach rechts und links durch die Gänge davonstoben wie Theaterzuschauer, die mit der Aufführung unzufrieden sind. Eine ganze Stadt war hier unter der Vegetation verschwunden. Die rudimentären Mauern aus weißem Stein, kannelierte Säulen, in Teile zerbrochen, als hätte eine Riesenhand sie zerhackt, ein seltsamer geschmückter Steinsitz, noch mit dem Fußboden verbunden, enge Straßen, Regenrinnen, Haustüren, kleine Zimmer, jetzt voller Schutt, Grillen, Vögel und der wuchernden, geruchlosen Wildrose. Sophie und Max, die Arm in Arm die uralten Straßen entlanggingen, achteten genau darauf, in der instabilen Masse weißer Steine nicht zu stolpern oder zu fallen. Die Welt der Antike kam ihnen nicht einfach näher, sondern sprang ihnen über Jahrhunderte hinweg zum Gruß entgegen, wurde im nächsten Moment aber schon wieder ungreifbar, ein versunkener Ort, von dem kein Flüstern, kein Echo blieb. In den Theatern, auf den Märkten, in den Bädern empfand Sophie das seltsame Geheimnis zurückweichender Zeit am stärksten. Die Stimmen und Lieder der Menschen, die hier gelebt hatten, waren in ewige Dunkelheit hinabgesunken und, wie alles andere, was verschwinden musste, für immer verloren.

Trotz warmer Sonne überlief es sie kalt.

»Max, das ist alles so leer hier. Nicht mal Geister. Gehen wir wieder zurück. Mustafa! *Viens, viens vite!*«

Sie machten sich auf den Rückweg hügelabwärts.

Etwa einen Monat später stapfte Professor Marek in jubelnder Euphorie über die von den Winterüberschwemmungen befreiten, sonnentrockenen Brachflächen einer griechischen Stadt; ihm auf den Fersen eine Schar eingestaubter und nicht weniger euphorischer Arbeiter. Im *temenos,* dem umgrenzten Bereich des Heiligtums, war in der dort angelegten Grabung ein Flachrelief von außerordentlicher Schönheit zum Vorschein gekommen: Ein Oberschenkel unter Faltenwurf und ein kolossaler Fuß in Sandale ragten aus der feuchten Erde. Im Lauf des Nachmittags folgte ein Frauenarm, der einen Schild hielt und sich in den gemeißelten Hohlraum zurückbog. Eine Amazone? Athene selbst? Die Arbeiter kratzten vorsichtig am erdverkrusteten Stein. Der Professor, Spachtel und Pinsel in der Hand, befreite bedächtig die gekrümmten Marmorfinger. So ging die Auferweckung Tag für Tag voran: Entdeckt hatten sie den Fries, der den Altar umlief. Und er musste Stück für Stück aus der Erde präpariert werden. Ausgerüstet mit finanziellen Anreizen, machte sich Max auf den Weg, um über den sofortigen Abtransport ihres Schatzes zu verhandeln. Sophie und Mustafa saßen unterdessen auf den Kisten und zeichneten jedes Artefakt, das aus der Grube geholt wurde, für den Grabungsbericht ab.

»Aber was stellt es dar? Welche Geschichte erzählt dieser Fries?« Obwohl sie jedes Körperteil, jede Waffe, jede abgetrennte Gliedmaße skizzierte, konnte sich Sophie keinen Reim auf das gewalttätige Vorgehen machen, das vor ihren Augen ausgetragen wurde.

»Hermeneutik, liebe gnädige Frau«, sagte der Professor, während er seine schmutzige Hand an einem Lumpen abwischte, »ist nichts anderes als die Kunst, sich nicht zum Narren halten zu lassen. Es ist unsere Methode, anhand einer Reihe von Merkmalen über die Echtheit und die Geschichte eines Artefakts zu entscheiden. Was diese Schlacht betrifft, so habe ich schon gewisse Vermutungen. Denn dass hier eine Schlacht dargestellt ist, steht außer Frage. Aber wir sind nicht in Eile, wir müssen nicht spekulieren. Wir warten einfach ab, welche Geheimnisse die Erde sonst noch preisgibt.«

Am frühen Abend wurde die sumpfige Grabungsstätte regelmäßig von einer Mückenplage heimgesucht. Max bestand darauf, dass sich Sophie, ungeachtet ihrer Proteste, geknöpften Handschuhe und Gesichtsschleier, aus der Gefahr begäbe und ins Gästehaus am Meer zurückkehrte. Professor Marek stimmte zu: Diese Grabungsstätte sei kein Ort mehr für eine Dame; die Entscheidung war mit einem Mal unerbittlich. Daher fügte sie sich und vertrödelte ihre Zeit in dem hübschen Ruderboot mit weißem Bug, dösend, denn zum Lesen war es zu heiß; Mustafa fischte unterdessen im seichten Wasser.

Während einer dieser Expeditionen machte der Junge den Vorschlag, die Basilika zu besichtigen. Dort hielt noch immer eine kleine griechisch-orthodoxe Gemeinde ihre Messen ab, obwohl sich ein Teil der halb verfallenen Kirche unaufhaltsam auf den Abgrund zuschob; es war die Folge eines Erdbebens unsicheren Datums – jeder konnte es beschreiben, aber keiner konnte sagen, wann es sich ereignet hatte. Sie stiegen also ins Boot und ruderten die Küste entlang, Sophie, im Heck sitzend, schützte sich mit Hut, Schleier, Handschuhen und Schirm vor der Sonne und tauchte ihre bedeckten Finger ins Kielwasser.

Der erste Blick auf die vom Meer aus gut zu sehende Basilika zeigte eine eingestürzte Mauer und sieben unversehrte korinthische Säulen aus reinem Marmor, die noch das Giebeldreieck über dem Haupteingang trugen. Rings um die Kirche blühte es üppig gelb, Schmetterlinge umflatterten den Lavendel, und aus den Mauerrissen sprossen Gräser. Durch das Grün lugte wie durch Zahnlücken das Fundament eines größeren Gebäudes. Sie machten das Boot an einer unsicheren Holzstufe fest und kletterten den mit Schafkot übersäten Weg hinauf zu dem Heiligtum, das hoch über ihnen aufragte und immer grandioser wurde, je näher sie kamen. Auf dem ebenen Vorplatz hielt Sophie inne und staunte über die schiere Größe der Basilika. Gewiss hatte diese Kirche einst mächtig an der Landspitze gestanden, ein weißer Orientierungspunkt für die Seefahrt. Nun lagen überall rings herum, halb vergraben im hohen Gras, kunstvoll behauene Steine, eine Tafel mit Inschrift, Trümmer einer Säule, der schön geschwungene Bogen einer Schale, halb gefüllt mit gelblichem Regenwasser. Wo war die Kirche? Sie gingen auf sieben Säulen in einer Reihe zu, und wirklich erhob sich dort im Schatten, hinter einer zerfallenden Mauer, eine kleine weiße Kuppel, angeschlagen, aber intakt. Eine Holztür führte in den Innenraum darunter.

»*Fermez, fermez!*«, forderte Mustafa, denn sie hatte, während ihre Augen sich an die Dunkelheit in dem kahlen, muffigen Raum gewöhnten, die Tür offenstehen lassen. »*Oiseaux, oiseaux!*«

»Oh, verstehe. Vögel kommen herein.« Doch sobald die Tür hinter ihr ins Schloss gefallen war, fühlte sich Sophie wie in einer engen, lichtlosen Höhle – nur zwei schmale Schlitze in der Flanke des Doms ließen zwei grellweiße Lichtsplitter ein. Mustafa entzündete eine dünne Kerze, die ein schwaches, rauchiges Licht in die Dunkelheit warf. Abgestandener Weihrauchgeruch haftete an den Mauern. Sophies Schritte hallten auf dem Steinboden, und die Kuppel nahm den Klang auf, gab ihn leicht gedämpft wieder, ließ dann das Echo von Mustafas schlappenden Ledersandalen folgen. Und als die Kerzenflamme jäh aufflammte, begann Sophie die Ikonen der Heiligen auszumachen, ein Gesicht nach dem anderen, in Silber und Gold gefasst, mit riesigen Augen, die reglos ins Dunkel starrten, die Hände segnend erhoben.

Pax vobiscum. Ich bin Alpha und Omega, die Auferstehung und das Leben; wer an mich glaubt, wird leben, auch wenn er gestorben ist. Denn dein ist das Reich und die Kraft und die Herrlichkeit, in Ewigkeit. Endlose Welt. Strahlend vor Gewissheit blickte jede Ikone Sophie reglos an; und sie, auf ihren Sonnenschirm gestützt, erwiderte das heilige Starren neugierig und furchtlos.

»Das sind Heilige«, murmelte Mustafa mit einer Geste zu den Reihen stiller, gleicher, glänzender Gesichter.

»Aber du bist doch kein Christ«, sagte Sophie, »woher weißt du das?«

»Es ist ein heiliger Ort für alle Menschen«, sagte Mustafa. »*Sacré*. Ist eine Tradition.«

Sophie erschauderte leicht. Sie berührte die glatten Wände, die offenbar mit einer Art Kalk verputzt waren. Es gab keine Stühle und keine Bänke, nur ein paar Stufen und steinerne Regale, auf denen die Ikonen standen. Sie trat zurück und stieß mit der Schulter gegen einen Sockel, dessen obere Platte ihren Hut verschob. Als sie sich umdrehte, blickte sie auf marmorne Zehen: In der Ecke rechts hinter der Tür stand, eingezwängt und bis zum Dach hinaufreichend, eine überlebensgroße Statue.

»Mustafa, komm doch mal mit dem Licht her. Wer ist das?«

»Das ist auch ein Heiliger«, erklärte Mustafa, als er herüberkam, so schnell es mit der brennenden Kerze in der Hand ging. »Ein berühmter Heiliger. Wird hier verehrt. Alle anderen massakriert. Aber er verteidigt und schützt Christen.«

Und als Sophie endlich den Kopf hob, blickte sie in die leeren Marmoraugen des Philosophen Lukian.

KAPITEL 15

in welchem eine verstörende Erkenntnis eintritt, eine Statue nach London verschickt wird und zwei Personen in dieser Geschichte, die einander eigentlich nie hätten begegnen sollen, sich dennoch treffen

Zwei Ereignisse elektrisierten im Februar 1876 die Londoner Intellektuellenkreise: die rechtskräftige Authentifizierung der Lukian-Statue, die in einer verfallenen Basilika bei Milet entdeckt worden war – dieselbe Statue, die jahrhundertelang vor den Markttoren gestanden und den Weg zum Heiligtum bewacht hatte –, und die erste Folge eines neuen Romans der Verfasserin von *Middlemarch*. Die Statue, die in einem Alkoven des Britischen Museums ihren Ehrenplatz finden sollte, versetzte die wissenschaftlichen Gesellschaften der Archäologen und Historiker in helle Aufregung. War sie echt oder nicht? Schließlich waren während der ganzen Antike zahlreiche identische Kopien von Lukians Konterfei hergestellt worden, so dass er so allgegenwärtig war wie Antinoos. Und wie der schöne Geliebte des Kaisers Hadrian sich in den Archetypus verlorener Jugend verwandelt hatte, so verkörperte die ernste Autorität des Philosophen Weisheit, Beständigkeit und die alten Werte der Republik.

Die Umstände der Entdeckung, die so sensationell wie pikant waren, faszinierten natürlich die Presse. Photographien von der schönen jungen Gräfin und ihrem stattlichen Gemahl, neben der mächtigen Statue stehend, um die Größenverhältnisse zu veranschaulichen, gingen durch alle Zeitungen. Professor Marek, anerkannter Experte für das alte Milet, unternahm eine Vortragsreise. Der große Professor, dem drei große Grabungen, achtzig Schachteln mit Münzen, Gefäßen, Schmuckstücken aller Art, Steinmetzarbeiten und steinernen Inschriften Macht und Ruhm eingebracht hatten, richtete in jeder seiner Reden einen leidenschaftlichen Spendenappell an die Öffentlichkeit: Dieser grandiose Fries mit der Darstellung der Amazonenschlacht lief einst rund um den großen Altar im *temenos*; wir müssen seine Fragmente retten! Gelder flossen auf das Expeditionskonto, Spender schossen aus dem Boden wie Pilze; die antike Welt galt auf einmal als faszinierend und geheimnisvoll: Sie war der letzte Schrei.

Der Roman erregte ebenfalls viel Aufsehen und auch Unruhe, denn anders als in ihrem frühen Werk, das vom normalen Leben handelte, von bäuerlichen Umständen und dem Drama alltäglicher Gefühle, befasste sich *Daniel Deronda*, das neue Meisterwerk der Sibylle, mit den sozialen Kämpfen der Reichen, der weniger Reichen und der Möchtegern-Reichen. Der Auftakt in einem Kurort auf dem Festland – im Roman Leubronn, aber jeder wusste, dass es Homburg war – stellte eine Gesellschaft im Wandel vor, deren Klassenhierarchien ins Wanken geraten waren, für die das Streben nach Wohlstand nackte Notwendigkeit war. Und diese erste Begegnung zwischen Gwendolen und Deronda am Spieltisch löste eine Flut neugieriger Spekulationen aus. Am 17. März 1876 schrieb Mrs Lewes an ihren britischen Verleger John Blackwood:

> Wir sind eben aus Weybridge zurück, werden uns jedoch am Montag abermals für ein paar Tage mit ausgedehnten, strammen Nachmittagsspaziergängen an frischer Luft dorthin zurückziehen. Vielen Dank für Ihre zuvorkommende Übersendung der beglückenden Verkaufsabrechnung. [...]

> Mr Lewes hat keine Beschwerden vernommen, Gwendolen sei etwa nicht zu verstehen, hörte indes von starker Parteinahme für und wider sie. Meine Korrespondenz über das missglückte Tennyson-Zitat kam mit dem fünften Brief zum Erliegen. Hingegen sandte mir Mr Reeve, Herausgeber des *Edinburgh*, eine sehr hübsche Nachricht, in welcher er mir vorwarf, ich hätte in den Fachwortschatz von Newmarket Einsicht begehrt, indem ich Lush sagen lasse: ›Ich gehe die Wette ein.‹ Mr Reeve nun meint, ich hätte schreiben sollen: ›Ich mache meinen Einsatz.‹ Ein anderer Experte hingegen behauptet, die Sache sei so bestellt, dass Lush unter den gegebenen Umständen doch eher gesagt hätte: ›Ich gehe die Wette ein.‹ Was meinen Sie? Ich schrieb Mr Reeve, es sei mir ein Graus, mit Fehlern gesteinigt zu werden, die sich dann zu einem Berg über mir türmten – als Denkmal und Warnung an alle, die sich Romane zu schreiben vermessen, ohne allwissend und unfehlbar zu sein.

Insgeheim befriedigt von der universalen Anbetung, die ihr zuteilwurde, aber doch auch ein wenig beklommen, wie das bei der ersten Fortsetzungsfolge noch nirgends ersichtliche jüdische Thema des Romans beim Publikum wohl ankäme, residierte die Sibylle in ihrem Salon, empfing ihre Gäste, spendete Überschwang, geistige Erbauung und Zuneigung mit vollen Händen und blickte weiteren schwindelerregenden Verkaufszahlen entgegen.

Wolfgang Duncker zahlte ihr 100 englische Pfund für die deutschen Übersetzungsrechte an *Daniel Deronda*, doch hinsichtlich des Nachdrucks auf dem Kontinent stach ihn Tauchnitz um Haaresbreite aus, denn er bot 250 englische Pfund in bar. Wolfgang äußerte zurückhaltenden Protest, berief sich sogar auf alte Loyalitäten, George Lewes aber ließ nicht mit sich handeln, sondern bestätigte die Vereinbarung mit Tauchnitz mit einem kurzen Schreiben höflicher Endgültigkeit. Stöhnend über Herrn und Frau Lewes und ihre habgierige Finanztaktik, marschierte Wolfgang Duncker die Jägerstraße entlang und überlegte, ob er nicht Max, den hübschen, charmanten Max, als Trojanisches Pferd im subtilen Urheberrechtskrieg unverzüglich nach London schicken sollte. Offensichtlich hegte die Sibylle noch immer eine kleine Schwäche für seinen jüngeren Bruder. In jedem Brief erkundigte sie sich nach ihm. Aus dem Schnee war schmutziger Matsch geworden, und Wolfgang, im Haus seines Bruders in der Diele stehend, schüttelte sich, zog seine Schuhe aus und schlüpfte in das für ihn mit Namensschildchen reservierte Paar unter den Pantoffeln, die Sophie unter der Ahnenbank für häufige Besucher bereitstellte.

»Max!«, rief er laut und betrat, ohne sich ankündigen zu lassen, den Salon. Hier stand Sophie, Frischluft verbreitend, denn sie kam vom Ausritt und roch nach Pferd und Lavendel.

»Er ist zum Museum gegangen, um das Verladen von Lukian zu beaufsichtigen. Setz dich, Wolfgang, ich lasse Kaffee kommen.« Sie sprach von der Statue, als wäre sie der Philosoph in leibhaftiger Gestalt. »Nach den entsetzlichen Mühen, die es uns gekostet hat, ihn den Christlich-Orthodoxen und anschließend den Türken abzuschwatzen, will Max natürlich vermeiden, dass ausgerechnet hier in Berlin noch eine Katastrophe passiert.«

Und wirklich hatte der knotige, geäderte Marmorleib, der zweifellos Lukians nach der Natur gestaltetes Konterfei war, seit jenem Tag in der dunklen Basilika, als Sophie seinen Fuß gestreichelt hatte, viele bürokratische und emotionale Unwetter überstanden. Die kleine orthodoxe Gemeinde, die innig an ihrem heiligen Lukian hing, dem gerechten Mann Gottes, war entschlossen, ihn sich nicht entreißen zu lassen.

»Lukian war Atheist, um Himmels willen!«, wetterte Professor Marek. »Haben sie nicht *De natura deorum* gelesen?«

»Ich glaube, keiner von ihnen kann lesen, vielleicht mit Ausnahme des Priesters«, sagte Max, »und sie verehren die Statue. Sie ist ihnen heilig. Anscheinend hat sie schon zahlreiche Wunder gewirkt.«

»So viel zu unseren getrennten Brüdern im Osten«, sagte der Professor unwirsch. »Bestechen Sie den Chef der Altertümerverwaltung. Und lassen Sie ihn nicht wissen, was die Statue wirklich wert ist. Sonst gibt er sie niemals her. Erst wenn er meint, den höchsten Preis erzielt zu haben.«

Doch so einfach – durch Bestechung mit Reichsmark – ließ die Sache sich leider nicht lösen. Ein Teil des Frieses aus dem *temenos* war nämlich bereits von Herrn Olivier Rayet ausgegraben und ans Britische Museum in London verkauft worden, wovon so lange niemand etwas ahnte, bis die feierliche Enthüllung stattfand: sieh da, eine der Furien, beinahe unversehrt – wie schön sie ist und wie tödlich, wie sie ausholt und ihre ganze ungestüme Kraft aufwendet. Sie bildete einen zentralen Bestandteil des nördlichen Frieses. Professor Marek wiederum hatte den Rest ausgegraben, aber eine Figur fehlte dem Puzzle fatalerweise. Während der folgenden Monate gingen in brieflicher Form und über Artikel in Zeitungen und Fachzeitschriften erbitterte Schuldzuweisungen hin und her wie selbstgerechte Gewehrsalven. Als Eiltelegramm kam dann endlich ein Tauschangebot des Britischen Museums: Ihre Statue gegen unser Stück vom Fries. Wer wäre mit dieser Vereinbarung besser bedient, Berlin oder London?

Der Kleinkrieg um staatliche Sammlungen, der begonnen hatte, als die neuen Museen in Nordeuropa ihre Bestände ausweiteten und an Selbstbewusstsein gewannen, nahm nach 1870 eine neue Dimension an, die sich in patriotischem Groll und Neidausbrüchen, meist in Form flammender Leitartikel, manifestierte. Neue Opfer in den Mittelmeerländern, zumal Ägypten und Kleinasien, und in Fernost wurden von der Alten Welt ausgeplündert. Restauriert, wieder bemalt, manchmal auch fälschlich, machten sich schöne

Artefakte auf die Reise, um ihre Tage sorgfältig beschriftet in hohen weiten Hallen zu beschließen. Die Bergung der Statue aus der weltfernen verfallenen Basilika war dringender geboten denn je.

Professor Marek, dynamisch und erfindungsreich wie immer, strotzte von Einfällen. Er heuerte einen begabten italienischen Bildhauer an und setzte ihn vor einen gewaltigen Marmorblock. Sechs Monate später, als der neuzeitliche Lukian, flach auf seinem starken Rücken liegend und strohumwickelt auf das Schiffsdeck gehievt wurde, hätte niemand auf Anhieb den Unterschied erkannt; das Original aber, das schwärzlich gestriemt und angeschlagen war, dem sogar mehrere Finger fehlten, sah daneben wie ein armseliger Ersatz für den prächtig wiedererweckten Heiligen aus, dessen wackerer Arm und vollständige Hände sich zu den sieben halb verfallenen Säulen über der Felswand streckten, als hätten sie Sehnsucht nach zu Hause. Professor Marek wohnte mit einer Miene aufrichtiger Frömmigkeit der weihrauchgeschwängerten Weihe des hl. Lukian bei.

Diese ganze Geschichte erzählte Sophie, während sie Kaffee einschenkte und Kuchen servierte und Wolfgang, der seine Bücher und Papiere auf dem Teppich hatte fallen lassen, es sich bequem machte. Er war in diesem Haus aufgewachsen. Er fühlte sich wohl hier, zu Hause eben, und benahm sich entsprechend.

»So! Unser Philosoph ist also auf dem Weg nach London? Max wird ihn dann sicher begleiten?« Wolfgang fragte sich, ob die Statue sich wohl als Köder für das Ehepaar Lewes einsetzen ließe.

»Und ich ebenfalls. Wir kommen mit der Gorgo zurück, die unserem Fries noch fehlt. Und natürlich will Max Verladung und Transport beaufsichtigen. In jedem Stadium.«

»Aha, du begleitest also die Truppe.« Wolfgang stach die Gabel in sein Kuchenstück und schmeckte scharfen Ingwer im Mund. Und wie ließ sich die schöne Gräfin, die inzwischen zur photographischen Berühmtheit geworden, zu seinem Vorteil gegenüber den habgierigen Engländern ausbeuten?

»Ich war nie in London! Meine Eltern sind oft hin und her gereist, als wir klein waren, und brachten immer eine Auswahl von Lehrern und Gouvernanten mit.« Sophie wunderte sich über die Engländer, die in dem Ruf standen, höflich, distanziert und undurchschaubar zu sein, ganz anders als die gewesene Miss Arrowpoint, die, solange sie sich nicht ernst und konzentriert der Schubert-Interpretation widmete, vor Herzlichkeit und kaum unterdrücktem Gelächter übersprudelte. Sophies Blick fiel auf Wolfgangs Papierstapel, aus dem die ersten hundert Seiten von *Daniel Deronda* hervorlugten.

»Mrs Lewes! Ihr neues Buch!«, rief Sophie und griff gleich danach.

»Nur die erste Folge. Ich lese die zweite zu Hause. Ganz anders als ihre früheren Bücher. Ohne Wörterbuch kommt man nicht durch. Aber du wirst dich freuen, wenn du einige unserer Bekannten darin wiederfindest. Klesmer und Miss Arrowpoint treten auf. Sogar namentlich. Vermutlich hat sie sich die Erlaubnis besorgt. Klesmer steht recht heroisch da, muss ich sagen. Er liest der Protagonistin ziemlich scharf die Leviten, als sie sich als Sängerin aufplustert. Hier, bitte.« Und damit reichte ihr Wolfgang den Giftkelch und amüsierte sich über Sophies ungezähmte Neugier.

Als er wieder fort war, begab sich Sophie in die Küche, gab Anweisungen für das Abendessen, zog sich in ihre Räume im oberen Stock zurück, streifte die Schuhe ab und entließ das Mädchen. Noch in ihrer Reitkleidung setzte sie sich und begann zu lesen.

> War sie schön oder nicht schön? Und was war das Geheimnis der Form oder des Ausdrucks, das ihren Augen Lebhaftigkeit verlieh? Überwog ein guter oder ein böser Geist in diesem Blick?

Sophie las weiter, zunehmend erschüttert, denn dieser Auftakt, diese Eröffnung mit einer jungen Frau am Spieltisch stand als dreiste Anklage vor ihr: Das war ja sie mit ihrer Verantwortungslosigkeit, ihrer Unbekümmertheit, der Verpfändung des Colliers, dem jungen Mann, der ihren Spuren folgt, dem Septembertag, den langen Tischen, der Szene in dumpfer, stickiger Versunkenheit, mit jenem nun fast vier Jahre zurückliegenden Nachmittag: Das kannte sie alles; es war überarbeitet, umgestaltet, wurde lebendiger mit jedem Satz. Aber die Heldin der Sibylle ist närrisch und verurteilungswürdig, denn sie verliert, sie verliert wieder und wieder im Spiel. Scharlachrot und bebend saß Sophie da und las. Am Ende des zweiten Kapitels las sie, weil sie vor Scham und Wut den Übergang von Realität zu Fiktion gar nicht mehr mitbekam, die Nachricht so, wie ihr seinerzeit die handschriftliche Note zugestellt worden war, sah ihren Namen statt den der zweifelhaften Heldin.

> Ein Fremder, der das Halsband der Gräfin von Hahn gefunden hat, gibt ihr dieses zurück in der Hoffnung, sie möge dessen Verlust nicht wieder riskieren.

Sophie las nicht weiter. Sie schleuderte den schmalen Band von sich, dass er in einer Zimmerecke landete, saß dann nur da mit feuchten Händen und starrte bebend ins Feuer. Sie fühlte sich völlig nackt, bloßgestellt, empfand ihr junges Herz wie aufgerissen. Und Max! Was wusste er? Einen schrecklichen Augenblick lang glaubte sie, Max habe dieses Buch gutgeheißen, um ihr eine Lehre zu erteilen. Aber sie verwarf den fürchterlichen Gedanken auf der Stelle. Sie war ganz sicher, dass Max sie mehr liebte als seine eigene Seele. Und in seinen Augen war alles, was sie tat, allein deshalb wunderbar, weil *sie* es tat. Warum war nur diese böse Hexe so eifersüchtig auf ihr Glück? Sophie musste an Mrs Lewes' Hochzeitswünsche denken: Wie verstört ihr geliebter Max damals gewesen war. Welch seltsame Macht hatte diese Schriftstellerin, Menschen, die sie kaum kannte, einzuschüchtern und aufzuwühlen? Und warum hielt sie Sophie auf diese grausame Weise, mit einem Zerrbild, ihre jugendliche Torheit vors Gesicht, noch dazu vor aller Augen? Warum musste sie auch noch die Wahrheit verfälschen und die hübsche Spielerin alles setzen und verlieren lassen?

Sie wollte, dass ich verliere, ich sollte alles verlieren, mein Geld, das Collier, meinen Mann. Sie erträgt es nicht, dass eine andere Frau Schönheit, Jugend und Wohlstand besitzt und trotzdem noch geliebt wird. Sie will mich bestrafen.

Und vielleicht rührte Sophie, als sie dies dachte, durchaus an einen wahren Kern, der tief im Unterbewusstsein der Schriftstellerin steckte. Die Heldinnen der Sibylle sind junge Frauen, die noch alles lernen müssen und alles zu verlieren haben. Die kurzsichtige, begriffsstutzige, verblendete, idealistische Dorothea zahlt ein hohes Lehrgeld, ehe sie erkennt, wer ihr Mann wirklich ist – sie muss ihn erst heiraten. Und stellt dann fest, dass sie an einen alten Mann gekettet ist, der weit entfernt von der »großen Seele« ist, die sie in ihm zu entdecken glaubte; er ist von niedriger Gesinnung, verlogen und rachsüchtig. Gwendolen Harleth, eitel, selbstzufrieden, egoistisch, naiv und vertrauensselig, wird von ihrem Mann, dem monströsen Henleigh Mallinger Grandcourt, und dem Geschehen in *Daniel Deronda* beinahe vernichtet. Die meisten Schriftsteller benutzen die Handlung, um ihre Figuren zu strafen; Thomas Hardy ist dafür ja berühmt. Aber wer ist im Roman der Sibylle diese Frau, die am Rand der Geschichte lauert? Wer ist die abgelegte Geliebte, die Gerechtigkeit für sich und ihre illegitimen Kinder fordert? Wir erinnern uns, dass die Sibylle mit George Henry Lewes nie verheiratet war. Das Schicksal dieser Frau hätte auch das ihre sein können; böswillige Zeitgenossen mögen es ihr an den Hals gewünscht haben. Lydia Glasher jedenfalls lechzt nach Blut.

Hätte Grandcourt sie je geheiratet? Wer weiß. Ihr Fluch, den sie gegen die Heldin ausstößt, erfüllt sich: *Sie werden Ihre Strafe erhalten. Ich wünsche es Ihnen von ganzem Herzen.*

Die älteren Frauen in den Büchern der Sibylle sind bestürzende Geschöpfe: Entfesselt und von hemmungslosem Rachedurst beseelt, halten sie Ausschau nach Beute. Hätte Sophie von Hahn sämtliche Elemente der Geschichte gekannt, so hätte sie dies eingesehen und stolz für sie Partei ergriffen, denn in Sophies Herzen herrschten ein ungestümes Bedürfnis nach Gerechtigkeit und eine merkwürdig englische Auffassung von Anständigkeit – nein: Fairplay. Es ist viel unkartiertes Land in uns, das wir berücksichtigen müssten, wenn wir uns einen Reim auf unsere Stürme und Unwetter zu machen versuchen. Sophie hatte mit der Sibylle vieles gemeinsam; beide Frauen glühten vor Wissensdrang, der so mächtig war, dass mildere Formen der Neugier daneben zu schmalspuriger Höflichkeit verblassten. Gestärkt von einem eisernen Willen, der ihnen gemeinsam war, nahmen beide Frauen ihr Leben in die Hand und waren überzeugt, dass alles, was sie taten und sagten, wichtig sei und auch jenseits ihrer kleinen Wirkungskreise einen Widerhall fände.

Manche behaupten, die Sibylle sei fragil und unsicher gewesen und ihr Selbstvertrauen so gering wie ihre Selbstachtung. Aber verabschieden sich schwache, schüchterne Frauen von Religion und Kirche und werden Atheistinnen? Trotzen sie ihren Vätern, verweigern den Gottesdienstbesuch, nehmen ihre Bildung selbst in die Hand und erreichen dabei einen erstaunlich hohen Grad, brennen sie nach London durch, leben auf sich gestellt im Ausland, lassen sich mit verheirateten Männern ein, verdrehen auch Frauen den Kopf und genießen es sichtlich, geben angesehene Literaturzeitschriften heraus, lernen Hebräisch, schreiben Romane, die so lange weiterleben werden, solange wir noch lesen können, werden reich und berühmt und denken selbständig?

Aber das ist ja der entscheidende Punkt: die Macht des eigenständigen Denkens. Sophie und die Sibylle prüften jedermanns Urteil an ihrem eigenen. Beide Frauen glaubten an ihr unveräußerliches Recht, zu unter- und zu entscheiden, und beide neigten dazu, die eigene Meinung für die maßgebliche zu halten. Beide Frauen setzten gern ihren Kopf durch. Niemals aufgeben! Beide waren entschlossen, sich niemals klein machen zu lassen. Eine forsche Modernität bestimmte ihr Handeln: keine Scham, keine Schuld, keine Furcht, kein Zögern. Und kein Pardon.

Und wie ging es weiter?

Sophies gut geheiztes Wohnzimmer, ein Ausstellungsort ihrer Andenken an reiterliche Glanzleistungen, dessen hohe Doppelfenster auf den kahlen, noch nicht aus dem Wintergrab wiederauferstandenen Garten hinausgingen, führte ins gemeinsame Schlafzimmer des Ehepaars, hinter dem Max noch ein eigenes Ankleidezimmer hatte. Sophie kreiste einmal durchs Schlafzimmer auf der Suche nach einem Taschentuch und dachte währenddessen über ihre Befürchtungen und Verdächtigungen nach. Sie goss kaltes Wasser in ihre Waschschüssel und wusch sich ihr brennendes Gesicht. Draußen senkte sich die Dämmerung über den Rauch, der von Tausenden frisch eingeschürter Herde und Öfen aufstieg. Argwöhnisch wie eine Katze näherte sie sich den ersten Kapiteln von *Daniel Deronda*, die als zerlesener Haufen hinter einem Sessel lagen, glättete die Seiten und verstaute sie, ordentlich gestapelt, in einer ihrer ledernen Reisetaschen. Sie war noch unschlüssig, was sie tun sollte, eines aber wusste sie: dass das Buch ein nicht zu leugnendes, noch dazu veröffentlichtes Beweismaterial darstellte. Als sie sich auf den Weg nach unten machte, hörte sie Max ins Haus stürmen und die Dienerschaft anbellen:

»Ist die Gräfin schon zu Hause?«

Er sah sie die Treppe herab auf ihn zukommen und eilte ihr unter sich steigerndem Knarzen und Knacken der hölzernen Stufen bis zum ersten Absatz entgegen.

»Sophie! Der Lukian ist verpackt und bereit zur Verladung auf die Eisenbahn. Vorerst ist er im Lager eingesperrt, zwei Männer halten Wache. Liebste! Was ist los? Du hast doch nicht geweint?«

Dass er den geringsten Hinweis auf Schmerz oder Beunruhigung in ihrem offenen Gesicht, die geröteten Augen sofort registrierte, beschwichtigte sie vollends. Er liebt mich, er liebt mich nicht, er liebt mich. Und mit diesem grausamen, verräterischen Buch hat er nichts zu tun. Max, auf einmal voller Unbehagen, umarmte seine Frau.

»Es ist alles in Ordnung.« Sophie sagte die Wahrheit, wenn auch nicht die ganze. »Ich habe einen Roman gelesen. Und die Geschichte ist mir so zu Herzen gegangen, dass ich ein bisschen weinen musste.«

Die Arme umeinandergeschlungen, gingen Mann und Frau die Treppe hinauf. Sophie hatte nichts zu befürchten: Max las nie Romane, jedenfalls hatte sie ihn nie dabei gesehen.

❧

Zwei Tage später machten sich Max, Sophie, Professor Marek und ein kleines Gefolge Hilfswilliger auf den Weg nach London. Die Trophäe lag strohgedämmt und sicher verpackt auf der Ladefläche des Transportfuhrwerks. Wolfgang begleitete sie bis zum Anhalter Bahnhof und kehrte dann nach Hause zurück, um eine ebenso kalkulierte wie überschwängliche Lobeshymne an die Sibylle zu verfassen. Er tat dies in seinem eigenartig gestelzten Englisch. Max hätte es besser gemacht, musste er zugeben, er schrieb flüssiger und eleganter, war andererseits aber wenig versiert in der

Kunst der Schmeichelei, und Wolfgang verließ sich darauf, dass Lewes den Brief zuerst las.

Liebe, sehr verehrte Madam Lewes,
Ihr außerordentliches neues Buch ist mir das Ereignis des Monats geworden. Nicht hätte ich gedacht, dass die Eleganz und Raffinesse von *Middlemarch* noch zu überbieten sei, allein ich bin gegenwärtig von der Neugier verzehrt zu erfahren, wie es der unglücklichen kleinen Jüdin und unserem edlen Helden Deronda weiter ergehen mag. Bitte erbarmen Sie sich Ihres ergebensten Bewunderers zu Berlin und gestatten Sie mir, von Mr John Blackwood die in Kürze zu erwartenden Fahnenabzüge zu erbitten. Unser Übersetzer, mit welchem Sie sich einverstanden erklärten, hat sich unterdessen schon ans Werk gemacht, aber selbstverständlich wird kein Wort an die Öffentlichkeit dringen, ehe er nicht Ihren klugen sprachlichen Rat erhalten und Sie Ihre Druckerlaubnis erteilt haben. Der Roman ist grandios, liebe gnädige Frau, die Eröffnungsszene meisterhaft, die kleine Hexe Gwendolen ebenso fesselnd wie gefährlich. Welches Schicksal hat sie zu erwarten, wie werden die beiden Ströme dieses großen Werks am Ende zusammenfinden? Sie sehen: ich denke kaum an etwas anderes.

Mr Lewes setzte mich über die Vereinbarungen in Kenntnis, welche mit Tauchnitz getroffen wurden, und wenngleich ich außerordentlich bedaure, dass wir diesmal nicht das Vergnügen haben werden, das Original als Nachdruck auf dem Kontinent zu verbreiten, vertraue ich doch darauf, dass Sie uns nicht vergessen, wenn eine Prachtausgabe Ihrer Gesammelten Werke zu erwägen ist. Nichts wäre mir größeres Vergnügen, gereichte mir zu höherer Ehre als sie hier in Berlin zu drucken, in zwei Sprachen.

(So, dachte Wolfgang, das dürfte genügen. Sei ein Gentleman. Keine Vorwürfe. Vorerst keine Erwähnung von Zahlen. Er tauchte die Feder ins Tintenfass.)

Wie Sie zweifellos bereits den Berichten der *Times* entnommen haben, hat Max mit der Entdeckung der Originalstatue des Lukian eine kleine Sensation bewirkt. Niemals werde ich Ihre Kommentare zum berühmten *Fragment* vergessen, als Sie hier in meinem Büro mit Max über jenes aufwühlende Werk sprachen. Max hat sich seither gefestigt; er ist allem, was er tut, mit Leib und Seele hingegeben, und ich bin der festen Überzeugung, dass dies Ihrem Einfluss zu verdanken ist. Von der Reise nach Stuttgart vor vielen Jahren kehrte er geläutert, ja verwandelt, ernster und verantwortungsbewusster zurück. Ihre Weisheit, Madam, vermag ein Leben zu verklären und unseren Blick zu den Idealen emporzuheben, welche wir vielleicht erreichen können; sie befähigt uns, bessere Menschen zu werden.

(»Verklären« klingt überzeugend. Sie hat eine religiöse Ader und sieht sich gern als Erlöserin.)

Max ist nun auf dem Weg nach London. Er begleitet den großen Professor Marek und wird seinerseits begleitet von seiner Gattin. Sie bringen ihren seltenen Fund ins Britische Museum und hoffen, im Austausch dafür das Relief der *Erinnyen* zu erhalten, das ein Teil jenes herrlichen, ebenfalls in Milet entdeckten, gegenwärtig aber noch unvollständigen

Frieses ist. Es ist ihm, das weiß ich, ein Herzensanliegen, Sie und Mr Lewes wiederzusehen, und ich vertraue darauf, dass er mich mit der Nachricht erfreuen wird, dass Sie sich bei guter Gesundheit befinden und sich stetig der Fertigstellung Ihres großartigen Romans nähern.

Mit den allerbesten Wünschen und Grüßen an Sie und Ihren Gatten verbleibe ich

Ihr treuer und ergebener Verleger
Wolfgang Duncker

(Damit sollte der Samen für künftige Verhandlungen gepflanzt sein. Ich habe meine Karten auf den Tisch gelegt; nun ist sie am Zug.)

Wolfgang bewegte die Löschwiege auf seinem Brief hin und her, um die Tinte zu trocknen, las ihn noch einmal, achtete dabei auf allfällige Verdopplungen schmeichelnder Adjektive, bereitete die Abendpost vor und ließ währenddessen, da er zufrieden war, von seinem Kommis eine Abschrift anfertigen. Elegante Wendungen der einschmeichelnden Art pflegte er aufzubewahren; der Gedanke, dass seine zarten Andeutungen gut aufgenommen würden, gefiel ihm.

(Ich klinge nicht verbittert oder vorwurfsvoll; gemach und taktvoll, so geht man vor. Lewes wird ihr den Brief vorlesen, der ja vor Komplimenten überquillt. Habe ich zu dick aufgetragen? Nein, nichts, das ich nicht aufrichtigen Herzens wiederholen könnte. Das neue Buch ist kraftvoll, keine Frage, aber warum, um Himmels willen, muss sie die Juden mit hineinziehen?)

Professor Mareks jüngere Schwester hatte einen Engländer geheiratet, altphilologisch nicht allzu bewandert, aber gutmütig und reich.

Das Paar führte ein großes Haus in Regent's Park samt Remise und Stallungen, keine halbe Meile von der Priory entfernt. Marian Evans und George Henry Lewes hatten das Haus mit der Anschrift North Bank Nr. 21 im August 1863 für zweitausend Pfund auf fünfundvierzig Jahre gepachtet und bewohnten es seither. Die Priory stand am Ufer des Kanals, es war ein schönes großes Haus inmitten eines Rosengartens. Das hieß aber, dass sich Sophie und Max, indem sie bei des Professors Schwager und Schwester Unterkunft nahmen, eine unheimliche Nähe zur Höhle der Sibylle ausgesucht hatten.

Sophie, die von der Betriebsamkeit der Londoner Straßen hingerissen war, schrieb ihren lieben Eltern: Neben den Scharen von Menschen und Pferden, die den Londoner Straßenlehm aufwühlten, kämen ihr die breiten Berliner Boulevards gemächlich und frei von jeglicher Eile vor. Sie sei begeistert von den Theatern, die vom Gaslicht taghell erleuchtet seien, und sie beobachte die Prostituierten am Haymarket, die farbenprächtig wie Paradiesvögel im Menschengewimmel ihre Kundschaft suchten. Und sie galoppiere mit einem Pferd ihrer Gastgeber rund um den Park, erfreue sich am morgendlichen Raureif, unter dem bereits eine ganz hinreißende Flut von Narzissen und gelben Jonquillen zum Vorschein komme. Tatsächlich war der Londoner Frühling schon weit fortgeschritten und quoll in weißen und violetten Fliederdolden und hellgrünem Laub über die Gartenmauern. Die größte Aufregung aber bot sich der jungen Gräfin in mechanischer Form: Ihre Gastgeberin besaß eine kleine Flotte Fahrräder.

Sie hatte ein Hochrad, später Penny-Farthing genannt, weil das Größenverhältnis zwischen Vorder- und Hinterrad dem der Penny- und Farthing-Münzen entsprach, und ein Veloziped oder Tretkurbelrad, das ihr Gatte aus Frankreich hatte kommen lassen. Die erstaunlich schwere Maschine hatte, dem Antriebsprinzip eines Schleifsteins folgend, eine gekrümmte Radachse, die der Fahrer mittels zweier Pedale mit den Füßen betätigte. In der beigefügten

Unterweisung hieß es: »Der Fahrer, welcher aufrecht und im Sattel zu bleiben wünscht, wäre gut beraten, so rasch wie möglich zu treten, widrigenfalls er einen Sturz zu gewärtigen hat.« Als Sophie aufgesessen war und von zwei Stallknechten in Position gehalten wurde, erleichterte sie sich das Sitzen im harten Sattel mit einem kleinen Kissen. Nach mehreren Runden unsicheren Wankens rund um den Stall meldete sich die unerschrockene Gräfin zu einem Intensivkurs bei einem bekannten Velozipedexperten an. Mit vereinten Kräften kämpften sie mit der öligen Maschine, bis Sophie ohne fremde Hilfe Gebäudeecken umrunden konnte. Max sah seiner davonziehenden Gattin entsetzt nach.

1. Schauen Sie immer, wo Sie hinfahren. (Das tat sie nicht.)
2. Sitzen Sie stets aufrecht. (Das immerhin tat sie, grundsätzlich, vor allem bei Tisch.)
3. Treten Sie gleichmäßig mit beiden Beinen. (Ihre Stiefel verschwammen zu einer kreisenden Unschärfe.)
4. Fahren Sie geradeaus. (Das Hauseck, Gräfin, das Hauseck. Das war knapp.)
5. Halten Sie den Fuß gerade. (Beide Füße.)
6. Halten Sie die Lenkstange auf natürliche Weise. (Selbstverständlich!)
7. Wackeln Sie nicht mit den Schultern. (Nie!)
8. Halten Sie sich möglichst ruhig und bleiben Sie sitzen. (Sophie war sehr bemüht, ihr Kissen fest unter sich zu behalten.)
9. Schütteln Sie nicht den Kopf. (In diesem Moment flog ihr Hut davon. Max rannte seiner Frau nach, die jetzt, angefeuert von Dienern und Stallburschen, deren demokratische Gesinnung ihn zu alarmieren begann, mit flatternden Bändern über die vom Winter verursachten Schlaglöcher sauste.)
10. Gräfin, Gräfin, Ihr Hut!

Unbeaufsichtigt und entzückt darüber fuhr sie Seite an Seite mit Professor Mareks nicht minder begeisterter jüngerer Schwester rund um Regent's Park.

»Ist halt der neueste Schrei bei den Damen«, kommentierte der lebhafte kleine Professor schmunzelnd. »Aber keine Sorge. Ist die junge Gräfin erst einmal in anderen Umständen, werden wir sie schon überreden können, das alles bleiben zu lassen.«

Max rieb sich errötend das Kinn.

Die Größe der Statue sorgte im Museum für Furore – nicht wegen ihres vorgesehenen Standortes, an den sie perfekt passte, sondern weil der Leiter der Antikensammlung sich einen Theatercoup in den Kopf gesetzt hatte, der folgendermaßen aussehen sollte: Die Skulptur würde mit rotem Tuch verhüllt, das dann jäh herabgezogen würde, so dass der Lukian in aller Pracht vor den begeistert applaudierenden Zuschauern stünde. Doch die Marmorplastik fügte sich so passgenau in die für sie vorgesehene Nische, dass die Entfernung jeglicher Art von Hülle, geschweige denn der gefaltet bereitliegenden schweren roten Samthaube sich als praktisch nicht durchführbar erwies. Eine Leinwand? Ein Vorhang? Verschiedene Lösungen wurden vorgeschlagen und verworfen. Keine Leinwand, die groß genug war, ließe sich so kurzfristig beschaffen, ein Vorhang müsste um eine Ecke gleiten, ehe der Philosoph ganz enthüllt wäre, und für die nötige Aufhängungsvorrichtung hätte es einen Ingenieur vom Format Isambard Kingdom Brunels gebraucht. Lukian starrte leer auf die Schar gewichtiger Köpfe, keiner so herausragend wie der verehrte Philosoph, zu dessen mächtigen Füßen sie sich versammelt hatten und sich uneins waren – wie neu aufgenommene Schüler, die sich Erleuchtung von ihm erhoffen.

Und so oblag es der Gräfin Sophie von Hahn, den Gordischen Knoten durchzuhauen. Mit weithin hörbarer Entschiedenheit drehte sie sich zum Professor um und sagte:

»Hat Lukian denn nicht auf dem Markt von Milet gelehrt? So dass alle, auch die ärmsten Weber und Bauern und Hafenarbeiter, ihm zuhören konnten? Warum wollen wir ihn dann jetzt verbergen? Er hat unter freiem Himmel gelehrt. Geheimes und Verhülltes hielt er für gefährlich. Sind wir nicht hier versammelt, um ihn und seine Lebensanschauung zu feiern? Nicht um uns Gauklertricks auszudenken?«

Der Leiter der Antikensammlung missbilligte hochnäsige junge Frauen, die sich das Recht anmaßten, über Dinge zu sprechen, von denen sie nichts verstanden. Er fühlte sich kritisiert und war im Begriff, Einwände zu erheben. Professor Marek aber berührte seinen Ellenbogen, und Sophie sprudelte weiter.

»Warum flechten wir ihm nicht einen Lorbeerkranz? Als wäre er ein Athlet und Sieger bei den Spielen. In seiner Jugend war er Meister im Zehnkampf, nicht wahr? Und wir können Blumen zu seinen Füßen niederlegen. Dann sehen ihn gleich alle, die früher hereinkommen, in ganzer Pracht.«

Sophie empfand einen gewissen Besitzerstolz hinsichtlich der Statue. In ihrer Vorstellung gehörte der Lukian nach wie vor ihr. Sie hatte als Erste die grünlichen Füße des verehrten Heiligen in der dunklen Kirche berührt und ihn sofort erkannt, und mochte sie auch in den akademischen Artikeln nicht als seine Entdeckerin erwähnt sein – in den Zeitschriften und teuren Photographiebüchern war und blieb sie die ungekrönte Königin, neben der ihre Mitstreiter weit zurückstanden. Sie hob den Blick zu dem seltsam nackten Marmorgesicht; während der Körper bescheiden mit der jetzt tadellos gesäuberten Amtstoga verhüllt war, sprachen die Gesichtszüge von vielfältigen Gefühlen und Urteilen. Professor Marek hob die behandschuhte Hand der Gräfin an seine Lippen. Das

Geld ihres Vaters gab ihr das Recht, das Wort zu ergreifen, wann immer ihr der Sinn danach stand.

»Wieder einmal, *chère madame*«, sagte er auf Französisch, »weisen Sie uns den Weg zum Ruhm.« Und zu den versammelten Wissenschaftlern und dem Leiter der Antikensammlung sagte er auf Englisch:

»Ich finde die Idee bezaubernd. Blumen, natürlich, wir brauchen Blumen. Ich schlage vor, dass wir dem Einfall der Gräfin ohne weiteres zustimmen.«

Max nahm die Hand seiner Frau und führte sie beiseite. Erstaunt sah er sie an. Ihre lebendige Schönheit leuchtete hell und strahlend vor den aus Mesopotamien entwendeten assyrischen Kriegern.

»Ich wusste gar nicht, dass du schon die *Briefe an Myriam* gelesen hast und Lukians Meinung über Geheimnisse und die verheerende Wirkung von unausgesprochenem Zorn kennst. Ich werde diese Passage bei der Zeremonie vorlesen. Auf Englisch und Griechisch.«

»Das habe ich doch gar nicht.«

»Nein? Aber das kann doch nicht sein. Du hast ihn ja praktisch wörtlich zitiert. *Was verborgen und geheim ist, ist immer gefährlich, denn es dient einem unerklärten Interesse.*«

»So habe ich es doch gar nicht ausgedrückt. Das ist wirklich nur ein Zufall. Ohnehin, Max, ist das keine heilige Erkenntnis, sondern einfach praktische Erfahrung.«

Sophie küsste ihn auf die Wange und lächelte.

»Komm, wir gehen miteinander zum Markt und kaufen Lorbeer, so viel wir bekommen, und rote Tulpen.« Rote Frühlingsblumen, hatte sie bei sich bereits beschlossen, wären ein würdiger Kontrast zu den massiven Marmorzehen des Philosophen. Und alle, die bei der Zeremonie in der ersten Reihe saßen, würden auf seine Füße starren.

Wie sich zeigte, musste der Lorbeer im Botanischen Garten stibitzt werden; die Köchin flocht dann einen Kranz daraus, nachdem ihr eine raffinierte Methode eingefallen war, wie sich die Lorbeerzweige mit entblättertem Feuerdorn zusammenhalten ließen.

»Wäre er lebendig, würde ihm die Haut aufgerissen wie von einer Dornenkrone«, sagte Sophie und hielt den Kranz auf Armeslänge vor sich hin. »Kümmere du dich weiter darum, Max, auch um die Tulpen, ich lege mich kurz hin und kleide mich dann um. Aber um zwei Uhr bin ich wieder unten, pünktlich für die Einweihungsfeier. Hoffentlich wird der Nachmittag nicht allzu trüb. Dieses Museum hat wirklich sehr wenig Tageslicht.«

Sie verpackte den Lorbeerkranz in einer Hutschachtel und verabschiedete sich in der Diele von Max. Dann ging sie in die Bibliothek, schürte eigenhändig den Kamin an, obwohl das Hausmädchen sie plappernd und protestierend umkreiste, und erklomm dann die bewegliche Leiter, um in den oberen Regalen nach Lukians *Briefen an Myriam* zu suchen. Und es dauerte auch nicht lang, bis sie fündig wurde und die zweisprachige Ausgabe, Englisch und Griechisch, herauszog. Sie beschnupperte den ungelesenen Band, dessen Seiten noch nicht aufgeschnitten waren. Sie läutete nach einem Papiermesser, zog ihre feuchten Stiefel aus und einen Stuhl ans Feuer und begann zu lesen. »Brief VII: Von Lügen, Geheimnissen und Schweigen.« Myriam verstand Griechisch und Latein. Manche behaupteten, sie sei Jüdin gewesen, die vor den Kriegen in Palästina geflohen sei, und von Lukian in seinem Haushalt aufgenommen worden. Andere Quellen bezeichneten sie als frühe Christin, die noch die ersten Jünger gekannt habe. Eines war sicher: Sie war die Adoptivtochter des Philosophen geworden, und er hatte sie freigelassen. Kein Kind, das er sich erwählte, sollte je Sklave sein. Die *Briefe an Myriam* enthielten seine Morallehre und seine Kommentare zur Metaphysik des Alltagslebens und des Gemeinwohls. Dank den in den Text eingestreuten Verweisen auf die Bräuche des frühen Christentums waren die Briefe nach wie vor aktuell und wurden von Historikern und Theologen nach brauchbaren Belegen für ihre Thesen durchforstet. Sophie ackerte sich durch ein Drittel der schwülstigen Einleitung, warf dann die Flinte ins Korn und schnitt stattdessen die Seiten auf, von denen Max glaubte, sie seien ihr bereits bekannt.

Es war eine freimütige, unverwechselbare Stimme, die vom ersten Satz an mit einer Klarheit und Unmittelbarkeit zu ihr sprach, dass Sophie sich fühlte wie jene freigelassene Sklavin, die ihrem Adoptivvater zuhörte.

> Dieser große Zorn in dir, der uneingestanden und unausgesprochen bleibt, wird deine Seele zersetzen und zerstören. Erzähltest du mir nicht die Geschichte deines Herrn, des Rabbi, der mit nichts als einer Geißel aus dünnen Schnüren bewaffnet die Geldverleiher aus dem Tempel zu Jerusalem vertrieb? Und vertrieb er nicht auch die Schafe und Ochsen und schüttete das Geld der Wechsler aus und warf ihre Tische um? So sollst auch du deinen Zorn aus dir vertreiben. Sieh dir das Gefühl an, das in dir ist, und verwandle seine Macht in einen Fluss, den du kontrollieren kannst, so wirst du nicht länger seine Sklavin sein.

Dieses Fragment Lukian'scher Weisheit, gerichtet an eine Unbekannte im ersten nachchristlichen Jahrhundert, warf auf einmal einen düsteren Widerschein in die Gegenwart. London ist die Stadt der Sibylle. Wo ist die Frau, die mich als eingebildet, töricht und oberflächlich dargestellt hat, als gerechtes Ziel für Spott und Verachtung der Welt? In jäher Wut trat Sophie, in Strumpfsocken, gegen das Kamingitter, und im selben Moment vernahm sie aus der Ferne, gedämpft von geschlossenen Türen, ein beharrliches Läuten. Nach einer Weile verstummte es, und kurz darauf erschien ein Dienstmädchen mit einer zusammengefalteten Nachricht.

»Das ist eine Mitteilung für den gnädigen Herrn, Frau Gräfin.« Das Mädchen zögerte unschlüssig. »Der Bote sagt, es sei dringend, aber eine Antwort braucht er nicht.«

»Oh.« Sophie streckte die Hand nach dem Brief aus. »Was ist das?«

»Es kommt von Mrs Lewes in der Priory, Madam.«

Sophie riss dem Mädchen den Brief aus der Hand, warf den Lukian von sich und erbrach das Siegel so ungestüm, dass das Blatt einriss und mit ihm die gleichmäßige, stetige Handschrift der Sibylle. Sophies Miene veränderte sich, während sie las; in ihre Züge trat der gleiche erschrockene und beleidigte Ausdruck, wie ihn die heilige Maria hatte, als der Engelsbote auf sie zutrat. Sophie war weit davon entfernt, den in ihr brodelnden Zorn zu zähmen: Während sie diese Zeilen las, entflammte sie in weißlodernder Wut.

Mein liebster Max,

wäre ich kräftig genug, am heutigen Nachmittag der Zeremonie im Museum beizuwohnen, hielte nichts mich ab, Ihnen persönlich zu gratulieren. Wie unglaublich, dass Sie tatsächlich unseren geliebten Lukian, der uns beiden so viel bedeutet, entdeckt haben! Mein Entzücken, Sie nach all den Jahren wiederzusehen, ließe mir die Teilnahme gerade an dieser besonderen Feier wahrlich als große Versuchung erscheinen, allein ich bin leidend und mit einer Zahnentzündung ans Bett gefesselt. Mr Lewes aber wird anwesend sein und Ihnen im Namen von uns beiden Beifall spenden. Ich rechne jedoch fest damit, dass Sie uns vor Ihrer Rückkehr nach Berlin noch in der Priory beehren. Es war mir hoher Lohn und große Befriedigung, als ich erfuhr, dass Sie endlich Ihre wahre Bestimmung fanden und wirklich der berühmte Gelehrte und Abenteurer wurden,

den zu verehren und zu bewundern ich mich stets gesehnt habe. Sie haben alle meine Hoffnungen und Erwartungen erfüllt.

Mein liebster Max, wenn Sie nur wüssten, wie sehr ich wünschte, jedes womöglich noch zwischen uns stehende Missverständnis zu beseitigen! Sie begegneten mir immer nur mit Ehrerbietung und Hochachtung, und unsere Freundschaft ist mir überaus kostbar. Meine Zuneigung zu Ihnen ist unverändert.

Mit herzlichen Grüßen bin ich
Ihre Marian Evans Lewes

Was war es denn, das Sophie in derart kolossalen Zorn versetzte? Die Tatsache, dass sie ignoriert wurde? Unerwähnt blieb? Nicht anerkannt war als Entdeckerin der Statue in der Basilika? Dass ihre Leidenschaften und Ambitionen in der offiziellen Geschichtsschreibung nicht vorkamen, ja von der vollmundigen Prosa der Sibylle absichtlich verzerrt dargestellt wurden, damit die mondäne Gesellschaft sie verspotten und herabsetzen konnte? Sollte sie dasitzen und tatenlos zusehen, wie diese Frau, diese altertümliche Matrone, ihrem, Sophies, Ehemann intime Briefchen schickte? Nun, was immer es war, das Sophie derart in Rage versetzte, der Anlass war stark genug, dass sie aufsprang, in ihre Stiefel fuhr, in die Diele polterte, lauthals und auf Französisch nach ihrem Strohhut und Mantel verlangte, durch die Eingangstür stürmte, in der Hand den fatalen Brief mit seiner unschuldigen aufgedruckten Absenderadresse, und die stille Straße Richtung Regent's Park Canal entlangmarschierte.

»Sophie? Sophie!«, rief ihre Gastgeberin ratlos hinter ihr her. Die Gräfin Sophie aber war nicht mehr aufzuhalten.

Das Haus war von der Straße ein gutes Stück zurückgesetzt: zwei Stockwerke hoch, mit hohen Fenstern und noch kargen, aber von jungen Trieben strotzenden Rosensträuchern, die sich vor der Eingangstür zu einem Bogen wölbten. Weiß leuchteten die Spitzgiebel. Entschlossen wie ein Racheengel hielt Sophie am Gartentor inne und blickte auf den Brief in ihrer Hand, den sie entfaltete, als bräche sie das siebte Siegel. The Priory – ja, hier bin ich richtig. Sie marschierte durch den Garten auf den Hauseingang zu, riss am Glockenzug und hörte es tief im Haus bimmeln. Ein sehr kleines Hausmädchen mit neugierigen, wissenden Augen blickte zu ihr auf und hatte offensichtlich ein anderes Gesicht erwartet. Sophie drängte sich an ihr vorbei und schloss auf der Stelle die Tür hinter sich. Das Mädchen war beunruhigt.

»Es tut mir sehr leid, gnädige Frau, aber Mrs Lewes ist unpässlich und kann niemanden empfangen. Mr Lewes ist ausgegangen. Ich bedaure sehr, aber …«

Sophie schnitt ihr das Wort ab, indem sie die Ärmste zur Seite, ja beinahe in die chinesische Vase schob, die als Schirmständer diente.

»Es ist mir durchaus bewusst, dass Mr Lewes ausgegangen ist. Sagen Sie Ihrer Herrin, dass ihr deutscher Verleger, Maximilian Reinhard August Duncker, sie in einer dringenden Angelegenheit zu sprechen wünscht.«

Ein kleiner Akzent, ein ausländischer Unterton in Sophies Befehl erschütterte das Selbstvertrauen des Mädchens als Zerberus. Skrupellos überreichte Sophie, in weiser Voraussicht damit gewappnet, Maxens Visitenkarte. Das kleine Hausmädchen schüttelte zweifelnd den Kopf, führte Sophie ins Empfangszimmer, wo es sie zu warten bat, und entfernte sich. Grüne Tapeten, bequeme Sessel, hier und dort ein Tischchen, handgemalte botanische Studien in eleganten Rahmen … Sophie wartete dreißig Sekunden und folgte dann dem Mädchen die Treppe hinauf. Auf dem zweiten Absatz hatte sie aufgeholt.

»Aber gnädige Frau …«

»Gehen Sie weiter. Kündigen Sie mich an. Sagen Sie, dass ich eine wichtige Nachricht von Max bringe. Sie wird mich empfangen. Sie erwartet eine Antwort.«

Mit instinktiver Sicherheit wusste Sophie, dass der Name ihres Mannes die Sibylle unter dem Joch des Leidens hervorlocken, den Käfig der Weissagung aus dem delphischen Abgrund heben werde. Das Mädchen klopfte an und trat ein, Sophie folgte bis auf die Schwelle des großen Wohnzimmers. Dort blieb sie stehen und schätzte das Schlachtfeld ein. Theatervorhänge, ein wenig zur Seite gezogen, enthüllten das Ausmaß des Raums. Eine schmale Gestalt mit weißer Spitzenhaube und Gesichtsumschlag saß zusammengekrümmt auf dem Sofa und besserte offenbar eine Wolldecke aus. Der berühmte hängende Unterkiefer war weitgehend verborgen, die Nase aber, von roten und purpurnen Flecken verunziert, stand weit heraus. Der große Kopf, der für die aufrechte Haltung anscheinend zu schwer war, hob sich zögernd, um nach der unerwünschten Störung zu spähen. Das Mädchen huschte zu der großen Dame, drückte ihr die Visitenkarte in die Hand, murmelte einige aus der Ferne unverständliche Worte und floh, beide Türflügel hinter sich schließend. Sophie, die neben den Vorhängen stehen geblieben war, hatte nur ein Wort vernommen: »Max!«

Der Name hatte eine magische Wirkung auf die zusammengesunkene Leidensgestalt. Die Sibylle richtete sich auf, drehte sich um und versuchte aufzustehen, wobei ihr der Schal von den Schultern auf die Sofakissen glitt. Die halb herabgezogenen Jalousien warfen Schattenstreifen auf die Teppiche. Im trüben Zwielicht starrten die beiden Frauen einander überrascht und entsetzt an.

»*Sie* sind Mrs Lewes?« Sophie trat zwei, drei Schritte auf sie zu. Ihre Eröffnungssalve sollte, so ihre Absicht, heftig, rational und unabweislich sein, doch ihre Stimme schmetterte fanfarengleich durch die reglose, muffige Luft, und ihr Ton klang verächtlich und ungläubig. Dieser bleiche Schemen war tatsächlich die große weise Frau, vor der ganz Europa das Knie beugte? Und kein tanzender Affenmensch weit und breit, der die berühmte Schriftstellerin abgeschirmt hätte. Daher blickte sie unbeschützt einer einstmals begeisterten Leserin ins Auge, deren entfesselter Zorn die Stille zerbersten ließ.

»Ich wollte nicht unten warten, nur um mich dann abweisen zu lassen. Lang genug habe ich auf Ihre Antwort gewartet. Auf meinen Brief nämlich, den ich ihnen vor mehr als vier Jahren schrieb und den Sie mir nie beantwortet haben. Und jetzt gebe ich Ihnen diese unbedachte Nachricht zurück, die Sie meinem Mann schickten – Sie versichern ihn darin Ihrer unvergänglichen Zuneigung. Damit haben zumindest Sie eine vollständige Antwort erhalten: Sie selber hatten ja nicht den Anstand, mir meinen Brief persönlich zurückzugeben. Geschweige denn ihn zu beantworten. Sie gaben ihn meinem Mann, um Zwietracht zwischen uns zu stiften.«

Sie warf der Sibylle die zerknüllte Nachricht vor die Füße. Im Gesicht der Schriftstellerin bildeten sich zwei weiße Linien zu beiden Seiten der Nase. Sie trug Augengläser. Hätte sich Sophie, die jetzt im Gegenlicht vor ihr stand, die Mühe gemacht, ihre Gegnerin genau anzusehen, so hätte sie eine von Zahnschmerzen arg zugerichtete, gebrechliche alte Dame erblickt. Die junge Gräfin aber, den Hut rechtwinklig auf dem Kopf wie ein Kardinal, ein flirrender Dämon in Menschengestalt, war zu eifrig damit beschäftigt, ihren Zorn in einer Weise zu entladen, die der Philosoph Lukian niemals gebilligt hätte, und sie hatte nicht die Absicht innezuhalten, ja sie holte nicht einmal Luft.

»Ich bin Sophie Gräfin von Hahn, und Sie haben mich als Modell für die Eröffnung Ihres neuen Buches missbraucht – wozu Sie kein Recht hatten. Ich klage Sie an, mir einen Moment meines Lebens entwendet und die Tatsachen entstellt zu haben. Sie sind ungerecht. Und unaufrichtig. Einst habe ich Ihre Bücher bewundert, jetzt haben Sie mich enttäuscht.«

Die Sibylle sank in die Sofakissen zurück, als sei sie niedergeknüppelt worden. Dieser Vorwurf war zu grotesk, als dass sie ihn hätte begreifen können. Wer um Himmels willen hatte einer aufgebrachten Person, die keinerlei Zurückhaltung kannte, die Erlaubnis gegeben, die Stille dieses Wohnzimmers mit ihrem lauthals geäußerten Zorn zu zerstören? Wer war diese junge Frau überhaupt? Welche Beziehung unterhielt sie zu Max? Die grausamen Zahnschmerzen trübten ihren Verstand. Dieser Raum diente ihr als Audienzzimmer, als Thronsaal, er war das Heiligtum, in dem ihre Jünger sich vor ihr verneigten, ihrem Genie huldigten, geduldig auf einen Moment an ihrer Seite warteten, auf Trost und Rat der altehrwürdigen Gottheit hofften. Und wo war ihr feuriger Hüter, ihr Verteidiger gegen entfesselte Leidenschaften? Ihre tiefsten Ängste stiegen an die Oberfläche und taumelten aus ihrem schmerzenden Mund.

»Sie verurteilen mich«, flüsterte sie, »sie verachten mich für das, was ich bin, für das Leben, das ich geführt habe. Sie maßen sich an zu wissen, was ich gelitten habe.«

Die Sibylle antwortete nicht der vor ihr stehenden Klägerin, sondern einem ganz anderen Gericht, das sie *in absentia* verurteilt hatte. Die gegenwärtige Konfrontation kreuzte sich mit einer anderen. Aber Sophie wich keinen Fingerbreit. Sie war nicht hier hereingestürmt, um über die Lebenslage der Sibylle oder die Gefühle einer Schriftstellerin zu diskutieren, sondern um ihrem eigenen Luft zu machen. Ihr Wutschrei war bis ins Erdgeschoss zu hören, wo die am unteren Ende der Treppe versammelten Dienstboten vor Neugier und Sorge gebannt emporstarrten.

»Nein, Sie irren. Ich verurteile Sie nicht für das, was Sie getan haben oder sind. Und was Sie durchlitten haben, ist mir, offen gestanden, gleichgültig. Warum sollte es mich kümmern, ob Sie mit

Mr Lewes rechtmäßig verheiratet sind oder nicht? In Deutschland leben viele wie Sie. Ich wurde nicht dazu erzogen, derart engherzige Meinungen über meine Mitmenschen zu hegen. Sie aber, Sie sind engherzig. Wäre ich an Ihrer Stelle und hätte Ihre Wahlfreiheit, ich hätte Ihre Bücher ganz anders geschrieben. Niemals hätte ich die Frauen aufgefordert, sich zu opfern und zu unterwerfen und mit diesem Los auch noch zufrieden zu sein. Ich hätte nicht das eine Leben geführt und ein anderes verfochten.«

Und damit machte Sophie auf dem Absatz kehrt, riss beide Türflügel auf und warf sie hinter sich wieder zu. Das Poltern ihrer abwärts stampfenden Stiefel erschütterte das ganze große Haus. Das Personal fuhr auseinander. Oben saß die Sibylle steif im Halbdunkel, umklammerte Maxens Visitenkarte und starrte blicklos auf ihren verachteten, liebevollen Brief, der ihr vor die Füße geschleudert worden war.

Wie man es drehte und wendete – die Furien hatten ihre Schwelle überschritten.

KAPITEL 16

in welchem von einer entsetzlichen Aufeinanderfolge betrüblicher Ereignisse berichtet wird

Eines ist mir an dieser außerordentlichen Begegnung noch immer ein Rätsel. Die Sibylle, angeblich eine Quelle gläserner Geheimnisse, die alles ihrem hingebungsvollen kleinen Mann anvertraute, verlor gegenüber Lewes kein Wort über diese stürmische Auseinandersetzung, nie. Als er glücklich und frohlockend an diesem Abend nach Hause kam, einen Sack heitere Geschichten im Gepäck, und darauf brannte, ihr von der Feier und dem aufgeblasenen Leiter der Antikensammlung zu berichten, da fand er sie in großer Pein auf dem Sofa niedergestreckt. Doch noch während er sie tröstete und nach heißer Milch läutete, beschlich ihn keine Sekunde lang der Verdacht, es könnte hinter der tränenreichen Klage mehr stehen als die Aussicht auf eine schlimme Nacht mit verschärftem Zahnschmerz. Arme Polly, dieser Zahn muss gezogen werden. Ich ertrage es kaum, dich so blass und abgehärmt zu sehen. Dabei sind deine Wangen heiß! Ich will dir Eis kommen lassen, damit wir wenigstens diese gerötete Schwellung kühlen. Komm, lehn dich an mich. Na, na, im Bett solltest du sein. Aber ach, du hast ein paar wunderbare Auftritte verpasst. Unseren guten Max, der Lukian auf Griechisch rezitiert!

Unterdessen war Sophie beobachtet worden, als sie die Priory verließ. Ach ja, die wachsame Spionin schlich den Kanal entlang und zählte die Minuten, die dieser Besuch dauerte, heftete sich dann an die Fersen der strahlenden Gräfin, passte sich deren Schritt an und sah sich genau an, wie sie gekleidet war. Es ist Edith Simcox, die von unmäßiger Leidenschaft für die Sibylle ergriffen und sich nicht zu gut war, hinter Hecken zu lauern und auf die eine oder andere Auskunft von der Dienerschaft, einen flüchtigen Blick auf ihr Idol zu hoffen. An eben diesem Vormittag hatte Edith frische Blumen sowie mehrere liebevolle Nachrichten gebracht, die der Sibylle ihren Zahnschmerz erleichtern sollten. Aber sie, die treu Liebende und ergebene Jüngerin, wurde, wie so oft, zu der Göttlichen nicht vorgelassen. Wer also war diese schlanke junge Frau, die ohne Begleitung, mit erschreckendem Strohhut und teurem, modischem Kleid zielstrebig in das Heiligtum eindrang, ohne sich auch nur die Schuhe abzustreifen?

Edith Simcox polierte ihre Augengläser und beschleunigte den Schritt. Sophie, noch immer von explosiver Wut erfüllt, hätte selbst dann nichts bemerkt, wäre rechts oder links von ihr eine Kanone abgeschossen worden – natürlich bemerkte sie nichts von der Beschattung durch eine zweiunddreißigjährige Frau in Kamelhaarjacke und Filzhut, die hinter ihr herschnürte. Edith Simcox aber, jetzt passionierte Jägerin mit einer kläffenden Hundemeute im Herzen, hatte sich bereits überzeugt, dass sie eine jüngere Rivalin ausgemacht hatte.

Wer war Edith Jemima Simcox? Sie war eine Hemdenmacherin, die zusammen mit ihrer Freundin Mary Hamilton eine Hemdenmacherinnen-Genossenschaft gegründet hatte. Sie war Geschäftsfrau, Schriftstellerin und Sozialreformerin. Und von 1876 bis 1900 führte sie Tagebuch, ein privates, geheimes, nicht zur Veröffentlichung vorgesehenes Tagebuch, das sie die *Autobiographie einer Hemdenmacherin* nannte. Und darin hielt sie mit unverstelltem, unmäßigem, geradezu entfesseltem Gefühl und in einem Stil, der uns heute überschwänglich, verschachtelt und peinlich erscheint, ihre leidenschaftliche Liebe zu einer Frau fest, die fünfundzwanzig Jahre älter war als sie und die berühmteste Schriftstellerin ihrer Zeit, Marian Evans Lewes.

Die idealistische Hemdenmacherin war der Sibylle zum ersten Mal 1872 begegnet, als sie an einer Rezension von *Middlemarch* schrieb, und während der nächsten sieben Jahre lauerte sie ihr vor dem Haus auf und folgte ihr auf Schritt und Tritt. Sie kam, wann immer sie sich Zutritt verschaffen konnte, zur Audienz im Wohnzimmer, und wenn ihr der Zutritt verwehrt wurde, hielt sie sich im Garten und in den umliegenden Straßen auf. Sie verfasste Liebesbriefe und zerriss sie wieder, schickte kleine Nachrichten mit Gefühlsbekundungen, Stickereien, körbeweise Vergissmeinnicht; diese maßlose Besessenheit verwandelte sie in eine Bittstellerin, die sich mit ihrem Verhalten vollkommen lächerlich machte. Die Sibylle nahm alle Huldigungen gnädig entgegen, ließ aber keinen Zweifel daran, dass sie Tiefe und Ausmaß von Ediths Zuneigung niemals erwidern oder vergelten könne. Ließ die große Dame sich von Ediths Neigung, sich ihrer Geliebten zu Füßen zu werfen und ihr selbige zu küssen, denn wenigstens rühren? Die Angebetete war geschmeichelt, aber auch irritiert und zog ihre Pantoffeln zurück. Edith liebte weiter; auch sie war nicht aufzuhalten.

Wir drängen uns in anderer Leute Leben ein, verschaffen uns mit Gewalt Gehör, nötigen ihnen unsere Gefühle und Vorwürfe auf, erzwingen Anerkennung unserer Wut. Nichts anderes hatte Sophie getan. Die Sichtweise der Sibylle missachtete sie vollkommen. Und sie ahnte nicht, ahnte nicht im Geringsten, dass sie in der pochenden Brust der Edith Simcox in ein Hornissennest der Eifersucht gestochen hatte. Vor dem herrschaftlichen Haus ihrer Gastgeber angelangt, stürmte Sophie durch die Tür und ließ eine gestrandete Edith zurück, die auf ein Wort mit dem Kutscher, mit einem Dienstmädchen, einem Austräger hoffte, mit irgendjemanden, von dem sie womöglich Auskunft erhielt. Und was für ein

Glück! Es kam ein Blumenhändler mit seinem Karren und brachte rote Tulpen.

Die Dame des Hauses? Nein, die ist ins Museum gefahren, wo eine Zeremonie irgendeiner Art stattfindet. Die Dame, die soeben das Haus betreten hat? Das ist die deutsche Gräfin, Ehefrau des berühmten Archäologen, der die Statue entdeckt hat. Sie hat diese Blumen bei mir bestellt. Aha! Edith hatte in der *Times* alles über die Entdeckung gelesen. Diese Frau ist also die strahlende Gräfin, die sich auf allen Photographien in den Vordergrund drängt. Sie ist viel schöner als ich. Auch jünger, auch schicker, viel schicker. Edith kehrte zurück zur Priory, dem Magnetstein, der alle ihre Gedanken an sich zog. Auf der gegenüberliegenden Straßenseite patrouillierte sie auf und ab, beobachtete die Jalousien des Schlafzimmers, und dem aufziehenden Regen schenkte sie keine Beachtung.

Edith liebte die Sibylle zu sehr, um ihr Vorwürfe zu machen, nicht einmal in ihren heimlichsten Gedanken, im verschwiegensten Winkel ihres Herzens, doch die misslichen Tatsachen ließen sich weder beiseiteschieben noch leugnen. Die Gräfin hatte einfach das Haus betreten, während ihr, Edith, der hingegebenen Liebenden selbst nach Jahren treuen Dienstes der Zutritt barsch verwehrt worden war. Dieses Kreuz musste sie tragen. Es war aber, wie sich zeigte, eine sehr schwere Last, die sie da die Straße auf und ab schleppte, während der unangenehm kühle Frühlingsabend sich mit all seinen Lichtern und Schatten über die Stadt senkte.

❧

In unserer Vorstellung begegneten die Menschen des viktorianischen Zeitalters dem Tod mit schwarzen Federbüschen, einem Leichenzug in Form einer Trauerkutschenprozession durch nasse Straßen – die Kutscher mit schwarz beschleiften Peitschenstielen –, mit fest geschlossenen Läden und Vorhängen. Schwermütiges Murmeln von Gebeten, Kleider aus schwarzem Krepp, Tränen und Trauer beherrschen die Interieurs viktorianischer Romane, die von Sterbebettszenen und erhebenden letzten Momenten strotzen. In meinen Bücherregalen sind sie alle vertreten; verzweifelt suchen sie mich von der Wahrheit jedes einzelnen Klischees zu überzeugen. Dort stirbt niemand unter Entladung von Kot oder gelbem Erbrochenem. Und selbst wenn es so wäre – immer folgt anschließend eine saubere, ordentliche Aufbahrung, meist im Esszimmer oder dem vorderen Salon, und der schwere Duft von Lilien überdeckt den süßlicheren Gestank der Verwesung. Nur die sehr Reichen nahmen den Aufwand auf sich, ihre Toten einbalsamieren zu lassen.

Wer empfängt den Tod in der triumphalen Gewissheit, dass er einem besseren Leben entgegengeht als hienieden? Es waren damals nicht mehr als heute, würde ich sagen. Frederick William Robertson, ein anglikanischer Priester, für den Emma Darwin, geliebte Gattin von Charles, viel Zeit übrig hatte, hielt nachstehende Predigt im Jahr 1852.

> Wenn nun die Rede von Unsterblichkeit ist, so herrscht das hartnäckige Empfinden, dass uns die Vorstellung, wir endeten mit dem Tode, unerträglich ist; und dies mag mit dem festesten Glauben an eine Auferstehung einhergehen. Brüder, unser Glaube gebietet uns das eine, und unsere Empfindungen sagen ein anderes. Jeder, der weiß, was Glaube ist, kennt auch den Zweifel, kennt das Verzweifeln. Wir beten, bis wir zu fragen beginnen: Ist da jemand, der hört, oder flüstere ich nur in mein eigenes Ohr? Wir hören den Trost, der den Hinterbliebenen gespendet wird, und wir sehen, wie sich der Sarg ins Grab senkt, und es kommt uns der Gedanke: Was, wenn die Lehre von einem Leben nach dem Tode nichts wäre als eine Ausgeburt der menschlichen Phantasie?

Wären Gläubige zugleich Zweifelnde, wie blickten dann unsere agnostischen Intellektuellen um 1880 dem eigenen Tod ins Auge, wenn sie doch, wie die Sibylle, den Tod für den letzten Abschied von allem Inniggeliebten hielten, von vertrauten Gesichtern und Anblicken, von der Katze und von den Möbeln, den Regalen vielgelesener Bücher, einem unfertigen Manuskript, einem Garten, in dem wir einst Rosen pflanzten? Waren sie Helden, die das Nichts schauten? Zuckten sie alle mit keiner Wimper, schreckten sie nicht zurück, wenn der Todeskampf nahte? Oder waren sie unerschütterlich, stolz und so mutig wie ganz gewiss jener Marcus Curtius, der zu Rom in den Abgrund blickte, ehe er den letzten Sprung wagte?

Die Krankheitssymptome des neunzehnten Jahrhunderts sind ärgerlich vage beschrieben. G. H. Lewes wird häufig als »schwächlich«, »empfindlich« und »krank« bezeichnet. Die Sibylle hingegen litt unter Dyspepsie und Kopfschmerzen, die sie lahmlegten: üblem Kopfschmerz, gewöhnlichem Kopfschmerz, galligem Kopfschmerz, theatralischem Kopfschmerz und Dauerkopfschmerz im Verein mit Übelkeit. Außerdem war sie häufig bettlägerig wegen körperlichen Unbehagens, Unpässlichkeit, Unwohlseins, ständiger dumpfer Schmerzen, Neurasthenie, Schwächegefühl und weil sie sich generell leidend fühlte. In ihrem Tagebuch hält sie am 1. Januar 1876 fest: »Alle Segnungen mit Ausnahme der Gesundheit.« 1877 nehmen die Krankheitsberichte eine düstere Wendung. 16. März: »Seit meinem letzten Eintrag hatte G. einen Anfall von rheumatischer Gicht, und ich hatte eine Heimsuchung meiner Nierenstörung, von welcher ich noch nicht ganz frei bin.« Im Juni 1878 berichtete sie, ihr kleiner Mann leide an »unterdrücktem Zipperlein und empfindet seine innere Ökonomie als ganz falsch«. Die Wahrheit ist, dass George Lewes an Darmkrebs erkrankt war und der Tod unausweichlich.

Er litt an Hämorrhoiden, Krämpfen und Diarrhöe, wahrscheinlich blutig. Seine Schmerzen, die unregelmäßig, aber umso heftiger kamen, hielten ihn nicht davon ab, Rossini zu singen, und dies mit großer Verve, veränderten jedoch allmählich seine äußere Erscheinung. Ein Besucher hielt fest, Lewes sehe aus wie »von Ratten angenagt«. Krebs war, wie Tuberkulose, eine Heimsuchung der Sterbebetten von Menschen jeglichen Standes; er war eine der vielen Krankheiten des neunzehnten Jahrhunderts, die ihren Namen nicht zu sagen wagten. Sir James Paget untersuchte seinen wohlhabenden Patienten und beschrieb seine Erkrankung, die das Endstadium erreicht hatte, als »Verdickung der Schleimhaut«. Die schwarzen Zellen warfen ihren Schatten über seinen ganzen Körper; sie krochen nach und nach in alle lebenswichtigen Organe und nahmen sie in Besitz. Erstaunlicherweise schien seine Energie unverwüstlich. Am 21. November 1878, nach einem ermutigenden Besuch von Sir James, fuhr Lewes aus, um Teile des Manuskripts des, wie sich zeigen sollten, letzten Buchs der Sibylle zu Blackwood in Edinburgh zu bringen. Doch am nächsten Tag, dem 22. November, als Edith Simcox endlich Zutritt zur Göttlichen Gegenwart erhielt, war das lang ersehnte freudvolle Ereignis bereits zunichte. »Endlich kam der Montag, doch es war kaum die Begrüßung, von der ich geträumt: Das Erste, worauf mein Blick fiel, war Lewes auf dem Sofa liegend, und in der Sorge um ihn verlor ich etwas von dem Blick auf *sie*.« Edith erkannte auf der Stelle, dass er im Sterben lag.

Sie belagerte die Hausmädchen. 26. November 1878: »Am Montag waren die Ärzte da, und er war sehr krank. Es sieht danach aus, dass er sterben muss – und dann ist ihr Leben eine einzige schwarze Qual und – sofern dies eine Rolle spielt – das meine ebenfalls.« 28. November 1878: »An diesem Morgen fand ihn Sir James Paget eine Spur besser. Ich wagte nicht hinzugehen und zu fragen und kam an diesem Morgen mit Todesfurcht zum Haus – vielleicht erholt er sich doch noch? Ich wage es nicht zu hoffen, ich weiß nur, wenn er stirbt, hat die Welt für sie keine Verlockung mehr.« Lewes selbst, dem niemand gesagt hatte, dass es ans Sterben ging, hoffte noch immer, dass seine Krankheit, die er als »wankelmütige Übelkeit mit viel Unwohlsein und Kopfschmerz« beschrieb, vorbeiginge. Doch als der Abend des 29. November 1878 hereinbrach, begann er zu verfallen. Am Nachmittag des 30. November um halb vier scheuchte Edith Simcox das bleiche Hausmädchen auf, das ihr mitteilte, es gebe keine Hoffnung. Edith wartete, auf der Straße auf und ab gehend. Mehrere Ärzte kamen in ihren Kutschen vorgefahren und standen diskutierend vor dem Tor. Edith trat auf sie zu. »Ich fragte, ob keine Hoffnung sei. Ein großer Mann – wahrscheinlich Sir James Paget – antwortete freundlich: Keine: er stirbt – stirbt rasch.«

Ihr nächster Eintrag am 1. Dezember lautet wie folgt: »Er starb um Viertel vor sechs – eineinhalb Stunden nachdem ich das Haus verließ. Sie empfängt niemanden, ist in hysterischen Qualen. Ich kann nur mit Furcht an sie denken.« George Henry Lewes, der äffchenhafte Tanzmeister, der lebenssprühende, beschwingte kleine Mann, um das Wissen um den eigenen Tod gebracht und doch aufwendig betrauert, wurde rasch abgeholt, um auf dem Highgate Cemetery in der Abteilung für Andersgläubige begraben zu werden. Mrs Lewes wohnte der Beerdigung nicht bei, doch Edith Simcox besuchte das Grab am 5. Dezember 1878 und fand den »trostlosen frischen Hügel. Zwei weiße Kränze lagen auf dem Grab, und ich legte meinen aus Heidekraut daneben.« Edith Simcox hielt die Treue, nicht allein der Sibylle, sondern beiden.

Max traf Anfang Januar 1879 in London ein, um an den Vorbereitungen für einen Internationalen Archäologenkongress teilzunehmen. Wolfgang hatte ihm vor seiner Abreise eingeschärft, er müsse unbedingt der gramgebeugten Schriftstellerin seine Aufwartung machen und ihr sein tief empfundenes Beileid bekunden, und so stand Max eines frostigen, aber sonnigen Vormittags vor dem Tor der Priory und blickte zum spitzen Giebel und den dunklen Dornen kahler Rosensträucher hinauf. Er läutete. Nichts geschah. Minutenlang trat er von einem Fuß auf den anderen. Auf dem Trottoir kam mit weit ausgreifenden Schritten ein großer Mann mit rötlichem Bart und Trauerkleidung auf ihn zu. Auftritt John Walter Cross, Finanzberater im Hause Lewes und so innig geschätzt, dass die Sibylle ihn als »liebster Neffe« ansprach. Für das ältere Paar gehörte Cross offensichtlich zur Familie. Die beiden Männer stellten sich vor und schüttelten einander die Hand. Niemand kam zur Tür.

»Sie empfängt niemanden«, sagte Cross und blickte zu den verschlossenen Läden hinauf. »Ich versuche es fast jeden Tag.«

»Mein Bruder hat selbstverständlich in unser beider Namen kondoliert, sobald wir die traurige Nachricht vernommen hatten.« Der Finanzberater sollte nicht denken, dass der deutsche Verleger der Sibylle säumig oder in irgendeiner Weise unhöflich gegenüber dem heiligen Angedenken an den geliebten Ehemann sei. »Aber wir wussten gar nichts von Mr Lewes' Ableben, bis wir in der deutschen Presse davon lasen. Er ist natürlich auch bei uns als Goethes Biograph sehr berühmt. Viele seiner Werke sind übersetzt. In Berlin stehen beide, Mr und Mrs Lewes, in hohen Ehren und Ansehen.«

Johnny Cross' Miene gesetzten Ernstes milderte sich ein wenig zu verhaltener Zufriedenheit. Das kleine Hausmädchen erschien endlich in einer Dampfwolke und berichtete, ihre Herrin sei am Morgen ausgegangen und habe eine Runde durch den Garten gedreht. Es habe ihr gutgetan.

»Richten Sie ihr unsere herzlichsten Grüße aus«, sagte Johnny Cross, und Max hinterließ seine Karte, war aber außerstande, einen passenden Satz auf die Rückseite zu schreiben. In Wahrheit atmete er auf. Dass die Sibylle niemanden zu sich ließ, war eine ungeheure Erleichterung. Was hätte er ihr zu sagen gehabt? Seit jener verhängnisvollen Nacht im herbstlichen Garten zu Stuttgart hatte er die Dame nicht mehr zu Gesicht bekommen. Und nichts wusste er von jener versöhnlichen, verzeihenden Nachricht, die Sophie ihr vor die Füße geworfen hatte. Er hatte natürlich eine förmliche Rede vorbereitet, doch jetzt, froh, dass er sie nicht zu halten brauchte, wandte er sich mit kältegerötetem Gesicht an seinen Gefährten auf der Schwelle. Nach ein paar weiteren gewechselten Sätzen beschlossen die zwei Männer, den strahlenden Tag für einen gemeinsamen Spaziergang durch den Regent's Park zu nutzen.

Von dem seltsamen, riesigen Mann ging etwas Unruhiges, Fahriges aus. Seine mächtige Statur, die wie ein Kegel aus poliertem Obsidian war, schien förmlich zu schlottern, als er vor Max über die Brücke marschierte. Zwei tiefe, lange Kummerfalten furchten seine jugendlichen Wangen, als er das Gesicht der Sonne entgegenhob. Er verlangsamte seinen Schritt, so dass er mit Max auf gleicher Höhe ging, und gab zu verstehen, dass er das Gespräch suchte. Max verstand zuzuhören; sein zögerndes, formelles Englisch machte ihn zum idealen Beichtvater. Deshalb stieß das ganze Elend, das dem Finanzberater der Sibylle, einem sonst recht zurückhaltenden Mann, jetzt entströmte, auf mitfühlende Ohren.

»Meine liebste Mutter«, murmelte Johnny Cross. Seine Stimme brach, sein Schritt stockte, Max stützte sacht seinen Ellenbogen. »Auch meine innig geliebte Mutter lag sterbenskrank, als Mr Lewes mit dem Tod rang, und innerhalb von nur neun Tagen war sie verschieden. Verzeihen Sie, Sir, der Verlust lastet schwer auf mir.«

Er zog ein Taschentuch hervor. Max gelangte zu einer raschen Diagnose des Falls. Mr John Walter Cross hatte binnen zweier Wochen sowohl einen Vater wie eine Mutter verloren und klammerte sich jetzt verzweifelt an das Wrack der letzten ihm nahestehenden

Person. Die Sibylle bedeute ihm alles, erklärte er, er habe auf ihr Verständnis, ihre Liebe, ihre tröstenden Worte gesetzt, doch jetzt habe sich der dunkle Schleier der Trauer zwischen sie beide gesenkt.

»Unser Leben ist vollkommen auf den Kopf gestellt. Wir haben beide unsere Ratgeber, unsere tägliche Stütze verloren. Selbst gewöhnliche Gegenstände nehmen eine doppelte Bedeutung für uns an, Sir. Ich kann kein Kissen, keine Teekanne, keinen Sessel ansehen, ohne die Hand, das angewinkelte Knie, das weiße Haar unter der Haube zu sehen, das hier sein sollte und nicht mehr ist. Und Mrs Lewes erträgt es nicht, die Zimmer zu verlassen, die sie einst gemeinsam bewohnten. Wie gut ich sie verstehe.«

In der Priory waren unter den Schneestürmen dieses eiskalten Winters die Rohre eingefroren und geborsten. Cross berichtete von diesem Desaster, das die Sibylle früher bis ins Mark getroffen hätte, während jetzt alle Haushaltsangelegenheiten zu Banalitäten zusammenschrumpften, denn ihr »immerwährender Winter« habe begonnen. Marian Evans Lewes stand vor der grausamsten, schärfsten Prüfung ihres ganzen Lebens. Der letzte Abschied, den sie so sehr gefürchtet, der Bruch, der ihr das fragile Glück entwunden hatte, war nun eingetreten und hatte sie aller Philosophie beraubt. Sie war am kahlsten, ödesten aller Ufer angelangt und blickte auf ein endloses Meer hinaus, bis Liebe und Ruhm zu nichts verweht wären.

»Sie ist sehr klug«, fuhr Johnny Cross fort, »eine wirklich kluge Frau. Aber sie ist nicht sie. Unsere Freunde sind alle beunruhigt ob dieser absoluten, erzwungenen Abschottung. Ihre Nerven sind zerrüttet. Und ich fürchte, die Dienstboten sind nicht verschwiegen. Ich höre, dass aus ihren Zimmern Heulen und Schreien zu hören ist. Sie ist untröstlich.«

Johnny Cross war ebenfalls untröstlich. Er hielt inne, schwankte, fuhr sich mit der Hand über die Stirn.

»Sir, Ihnen ist unwohl.« Max nahm den Spazierstock in die andere Hand und machte sich darauf gefasst, den Riesen zu stützen, falls er hier zwischen den kahlen Bäumen auf den hart gefrorenen, reifüberzogenen Matsch des Wegs stürzte. Doch Johnny Cross fing sich wieder.

»Sie sind sehr freundlich. Ich bedaure zutiefst, dass ich Ihnen in dieser beschämenden Weise meine Sorgen aufgeladen habe. Das Gefühl von fassungslosem Verlust ist allgegenwärtig. Ich schlafe wenig. Und meine Liebe zu ihr ist grenzenlos. Sie ist eine außergewöhnliche Frau.«

Max wusste nicht mehr, ob Cross von seiner toten Mutter sprach oder der lebenden Sibylle.

»Mrs Lewes wird von allen bewundert, die sie kennen«, sagte Max leise und zurückhaltend.

Und jetzt sah er wieder die weite Stirn, den gesenkten Kopf, die wunderbaren klaren grauen Augen vor sich, empfand das gleichsam göttliche Verständnis und Verzeihen, die von ihr ausgingen, die Gewissheit bedingungsloser Liebe. Sie blickt in alle Herzen, kennt alle Wünsche, ehe sie geäußert werden. Sie erkennt die Wege unserer Gedanken, ehe sie in unserem Gehirn überhaupt Gestalt annehmen. Dieser mir fremde Mann liebt sie über die Maßen. Er ist dieser Frau verfallen, die nur Mitfühlen und Mitleiden ist, der Frau, die mir meine Taktlosigkeit und meine überstürzten Worte zu nachtschlafender Zeit gewiss verziehen hat. Er liebt sie, wie ich sie geliebt habe. Und auf einmal konnte Max ehrlich zu sich sein. Er liebt sie und ich ebenfalls, immer noch.

Sie wurden natürlich verfolgt. Verfolgt von einer nicht mehr ganz jungen Frau, die flink die winterlichen Wege entlangtrippelte und über reifbedecktes Gras und aufgewühlte Erde huschte. Edith Simcox hielt zu viel Abstand, als dass sie von diesem Gespräch auch nur ein Wort verstanden hätte, doch aus der Art, wie die beiden sich zueinander neigten, so dass sich die Hüte beinahe berührten, leitete sie eine große Vertrautheit ab.

KAPITEL 17

in welchem Fortuna wieder einmal ihr Rad dreht – es wird von zwei freudigen Ereignissen berichtet, einer Geburt und einer Hochzeit

Nun hat unsere Geschichte die eisigen Tage des Januars 1879 erreicht. Die Sibylle ist in Trauer eingewoben und empfängt niemanden. Johnny Cross hat sein Leid über Max ausgegossen, den gutaussehenden deutschen Archäologen, den er gewiss nie wiedersehen wird. Edith steht im schmutzigen Schneematsch vor der Priory Wache und beobachtet das Fenster der Geliebten. Und in den warmen Zimmern des Familiensitzes am Berliner Wilhelmplatz – dessen Fenster gegen Schneestürme abgedichtet sind, denn es ist schon wieder einer im Anzug, am Saum der Wälder im Norden türmen sich schon die Wächten – wandert Sophie unter dem aufmerksamen Blick ihrer Mutter hin und her. Der neunte Monat ist vorüber, ihr Bauch ist gewaltig; jeden Moment kann die Fruchtblase platzen und das Wunder der Geburt beginnen.

Sophies gewohntes Tun ist stark beschnitten oder ganz verboten worden. Reiten kommt seit Monaten nicht mehr in Frage, und ihr einziger Trost ist, dass Eis und winterlich frühe Dunkelheit alles andere als einen Trab durch Sägemehl in der Halle ohnehin unmöglich gemacht hätten. Sie liest einen Brief von Max, der bereits auf dem Heimweg von London ist; er beschreibt ihr die Londoner Straßen unter weichem Weiß, das sich im Handumdrehen in widerlichen Schlamm verwandelt. Er schildert, was ihm von der kuriosen Begegnung mit Mr John Walter Cross in Erinnerung ist, dem traurigen Mann, der gebeugt und geknickt wie eine kranke Kuh durch Regent's Park schleicht. Er beschreibt die Erleichterung darüber, dass ihm ein Gespräch mit der trauernden Witwe erspart geblieben ist. Er hat sie nicht gesehen, geschweige denn ein einziges Wort mit ihr gewechselt. Was hätte ich denn sagen sollen, Sophie?

Ja, was? In ihrem erwartungsfrohen Glück wird sogar Sophie, die der Sibylle nach wie vor grollt, ein wenig sanfter. Es sind Jahre ins Land gegangen, und die Eröffnungsszene von *Daniel Deronda* hatte keine Nachwirkungen. Ihr Vater hat mit Herrn Klesmer über das Buch gesprochen, der dröhnendes Lob dafür äußert, wie die Juden darin dargestellt sind. Das Kind tritt gegen ihre Hand, dieselbe Hand, in der sie den Brief hält. Sophie lächelt zufrieden und streicht sich über den Bauch.

»Soll ich nach Schokolade und Keksen läuten, Liebes?« Ihre Mutter spürt bei ihrer Tochter eine Veränderung im emotionalen Rückstrom aus der Tiefe ihrer Röcke. »Dein Vater ist bestimmt bald da.«

»Es wird ein Sohn, Mama«, erklärt Sophie, reckt Kopf und Hals, als sie sich umdreht, und lässt den Schal nach hinten gleiten.

»Ach ja? Nun, schwer genug für einen Jungen bist du gewiss.« Ihre Mutter wünscht sich natürlich einen Enkelsohn, ist aber zu taktvoll, um ihrer Hoffnung laut Ausdruck zu geben. Sie läutet nach dem Mädchen und fügt nachdenklich hinzu: »Aber das kann man nie wissen. Als du unterwegs warst, war ich auch sehr schwer.«

Und zur selben Zeit, am 22. Januar 1879, schrieb Marian Evans Lewes an Mr John Walter Cross: »Liebster Neffe. Irgendwann, wenn ich dann noch lebe, werde ich Sie sehen können – vielleicht früher als irgendjemanden sonst. Aber noch nicht. Das Leben scheint nicht leichter, sondern schwerer zu werden.« Das entsprach der Wahrheit. G. H. Lewes hatte sein Testament zwanzig Jahre früher gemacht, 1859. Er vermachte das Urheberrecht an allen seinen Werken seinen drei Söhnen und seinen gesamten sonstigen Besitz Mary Ann Evans, unverheiratet, die auch als alleinige Testamentsvollstreckerin genannt war. Sein Vermögen betrug weniger als zweitausend Pfund, sie hingegen besaß Wertpapiere in Höhe von über dreißigtausend Pfund. Beide Häuser waren auf seinen Namen eingetragen. Daher besaß die Sibylle, so wohlhabend sie sonst war, außer ihrer persönlichen Habe nichts im eigenen Namen. Es musste eine Vielzahl von Prozessen folgen, Überlassungsurkunden mussten ausgestellt, neue Verfügungen ausgehandelt und umgesetzt werden. Die Sibylle tauchte aus ihrer gramerfüllten Abgeschiedenheit auf, um ihre geschäftlichen Angelegenheiten zu ordnen. Und so kam es, dass sie mittels Namensänderungsurkunde den Namen Lewes endlich rechtmäßig bekam. Aus der kleinen Lüge, die ihr jahrzehntelang gute Dienste geleistet hatte, wurde am Ende eine partielle Wahrheit, und sie hieß nun tatsächlich Mary Ann Evans Lewes. Bei all diesen Transaktionen waren nur zwei Zeugen anwesend: Lewes' Sohn Charles und John Walter Cross.

Am 7. Februar 1879 schrieb sie zögerlich an Cross und gestattete ihm Zutritt zum Allerheiligsten:

> In einer oder zwei Wochen werde ich Sie, glaube ich, sehen wollen. Manchmal, auch jetzt, empfinde ich eine Sehnsucht, doch sie wird augenblicklich von Furcht zunichtegemacht. Der immerwährende Trauernde – das Leid, von welchem es keine Heilung gibt – wird, ohne sein Zutun, vom Rest der Welt als ermüdend empfunden. Und mein Gefühl von vollkommener Trostlosigkeit wächst. Jeder Tag scheint ein neuer Anfang – ein neues Bekanntwerden mit dem Leid.

In dieser Phase signierte sie ihre Briefe noch mit »Ihre lbde. Tante M. E. L.«. Er besuchte sie am 23. Februar. Sie war zu einem Skelett herabgekommen.

Doch hatten sich nun die Türen der Priory wieder Freunden und Unterstützern der zahlreichen Anliegen der Lewes' geöffnet. Und standen damit auch den Schnorrern und Schmarotzern offen, die entweder als bedürftige oder schlicht dreiste Verwandte auftraten. Schnell, lass uns die reiche Frau um Bares angehen, solang sie noch in diesem verletzlichen Zustand ist. Setzen wir auf ihr berühmtes Mitgefühl mit den Notleidenden und Mittellosen; rasch zu ihr, bevor uns andere zuvorkommen. Lewes' Neffe forderte 100 Pfund als Ballast, »um nicht sein Kapital angreifen zu müssen«. Sie schrieb auf der Stelle einen Scheck über 50 Pfund aus, doch offenbar hatte ihm jemand klargemacht, was für ein Blutsauger er war, denn er brachte den Scheck anderntags samt einer Entschuldigung zurück. Bessie Rayner Parkes, jetzt Mrs Louis Belloc, eine langjährige Freundin, hatte solche Skrupel nicht und forderte 500 Pfund. Herbert Lewes' Witwe Eliza kam mit ihrem hinterhältig benannten Nachwuchs, Marian und George, aus dem fernen Natal angereist und gedachte bei der berühmten wohlhabenden Schriftstellerin einzuziehen und für den Rest ihrer Tage ein komfortables Leben zu führen. Die Geier strömten in Scharen herbei.

Die Sibylle geriet in Panik und sandte Johnny Cross eine verzweifelte Nachricht in sein Büro. »Liebster N, ich bin entsetzlich Ihres Rates bedürftig. Bitte kommen Sie zu mir, wann immer Sie können – morgens, nachmittags oder abends. Ich entlasse alle anderen. Ihre äußerst besorgte Tante.«

Sie brauchte nicht nur Rat, sondern auch einen Mann von Welt, der mit der gefräßigen, anmaßenden, habgierigen Drohung fertigwurde. Johnny Cross hatte George Lewes gekannt, er war bereits in den inneren Kreis vorgedrungen, ja zählte zu ihrem engsten Kreis, war einer ihrer treuesten Anhänger und mit allen geschäftlichen Angelegenheiten vertraut. Als er bekannte, er lese Dantes *Inferno* in der Übersetzung von Carlyle, rief sie aus: »Oh, das muss ich mit Ihnen lesen.« Und so begannen die vertraulichen kleinen Sitzungen mit der Sibylle als *magistra* und dem rotbärtigen jungen Mann als ergebenem Schüler.

Nessun maggior dolore
Che ricordarsi del tempo felice
Ne la miseria.

Kein größrer Schmerz als sich erinnern glücklich heiterer Zeit im Unglück. Doch ihre Zeit der Freude sprengte im Galopp herbei, sie nahte wie die Staubwolke eines Fuhrwerks, die schon aus der Ferne zu sehen ist. Ende Mai 1879, als sie in ihrer Sommerresidenz in Witley weilte, spielte sie wieder Klavier. Hier empfing sie, unbeobachtet von der allgegenwärtigen Edith Simcox, ihren häufigsten Besucher. Johnny Cross geriet unter ihren Bann, unwiderruflich.

Und nun werden wir, ihre Leser, die wir in einer zukünftigen Zeit festsitzen, zu den heimlichen Voyeuren. Unser moralischer Imperativ ist ein anderer als der ihrer Freunde, Bewunderer und ersten Kritiker. Wir blicken zurück, graben in den Briefen und den drei dicken Bänden mit biographischem Material, von John Cross sorgfältig ediert, jenen lakonischen Tagebüchern, in denen ein, zwei Wörter aus dem Kontext gerissen, poliert und geprüft und mit allem möglichen Unvorstellbarem aufgeladen werden. Denn manchmal schrieb sie nicht mehr als das: ein, zwei Wörter. Am Montag, dem 2. Juni 1879, bezeichnet sie ihn immer noch als »Johnny«, doch am Dienstag, 30. September, ist er »Mr Cross« geworden. Dazwischen ist etwas geschehen. Was? Könnte es das »entscheidende Gespräch« sein, das am 21. August erwähnt ist, einem Donnerstag? Und was steht hinter jenem wunderbaren Satz in ihrem Eintrag vom Mittwoch, 8. Oktober 1879: »Freude kam am Abend.«

Ich denke über die Anerkennung nach, die uns von unseren Vorgängern, ihren ersten Lesern, überliefert ist. Am 29. Juli 1897, einem Dienstag, erhielt sie »einen schönen anonymen Brief aus Neuseeland«. Doch am Mittwoch, dem 1. Oktober 1879, kam der »Brief eines Wahnsinnigen in Kansas«. Mir scheint also, wir können uns aussuchen, wer wir ihr gegenüber sein wollen. Schicke ich ihr einen schönen anonymen Blumenstrauß und wünsche ihr alles Glück der Welt mit ihrem ansehnlichen jungen Finanzberater? Oder geselle ich mich zu dem Wahnsinnigen in Kansas und stelle grimmige Spekulationen über ihr befremdliches Verhalten an? Was bildet sie sich bloß ein – lockt tatsächlich einen zwanzig Jahre Jüngeren, dessen engste Bindung in seinem bisherigen Leben seine Mutter gewesen zu sein scheint, in ihr Netz?

Rosemarie Bodenheimer, eine ihrer feinfühligsten Leserinnen, schreibt in ihrem Buch *The Real Life of Mary Ann Evans*: »Die Heirat mit Cross ist nach wie vor vollkommen missverständlich, denn sie hat keine Geschichte, anhand deren wir eine Entscheidung nach ihren Folgen auslegen könnten.« Gut gesagt. Und im Archiv findet sich jede Menge Material, das unserem Missverständnis Nahrung gibt. Die nackten Fakten sind diese: Am Freitag, dem 9. April 1880, schreibt sie: »Sir James Paget kam mich besuchen. Meine Verehelichung ist beschlossen.« Beachten Sie bitte, dass diese beiden Ereignisse, der Arztbesuch und die folgenreiche Entscheidung, durchaus nicht, wie manche annehmen, zueinander in Beziehung stehen müssen. Sie erwähnt nicht einmal, wen sie zu ehelichen gedenkt. Aber warum sollte sie auch – sie schreibt ja nicht für uns. Und es ist nicht »unsere« Verehelichung, sondern »meine«. Mir scheint das sehr interessant. »Meine Verehelichung«! Am 6. Mai 1880 schreibt sie:

> Heute um 10.15 mit John Walter Cross in St. Georg, Hanover Square, getraut. Anwesend Charles [G. H. Lewes' ältester

> Sohn], der mich zum Altar führte, Mr und Mrs Druce, Mr Hall, Willie, Mary, Eleanor und Florence. Wir kehrten in die Priory zurück, wo wir unsere Testamente unterzeichneten. Dann brachen wir auf nach Dover und trafen dort kurz nach fünf Uhr ein.

Sie unterschrieb eigenhändig, triumphierend, endlich rechtmäßig verheiratet: »Mary Ann Cross«. Dann floh sie per Schiff nach Europa, um allen ihren Freunden und den unvermeidlichen öffentlichen Neidkommentaren zu entrinnen. Weshalb Dover? Fünfundzwanzig Jahre zuvor war sie, Empörung und Schande hinter sich lassend, mit einem verheirateten Mann aufs Festland durchgebrannt. Jetzt tat sie es abermals und löste mit ihrer Ehe, die zwar rechtmäßig, doch mit einem Mann geschlossen war, der ihr Sohn hätte sein können, eine neuerliche Welle tadelsüchtigen Geredes aus.

Johnny Cross sagte Jahre später über die gemeinsame Hochzeitsreise durch Frankreich nach Italien:

> Ich hatte meine Frau vor unserer Eheschließung niemals außerhalb von England erlebt, außer jenem ersten Mal in Rom, als sie erkrankt war. Mein allgemeiner Eindruck war deshalb, dass sie seit jeher bei schlechter Gesundheit und beinahe fortwährend leidend gewesen sei. Umso überraschter war ich, als ich nach der Hochzeit feststellte, dass sie von dem Tag an, als sie den Fuß auf kontinentalen Boden setzte, bis zum Tag unserer Rückkehr nach Witley niemals krank war – nicht einmal unwohl. Sofort begann sie viele Jahre jünger zu wirken.

Ach, tatsächlich? Ich sehe Mrs John Walter Cross durch Galerien und Kirchen wandeln, Museen und Kathedralen betreten, als Reiseführer den Murray und den Kugler in der Tasche, und, wieder Herrin über das Geschehen, ihren unwissenden jungen Gefährten in Fragen des Geschmacks und des Urteils belehren. Und ich sehe Johnny Cross im Schlepptau der Sibylle, *la mia donna*, wieder strahlend, respekteinflößend, stark – das ist My Lady!

Was aber ist unterdessen in Berlin geschehen? Wir haben Sophie ja etliche Seiten zuvor hochschwanger, doch zuversichtlich und furchtlos angesichts ihres bevorstehenden Wochenbetts zurückgelassen. Aber wann hätte Sophie von Hahn vor hohen Zäunen, hohen Einsätzen am Roulettetisch, berühmten englischen Schriftstellerinnen je etwas anderes gezeigt als unerschrockenen, unbekümmerten Mut? Die Fruchtblase platzte in der Nacht, als sie sich im Bett hin und her wälzte und keine bequeme Stellung fand. Ihre Mutter, die bei offener Tür im Nebenzimmer schlief, kreischte nach der Hebamme, die schon im Haus war und mit heißem Wasser und sauberen Handtüchern herbeieilte. In alle Fenster des Hauses wurde ein Licht gestellt. Max, der unter einem leichten Kater litt, schickte nach dem Arzt; der aber ließ sich so lang Zeit, bis er durch den Schnee geschlurft kam, dass er erst um sechs Uhr morgens in bereits gelblicher Dunkelheit eintraf: Zu dem Zeitpunkt waren alles Geschrei und Blutvergießen längst überstanden. Die Nachgeburt schoss heraus, und Sophie, die empört war, wie schmerzhaft der ganze Prozess trotz einer aufbauenden Mixtur aus Rum und Chloralhydrat immer noch war, hielt ihren kleinen Sohn Leo mit finsterer Beharrlichkeit im Arm. Das Kind, ein beachtliches und beachtlich strampelndes Wesen, hellrot, runzelig und grunzend, öffnete seinen winzigen zahnlosen Mund und gähnte.

»Du kannst ihn noch nicht halten«, fuhr Sophie ihren Mann an. »Du bist noch nicht an der Reihe.«

Die Hebamme, die in moderner ärztlicher Wissenschaft ausgebildet war, zwang jeden, sich die Hände zu waschen, ehe sie einem erlaubte, das Baby zu berühren. Doch die gewaschenen Hände verhinderten nicht, dass Maxens erster bewundernder Kuss das winzige Gesicht in einen Dunstschwall aus Zigarrenrauch und Alkohol hüllte. Der alte Graf eilte in den Keller und öffnete eine Flasche vom erlesensten Champagner, den er in der Hoffnung, das erste Enkelkind würde ein Sohn, gehegt und gepflegt und bereit gehalten hatte. Sein Enkel! Und er hieß auch noch Leopold, nach seinem, des Grafen, Vater. Max, mein Junge, herzlichen Glückwunsch!

»Und wie wär's mit einem Glas auch für mich? Schließlich hatte ich die ganze Arbeit.« Sophie versuchte sich im Bett aufzusetzen und scheiterte; ihre Genitalien brannten vom reinen Alkohol, mit dem die Hebamme jede Hautfalte sorgfältig gereinigt hatte.

»Kein Wein«, befahl die Hebamme. »Nur Wasser und ein bisschen warme Milch.«

Sophie rümpfte die Nase.

Später, als die Hebamme das Feld geräumt hatte, um sich in der Küche zu erholen, stahl sich ihre Mutter herein.

»Das ist für dich, mein Schatz. Nur ein halbes Glas, um dich ein bisschen aufzubauen. Und zur Feier von Leos Ankunft.«

Ein Winterkind, geboren am Tag vor Lichtmess, wenn sich in der Erde das Leben regt und die ersten Vögel im fernen Afrika ihre Flügel recken und von Rückkehr träumen.

KAPITEL 18

in welchem die Gesellschaft nach Venedig reist

Max brachte es fertig, den Tross auf drei Dienstboten zu reduzieren: ein Kindermädchen für Leo, eine Zofe für Sophie – und Karl. Der war Maxens Kammerdiener und Leibgardist der ganzen Familie, aber er kümmerte sich auch um das Gepäck, verteilte Trinkgelder an Bootsführer und Portiers, auch wenn sie unhöflich waren und durchaus keine Hilfe, suchte am Bahnhof den richtigen Waggon und verstaute sie alle einzeln darin, beschaffte, wenn nötig, frische Pferde und Zigaretten für Max. Und er reparierte alles, was den Geist aufgegeben hatte, vom Sonnenschirm bis zum Kutschenrad. Seine Augen waren in dauernder, flackernder Bewegung und erfassten die Welt in Hochgeschwindigkeit, schätzten im Handumdrehen Ausmaß, Umfang, Entfernung, und er schaffte es, einen Berg von Gepäck – zwei Schrankkoffer, mehrere lederne Handkoffer, drei umfangreiche Hutschachteln und eine Reisetasche – in immer kleineren Stauräumen unterzubringen. Als die Gesellschaft in Begleitung einer vulgären Horde ausgelassener englischer Touristen, die beim ersten Anblick der fernen, im Dunst gleichsam schwebenden Stadt vor Begeisterung kreischten, an der letzten Station vor der Eisenbahnbrücke über die Lagune ausstieg, hatte Karl bereits den kleinen Hafen ausgemacht, sich zwei Gondeln gesichert und in deren Bug die Kisten und Kästen seiner Herrschaft verstaut, während die Gondolieri müßig und rauchend danebenstanden.

Die Stadt, die sich unter der österreichischen Besatzung erheblich verändert hatte, besaß jetzt einen nagelneuen Bahnhof und eine neue Brücke, die sich wie ein Pfeil vom Festland aus in ihre Seele gebohrt hatte. Doch der alte Graf, dessen Erinnerungen an Venedig gut dreißig Jahre alt waren, hatte ihnen dringend ans Herz gelegt, sich der Stadt vom Wasser her zu nähern, um sie so zu sehen, wie die Maler es zu tun pflegten: die Serenissima zwischen Meer und Himmel, die aus dem Wasser ragenden Türme und Palazzi. Fahrt unbedingt mit der Gondel, es gibt nichts Vergleichbares: Ihr werdet direkt ins Paradies hineingleiten. Sie hatten den Rat beherzigt und fuhren jetzt einen von Dalben markierten Wasserweg entlang: Die stämmigen wassergetränkten Holzpfähle, *bricole* genannt, die alle tieferen, schiffbaren Kanäle kennzeichneten, ragten in Dreiergruppen aus dem Wasser. Die Silberzinken am Bug der Gondel zeigten zum leicht bewegten offenen Wasser der Lagune. Sophie riss sich die Handschuhe herunter, beugte sich weit aus der schwarzen Kabine und tauchte die Finger ins plätschernde grüne Wasser.

»O Max!« Mit funkelnden Augen blickte sie ihn an. »Das ist warm. Das ist tatsächlich ganz warm.«

In diesem außergewöhnlichen undurchsichtigen Grün löste der ganze lange nördliche Winter sich auf. Er betrachtete ihre sinnlichen weißen Finger, die übers Wasser strichen, während sie den anderen Arm fest um ihren Sohn geschlungen hatte, dessen dringender Wunsch, sich in die zunehmend tiefe Lagune zu stürzen, sich jetzt in einem Protestgeschrei äußerte. Leo konnte sich trotz winzigen Wortschatzes inzwischen schon beinahe verständlich äußern, und wenn er mit wankenden Schritten loslief, legte er mit seinen vierzehn Monaten ein beängstigendes Tempo vor. Jetzt hämmerte er mit den Fersen gegen die rot verkleidete Flanke der Gondel und zeterte: »*Schnuh, Schnuh!*«; das war seine Version von »schnell!« und seine Art, mehr Tempo zu fordern. Er hatte Sophies kompromisslosen Charakter geerbt.

Die zweite Gondel, die ihnen erst dicht gefolgt war, zog jetzt flott an ihnen vorbei. Die beiden Dienstmädchen, von denen keines schwimmen konnte, klammerten sich panisch aneinander. Die Gondolieri feuerten sich über ihre Passagiere hinweg gegenseitig an und hatten offenbar, zur Erheiterung der Herrschaft, ein Wettrennen im Sinn, legten sich mächtig ins Zeug, beschleunigten ihre fremdartig kreisende Ruderbewegung und ließen ihr Boot wie ein Pfeil durchs Wasser schießen. Karl sicherte die Schrankkoffer mit einem zusätzlichen Seil und herrschte die kreischenden Mädchen an, endlich den Mund zu halten. Die Gondolieri, jetzt Seite an Seite, gingen leicht in die Knie und ruderten, dass der Bug auf den Wellen aufschlug. Die entsetzten Mädchen begannen ein erneutes Wehklagen, doch der warme Wind riss ihnen das Geschrei vom Mund. Max zündete sich im Schutz der *felze* eine Zigarre an, rückte den Hut zurecht und grinste zu Sophie hinüber, die sich weit aus der Kabine beugte und die Nase in den Lagunenwind hielt. Mit einem Arm Leo festhaltend, hob sie den anderen Arm über den Kopf, so dass der Spitzenärmel bis über den Ellenbogen herabfiel und die winterweiße Haut entblößte. Und völlig unvermittelt schrie sie, mit sagenhafter Wildheit, den Gondoliere an: »*Vai, vai, vai!*«, als hätte sie ihr gesamtes Vermögen auf den Ausgang des Rennens gesetzt. Der Wind wehte einen Schwall Gischt herbei, und der Bootsmann legte sich in die Kurve und ließ seine Gondel über die sanften Wellen flitzen. Max beobachtete ihr Gesicht unter dem Schleier, das weiß war und zuckte, durchflutet von Freude.

❧

Das Hotel Danieli wandte seine blinden, weil mit Fensterläden verschlossenen Augen der elfenbeinhellen Fassade von San Giorgio Maggiore jenseits der Giudecca zu. Die Gondel glitt in einen schmalen Kanal rechter Hand des Hotels, wo an einer moosfeuchten

Anlegestelle ein Geschwader von uniformierten Dienstboten einander bekämpfte, um die Familie und ihr Gepäck in ein orientalisches Interieur mit Rundbögen, durchbrochenen Paravents und einläufiger, im Austritt gewendelter Steintreppe zu geleiten. Max prüfte die Gästeliste, um zu sehen, wer bereits hier war. Wem konnte er seine Karte schicken? Er entdeckte ein, zwei Bekanntschaften, die mit seiner Gattin aber besser bekannt waren, und einen älteren Professor für Naturgeschichte, dessen Vorlesungen er in Leipzig gehört hatte. Ansonsten die übliche Mischung reicher englischer Adliger und eine Vielzahl bürgerlicher Namen; etlichen waren sie bereits mehrfach in den verschiedenen Ferienorten begegnet, von Interlaken bis hinein in die österreichischen Alpen. Trotz der unübersehbaren Invasion preußischer Touristen hielt er Französisch für die taktvollere Wahl im Umgang mit dem Empfangschef und erkundigte sich nach den Badeanlagen auf dem Lido. Sophie hatte das Schwimmen gelernt, hatte sich zu dem Zweck mit einer Haube ausgestattet, die wie ein Fruchtkorb aussah, und war nicht von der Idee abzubringen, mit dem Badekarren zu experimentieren.

Und so begannen lange warme Tage des Müßiggangs und der Sorglosigkeit. Sophie hatte ihre üblichen Auseinandersetzungen mit der Hotelküche. Was sollte Leo essen und was durfte er unter keinen Umständen anrühren? Sie ließ sich den Fisch im rohen Zustand an den Tisch bringen, beroch ihn und stach mit der Gabel hinein, ehe sie mit gnädigem Nicken die Zubereitung des Störs, Steinbutts, Thunfischs, der Meeräsche oder Seezunge, für welche die Lagune berühmt war, gestattete. Aufmerksam lauschte sie jeden Tag den Frühstücksempfehlungen des Küchenchefs und hielt dann mit eigenen Vorschlägen dagegen. Das Küchenpersonal nannte sie entnervt »la Contessa« und verdrehte die Augen, staunte dann aber nicht schlecht, als sich erwies, dass Frau Maximilian Reinhard August Duncker und Sophie Gräfin von Hahn ein und dieselbe Person waren. Waren die beiden tatsächlich verheiratet? Dutzende

Gäste des Hotels waren nicht die, die sie zu sein behaupteten. Alle, vom Geschäftsführer abwärts, zuckten die Achseln und taten ihre Arbeit. Zahlen sie mit echtem Geld, sind sie kreditwürdig? Alles andere spielt keine Rolle.

Aber einige sehr überraschende Gäste schlenderten in den Hauptsalon, um das Kammerorchester zu hören, das umringt von Palmen in riesigen asiatischen Gefäßen auf einem kleinen Podium auftrat. Max verbeugte sich vor Hans Meyrick, jetzt ein ebenso reicher wie erfolgreicher Gesellschaftsmaler, der mit einer freigebigen, wenngleich ältlichen englischen Witwe in Venedig Ferien machte.

»Ein Glücksfall für mich, alter Freund«, grinste Meyrick ungeniert. »Sie wollte das Konterfei ihres Hundes, und als ich fast fertig war, starb der Hund. Jetzt sind wir hier in Venedig, um ihre Trauer zu lindern. Ich denke, sie ist schon ziemlich getröstet.«

»Wer ist *das* denn?«, fragte Sophie, während sie die selbstverständliche Vertrautheit des Malers mit allen Engländern und seine extravagante Kleidung zur Kenntnis nahm. Ihren einstigen Homburger Tanzpartner erkannte sie nicht mehr.

»Wir können in unserem Umgang wohl nicht allzu wählerisch sein, solange wir in den Ferien sind«, sagte Max kleinlaut. »In diesem Hotel nehmen sie jeden, der es sich leisten kann.«

»Glocken! Glocken!«, schrie Leo, der seine eigenen Glocken hatte und entzückt von den Glocken Venedigs war, die überall in der Stadt zu jeder Stunde läuteten.

John Murrays *Handbook for Travellers in Northern Italy* (14. Auflage 1877) hielt fest, dass das Danieli nicht mehr zu den allerersten Häusern der Stadt zählte, und empfahl sechs andere Hotels, darunter das Hôtel de l'Europe (gute Lage, exzellente Aussicht – keine Pension). Professor Kurt Marek, der samt seiner Londoner Entourage eine Venedigreise plante, wollte seine Ankunft auf Maxens und Sophies Aufenthalt im Paradies der Städte abstimmen. Er hatte sich aber gegen das Danieli und für das Hôtel de l'Europe entschieden, und daher machte sich Max auf den Weg durch das Labyrinth der Gassen und Brücken, um zu erkunden, wann sie erwartet würden. Er wagte sich durch einen schmalen Durchschlupf zwischen zwei einander zugeneigten Steinmauern, und das war ein Fehler, denn binnen Minuten wusste er nicht mehr, wo er war.

Nun begann ihn ein anderes Venedig, nicht die Stadt des Baedekers und sonstiger Reiseführer, hinter geschlossenen Läden und von feuchten Stufen herab zu beäugen. Es war helllichter Vormittag, und hoch über ihm strahlte ein blauer Tag, und doch schienen sich selbst die donnernden Kirchenglocken zurückzuziehen und die Stimme zu senken. Der Schmutz auf dem Pflaster entsprach dem fremdartigen Gestank aus den Kanälen, die jetzt schmal wie Pfeilschäfte waren und farblos, wie ausgeblutet – weit entfernt von dem schimmernden Grün, das sich vor ihren Balkonen an der Riva dei Schiavoni endlos in die Weite streckte, bis es der Dunst verschluckte. Max blieb stehen, sah sich bedächtig um, weil er sich vergewissern wollte, dass ihm niemand folgte, und zündete sich eine Zigarette an. Er hatte das unabweisliche Gefühl, dass er beobachtet wurde.

Aber es zeigte sich niemand. Er stand allein in einer finsteren engen *calle,* in einer Stadt, die er nicht verstand. Er wartete einen Moment, versuchte die Gerüche zu identifizieren und wandte sich angewidert von den Abfallhaufen in dunklen Ecken ab, die aus alten Kleidern, Papier, Fäkalien zu bestehen schienen. Eine Ratte trabte furchtlos und gemächlich an ihm vorbei und versenkte sich im Kanal.

»*Scusi signore.*« Die leise Stimme kam aus dem Torweg neben ihm. Eine schmale schwarze Hand mit rot lackierten Nägeln und ungezählten Armreifen hielt ihm eine nicht angezündete Zigarette hin. Max lächelte. Aha! Es hatte ihn, ganz zufällig, ins venezianische Vergnügungsviertel verschlagen. Unmittelbare Gefahr drohte nicht, und er hatte nichts weiter zu verlieren als ein Streichholz.

Die Hand streifte mit geübt anzüglicher Geste seine Finger. Die Stimme versuchte es mit mehreren Sprachen.

»*Grazie. Merci.* Danke.«

Ich sollte weitergehen. Ein Nicken. Eine angedeutete Verbeugung. Aber irgendetwas an der Kehle der Prostituierten erregte seine Aufmerksamkeit; dunkle Höhlungen in glatter Haut, die durch die Spitze um die Schultern zu sehen war. Die verschleierte, mit exotischen Federn geschmückte Gestalt im Torweg, schrill gekleidet in rotem, mit weißer Spitze besetztem Satin, der einmal bessere Tage gesehen hatte, beugte sich zurück und blies ihm ein zartgraues Rauchwölkchen ins Gesicht. Der Tabak überdeckte den fauligen Geruch vom Kanal. Hinter dunkler Spitze erblickte er flüchtig zwei rote Augen, die ihn abschätzig musterten. Sie setzt meinen Preis fest. Der reiche deutsche Besucher beißt an und wird an Land gezogen: Wie viel kann ich verlangen? Eine Hand griff nach dem Schleier und lüftete ihn, und er blickte in ein atemberaubendes schwarzes Gesicht: überaus zarte Züge und hohe weite Wangenknochen, eher orientalisch als europäisch wirkend, mit langer geschwungener Nase, großen Augen, scharlachroten Lippen.

»Wie viel?«, fragte Max hypnotisiert.

»*Il signore pagherà.*« Ja, der Herr zahlt.

Die schwarze Hand schoss vor, schnappte klauengleich Maxens Finger im grauen Handschuh und zwang sie abwärts und hinein in die Satinfalten. Max, beunruhigt von seiner prompten Erregung, grub nach den Geschlechtsteilen der Hure. Ohne einen Gedanken trat er in den Schatten des Torwegs, ein Schauder des Erschreckens überlief ihn zugleich mit reinstem, unmissverständlichem Begehren, das sich durch seinen gesamten Unterleib breitete, als er zwei baumelnde Hoden und einen sich aufrichtenden Penis ertastete. Das Wesen vor ihm, nicht Frau, nicht Mann, sondern beides zugleich, blickte ihm ins Gesicht und bot ihm mit herausforderndem Goldblitzen seinen Mund: Durch die Unterlippe bohrte sich ein

Ring. Maxens Hut rutschte nach hinten und steckte zwischen Kopf und Wand fest, als er die Zunge in den dunklen Mund, die glatten Wangen bohrte. Die Hure schnippte die nicht gerauchte Zigarette in den schmalen Kanal, knöpfte mit drei flinken Gesten den Hosenschlitz des Kunden auf und massierte die geschwollene Spitze seines Geschlechtsorgans zu einem stöhnenden Höhepunkt, der so schnell kam, wie er intensiv war. Max klammerte sich an den letzten vernünftigen Gedanken, den er hatte. Ich muss gehen. Nur schnell weiter. Nicken, leicht verbeugen. Sofort weitergehen. Der scharfe Geruch des anderen Körpers mischte sich mit dem Verwesungsgestank der engen Gasse.

Er trennte sich von viel mehr Reichsmark, als er in Deutschland gegeben hätte, und empfing dafür eine lieblich geflüsterte Wegweisung zum Hôtel de l'Europe, das direkt auf den Canal Grande hinausging, dessen Landzugang aber in einer anderen engen *calle* lag, keine zehn Minuten von hier. Ringsum erstreckte sich das venezianische Vergnügungsviertel und schmiegte sich an Theater, Galerien, Restaurants und Hotels. Einen Katzensprung vom dichten Menschengewimmel, das sich um die wundersamen Monumente für die Kunst und für Gott ballte, lagen die finsteren Plätze und Gassen, in die nie ein Gaslicht drang, wo niemand das steinerne Pflaster kehrte, wo der schimmernde Bauch der Stadt sich an Abfallstapeln und verirrten Reichen labte.

Benommen und entsetzt von sich und seinem Tun, betrat Max das prächtige Foyer des Hôtel de l'Europe und war sich bewusst, dass er auf einer hell erleuchteten Theaterbühne stand, auf der er nur eine Rolle zu spielen hatte. Professor Marek und seine Familie, fünf Personen insgesamt, würden innerhalb der nächsten Tage erwartet, erfuhr er. Am 31. Mai seien sie in Innsbruck eingetroffen. Max überflog die Gästeliste; eigentlich suchte er nach deutschen Namen, doch blieben seine Augen unterwegs an einem recht verbreiteten englischen Namen hängen: Unter den sieben Familien, die am Vortag, dem 2. Juni 1880, hier eingezogen waren, befand sich ein kinderloses Paar. Mr und Mrs J. W. Cross.

Abgesehen von einem kurzem Galopp rund um die Koppel auf dem Anwesen ihrer Tante und einem misslungenen Ausflug in die Oper, wo sie die Sorge um Leo, trotz des gefeierten Soprans in der Titelrolle, in der Pause nach Hause getrieben hatte, ließ Sophie ihren Sohn niemals aus den Augen. Zwar hatte sie ein Kindermädchen eingestellt, das den Jungen vergötterte, dennoch wich sie ihm nicht von der Seite, sondern begleitete das Mädchen zur Kirche und auf Spaziergängen durch Parks und Gärten. Beide, Max und Sophie, schoben mit Begeisterung den aus London importierten Kinderwagen, ein schauerliches Gerät mit bedrohlicher schwarzer Haube und mächtigen Rädern, das gefedert war wie eine Kutsche, um dem mirakulösen Säugling den größtmöglichen Komfort und den Eindruck sanften Schaukelns zu vermitteln. Sophies Mutter betrachtete das neumodische Ding mit Grauen und fand, es sehe aus wie ein Sarkophag auf Rädern.

»Unsinn, Mama. Es ist das Allerneueste.«

Sophie war entschlossen, ein modernes Baby aufzuziehen. Sie erkundete die neuesten Methoden der Pflege und die entsprechenden Geräte. Den Ehrenplatz der größten Liebe, die gefüttert, getränkt, ausgeführt und ganz allgemein gehegt und gepflegt wird, teilte sich ihr Sohn mit den Pferden. Er begleitete sie überallhin. Wo er nicht hinkonnte, da wollte auch sie nicht sein. Max rückte an die zweite Stelle; Leo hatte ihm den Rang abgelaufen.

Doch jetzt, in Venedig, als sie erstmals seit Jahren fern der Heimat war und das Kind, das jede Krankheit tatkräftig abschüttelte, zufrieden und in besten Händen wusste, wagte sie es, Leo ein paar Stunden allein zu lassen und verabredete sich mit Max in der Accademia. Denn wer wagte es, in dieses schwimmende Paradies zu kommen und auf einen Besuch der Gemäldegalerie zu verzichten? Sophie stieg rasch in die wartende Gondel und zog ihre cremefarbenen Schleier und Schals gegen den böigen Lagunenwind fester um sich. Den Horden der Straßenhändler und Bettler, die sich vor den Toren der Hotels und Kirchen drängten, ging sie aus dem Weg, seitdem ein aufdringliches Weib versucht hatte, Leos Kopf zu streicheln. Wie von der Tarantel gebissen, hatte Sophie die Frau wild mit der Spitze ihres Sonnenschirms gestochen, gleich darauf aber hatte sie mit gleichem Ungestüm ihren Mangel an Mitgefühl bereut und dem hutzeligen Wesen eine Münze geschenkt. Die Gräfin von Hahn hatte eine metaphysische Abneigung gegen Armut und kriecherische Selbsterniedrigung entwickelt, was in direktem ursächlichem Zusammenhang damit stand, dass sie in eine reiche Familie hineingeboren war und es ihr niemals an irgendetwas gefehlt hatte. Von Bettlern fühlte sie sich abgestoßen, ganz besonders von jenen, die sich als entlassene Soldaten ausgaben und ihre Säbelnarben und wulstigen Amputationsstümpfe vorführten. Von der schaukelnden, sich wiegenden, gleitenden Gondel aus betrachtet, fand die Welt zu Schönheit, Licht und Distanz zurück; die entsetzlichen Bettler blieben am Ufer, und die Kuppeln, *palazzi* und *campanili*, die sich, aus der Nähe betrachtet, angegriffen und von Mauerpilz und Unkraut befallen zeigten, leuchteten aus der Ferne wieder so verlockend wie ihr Ruhm, hinreißend und exotisch.

Sophie wanderte in die unterweltliche Dämmerung der Accademia und strengte sich sehr an, um im Halbdunkel der düsteren Höhlen zu erkennen, was sie hier eigentlich bewundern sollte. Die Räume waren voller Touristen, die sich mit Reiseführern und Sonnenschirmen bewaffnet hatten. Manche trotteten pflichtbewusst ihrem amtlich bestallten *cicerone* hinterher, der die schwermütigen Schönheiten an den Wänden erklärte. Sophie gesellte sich zu einer solchen Gesellschaft, kam aber rasch zu dem Schluss, dass der Führer aus der Überzeugung heraus, ausschließlich Idioten vor sich zu haben, lediglich eine Lektion in Bibelgrundwissen erteilte, denn er zählte einfach auf, welche Personen in den biblischen Szenen dargestellt waren, und spekulierte über ihr jeweiliges Tun. Sophie trieb sich noch eine Weile in der Nähe herum, um seine Erklärung zu Paolo Veroneses »Letztem Abendmahl« zu hören. Dieses riesige, offensichtlich mit ketzerischen Elementen durchsetzte Werk hatte seinen Schöpfer in erhebliche Schwierigkeiten gebracht, doch als er angewiesen wurde, das Gemälde auf eigene Kosten zu ändern, begnügte sich Veronese damit, auf der Balustrade links und rechts die lateinische Inschrift *FECIT D. COVO. MAGNV. LEVI* beziehungsweise *LVCA CAP. V.* einzufügen. Somit war das Gemälde kein Abendmahl mehr, sondern nahm auf das fünfte Kapitel des Lukasevangeliums Bezug, in dem Levi in seinem Haus ein großes Festmahl für den Herrn veranstaltet: Daher hieß es fortan »Das Gastmahl im Hause des Levi«. Sophie starrte zwei junge schwarze Männer in der linken Ecke an, deren Gesichter ihr seltsam modern und vertraut vorkamen. An den Rändern ist es doch immer interessanter, dachte sie, und begann, ungeachtet des trüben Zwielichts von oben, mit einer ausführlichen Betrachtung der Ecken.

Schließlich setzte sie sich vor drei Gemälde von Giovanni Bellini, drei zarte Madonnen in einer Reihe, die ihr klein, leuchtend und gefällig in Reichweite entgegenstrahlten. Noch immer keine Spur von Max! Die eine der drei wurde von sechs hellroten Putten umschwebt, körperlosen Köpfen mit Flügelchen, die ihnen aus den drallen Hälschen wuchsen, jeder aus einer Wolke ragend. Alle drei Madonnen waren in Rot und Blau gekleidet und hielten mit langen sanften Fingern ihr todgeweihtes Söhnchen. Wie es wohl ist, den eigenen Sohn zu lieben, wie ich Leo liebe, und zu wissen, dass man seinen Tod erleben wird?

Sie spürte, wie sich ihr Nackenhaar sträubte, und zog das Umschlagtuch enger um sich und biss sich auf die Lippe. Im selben Moment hörte sie die leise, fast flüsternde Stimme einer Frau, die Englisch sprach.

»Das Motiv der roten Cherubim stammt aus der *Krönung Mariens* von 1474, es hängt in Pesaro. Die Engel symbolisieren die göttliche, aber auch die irdische Liebe. Und wenn du, Liebster, ein wenig näher kämst, denn das Licht ist wirklich nicht sehr gut, dann siehst du, dass die besonderen Symbole der Madonna in die Landschaft hinter ihr eingearbeitet sind. Hier, diese kleine Festungsstadt beispielsweise, sie steht für die Jungfräulichkeit Mariä. Sie ist die niemals eingenommene Festung. Dies ist ein ganz exquisites Werk, wie auch die *Madonna degli Alberetti,* die Madonna der Bäumchen, die leider dringend einer Reinigung bedürfte. Das Bild war für die private Andacht seines Auftraggebers gedacht, der zweifellos brennende Kerzen davor stehen hatte, was den verdunkelten Hintergrund erklärt. Die Bäume, man kann sie gerade noch erkennen, stehen für das Alte und das Neue Testament.«

Sophie verhielt sich mucksmäuschenstill, als das Paar dicht an ihr vorbeiging, die Frau recht betagt, aber noch schlank und aufrecht und mit einer prächtigen Haarmähne, die zwar grau gesträhnt, doch dicht und glänzend war. Sie stützte sich auf den Arm eines viel jüngeren, bleichen, aber robusten Mannes, dessen Gesicht hinter einem mächtigen rotbraunen Bart weitgehend verschwand.

Sophie war fassungslos ob der Erscheinung, die sich da materialisiert hatte: Es war die Sibylle. Es war tatsächlich die Sibylle, und sie ging keineswegs in Trauer.

Die junge Frau zog sich diskret den Schleier vors Gesicht und senkte den Kopf wie aus Ehrerbietung gegenüber der *Madonna degli Alberetti*. Aber wenn dies die Sibylle war, wer war der Mann? Sophie musterte verstohlen sein Profil und war sicher, dass sie ihn nie zuvor gesehen hatte. Vor dem vierten kleinen Gemälde, das nicht von Bellini signiert war, doch ihm, seiner Werkstatt, seinen Mitarbeitern zugeschrieben wurde, blieb das Paar stehen. Dieses dezente quadratische Bild zeigte drei Gestalten in einer kargen Landschaft. Sophie vertiefte sich in ihren Reiseführer: Die Heiligen Markus und Hieronymus und eine unbekannte Anhängerin, Öl auf Holz, erworben durch Schenkung von Girolamo Contarini, 1838. Obwohl das Paar ihr den Rücken zukehrte, vernahm sie die tiefe Stimme des Mannes. Zwei andere Touristen, Mutter und Tochter, stellten sich vor den Madonnen auf, und Sophie, die noch saß und ihren Reiseführer im Schoß hielt, versteckte sich hinter ihnen.

»Und das hier, mein Schatz? Das ist doch das Bild, von dem du gesprochen hast?«

»Genau dieses.«

Sophie beugte sich vor, um möglichst kein Wort des gemurmelten Gesprächs zu verpassen.

»Das Thema ist umstritten und gab schon Anlass zu zahlreichen Debatten. Tatsächlich ist es eine Darstellung von Lukian, dem atheistischen Dichter und Philosophen, dessen Werke im fünfzehnten Jahrhundert von den kirchlichen Obrigkeiten wiederentdeckt und scharf angegriffen wurden. Die unbekannte Anhängerin stellt das jüdische Mädchen Myriam dar. Dies ist der heilige Markus, der anscheinend seinen Löwen mit der Gestalt teilt, die im Katalog als heiliger Hieronymus bezeichnet wird. Aber siehst du, da ist kein Kardinalshut. Stattdessen Bücher, Tafeln, Schriftrollen. Die Anwesenheit einer jungen Frau ist sehr ungewöhnlich, auch wenn sie, wie diese, so reich gekleidet ist. Es wird erzählt, dass Myriam mit dem heiligen Markus als ihrem Gefährten nach der Kreuzigung aus Jerusalem entkam; sie durchwanderten die Mittelmeerländer und verkündeten überall die frohe Botschaft Christi. Myriam kam als Sklavin in Lukians Haus, und obwohl noch sehr jung, tat sie sich durch ihre Sprachkenntnisse und ihre heilenden Hände hervor. Ich musste oft an sie denken, als ich mir die Dinah in *Adam Bede* ausdachte. Sieh, wie der Philosoph sich zu ihr neigt. Sie wurde seine Adoptivtochter. Aber zu ihrem Glauben bekehrte er sich nie.«

»Das Bild scheint etwas anderes anzudeuten«, vermutete der junge Mann zögernd. Sophie fiel auf, wie zärtlich er die Hand der Sibylle hielt, die der Hitze zum Trotz noch in ihren schwarzen Spitzenhandschuhen steckte. »Er weist doch auf den heiligen Markus.«

»Und mit der anderen Hand deutet er auf seine eigene Schrift. Das jüdische Mädchen stand vor der Wahl zwischen dem begeisterten Jünger und dem stoischen Philosophen. Genau diesen Augenblick der Wahl stellt das Gemälde dar.«

Jetzt sah Sophie das lange Kinn der Sibylle, die große Nase, das furchterregende Lächeln. Ein Welle der Wut und der Abneigung, ähnlich dem Abscheu, der sie überfiel, wenn sie von stinkenden Bettlern behelligt wurde, schwappte über sie hinweg und trübte ihre Wahrnehmung. Etwas Undefinierbares und Verstörendes blickte aus den ernsten Augen der Sibylle, lauerte hinter ihrem flüchtigen Lächeln. Ein fragiler Schleier wurden von ihrer Stirn gelüftet, so dass das lange dünne Antlitz, das mächtige Kinn und die großen ausdrucksvollen Augen sich unverhüllt zeigten. Die Dame ist alt. Die Dame ist hässlich. Die Dame hat wunderbare Augen.

»Ah, mein Lieber, wir wissen, dass Lukian nie Christ wurde. Er starb als Römer, und er starb den mutigen Tod eines Römers.«

Das ungewöhnliche Paar setzte seinen Rundgang fort. Sophie, die jetzt die Neugier stach, schlich ihnen heimlich nach, und es entging ihr nichts, weder die Zärtlichkeit, mit der die Hand in schwarzer Spitze gedrückt wurde, noch das Gewicht derselben auf dem Arm des jungen Mannes. Die letzten Worte, die Sophie mitbekam, ehe das Paar in die Skulpturengalerie einbog, bestätigte ihren Argwohn.

»All diese Schönheiten mit dir zu sehen, mein Liebster, ist ein Glück jenseits des Vorstellbaren. Meine Freude ist jetzt vollkommen.« Diese Aussage erfolgte in leisem, verführerischem Ton.

Sophie presste sich flach gegen den Sockel eines priapischen Satyrn. »Mein Liebster«? »Meine Freude«? Die Sibylle war kinderlos. Dieser Mann war jung genug, um ihr Sohn zu sein, doch die sinnliche Zärtlichkeit ihres Tonfalls, die entzückte Hingabe ihres Gefährten waren nicht misszuverstehen. Das kann nicht sein. Und doch ist es so – ihr Mann ist kaum unter der Erde, und schon hat sie den nächsten Liebhaber! Sie hat diesen jungen Mann hypnotisiert, wie eine Schlange die Kröte, bevor sie das Maul aufreißt und sie verschlingt. *La belle dame sans mercy hält dich in Bann*. Sophie strebte durch die Säle und Flure zum Ausgang. Das also hatte sie im Sinn, als sie ihren miesen kleinen Liebesbrief an meinen Mann schrieb. Sie hatte ein Auge auf Max geworfen! Sie begehrte einen jüngeren Mann! Das sexuelle Dreieck in *Middlemarch*, das gesamte Szenario um Dorothea, Casaubon und Ladislaw wallte und wogte durch Sophies rasende Mutmaßungen, in denen sich die abscheuliche Sibylle in eine hexenhafte uralte Weise, eine wollüstige, habgierige Morgana der Schwarzen Kunst verwandelte, die mit ihren Zaubersprüchen bewaffnet ihr Unwesen trieb. Der Rotbart ist ihr jüngstes Opfer. Weiß Max, dass sie in Venedig ist? Und wenn er es wüsste, was hätte er vor?

Dass die Sibylle Mr John Walter Cross tatsächlich geheiratet haben könnte, kam Sophie niemals in den Sinn.

Max sah seine Frau mit wehendem Gewand und stampfendem Schritt aus den Galerien entweichen, als sei der Leibhaftige hinter ihr her. Er stürzte ihr nach, die Treppe hinab, verlor sie aber am Uferkai, wo die Gondolieri sich um Kundschaft balgten und Touristen sich drängten, aus den Augen. Karl tauchte hinter ihm auf und teilte mit, die Gräfin habe ihre private Gondel genommen und lasse sich in dem Moment zum Hotel Danieli zurückfahren. Max erschrak. Offenbar hatte Leo einen Anfall erlitten oder sich erbrochen, und die Kunde davon war auf obskuren Wegen Sophie zu Ohren gekommen, die auf der Stelle die gemeinsame Besichtigung, die sie vorgehabt hatten, aufgegeben hatte und zu ihrem Sohn geeilt war. Eine andere Erklärung war ihm nicht vorstellbar.

»Das Kind ist krank, Karl! Es muss die Hitze sein. Lass uns die Fähre über den Canal Grande nehmen, dann laufen wir durch die kleinen Gassen zum Hotel. Hier bekommen wir nie eine Gondel.«

Kopf an Kopf und schweißüberströmt hasteten sie über die Piazza San Marco, scheuchten Geschwader von Tauben auf, störten das Orchester und rammten Touristen. Im Hotel angelangt, rannte Max die Treppe hinauf und riss die Tür zu der kleinen Kinderstube auf – wo er Leo vorfand, der auf seinem Schaukelpferd ritt und unter »Schnuh, schnuh!«-Rufen auf die erste Reihe des feindlichen Heeres lossprengte. Aber nein, er ist nicht krank, rief das Kindermädchen beunruhigt und sah sich Leo genauer an, falls sie doch erste Anzeichen übersehen haben sollte.

Sophie war längst im Hotel eingetroffen. Max fand sie auf dem Balkon auf und ab marschierend, hoch über dem Gedränge im Bacino di San Marco und den rauchumwölkten kleinen Dampfern, die den Giudecca-Kanal auf und nieder tuckerten. Sie hatte Hut und Schleier abgeworfen; sie würdigte Max kaum eines Blickes.

»Aber Leo ist doch kerngesund!«, rief Max und schloss seine Frau in die Arme.

»Ja natürlich.« Sie schüttelte ihn ab und marschierte weiter. »Warum denn nicht?«

Abrupt blieb sie stehen und drehte sich um. Sie lehnte sich an die Steinbrüstung und fixierte Max mit eigenartig zornigem Blick.

Er spürte die Hände der Prostituierten an seinem Körper. Ich habe mich sorgfältig gewaschen. Sie kann nichts wissen. Wurde ich beobachtet? Wer könnte es ihr gesagt haben? Es ist unmöglich, dass sie etwas weiß. Max erbleichte und nahm im nächsten Moment von der Stirn bis zum Schnurrbart die Ziegelröte einer gotischen Kathedrale an.

»Was ist denn los, liebste Sophie?«

Er erwartete das Urteil.

»Wusstest du, dass Frau Lewes hier ist? Hier in Venedig?«

»Frau Lewes?« Max starrte sie an.

Das letzte Gespräch über die Sibylle hatte er, soweit er sich entsann, mit seinem Bruder geführt, der an den langwierigen Verhandlungen um den Erwerb der kontinentalen Nachdruck- und der deutschen Übersetzungsrechte an *Impressions of Theophrastus Such* im Gespann zu verzweifeln drohte. »Lewes war ein knauseriger Mistkerl, aber man wusste wenigstens, woran man war. Jetzt schreibe ich an Charles Lewes und bekomme am Ende eine wirre Antwort von ihr. Irgendwann wird sie ihre Angelegenheiten wieder im Griff haben. Sie hatte immer einen ausgeprägten Sinn für Zahlen. Aber es ist alles abscheulich unangenehm.« Wolfgangs Stimme verklang in der Ferne wie eine vorüberziehende Prozession.

Sophies grüne Augen blitzten zornig und vorwurfsvoll. Max sagte die Wahrheit.

»Nein, das wusste ich nicht. Wolfgang sagte, sie hat sich in ihrer Sommerresidenz in Witley verschanzt, irgendwo südlich von London.«

»Dann hat sich dein Bruder geirrt. Sie ist hier. Und sie ist nicht allein.«

»Ist sie mit Charles gekommen? Du weißt schon – Lewes' ältestem Sohn. Und mit seiner Familie?«

»Mit einem jungen Mann ist sie hier. Und es ist klar – sonnenklar, denn ich habe sie in der Galerie beobachtet –, dass er ihr *cava-*

lier servente ist. Nennt man das nicht so in Venedig? Er ist mindestens drei Jahrzehnte jünger als sie.«

Max verschlug es momentan die Sprache.

»Hast du mit ihr gesprochen?« Erst in diesem Moment wurde ihm klar, dass er ja gar nicht wusste, ob Sophie die Sibylle jemals mit eigenen Augen gesehen hatte. Vielleicht war die Schriftstellerin allerdings berühmt genug, um überall erkannt zu werden.

»Natürlich nicht. Sie hat mich nicht gesehen. Und wer immer dieser Mann war, Charles Lewes kann es nicht gewesen sein. Sie wird ja wohl nicht den Vater ins Grab bringen, um den Sohn an sich zu reißen – so schamlos wäre wohl nicht einmal sie. Sie hat ihn ›Liebster‹ genannt und seine Hand gehalten.«

Auch in seinem Zustand sexueller Erschütterung, gepaart mit der Erleichterung, dass Sophie von seiner Begegnung mit der schwarzen Prostituierten offenbar nichts wusste, hielt Max dies nicht für maßgebend.

»Ihr Name stand nie in der *Gazzetta di Venezia*«, wandte er ein. »Das weiß ich, weil ich regelmäßig nach Professor Marek gesucht habe.«

»Sie werden sich unauffällig und unter falschem Namen irgendwo eingemietet haben.«

»Wie sah der Mann aus?«

»Groß. Dick. Athletisch. Kraftstrotzend. Elegant gekleidet. Er hatte einen riesigen rötlich-braunen Bart.«

Max sah auf einmal den gramgebeugten Riesen im tiefsten Winter durch Regent's Park trotten: Mr John Walter Cross. Und im selben Moment erschien vor seinem geistigen Auge der Name des Paares, den er im Gästebuch des Hotels beiläufig wahrgenommen hatte: Mr und Mrs J. W. Cross.

»Du hast recht, Sophie«, stotterte Max. Jäh schmeckte er wieder den Mund der Prostituierten, und eine Woge der Scham schwappte über ihn hinweg. »Sie wohnen im Hôtel de l'Europe …«

»Du hast es also gewusst!« Mit zwei Schritten war sie bei ihm, packte mit beiden Händen seine Jacke, und ihre blonden Locken flogen. »Es stimmt, oder? Du hast mich angelogen. Du wusstest es!«

Max, völlig verdattert, weil er sich nicht erklären konnte, woher ihr Zorn kam, wollte ihr über die Schulter streichen. Sie aber zuckte zurück wie ein widerspenstiges Pony und hätte beinahe nach ihm geschlagen.

»Fass mich nicht an«, schrie sie. Das Kindermädchen erschien kurz in der Tür; es hatte Leo auf dem Arm und wollte ihn zum Beweis, dass er nicht krank war, seinen Eltern zur Inspektion vorführen, doch beim Anblick ihrer Dienstherrin, die mit ausgefahrenen Klauen auf ihren Gatten losging, zog es sich gesenkten Kopfes wieder zurück, um Karl zu suchen und, wenn möglich, die Ursache des Aufruhrs zu ergründen.

»So hör mir doch zu, Sophie. Ich wusste es nicht. Wirklich nicht. Und ich würde dich niemals belügen.« (Nicht bei diesem Thema.) »Ich werde gleich an Wolfgang schreiben und fragen, ob er etwas weiß. Aber ich glaube, der Mann ist derselbe, von dem ich dir erzählt habe. Ihr Finanzberater: Mr John Walter Cross. Der in Trauer um seine Mutter war.«

»Dann hat er ja jetzt eine Ersatzmutter gefunden!«, fauchte Sophie verächtlich und hieb mit beiden Fäusten auf die Balkonbrüstung. »Eine, die ihn ›Liebster‹ und ›meine Freude‹ nennt!«

Sie fuhr herum. »Das ist es, worauf sie es abgesehen hat, diese Frau Lewes. Auf einen jüngeren Mann. Sag mir die Wahrheit. Hat sie dir einen Antrag gemacht?«

Max hatte keine Vorstellung, was in ihr vorging, und keine Ahnung, was er seiner wütenden jungen Frau sagen konnte. Was er dann sagte, war ja gewissermaßen die Wahrheit:

»Nein, natürlich nicht. Sie war mit George Lewes verheiratet.«

»Eben nicht! Deshalb ließ mich Mama ja auch nie zu ihr.«

Auch dies entsprach sicherlich der Wahrheit. Doch Max spürte jetzt, dass er sich wieder auf sicherem Boden bewegte: Sophie wusste nichts von dem Vorfall mit der Prostituierten.

»Sophie, Frau Lewes ist keineswegs raubgierig. Sie ist einfach wie viele andere berühmte Leute. Wie Herr Klesmer. Oder Professor Marek. Sie liebt die Anerkennung und Bewunderung. Aber weil sie auch scheu ist, sucht sie sich ihre Bewunderer selbst. Vor Zeiten hast auch du sie bewundert.«

»Närrin, die ich war. Sieh, wohin es mich geführt hat. Du hast dieses Buch nicht gelesen, Max. In dem Herr Klesmer vorkommt. In dem die Juden Thema sind. Ich weiß, dass du nichts davon gelesen hast. Nur drei Menschen auf der Welt kannten die Geschichte des Halsbands: du, ich und diese Frau Lewes.« Sie spie den Namen förmlich aus. Und jetzt kannte sie auch kein Halten mehr. »In ihrem Buch erzählt sie unsere Geschichte. Sie beschreibt mich am Roulettetisch. Sie blamiert mich, stellt mich als dummes Gör dar! Und das dulde ich nicht! Als dumm, egoistisch, eitel und arm hingestellt zu werden!«

Sophie brach in Tränen ohnmächtiger Wut aus. Max nahm sie ratlos in die Arme; diesmal entzog sie sich nicht. Wolfgang hätte doch sicher etwas gesagt, wenn er in dem Roman ein Porträt von Sophie entdeckt hätte? Er hatte von Klesmers verstohlenem Liebeswerben um Miss Arrowpoint gesprochen, doch nie etwas anderes erwähnt, was die Sibylle der Wirklichkeit abgeluchst hätte.

Max überschüttete sie mit Zärtlichkeit und Trost. »Geliebtes Mädchen, niemals käme jemand im Traum auf die Idee, es träfe auch nur eine dieser Eigenschaften auf dich zu. Abgesehen davon sagte mir dein Vater, dass die Rouletteszene auf Miss Leigh beruhte, Byrons Großnichte. Er war dabei, als sie fünfhundert Pfund verlor. Es sei ein schmerzlicher Anblick gewesen, sagt er. Und ohnehin verlierst du nicht, du gewinnst doch immer.«

Max hatte sich nie überwinden können, sich hinzusetzen und

Daniel Deronda zu lesen; nach all den Aufregungen, die das Buch verursacht hatte, wusste er jetzt, dass er es niemals lesen konnte.

Sophie ließ sich nicht beirren. »Sie hat es immer nur auf die jungen Männer abgesehen«, zischte sie. »Ich weiß, was ich gesehen habe, vorhin in der Accademia.«

»Gut, ich schreibe meinem Bruder. Die Situation ist womöglich anders, als du vermutest.«

Insgeheim vermutete Max, dass sie recht hatte. Aus der Gästeliste Hôtel de l'Europe ging es doch klar hervor: Mr und Mrs J. W. Cross. Sophie hingegen vermutete Unvorstellbares.

Venedig stand im Ruf einer Stadt der Leidenschaften und der Morde. Nichtsdestoweniger verging eine friedliche Woche mit Besichtigungen und Baden im Meer, ohne dass man die sibyllinische Hexe oder ihren rotbärtigen *cavalier servente* zu Gesicht bekommen hätte. Und es kam zu keinen gewalttätigen Szenen. Professor Marek und seine Reisegesellschaft kapitulierten vor der Hitze und blieben im Veneto in einem Vergnügungsbau des Andrea Palladio, einem Palazzo mit vierzehn Eingängen, die alle von einem leisen Wind umspielt wurden; man unternahm Picknickausflüge und Ausritte auf edlen Rössern durch weites Hügelgelände. Leo hingegen gedieh in der venezianischen Hitze ganz prächtig und schien sogar immun gegen die Mücken. Nie gab er seinen Eltern auch nur eine Minute Anlass zur Sorge. Max drängte die Sibylle in einen fernen Winkel seines Bewusstseins zurück. In welcher Beziehung sie zu Mr John Walter Cross stehen mochte – er hoffte inständig, dass ihm ihre aufwühlende Anwesenheit erspart bliebe und er nicht gezwungen wäre zu handeln. Vom venezianischen Vergnügungsviertel hielt er sich fern; keinen Zentimeter wich er mehr von der geraden Bahn ehelicher Tugend ab. Allerdings schrieb er an seinen

Bruder in Berlin, erklärte die sonderbare Lage und bat um Auskunft. Eine postwendende Antwort erhielt er nicht.

Am Mittwoch, dem 9. Juni 1880, brachen Max und Sophie in zwei Gondeln auf, um die byzantinische Basilika Santa Maria Assunta auf der Insel Torcello zu besichtigen. Die Gesellschaft schloss auch den unverzichtbaren Karl und Leos Kindermädchen mit ein. Es musste jede Eventualität bedacht werden, und daher füllte das Picknickzubehör mehrere Körbe. Eine Kühlkiste mit Eis in Sackleinen enthielt Wein, Fischpastete, verschiedene Früchte, darunter auch mehrfach gewaschene Aprikosen, Wildpastete, am Vortag zubereitet, von der nur eine Scheibe fehlte, weil Max beim Frühstück nicht hatte widerstehen können, einen kompletten Hummer samt langen Zangen und Haken, um das Fleisch aus der Schale zu puhlen. Ferner wurden Teller, Gläser, Servietten, Besteck mitgeführt, eine Flasche frisch gepressten Saft für Leo, ein aufspannbares Segel als Windschutz, kleine Teppiche gegen eine allfällige Bodenfeuchte, zwei Sonnenschirme zur Verhinderung von Sonnenbränden. Sophie rieb sich die Arme und Hände mit Zitronen ein, damit ihre Haut keine Bräune annähme. Im Hotel hatte sich herumgesprochen, dass sie auf dem Balkon, der zu ihrer Suite gehörte, zum Schutz ihrer Nase eine Karnevalsmaske trug, und beim ersten Mal war das Dienstmädchen, das die Blumen heraufbrachte, zu Tode erschrocken. Ihr Schwimmanzug bedeckte sie vom Hals bis zu den Zehen; nachdem sie in den eiskalten Seen Brandenburgs das Schwimmen gelernt hatte, verzichtete sie oft auf die Sicherheit des Badekarrens und schwamm mit kräftigen Zügen ins warme Meer hinaus. Von der Küste aus sah Max dann nur noch den breitkrempigen Strohhut, den sie mit einem roten Schal unter dem Kinn festgebunden hatte, in der sanften Dünung auf und niederwippen.

»Heute schwimme ich nicht«, teilte sie Max mit. »Leo wird dann nur mitkommen wollen, und das ist mir ohne Floß und Badekarren viel zu gefährlich.«

»Gut.« Max lud einen großen Korb mit Badeutensilien wieder aus. »Dann könnten wir heute mit zwei Booten auskommen.«

Dennoch lagen beide Gondeln gefährlich tief im Wasser, als sie durch kleine Wellen auf die Inseln zusteuerten. Sophies Kostüm, Jacke und Kleid aus demselben Blassgold mit grünen Streifen, schimmerte vor dem Schwarz der Gondel, und Leo, der sich in ihren Schoß gekuschelt hatte, schlief rasch ein. Wieder zog sie die Handschuhe aus und ließ die Finger in der träumenden Lagune treiben, achtete dabei aber immer darauf, dass die Hand im Schatten blieb. Die lange Überfahrt nach Torcello so früh am Tag, während der sich die fernen Inseln mit wachsender Deutlichkeit aus dem Dunst schälten, weckte in Max den wundersamen Eindruck, er nähere sich dem Elysion. Dieses endlose, sanft schaukelnde Dahingleiten durch ruhiges grünes Wasser war wie die Ewigkeit. Der wuchtige quaderförmige Campanile von Torcello ragte als einziges Zeichen einer Bebauung aus dem Morgennebel, und als Max zu der immer noch fernen Basilika spähte, läuteten die Glocken über Sumpfland, Wasserwege und Lagune, über die Fischer- und Frachtkähne und kleinen Segelboote, die sich in der schwachen, kaum das Focksegel füllenden Brise langsam voranschlichen.

Sophie blickte von dem hypnotisierenden grünen Wasser auf, und Leo erwachte in ihren Armen.

»Glocken«, murmelte er schläfrig.

Als sie sich der schmalen Mole näherten, zog Sophie ihren Kunstreiseführer hervor und las die Beschreibungen der Mosaike laut vor.

»Hör, Max, die Madonna in der Apsis ist ganz von Gold umschlossen. Besonders bemerkenswert sind wohl ›die beiden feierlichen Mosaiken am Ost- und am Westende, einerseits das Jüngste Gericht‹ – ach du liebe Güte, hoffentlich ist es nicht zu furchterregend, aber Leo liebt ja Teufel – ›und gegenüber die Madonna, deren Tränen auf ihre segnend erhobenen Hände fallen‹, und die ›edle Säulenreihe, die den Raum dazwischen umschließt‹. Er meint, das Ganze drücke ›gleichzeitig die tiefe Sorge und den heiligen Mut der Menschen aus, die auf Erden kein Zuhause mehr haben, sich aber auf das kommende freuen.‹«

Sophie klappte das Buch zu.

»Mir ist das alles zuwider.«

»Was?«

»Das Elend des Lebens hienieden und die Wonnen, die der Tugendsame im nächsten Leben erwarten darf. Der Pastor stopft uns das jeden Sonntag in den Hals. Mir kommt es vor wie Gift. Ich glaube nicht an ein jenseitiges Leben, das so schön wäre wie dieses. Das sind doch alles Lügen.«

Max lächelte. Der Gondoliere ebenfalls, der zwar kein Wort verstand, aber immer gern zusah, wenn sich die Gräfin in einen Wutanfall hineinsteigerte.

»Ich will mein Glück hier und heute, mit dir und Leo. Ich will nicht warten, bis ich tot bin.«

»Der Umstand, dass du Glück und Freude in diesem Leben überhaupt erwarten kannst, Sophie, ist Ausdruck deiner Privilegiertheit. Wohlstand, Gesundheit und Glück besitzt du jetzt schon.« Maxens liebevoller Blick strafte seinen schulmeisterlichen Tonfall Lügen. »Und mein Segen, das bist du.«

»Warum können denn nicht alle mit Glück gesegnet sein? Jeder auf seine Weise? Der Pastor behauptet, Gott sei gerecht. Aber das stimmt nicht, Gott ist nicht gerecht.«

»Wenn es dir für deine rebellische Theologie irgendwie nützt, liebster Schatz, dann lass dir sagen, dass schon die Griechen das Problem der göttlichen Gerechtigkeit nicht lösen konnten. Professor Marek hält das übrigens für den Grund, weshalb die griechischen Götter so launisch sind: Es erkläre das Fehlen göttlicher Vorsehung in der Welt. Und auch das Fehlen von Gerechtigkeit.«

»Hat Lukian das geglaubt? Wollte er deshalb nichts hören, wenn Myriam über ihre christliche Religion sprach?«

Max, dem das plötzliche Eindringen des atheistischen Philosophen in ihr Ferienidyll gar nicht behagte, gab keine Antwort, sondern griff nach dem an der Mole befestigten Tau, um die schwankende Gondel zu stabilisieren. Lukian und seine Werke konnten warten.

Max, Sophie und Leo machten sich gleich auf den Weg zur Basilika und ließen Karl mit dem Auftrag zurück, ein schattiges Plätzchen für das Picknick zu finden. Doch kaum war die Herrschaft fort, verschwanden Karl und die beiden Gondolieri zwischen Sumpflilien und Binsen, um etwas ganz anderes zu finden, nämlich einen friedlichen Ort, um zu pinkeln und zu rauchen, während Leos Kindermädchen zurückblieb und sich in den Anblick des Hummers vertiefte. Max trug Leo auf den Schultern den weißen Pfad entlang. Nach einem kurzen Blick auf die kleine Kirche Santa Fosca und die Reste des Baptisteriums zwängten sie sich an den zusammenströmenden Bettlern vorbei ins Hauptschiff der Basilika. In den grellen Lichtstrahlen, die durch die zehn Rundbogenfenster einfielen, sah Sophie zuerst nur das leuchtende Bodenmosaik vor ihren Füßen. Ein beeindruckendes, komplexes Muster geometrischer Perfektion aus schwarzem, weißem und rotem Marmor – Kreise, Rhomben und Mäander unter ihren weißen Leinenschuhen. Der warme Ziegelstein und das weiße Licht verhießen nicht Sorge, sondern Freude, gegenwärtige und künftige. Es war noch so früh am Tag, dass außer ihnen kaum ein Besucher hier war. Leo gurgelte und gluckerte, als Max ihn auf den kühlen kostbaren Boden setzte; dann stemmte der Knabe sich auf allen vieren in die Höhe und tapste geschwind davon, und jeder schwankende Schritt war ein Triumph der Bewegung über das Gleichgewicht. Sein Sonnenhut fiel herunter. Leo kippte um, rappelte sich wieder auf und marschierte wieder los; den winzigen Strohhut mit dem roten Band musste sein Vater bergen.

Sophie kehrte dem gewaltigen *Jüngsten Gericht*, das die mächtige Westwand über der kleinen Tür ausfüllte, den Rücken und betrachtete unterdessen die östliche Fassade. Leo tapste schnurstracks auf das Gewölbe der Apsis und die alleinherrschende Marienfigur zu. Die griechischen Symbole zur Rechten und Linken der Madonna verkündeten ihre Identität: die Mutter Gottes.

Mit nichts als diesen Buchstaben teilte sie sich den Raum. Dort steht sie, Himmelskönigin auf Goldgrund, mit Gold übergossen, auf einem flachen goldenen Podest, das lange Faltengewand goldgesäumt. Ihre Rechte weist auf das goldene Kind, das sich in die Krümmung ihres linken Armes schmiegt, und in der Linken hält sie das weiße Totenhemd.

Sophie entzifferte die lateinischen Worte, die zu Füßen der Jungfrau rund um die Apsis liefen. *Symbol der Tugend, Meeresstern, Tor zur Erlösung, Maria, die durch ihren Sohn jene erhebt, die Eva mit ihrem Gemahl niedergeworfen hat.* Sophie starrte auf die Namen, Maria, Eva. Sie sind benannt. Sie dienen nicht einfach der Zierde, es ist nicht ihr Daseinszweck, Vergnügen zu bereiten. Sie sind die Protagonistinnen der Bibel, die Angeln an den Toren, deren Entscheidungen und Handlungen unser aller Leben für immer verändert hat. Die Männer kommen nur als Gattungsbezeichnungen vor: Gemahl, Sohn. Es sind die Frauen, die zählen. Dieser Kampf zwischen Frauen prägt die Geistesgeschichte der ganzen Welt. Unter den spitzen Schuhen der Jungfrau ließ ein helles Fenster Licht in die goldene Kuppel; unter ihr reihten sich nach beiden Seiten hin die zwölf Apostel, alle in viel kleinerem Maßstab; sie streiften durch Mohnfelder, und jeder umschlang freudig das Symbol seines Martyriums. Sophie fühlte Leo an ihrem Rock zerren und beugte sich nieder, um ihrem einzigen Sohn über das zarte, ihr zugewandte Gesicht zu streichen.

»Papa!«, schrie Leo und versuchte seine Mutter zurück zum Vater zu ziehen, sie aber leistete sanften Widerstand.

»Nein, Schatz, schau doch. Schau dir die schöne Madonna an.«

Leo starrte zu der riesigen, reglosen blauen Gestalt hinauf, fand dann aber, dass die Schar heulender, mistgabelbewehrter Teufel, die seinen Vater beschäftigte, ungleich interessanter sei, und tapste zurück zu Max, der, in der Hand den kleinen Hut und einen verlorenen Kinderschuh, in den Anblick der Verdammnis an der Westfassade vertieft war. Als Leo auf dem Marmormosaik des Fußbodens stolperte, fiel er, wie es der Zufall wollte, direkt in den grauseidenen Faltenwurf des Kleids einer anderen Besucherin. Die Dame hob ihn auf und stellte ihn wieder auf die Beinchen, während ihr Begleiter rasch den Sonnenschirm mit seinen hübschen weißen Blüten aus dem Gefahrenbereich entfernte. Leo strahlte die alte Dame an, die ihn an seine Großmutter erinnerte, drehte sich um und deutete mit seinem drallen Finger ungefähr in die Richtung seiner Mutter, die leuchtend, weil von weißem Licht überflutet, vor dem Altar stand, direkt unter der riesigen blauen Maria auf goldenem Grund. Sophie, das Gesicht emporgewandt, wirkte verklärt vor Sonnenschein und Herrlichkeit.

»Madonna!«, japste Leo entzückt.

Seine Mutter drehte sich um, das Gesicht von weißem Licht umstrahlt, und fand sich der arglosen Sibylle und deren nicht minder arglosem Gemahl Mr John Walter Cross gegenüber.

Max erkannte die Besucher augenblicklich, sah mit kaltem Entsetzen, was geschehen war, und setzte sich in Bewegung, auf die Gruppe zu. Die Sibylle aber hatte Sophie nicht erkannt. Sie war jetzt recht kurzsichtig und ohne ihre Augengläser weitgehend hilflos. Sie sprach die in grellem Weiß leuchtende Gestalt vor ihr auf Französisch an.

»*Voilà, madame, votre fils*. Er hat sich nichts getan.«

»Frau Lewes! Was für ein wunderbarer Zufall …«, warf Max jetzt dazwischen, doch Tonfall und Miene widersprachen seinen Worten: Er fand den Zufall durchaus nicht wunderbar, sondern fürchterlich.

Man starrte einander an.

Die Sibylle wechselte ins Deutsche. »Sind das tatsächlich Sie, Max?«

Dann blickte sie zu der leuchtenden Gestalt unter der Madonnenfigur. Wenn dies Max ist, kann die junge Frau niemand anderes sein als die anklagende, selbstgerechte Harpyie, die sich mit Gewalt Zutritt zu meinem Haus verschafft und mich eine knappe Woche lang um meinen Schlaf gebracht hat. Der Schreck lähmte sie, alle Höflichkeitsfloskeln erstarben auf ihren Lippen. Aber Johnny Cross erkannte in Max den sympathischen Herrn, mit dem er durch den froststarren Park gewandert war, und er schüttelte ihm erfreut die Hand.

»Was für ein Vergnügen, Sir! Ein großes Vergnügen, Sie wiederzusehen! Und unter so viel froheren Umständen!«

Sophie murmelte eine Entschuldigung, raffte ihr Kind an sich und entschwand in zwei raschen Etappen, erst mit voller Geschwindigkeit durch das Kirchenschiff, dann hinaus durch das Portal ins grellweiße Licht und davon, um den Campanile herum. Sie rannte vorbei an den Bettlern, fliegenden Händlern, Krämern, die keine Zeit hatten, die Posen der Zudringlichkeit einzunehmen, und kam erst in einer menschenleere Ecke wieder zur Ruhe, wo sie auf das Watt und die ferne Lagune blickte. Ihr Atem ging zerstoßen und keuchend. Sie lehnte sich an die warme Ziegelmauer des Campanile und setzte Leo neben sich ins dürre Gras. Sie stellte fest, dass ihm ein Schuh fehlte.

Dem wie ein sitzengelassener Bräutigam vor dem Altar stehenden Max fiel nun die Aufgabe zu, höflich zu sein und sich nach dem allseitigen Befinden zu erkundigen. Er sprach die Sibylle wieder als Mrs Lewes an. Sie lächelte flüchtig; sie war offensichtlich verunsichert und zutiefst verlegen.

»Wir scheinen dazu verurteilt, einander misszuverstehen, Max. Darf ich Ihnen in aller Form meinen Ehemann vorstellen, Mr John Cross, der tatsächlich ein lieber Freund von Mr Lewes war.«

»Aber wir haben einander bereits kennengelernt, Liebste«, sagte Johnny Cross verwirrt; die unbehagliche Stimmung, die diese Zufallsbegegnung erzeugt hatte, ging völlig an ihm vorüber. Max starrte die Sibylle an und war sprachlos. Sagte sie die Wahrheit? Der letzte Mann, den sie Ehemann genannt hatte, war es nicht gewesen.

Die Sibylle quälte sich weiter. »Wir besuchen Venedig im Zuge unserer Hochzeitsreise. Wir wohnen im Hôtel de l'Europe.«

»Wo es uns das allergrößte Vergnügen wäre, Sie und Ihre Frau Gemahlin zu empfangen!«, erklärte Johnny Cross – gastfreundlich, aber schlecht beraten. Er missdeutete den kurzen Druck, den die Hand seiner Frau um sein Handgelenk ausübte, und heftete an die erste noch einige weitere Höflichkeitsbekundungen. Die Sibylle indes zog es dringend fort von diesem Ort; sie fürchtete, die verschwundene Harpyie könnte wiederkehren und Anschuldigungen durch die Kirche schreien. Sie verbeugte sich so tief, dass ihre Spitzenmantille über ihrem schweren, im Netz gefangenen Haar leicht verrutschte. Dann eilte sie rasch aus der Basilika, Johnny Cross ihr auf den Fersen, und Max stand allein vor der Jungfrau Maria, in den Händen noch immer Hut und Schuh seines Sohnes. Verdrängt von einem Reiseführer, der eine Besuchergruppe durch die Kirche geleitete, ließ er sich über der Krypta auf einen Stuhl fallen und wartete, dass der Sturm vorüberzog.

Von der anderen Seite des Kanals, der zum Dorf führte, beobachtete Sophie das ungewöhnliche Paar auf dem Weg zur Anlegestelle. Da gehen sie hin, Mrs Lewes und ihr *cavalier servente.* Sie fühlte sich nicht gerade als Siegerin, doch immerhin verließ sie das Feld als Letzte.

An der Hotelrezeption wartete ein Brief Wolfgangs.

Berlin, den 6. Juni 1880

Lieber Max,
sie ist wahrhaftig verheiratet! Sogar kirchlich. Ganz London brodelt vor Empörung. Es gab eine Anzeige in der *Times*, die jedoch meiner Aufmerksamkeit entging. Hingegen erhielt ich eine Postkarte von Herrn und Frau Klesmer mit der schlichten Frage: »Stimmt es?« Neuigkeiten verbreiten sich rasch, doch anscheinend nicht rasch genug, als dass diese Euch in Venedig erreicht hätte. Ihr müsst sofort bei ihnen vorsprechen und ihnen unsere herzlichsten Glückwünsche überbringen. Für Deine Frau wird die lang ersehnte Begegnung mit ihrem Idol eine unverhoffte Ehre sein, mit der sie nicht gerechnet haben kann. Wenn sie in den Flitterwochen sind, werden sie keine geschäftlichen Angelegenheiten besprechen wollen; es wäre jedoch sehr wünschenswert, sollte es Dir gelingen, den Gatten kennenzulernen. Er dürfte, wie ich vermute, nach wie vor ihr Finanzberater sein, so dass wir wegen der Prachtausgabe der Gesammelten Werke mit ihm statt mit Charles Lewes werden verhandeln müssen. Aus gut unterrichteter Quelle erfahre ich, dass *Theophrastus Such* sich bereits sechstausendmal verkauft hat. Wir müssen uns, wenn irgend möglich, den Vertrag sichern. Es ist daher zwingend erforderlich, dass du Mr und Mrs Cross jede erdenkliche Höflichkeit erweist. Sende Blumen, zuerst mit einer formellen Nachricht. Sie scheint Auseinandersetzungen zu provozieren, was immer sie tut, ob verheiratet oder nicht.

Meine besten Empfehlungen an Sophie und Leo. Halte mich bez. allem auf dem Laufenden. Es kann eine wunderbare Gelegenheit für uns sein. Enttäusche mich nicht, kleiner Bruder.

Gehabe Dich wohl.

Dein Wolfgang.

Max wartete zwei Tage, schickte dann Blumen – er tat es heimlich, auf dass Sophies anhaltender Zorn gegen die Sibylle nicht neu entfacht werde. Diese entsetzliche Affäre um das Halsband in Homburg lag jetzt verpackt und verschnürt im Abfall der Vergangenheit. O weh, damals war er tief kompromittiert gewesen, hatte Wolfgang um Geld bitten müssen! Die Glückwünsche und Gratulationen kamen indessen nicht von Max persönlich, sondern von Duncker und Duncker, ihrem deutschen Verlag. Er fand, er könne Sophie von gesellschaftlichen Pflichten entbinden, ohne darum unhöflich zu erscheinen oder anzudeuten, dass die Sibylle noch immer kein Umgang für tugendhafte Ehefrauen sei. Gewiss aber sollte er den Blumen einen kurzen Besuch folgen lassen.

Karl unternahm auf Maxens Anweisung hin einen Erkundungsgang und kam mit den gewünschten Auskünften zurück. Er habe die Gondolieri befragt und nach Überreichung einer kleinen Bestechungssumme erfahren, dass sich das Paar nach dem überstürzt beendeten Besuch der Kirche Santa Maria Assunta nach Murano, dann nach Santa Maria Formosa und wieder zurück zur Accademia habe fahren lassen. Am Donnerstag seien sie in San Zaccharia gewesen und hätten Stunden damit zugebracht, sich bei schlechtem Licht Gemälde anzusehen. Am Freitag hätten sie die Kirche San Vidal besucht und Tee getrunken in Gesellschaft eines gewissen Mr Bunney, den sie am nächsten Vormittag noch einmal auf der Piazza getroffen hätten, um sich anschließend zu dritt abermals zur Kirche Santa Maria Formosa und weiter zur Salute zu begeben. Am Sonntag hätten sie ein Konzert in der Scuola Grande di San Giovanni Evangelista gehört und seien dann zu Mr Bunney zurückgekehrt. Nun betrat eine Mrs Bunney das Bild, eine korpulente Dame mit hellgrünem Sonnenschirm: Diese habe alle drei zum Palazzo Venier-Manfrin eskortiert und von dort zum Palazzo dei quattro Evangelisti. Die Mahlzeiten habe das Ehepaar Cross stets in seiner Suite eingenommen, niemals im Speisesaal, und es halte sich nie im Foyer auf. Max wischte sich über die feuchte Stirn und schluckte vor mitfühlendem Grauen ob dieses rasanten und unerbittlichen Kulturgenusses. Er schwitzte buchstäblich vor Tourismus.

Am Dienstag, dem 15. Juni, hätten sie abermals die Accademia besucht, nachmittags aber habe sich Mr Cross unwohl gefühlt, und sie seien beide im Hotel geblieben. Am nächsten Morgen, Mittwoch, dem 16. Juni, ließ sich Sophie in Begleitung einer anderen deutschen Familie, deren Bekanntschaft sie im Hotel gemacht hatten, zum Lido rudern, um den Tag dort zu verbringen. Max entschloss sich, der Sibylle seine Karte nebst einer kleinen Nachricht zu schicken, in der er Mr Cross gute Besserung wünschte, und anschließend schleunigst den Rückzug anzutreten. Er traf Vorkehrungen, um sich zum Kai des Hôtel de l'Europe rudern zu lassen, doch vor den Drehtüren des Danieli stand Karl und barst schon wieder vor neuen Informationen.

»Herr Cross ist ernsthaft erkrankt, gnädiger Herr. Die Dame hat dringend nach Dr. Richetti geschickt.«

Das Gebimmel der Glocken und das gewaltige morgendliche Verkehrsaufkommen von Lieferanten, die Fisch und Gemüse zum Markt beförderten, erzeugten einen derartigen Lärm, dass Max, der den Bericht kaum verstand, Karl in die Gondel einsteigen ließ und ihn aufforderte, alles noch einmal zu erzählen. Anscheinend war die Anstrengung, mit der Sibylle Schritt halten zu müssen, dem jungen Ehemann zu viel gewesen.

Selbst inmitten der Bestürzung und Peinlichkeit in der Kirche Santa Maria Assunta und unter der spöttischen Gleichgültigkeit der überlebensgroßen Madonna war Max nicht entgangen, dass Mrs Lewes, jetzt eindeutig eine alte Dame, unter ihrer fürchterlichen Mantille regelrecht aufgeblüht war; dass sie im Übrigen, als sie durch das Kirchenschiff enteilte, mit bemerkenswert federndem Schritt entschwand. Während ihr junger *cavaliere* rot und schwitzend neben ihr herhastete. Und es war der stattliche, athletische Rotbart, der jetzt gefällt oben im Zimmer lag, nicht die gebrechliche alte Dame.

Max schoss eine Erinnerung durch den Kopf – ein atemloser Lauf durch einen feuchten Homburger Wald; er hinter der Frau herrennend, die noch immer gelegentlich durch seine Phantasie geisterte. Er hörte Lewes' Bitte, er, Max, möge seine Polly zu einem flotten Galopp ausführen, und dachte an seine Bestürzung, als er hatte feststellen müssen, dass das Rennpferd überhaupt keine andere Gangart beherrschte als den Galopp.

»Nun, so ist es wohl am besten. Dann muss ich nicht auf einem Besuch bestehen. Wir bekunden unsere aufrichtige Sorge um Herrn Cross' Gesundheit und unser tiefes Mitgefühl, wünschen ihm rasche Erholung und machen uns davon zum Lido.«

Max stellte sich Sophies glühendes Gesicht vor, sobald er nahte wie Schneewittchens böse Stiefmutter mit einem Korb roter Äpfel und einer Schale schmelzender Eiskrem in den Händen und sie aus ihrem Badekarren käme.

Langsam glitten sie auf die Anlegestelle zu, wo ein nasser roter Teppich den Weg ins prächtige Foyer wies. Wie schnatternde Gänse kletterten etliche englische Gäste, sich Luft zufächelnd und unter allerlei Schreckenslauten in mehrere schaukelnde Gondeln. Das Hotelfoyer dampfte leicht unter allerlei tropischem Laubwerk: Hier fanden unter Palmen sonntags Konzerte statt. Max trat seitwärts auf die Holzplanken neben dem Teppich und zündete sich eine Zigarette an, während er über ein, zwei passende Sätze nachdachte, die er samt seiner Visitenkarte in einem Umschlag hinterlegen konnte. Über eine erste Phrase kam er allerdings nicht hinaus, denn in dem Moment erhob sich ein großes Geschrei aus den Gondeln. Max wich instinktiv zurück zur steinernen Wand des Hotels – und sah im nächsten Moment eine schwarze Gestalt mit strampelnden Beinen in hohem Bogen durch die Luft fliegen. Der Mann war vom Balkon direkt oberhalb gesprungen und, unter Vermeidung aller vier Gondeln, mit einem gewaltigen Platschen im Canal Grande gelandet. Karl, der noch in der äußersten Gondel saß, sprang sofort auf und dem Mann hinterher ins Wasser. Desgleichen einer der Gondolieri, ein gewisser Corradini, den Mr und Mrs Cross, wie sich später herausstellte, für die Dauer ihres Venedigaufenthalts fest engagiert hatten: Dieser Corradini hatte in der fliegenden Gestalt gleich seinen Dienstherrn erkannt. Denn der Mann, der jetzt unbedingt im grünen Wasser versinken wollte und sich gegen alle Rettungsversuche stemmte, war kein anderer als Mr John Walter Cross.

Mit einem Satz war Max am Anlegesteg, um dem Hotelpersonal, das den schlaffen, triefenden Mann aus dem Wasser zog, beizuspringen. Mr Cross' Hemd war zerrissen und entblößte eine breite männliche, dicht behaarte Brust. Der traurige Mann gab seinen Widerstand auf und lag stöhnend, hilflos und derangiert auf dem Steg. Er war barfuß. Max umfasste seine Knöchel und trug die Füße, damit sie nicht über den marmornen Fliesenboden schrammten, während der Mann ins Foyer gebracht wurde. Fünf Männer, alle in hektischem Italienisch durcheinanderschreiend, trugen ihn rasch die Treppe hinauf. In konzentrischen Wellen des Flüstern und Starrens breitete sich die Kunde von dem Vorfall durch die Empfängsräume aus. Jemand ist in den Kanal gefallen. Nicht gefallen: Er ist gesprungen. Wer denn? Wer ist es? Der Bankier mit der viel älteren Ehefrau. Ich weiß seinen Namen nicht.

Auf dem mit elfenbeinweißen Kopien klassischer Statuen geschmückten Treppenabsatz fand sich Max dem Gespenst der Sibylle gegenüber, die abgehärmt und zu Tode erschrocken und sichtlich gealtert vor ihm stand, als habe der Zaubertrank, der ihr die Lebensenergie verlieh, jäh seine Wirkung verloren. Sie stieß einen leisen Schrei aus und taumelte gegen Dr. Richetti, der sich an seiner Uhrkette festhielt, als sei auch er eines Halts bedürftig. Der triefende Mr Cross wurde ins eheliche Schlafzimmer getragen und auf den zerknitterten Laken und zerwühlten Kissen abgelegt. Max ließ die Knöchel los und fand die Sibylle an seinen Arm geklammert wie eine sterbende Muschel.

»Max, helfen Sie mir«, flüsterte sie.

Die Polizeistation San Marco stufte den Vorfall als »Selbstmordversuch« ein und nahm ihn mit folgendem Wortlaut in die Akten auf:

> J. W. Cross, ein Engländer von vierzig Jahren, logiert seit zwei Wochen mit seiner über sechzigjährigen Gattin im Hôtel de l'Europe. Während der vergangenen Tage machte er einen traurigen und schwermütigen Eindruck und veranlasste seine Frau, einen Arzt zu rufen. Während die Ehefrau und der Doktor im Gespräch waren, versuchte sich der Ehemann im Nebenzimmer wie erwähnt durch einen Sprung vom Balkon das Leben zu nehmen. Er landete im Kanal.

Max machte sich an die Abfassung von Telegrammen und deren rasche Absendung an William Cross, den Bruder des unglücklichen Bankiers, den er unverzüglich nach Venedig zu kommen bat. Cross selbst, mit Chloralhydrat ruhiggestellt, war nicht bei Bewusstsein. Max bestand darauf, dass die Sibylle, die völlig außer sich war, einen kleinen Brandy zu sich nähme. Karl wurde zum Lido geschickt, wo er Sophie ausfindig machte, die seit Stunden auf Max wartete und jeden Moment mit seiner Ankunft rechnete, kochend vor Wut und bereit, das Tischtuch zu verschlingen; als sie aber die Geschichte gehört hatte, kannte sie kein Halten mehr und wollte die Sibylle mit eigener Hand ertränken.

Was war an den Tagen vor dem Großen Sprung geschehen? Nun, die wahre Identität der Sibylle blieb verborgen. Niemals vernahm man in Venedig auch nur einen Hinweis darauf, dass die alte Dame, die mit dem verrückten Bankier verheiratet war, in Wahrheit eine berühmte, unter zahlreichen anderen Namen bekannte Schriftstellerin war. Doch das Gerücht, dieses schnellfüßige Wesen, überquerte in Windeseile die Alpen, und die Londoner Gesellschaft brodelte vor hämischen Mutmaßungen. Selbst die Polizeiberichte versäumten nicht, auf den Altersunterschied innerhalb dieses Ehepaars hinzuweisen. Hatten die Lustforderungen der ältlichen Witwe den wesentlich jüngeren Mann schlicht zerrüttet? Hatte ihn allein das Ansinnen, einer Frau beizuliegen, die seine Mutter sein könnte, zur Balkonbrüstung getrieben? Zog er womöglich Knaben vor? Man hört ja häufig, Venedig sei der richtige Ort für derlei. Lag der Wahnsinn in der Familie? Die Sibylle behauptete, ja; dem Arzt hatte sie es gesagt. Aber erblicher Irrsinn entbindet sie ja von jeglicher Schuld, nicht wahr? Hatte Johnny Cross schon früher unter einer Geistesstörung gelitten, etwa einem jähen Anfall von Schwermut mit Todessehnsucht? Ein früherer Zwischenfall ist aktenmäßig erfasst, war jedoch nicht mit dem venezianischen Fenstersturz vergleichbar. Wer kennt die Wahrheit, zumal wenn sie unangenehm und peinlich für alle Beteiligten ist?

Eines ist gewiss. Als Sophie an jenem fatalen Mittwoch, dem 16. Juni 1880, im goldenen Abendlicht in die gemeinsame Suite im Hotel Danieli zurückkehrte, hatte sie sich überzeugt, dass die Sibylle, unzufrieden mit Zuwendung eines einzigen jungen Mannes, den sie in den Wahnsinn getrieben und dann beinahe in sein wässriges Grab hineintyrannisiert hätte, ihre eifersüchtigen Klauen jetzt auch in Max geschlagen hatte, den zweiten jungen Mann und ihr nächstes Opfer. Sophie marschierte auf ihrem Altan auf und ab, vier Stockwerke über dem Markt am Uferkai, und vernahm nichts von dem Stimmengewirr tief unter ihr und dem Glockengeläut von San Giorgio Maggiore. Ihr Haar, noch feucht und salzig vom Meer, aber auf dem weißen Musselin ihres Hauskleids rasch trocknend, fiel aufgelöst über ihre Schultern. Sie schritt aus wie eine kampfeslustige Walküre. Als Max ohne Hut, atemlos und auf das Schlimmste gefasst, den Balkon betrat, fuhr sie herum und herrschte ihn an:

»Ich fordere eine Erklärung!«

Sophies Eröffnungsstoß erbrachte selbst die Palmen in ihren Terrakottagefäßen zum Erzittern.

»Sophie, meine Liebste, ich war rein zufällig am Ort des Geschehens. Ich musste ihr helfen.«

»Sie hat ihn dazu getrieben.«

»Wohl kaum. Nein, er befindet sich tatsächlich nicht wohl. Dafür kann niemand zur Verantwortung gezogen werden.«

Zwar drang die Wahrheit dieser Aussage bis zu Sophie durch, doch die Empfindung, sie sei auf den zweiten Platz hinter der mächtigen Sibylle verdrängt und derentwegen auf dem Lido sitzengelassen worden, entfachte ihre Wut augenblicklich aufs Neue.

»Du hast deine Familie im Stich gelassen, um bei dieser Frau zu sein, die niemals etwas anderes zwischen uns gestiftet hat als Zwietracht.«

Dieser Vorwurf war richtig, wurde jedoch von Max als äußerst ungerecht empfunden. Er schwieg. Sophie tobte weiter.

»Sie hat einen neuen Mann und eine zweite Familie. Sollen sie ihr doch helfen. Warum braucht sie dich denn auch noch?«

»Hör auf, Sophie. Nach menschlichen Maßstäben konnte ich nicht anders handeln. Ihr Ehemann versuchte sich offensichtlich das Leben zu nehmen. Ich habe seinem Bruder telegraphiert und ihn gebeten zu kommen. Er wird in zwei Tagen hier sein. Bis dahin ist sie allein und benötigt meine Hilfe. Wir sind ihre Verleger. Wir verdanken ihr viel. Dafür wirst du sicher Verständnis aufbringen.«

Aber Sophie verweigerte jedes Verständnis. Ihre gespenstische Intelligenz filterte und beurteilte nicht nur die Fakten, sondern auch das dahinterstehende seelische Sehnen, und ihre Schlussfolgerungen waren nicht unzutreffend. Max war und blieb dieser alten Frau verbunden, und in ihrem Eheleben hatte sich heimlich ein ganzes Netz unsichtbarer Verknüpfungen ausgebreitet und reichte tief in die Vergangenheit hinab, wie die Pfahlwurzel eines unausrottbaren Unkrauts. Homburg. Das alles hat in Homburg seinen Ursprung. Sophie konnte nicht erkennen, welcher Art dieses Netz war, dass es aber zwischen ihnen dreien gespannt war, daran zweifelte sie nicht. Greifbar, doch unsichtbar, wehte es im aufkommenden Wind, der von der Lagune her blies.

»Und ich muss heute Abend noch einmal zu ihr, Sophie.« Reglos stand er da und erwartete, dass seine Frau nachgäbe.

Aber sie gab nicht nach. »O nein, das wirst du nicht.« Sie war so dicht an ihn herangetreten, dass sie tatsächlich auf seinen Schuhspitzen stand. »Du gehst nicht. Ich erlaube es nicht!«

Ihre leicht sommersprossige Nase war nur einen Fingerbreit von der seinen entfernt. Max blickte die Frau, die er liebte, nur an und wankte nicht in seinem Entschluss; das stand deutlich in seinem Blick. Wieder dachte er kurz, sie hätte die Absicht, ihn zu schlagen. Sie tat es nicht; stattdessen schrie sie ihren eifersüchtigen Starrsinn nicht nur Max, sondern ganz Venedig entgegen.

»Sie braucht dich, sagst du. Sie hat doch schon einen Mann! Soll er doch aus dem Bett kriechen und sich um sie kümmern! Sie hat den Falschen geheiratet! So wie ich!«

FINALE

Denn wer kann junge Menschen, nachdem er lange in ihrer Gesellschaft gelebt hat, verlassen, ohne dass er zu erfahren wünschte, was in späteren Jahren aus ihnen geworden ist?

Hatte Sophie wirklich den Falschen geheiratet? Manche Ehen schwingen hin und her wie eine Schlingpflanze, die sich an zwei Bäumen gleichzeitig festkrallt, ein instabiles Band, das dennoch niemals reißt. Sophies Ehe mit Max, ihrem Schatz aus Kinderzeiten, erwies sich als eine solche; Jahr um Jahr schwang sie hin und her, stürmisch, fröhlich, explosiv – und riss nie. Jenseits aller Gefühle für die Sibylle, die ihn nie ganz verließen, begehrte und wünschte Max niemals eine andere Frau. Und als er älter wurde, gab er sogar die Huren auf. Ich glaube ihm, wenn er behauptet, er habe nie mehr ein Abenteuer von der geschilderten venezianischen Sorte gesucht. Andere Verbindungen, wie der freie Bund zwischen George Henry Lewes und Marian Evans, scheinen, nach rein utilitaristischen Kriterien gemessen, allen Beteiligten das größtmögliche Glück zu gewährleisten – und die Bedingungen zu schaffen, innerhalb derer beide ein einträgliches und arbeitsames Leben führen können. Viele Zeitgenossen fanden Lewes unerträglich und irritierend. Die Sibylle nicht. Beide gemeinsam brachten die Schriftstellerin zur Welt: Marian Evans Lewes, besser bekannt als George Eliot. Als Sophie zeterte, die Sibylle habe den falschen Mann geheiratet, meinte sie natürlich nicht deren Bund mit Lewes, sondern diese bizarre, wenn auch rechtmäßige Ehe mit Johnny Cross. Ist es widernatürlich, einen Mann zu heiraten, der zwanzig Jahre jünger ist als man selbst, wenn er vor Kraft und Jugend strotzt und man selbst keine Zähne mehr im Mund hat? Nun, man muss es vielleicht anders sehen: Er brach aus Nervenzerrüttung zusammen, sie hingegen hielt sich auch nach wochenlangem mörderischem Tourismusprogramm in zugigen Kirchen und feuchten Zügen immer noch fest auf den Beinen.

Übrigens erholte sich Cross von seiner sonderbaren Attacke schwermütiger Verzweiflung und setzte die Flitterwochen mit seiner Angetrauten fort. Sein Bruder Willie Cross ritt wie ein Kavallerieregiment in Venedig ein und löste Max ab, dem er seine innige Dankbarkeit bekundete und auf dessen »vollständige Diskretion, Sir!« gegenüber der Öffentlichkeit und zumal der Presse er sich voll und ganz verließ. Willie begleitete die Jungvermählten zurück nach Österreich. Ich halte fest, dass Johnny Cross niemals einen Rückfall erlitt, dass er, einmal verwitwet, kein zweites Mal heiratete und bis 1924 lebte. Er blieb ihr getreuer Vermögensverwalter und verwandelte sich nach ihrem Tod vom trauernden Hinterbliebenen in den Bewahrer der heiligen Flamme. Die Biographie seiner Frau, *Life of George Eliot*, die er mehr oder minder in ihren eigenen, allerdings sorgfältig aufbereiteten Worten verfasste, ist ein festeres Bollwerk, als es ein diskret über einen Skandal gebreiteter Musselinschleier gewesen wäre. Zwar spielt er Lewes' Rolle herunter, und natürlich reitet er nicht, wie spätere Biographen, auf der Tatsache herum, dass sich George Eliot so ungefähr jedem Mann an den Hals warf, der auch nur das geringste Interesse an ihr bekundete. Im Übrigen ließ sie auch Frauen für sich entflammen: Das galt für Mrs Congreve wie für Edith Simcox; und beide wurden in ihren Gefühlen durchaus ermutigt. George Eliot ließ sich gern lieben. Bis diese lesbischen Bindungen ans Licht kamen, mussten einhundert Jahre vergehen, und selbst heute wird man mich eines tendenziösen Anachronismus bezichtigen, weil ich das fatale Wort auch nur erwähne und behaupte, die große Schriftstellerin habe selbst sapphische Empfindungen gehegt. Nein, Cross verehrte seine verstorbene Frau und verteidigte sie gegen alle Angriffe. George Eliot hat unbedingt den richtigen Mann geheiratet. Zweimal.

Und was das berühmte Charisma der Schriftstellerin anlangt, so musste selbst Sophie von Hahn die Betörungsmacht der Älteren anerkennen. Im Salon ihres Vaters hatte sie eines Silvesterabends die Sibylle als die Feenkönigin gezeichnet, als *la belle dame sans mercy*, und Max war von der ganzen Festgesellschaft der Einzige, der die Ballade verstand – was ja auch gut so ist, denn Sophie zielte mit ihrem Lied eigens auf ihn. Er mochte in den Bann der Hexe geraten sein, doch Sophie war, aus genannten Gründen, zum Widerstand fest entschlossen. George Eliot brauchte die Vergötterung; auf einer tieferen Ebene aber sehnte sie sich nach Anbetung, Verehrung. Und bis zu jenem Zwischenfall mit dem Brief, dem Appell an ihre Göttin, den niemand sonst zu Gesicht hätte bekommen dürfen, hatte sich auch Sophie zu ihren glühendsten Anhängern gezählt.

Manche Leser sind begeistert, wenn sie sich als Romanfiguren wiederfinden; andere, anders veranlagt, setzen sich augenblicklich mit ihrem Anwalt in Verbindung. Im achtzehnten Jahrhundert waren die Verleger oder, wie sie damals genannt wurden, die Buchhändler die Leidtragenden, wenn es zur Gerichtsverhandlung kam, denn sie mussten die Schließung ihres Geschäfts und die Beschlagnahme ihrer Bestände hinnehmen. Mrs Gaskell war genötigt, einige peinliche Widerrufe zu drucken, nachdem sie in ihrem *Leben der Charlotte Brontë* allzu freizügig mit ihren sexuellen Vorwürfen gewesen war. Wenn heutzutage eine Figur sich zur Einreichung von Schriftsätzen entschließt, muss der Schriftsteller die Suppe allein auslöffeln. Sophie war nicht die Art Frau, die sich hinter

Schriftsätzen verschanzt; offene Rechnungen beglich sie selbst. George Eliots letzte Heldin, Gwendolen Harleth, war mit ihrem gefährlichen Egoismus und ihrer arroganten Dummheit offensichtlich so verschieden von der in alten Reichtum und ererbte Privilegien hineingeborenen, ebenso wagemutigen wie weltgewandten Gräfin von Hahn, dass niemand anderes je die Verbindung zwischen dem Leubronner Roulettetisch und dem Homburger Casino herstellte. Sophie war schließlich nicht die einzige junge Frau, die sich über die grünen Tische beugte und unverwandt auf Rot und Schwarz starrte. Die einzige Gemeinsamkeit zwischen den beiden war die Liebe zu den Pferden. Dennoch war Sophie tief überzeugt – und in diesem Fall hat sie die Wahrheit tatsächlich auf ihrer Seite –, dass sie von der Schriftstellerin bestohlen worden war. Sicherlich entwendete George Eliot der Gräfin an diesem Herbstabend in Homburg mancherlei – ihren Schneid, ihren Wagemut, ihren Erfolg. Später im Leben blickte Sophie zurück und fauchte in rachsüchtigem Triumph: *Ich habe immer gewonnen! Nie verloren!*

Schriftsteller beginnen ein neues Werk häufig mit einer Frage. Die sie manchmal für sich behalten oder, wie in George Eliots Fall, in die allererste Zeile stellen. War sie schön oder nicht schön? Ist dies das Erste, was ein Mann über eine Frau wissen will? George Eliot dachte sich mit Gwendolen Harleth ein temperamentvolles, ungewöhnliches Geschöpf aus, um es zu bestrafen. Zu disziplinieren und zu strafen. Viele Schriftsteller des neunzehnten Jahrhunderts hielten es so – sie bestraften die Frauen. Deshalb ist bei diesen Fragen die Antwort nie so offen, wie sie es wäre, wenn gefragt würde: Was dachte sie? Wie fühlte sie sich? Was tat sie? Im Denken der Schriftstellerin – und manchmal auch des Lesers – entscheiden die Konsequenzen aus jener ersten Frage, nämlich ob sie schön gewesen sei oder nicht, über alles Weitere. Auch Max entgeht dem Klischee nicht und beurteilt Frauen nach dem Aussehen, nicht wahr? Als er George Eliot im September 1872 zum ersten Mal sah, war sie in den Fünfzigern. Die Dame ist alt. Die Dame ist hässlich. Die Dame hat wunderbare Augen ... George Eliot ist heute noch berühmt für ihr abstoßendes Äußeres.

Aber ich will nicht über die geniale Tote spotten. Ihr Schicksal ist unseres. Schönheit und Hässlichkeit welken zugleich, vergehen und zerfallen zu Staub. Es mag eine grausame Wahrheit sein, aber wie sich Edith Simcox sagen lassen musste: »Warum sollte Wahrheit ein Trost sein?« George Eliot überlebte ihre Flitterwochen, aber das Ende des Jahres erlebte sie nicht mehr. Die Lage war anfangs unklar – wer von den beiden, die alte Frau oder ihr junger Galan, war ernsthaft krank und brauchte Hilfe und wer hielt sich wacker? Mr und Mrs Cross waren bereits auf dem Rückweg nach England, als Edith Simcox das Gerücht vernahm.

> *11. Juli 1880*
> Gestern erschreckten mich die Frage: »Geht es Mr Cross besser?« und anschließend ein Gerücht, er sei in Venedig an Typhus erkrankt – oder sogar dem Tod nahe. Es scheint mir zu grauenhaft, um wahr zu sein, und doch wage ich nicht zu zweifeln. Es war schlimm genug, mir vorzustellen, wie fassungslos sie wäre, wenn er überhaupt krank ist.

Die liebe Edith! Ihr erster Gedanke galt stets ihrem Schatz, der Frau, die sie für alle Zeit liebte. Tags darauf schrieb sie: »Anscheinend liebe ich dich unauslöschlich, meine Süße.«

Im Lauf der nächsten Monate nahm George Eliot ihre gewohnte Routine aus Briefen, Besuchen, Klavierspiel und grimmig intellektueller Lektüre wieder auf. Cross erholte sich vollständig und war gesund und kräftig wie eh und je. Am 2. November 1880 vermerkt sie, dass er nachmittags Bäume fällte. Sie begannen mit dem Umzug nach 4 Cheyne Walk in Chelsea. Aber sie fing kein neues

Werk mehr an. Ihr Arbeitsleben war vorbei. Die letzten Worte schrieb George Eliot am Samstag, dem 4. Dezember 1880, in ihr Tagebuch:

> J. am Morgen in der Stadt. Mittags nach Hause. Besuchten unser erstes volkstüml. Konzert und hörten Norman Neruda, Piatti etc. Miss Zimmermann am Klavier. Nach

Und so endet es, unvollendet. Edith sah sie zum letzten Mal kurz vor Weihnachten. Die Schriftstellerin litt unter Halsschmerzen. Edith hält ihren Besuch und das darauf folgende entsetzliche Ereignis in ihrem eigenen Tagebuch fest.

> *23. Dezember 1880*
> Sie war allein, als ich kam. Ich wagte nicht, um eine besondere Begrüßung zu bitten – küsste sie nur immer wieder, als sie saß. Mr Cross kam bald herein, und mir fiel auf, dass sein Antlitz verklärt war, seine sonstige Gutmütigkeit war einem stillen Ausdruck reiner *Seligkeit* gewichen. Der Ärmste! Als er hereinkam und ihre Hand berührte, klagte sie über eine leichte Halsentzündung und sagte, ihr Befinden sei das Gegenteil von besser. Ich blieb daher nur eine halbe Stunde; sie sagte, Gehen Sie nicht, ich aber gab als Grund an, sie möge ihren wehen Hals nicht anstrengen, woraufhin sie mich bat, bald mit den neuesten Nachrichten wiederzukommen. Er brachte mich zur Tür, und erst jetzt erkundigte ich mich nach seiner Gesundheit – sie hatte zuvor erwähnt, es gehe ihr recht gut, und ich glaubte an eine vorübergehende Erkältung – sie dachte, sie habe sie sich bei Agamemnon geholt. Ich wollte tags darauf wieder vorsprechen und ihr ein paar Schneeglöckchen bringen. Heute Morgen höre ich von Johnny – sie ist gestern Abend um 10 gestorben!

Ihre letzten geflüsterten Worte zu Johnny Cross waren: »Sag ihnen, ich habe einen großen Schmerz in der linken Seite.«

Mit ungebrochener Liebe begleitete Edith Simcox ihre Geliebte zu ihrer letzten Ruhestätte. George Eliot liegt in ungeweihter Erde auf dem Highgate Cemetery, und ihr Grab grenzt an das von G. H. Lewes. Edith hielt diesen schrecklichen Tag des Verlusts und der endgültigen Trennung fest:

29. Dezember 1880

Dieser Tag ist wie kein anderer. Ich fürchte nicht das Vergessen, denn wie bisher halte ich ihre Lehren fest, solange der Klang noch frisch in meinem geistigen Ohr ist. Heute Morgen um 10, als das Gebinde kam, das ich bestellt hatte – weiße Blumen, mit Lorbeerblättern eingefasst –, fuhr ich damit nach Cheyne Walk und überreichte es stumm der stummen Köchin. Dann, vom Instinkt geleitet: er schien einen den ganzen Tag richtig zu leiten – ging ich nach Highgate – hielt unterwegs einmal an, um ein paar Veilchen zu kaufen – ich war nicht sicher, für welchen Zweck. Auf dem Friedhof stellte ich fest, dass das neue Grab an der Stelle war, die ich mit halbem Herzen gewünscht hatte – näher am Weg als seines und einen Schritt weiter nach Süden. Dann legte ich meine Veilchen ans Kopfende von Mr Lewes' einsamem Grab und verließ die bereits zusammenströmende Menge, um zu fragen, wo der Eingang wäre. Dann ließ ich mich zur Kapelle treiben – stand erst eine Weile im Säulengang, wo ein Kind mich fragte: »Ist es die Frau des verstorbenen George Eliot, die heute begraben wird?« Ich glaube, ich bejahte – dann wartete ich am Rand der Gruppe, die sich in der Vorhalle zwischen Kirche und Kapelle versammelt hatte. Dann forderte jemand Durchlass durch die sich verdichtende Menge, und ich heftete mich an seine Fersen und geriet ohne

Mühe in eine Art Vestibül hinter der Tür, von der die Menge zurückgehalten wurde. Mrs Lankester war der Kapelle am nächsten – ich kann nicht vergessen, dass sie mir ihren Platz anbot. Ich nahm ihn, und jetzt wurden alle genötigt zurückzutreten, und die feierliche Prozession zog an mir vorbei. Die Sargträger blieben genau in der Tür stehen, ich drückte einen Kuss auf das Sargtuch und zitterte heftig, während ich ansonsten vollkommen reglos in der Stille stand und die Erkenntnis dieses ehrfürchtigen Augenblicks durch nichts getrübt wurde. Dann – es war schwer, die eingeladenen Trauergäste von den anderen wartenden Freunden zu unterscheiden – von deren Gesichtern ich viele kannte – und so ging ich zwischen ihnen zu einer der vorderen Bänke, in der ich Platz nahm. Weiße Kränze türmten sich auf dem samtenen Sargtuch – wenn ich sie so bewacht weiß, war der Gedanke an ihre letzte Ruhe nicht schmerzlich. Ich sah das Gesicht ihres Mannes bleich und starr; er zwang sich, der unerträglichen Welt, der er entgegenblickte, den Rücken zu kehren. Der Gottesdienst war unserem eigenen so ähnlich, dass ich die längste Zeit keinen Unterschied merkte, bis danach, als ich die groben Züge, die so beinahe vollständig im Einklang mit ihrem Glauben geschienen hatten, nicht mehr erkennen konnte. Dr. Sadler zitierte – wie konnte er helfen? – ihre Worte des Sehnens, aber was mich am meisten bewegte, war jener Abschnitt während der Lesung im Gottesdienst – er bewegte mich wie die Stimme Gottes – wie IHRE Stimme: »Möchte aber jemand sagen: Wie werden die Todten auferstehen? Und mit welcherley Leibe werden sie kommen? Du Narr! Was du säest, wird nicht lebendig, es sterbe denn. Und was du säest, ist ja nicht der Leib, der werden soll, sondern ein bloß' Korn, nemlich Weitzen oder der andern eines. GOtt aber gibt ihm einen Leib, wie er will, und einem jeglichen von dem Samen seinen eigen Leib.« Ehrfurcht durchschauerte mich. Wie in der Gegenwart Gottes. Im Gedenken an ihr Leben bloßes Korn – o Gott, mein Gott. Meine Liebe, welche Frucht sollte solcher Samen in uns hervorbringen – ich werde mich zwingen, mich deiner zerschmetternden Prophezeiung zu entsinnen – dass ich bessere Arbeit leisten solle, als du geleistet hattest – das kann nicht sein, meine Beste! und alles, was mein ist, ist immer dein, doch ach! Liebste! Liebste! Es sei deiner nicht unwürdiger, als es muss. Als wir die Kapelle verließen, schob Miss Helps ihren Arm in den meinen, doch verließ ich sie an der Tür, um den Weg über die Straße zu jener anderen Seite, wo das Grab war, allein zu gehen. Stumm reichte ich Mrs Anderson die Hand und wartete an der Ecke, wo der Leichenwagen anhielt und der Sarg wieder aufgedeckt wurde. Wieder folgte ich in der Nähe, am Rand der Prozession. Ein Mann – Champneys, dachte ich – hielt einen weißen Kranz, den er auf den Sarg zu legen wünschte, und als er sich vorwärtsdrängte, stießen die hinter mir gegen mich, bis ich zwischen seinem und ihrem Grab stand und die letzten Worte vernahm, die gesagt wurden: Das Grab war tief und schmal – die Blumen füllten den ganzen Raum bis oben. Ich wandte mich mit den Ersten ab – Charles Lewes drückte meine Hand, als wir den letzten Blick hinab warfen. Dann wandte ich mich hügelaufwärts und ging durch den Regen eine unbekannte Straße entlang nach Hampstead, wo es einen Bahnhof gab. Dann weinte und stöhnte ich lang durchs Zwielicht.

In den Londoner Clubs kannte man Johnny Cross bald als »George Eliots Witwer«, seiner Hingabe an ihr Andenken aber tat dies keinen Abbruch. Max und Sophie erweiterten ihre Familie nach Leo um drei weitere Kinder. Der Erstgeborene hatte keine Erinnerung an Santa Maria Assunta oder die turmhohe Madonna und kam auch nie wieder nach Torcello. Doch er und seine Geschwister, die alle zu robusten, furchtlosen und abenteuerlustigen Menschen heranwuchsen, erhellten die späten Jahre ihrer Großeltern, Graf und Gräfin von Hahn. Sophie wurde für ihre Rennpferde berühmt, die sie selbst züchtete und ausbildete. Nicht nur berühmt, sondern auch berüchtigt war sie in Berlin dafür, dass sie Bloomer-Kostüme mit türkischen Hosen trug und Fahrrad fuhr. Wolfgang Duncker war eine Zeitlang Stadtgespräch, weil er mit Mitte fünfzig eine reiche Witwe heiratete, Frau Anastasia von Humblot, eine ebenso üppige wie sinnesfrohe Dame, einige Jahre älter als er. Sie investierte viel in den Verlag, dessen Ruhm und Reichtum wuchsen. Max schied als stiller Teilhaber aus, und der Verlag nannte sich fortan Duncker & Humblot. Es gibt ihn heute noch. Wann immer ich auf der Leipziger Buchmesse zu tun habe, besuche ich seinen Stand.

Leo wurde nicht alt. Er folgte der Familientradition und schlug eine militärische Laufbahn ein, die zu seinem frühen Tod im Grabenkrieg 1915 führte. Was von seiner zerfetzten Leiche gefunden wurde, sammelten treue Gefährten ein, und seine Eltern erfuhren von einem Heldentod im Feld, der mit so viel Ruhm bekränzt war, als habe Leo einen Angriff der Kavallerie angeführt. Max war am Boden zerstört und engagierte eine Spiritistin, damit sie mit seinem toten Sohn Kontakt aufnähme. Dieses Medium, das mit erstklassigen Referenzen aufwartete und alle ihre Klienten von ihrer spirituellen Kraft und der Authentizität ihres amerikanischen Schamanen und Geistführers überzeugte, entfesselten einen erbitterten Familienstreit. »Lass die Toten in Ruhe«, fauchte Sophie zornbebend. Wie konnte ihr Mann zu derart melodramatischer Unvernunft herabsinken? Trauer muss ertragen werden mit jener schrecklichen Geduld, die man nirgends lernen kann. Max starb 1922 am Schlaganfall. Sein tiefgefurchtes, aber immer noch ansehnliches

Gesicht war während eines Zeitraums von zwölf Stunden purpurrot verfärbt, und das Bewusstsein erlangte er nicht wieder. Sophie trauerte sehr um ihn, machte aber nie einen Versuch, seinen Geist als Ektoplasma heraufzubeschwören.

Die Szene wird düsterer.

Sophie von Hahn starb still, im Alter von achtzig am Wilhelmplatz in Berlin, im Kreis ihrer Kinder, Enkel und Urenkel. Ihr Haar, das sie aufgewickelt unter einem schwarzen Netz trug, war noch immer, wie einst das Haar der Sibylle im hohen Alter, dick und prächtig, aber fast ganz weiß. Sie litt unter einer leichten Arthritis in den Schultergelenken, aber sonst fehlte ihr nichts. Ein nicht diagnostiziertes Herzleiden riss sie hinweg. Es war das Jahr 1934. Hitler, eifrig damit beschäftigt, seine Macht zu konsolidieren, war der Mann, der dafür sorgte, dass die Debatten in *Daniel Deronda* über die Juden in Deutschland und ganz Europa im Nachhinein nicht einfach als kluge Vorwegnahme der kommenden Gräuel dastanden, sondern als Prophezeiung. Woher hatte sie das gewusst? Sie kann es nicht gewusst haben.

George Eliots Methoden beim Schreiben scheinen rational, gelehrt, schonungslos kalkuliert und intellektuell zu sein; man könnte sagen: akademisch. Mit sorgfältiger Recherche bereitete sie den Boden, las Bücher in zahlreichen Sprachen und versenkte sich in lange Phasen des Nachdenkens. Zu mir aber sagte sie, dass sich in allen Texten, die sie für ihre besten hielt, ein »Nicht-Ich« ihrer bemächtige und dass sie ihre eigene Person lediglich für das Instrument halte, durch das dieser Geist, wenn wir so wollen, agiere. Und ich glaube ihr. Denn in den großen literarischen Texten ist eine finstere Macht am Werk, die primitiv und übermächtig ist und deren Zugriff auf unsere inneren Organe uns beunruhigt und verstört. Und eine Phantasie wie die ihre, die ganze Welten heraufbeschwört, ist niemals geheuer, auch nicht unbedingt beruhigend. Man hüte sich vor dem Menetekel an der Wand, das feindselig und unverständlich ist: Jeder einzelne Buchstabe ist unauslöschlich; er wartet darauf, gelesen zu werden. Und man hüte sich vor der Phantasie, die unsere Zeit an den Wurzeln packt, die unterirdischen Adern erkennt, den Pulsschlag unseres gemeinsamen Blutes fühlt und dann unverwandt in die Dunkelheit vor uns starrt.

NACHWORT

Ich habe im Verlauf dieser Geschichte immer wieder auf skandalöse Weise Fiktion und reale Details ineinander verwoben. Ich habe reale Namen, reale Dokumente, vorhandenes Material verwendet. Und das hatte ich von Anfang an vor. Dichtung und Wahrheit stehen nicht im Widerspruch zueinander. Diese Geschichte verwebt fiktive Charaktere, erfunden sowohl von George Eliot wie auch von mir, in die dokumentierte Geschichte der Schriftstellerin und ihres Umfelds. Fiktion und Fakten sollten, wie der Historiker Richard Holmes im Zusammenhang mit dem Biographen und seinem Subjekt einmal sagte, einander über die Zeit hinweg die Hände reichen. Ich wollte eine viktorianische Sittenkomödie schreiben, an deren Rändern, wie in jeder Komödie unverzichtbar, ein paar dunklere, unheimlichere Schattengestalten hausen. Wie wäre es denn für einen Schriftsteller, von jemand anderem, einer Person aus ferner Zukunft, gezwungen zu werden, Jahre in Gesellschaft von Menschen zu verbringen, die man ausschließlich zum eigenen Vergnügen erdacht hat, und ihnen Rechenschaft schuldig zu sein?

Die Zwiespältigkeit meiner Beziehung zu George Eliot steht in den Motti. Ich brachte ihrem Werk stets eine Begeisterung entgegen, die der Leidenschaft von Edith Simcox für dessen Schöpferin nicht unähnlich ist. Dass mir die leibhaftige Marian Evans Lewes sympathisch gewesen wäre, bezweifle ich. Aber in George Eliot hätte ich mich um 1870 genauso verliebt wie hundert Jahre später, und ich hätte sie zutiefst bewundert für ihre Kraft, als Schriftstellerin ebenso wie als Intellektuelle. Ich las ihre letzten großen Werke, *Middlemarch, Daniel Deronda,* zuerst; später, im Sommer 1973, folgte *Romola*. Seither habe ich alles, was sie geschrieben hat, noch viele Male gelesen, und ich hatte die Ehre, Generationen von Studierenden mit ihrem Werk bekanntzumachen. Doch das Körnchen Groll, den eine Schriftstellerin stets gegenüber einer anderen empfindet, die sie als »Meisterin« bejubelt – und ich wähle dieses Wort mit Bedacht – wollte nicht schwinden. Anders als Edith brachte ich ihr keine unauslöschliche Liebe entgegen.

Mein Ausgangspunkt war die zufällige Namensgleichheit zwischen mir und ihren ersten deutschen Verlegern. Den Berliner Verlag Duncker gab es wirklich, und es gibt ihn noch heute als Duncker & Humblot. Der Zusammenhang fiel mir auf, als ich George Eliots Tagebücher las, in denen sie erwähnt, dass ihr »Duncker aus Berlin« 30 Pfund ausbezahlt habe. In Holland und Deutschland ist Duncker kein ganz ungewöhnlicher Name. Damals amüsierte mich die Übereinstimmung lediglich, doch war der Keim gepflanzt. Wenn ein Mensch, der meinen Namen trug, in so enger Verbindung mit der Schriftstellerin gestanden hatte, die ich liebte, warum sollte ich dann nicht an seine Stelle treten? Eliot war von der Beziehung zwischen Mentor und Schüler genauso fasziniert, wie ich es bin, nicht nur als Romansujet, sondern auch als zwischenmenschliches Salondrama. Es ist eine Beziehung, die sie in ihren Romanen thematisierte und im Privatleben kultivierte. Sie inszenierte sich als große Lehrerin. Und ich war immer eine Schülerin von ihr. Doch es liegt in der Natur des Schülers, den Herrn, Meister, Lehrer in Frage zu stellen und zu provozieren – auch dann, wenn man ein ganzes Schriftstellerleben lang an seiner, und ihrer, Seite kämpft.

Ich wollte bewusst einen neoviktorianischen Roman schreiben, der sich an der Methode von John Fowles' eindrucksvoll schrecklicher Geschichte *Die Geliebte des französischen Leutnants* orientiert. Fowles' viktorianischer Roman spielt 1867; sein Erzähler ist eine kaum verschleierte Version von Fowles selbst, dessen Charakter, ein aufgeblasener Besserwisser in sexuellen Dingen, aus der herablassenden Distanz der späten 1960er Jahre heraus spricht.

Meine Geschichte folgt den letzten triumphalen Jahren in George Eliots Schriftstellerleben, vom Herbst 1872 in Homburg bis zu ihrem Tod in London 1880. Meine Erzählerin, die andere Stimme in dieser Fiktion, ist eine skeptische junge Frau in Sophies Alter, die sehr fest in der Gegenwart steht, das heißt dem zweiten Jahrzehnt des einundzwanzigsten Jahrhunderts. Sie war niemals in George Eliot vernarrt wie ich, und ich bin ihr in die Vergangenheit gefolgt.

Leser, die begierig sind, die Wahrheit über George Eliots Leben zu erfahren, so weit sie überhaupt erfahrbar ist, und die Dichtung und Wahrheit – ihre Fakten und meine Erfindungen und tatsächlich auch ihre eigene Fiktion – zu entwirren suchen, wären gut beraten, erst die Romane zu lesen und sich anschließend vielleicht die lange Liste biographischer und kritischer Studien vorzunehmen, die über sie vorliegen.

Dies sind die Bücher, die mich tief beeindruckt haben; ich verdanke ihnen vieles und danke ihnen dafür. Meine erste biographische Anlaufstation war natürlich Gordon S. Haight, *George Eliot: A Biography* (Oxford, Oxford University Press, 1968), das ich 1976 zum ersten Mal las. Alle Kritiker und Literaturwissenschaftler, die sich mit Eliots Werk beschäftigen, haben jeden Grund, ihm dankbar zu sein, selbst wenn sie, wie ich, mit seiner Herangehensweise und seinen Schlussfolgerungen nicht einverstanden sind. Haight ist auch Herausgeber der neunbändigen Ausgabe ihrer Briefe, *The George Eliot Letters* (New Haven, Connecticut, Yale University Press, 1954–55, 1978). Eliots erster Biograph war John Walter Cross, *George Eliot's Life as Related in her Letters and*

Journals, 3 Bde. (Edinburgh und London 1885). Ihre Tagebücher wurden von Margaret Harris und Judith Johnstone ediert: *The Journals of George Eliot* (Cambridge, Cambridge University Press, 1998). Eliots moderne Biographen sind zahlreich; im Lauf der Jahre las ich Ruby V. Redinger, *George Eliot: The Emergent Self* (London, The Bodley Head, 1975), Jennifer Uglow, *George Eliot* (London, Virago, 1987), Ina Taylor, *George Eliot: Woman of Contradictions* (London, Weidenfeld and Nicolson, 1989). Rosemary Ashton ist die geistreiche und gelehrte Biographin von beiden, G. H. Lewes und George Eliot: *G. H. Lewes: A Life* (Oxford, Oxford University Press, 1991) und *George Eliot: A Life* (London, Hamish Hamilton 1996). Sie interpretiert Eliots Werk auf wunderbare und überzeugende Weise und schickt uns alle, als Leser, gleich wieder zu Eliots Romanen zurück. Kathryn Hughes' *George Eliot: The Last Victorian* (London, Fourth Estate, 1999) ist köstlich respektlos, und von Rosemarie Bodenheimer, *The Real Life of Mary Ann Evans. George Eliot, Her Letters, and Her Fiction* (Ithaca, Cornell University Press, 1994), habe ich viel gelernt. Unter den vielen kritischen Auseinandersetzungen mit George Eliots Werken sind zu nennen: Gillian Beers *George Eliot* (Brighton, The Harvester Press, 1986) habe ich zweimal gelesen, dazu ihr klassisches Werk über Darwin, *Darwin's Plots: Evolutionary Narrative in Darwin, George Eliot and Nineteenth-Century Fiction* (London, Routledge & Kegan Paul, 1983).

Aber die dokumentarische Quelle, die mein Verständnis von meiner »kleinen Rache« wirklich auf den Kopf gestellt hat, ist und bleibt Edith Simcox' Tagebuch, *A Monument to the Memory of George Eliot: Edith J. Simcox's Autobiography of a Shirtmaker*, hg. von Constance M. Fulmer und Margaret E. Barfield (London, Taylor and Francis, 1998). Edith verliebte sich tief und unwiderruflich in Marian Evans Lewes und in George Eliots Denken; ihre Tagebücher sind ein ebenso ergreifendes wie niederschmetternd rohes Zeugnis ihrer Gefühle. Sie liebte und verlor die »Herrin über meine Leidenschaft«. Sie schrieb nicht für die Öffentlichkeit, und sie ist Augenzeugin.

Frankreich, 2014

DANK

Es gibt und gab eine große Gemeinde viktorianischer und neoviktorianischer Schriftsteller und Wissenschaftler, deren Arbeit ebenso informativ wie inspirierend für mich war. Besonders danken möchte ich Rosario Arias, Stevie Davies, Christian Gutleben, Ann Heilmann, Mel Kohlke, George Letissier und Mark Llewellyn. Zu großem Dank bin ich Merle Tönnies und allen »Jungs und Mädels« von der Universität Paderborn verpflichtet.

Dank an alle, die an der Fertig- und Herstellung dieses Buches beteiligt waren: meiner Verlegerin, der Cheflektorin Alexandra Pringle, und dem wunderbaren Team von Bloomsbury, besonders Alexa von Hirschberg; meinem Agenten Andrew Gordon bei David Higham; Mary Tomlinson für ihre aufmerksame Arbeit an meinem Text und ihrer Genauigkeit und Sachkenntnis; meiner deutschen Übersetzerin Barbara Schaden für ihre Hilfe bei den Fremdsprachen. Und danke Kathryn Hughes, die mich so großzügig an ihrem Wissen über George Eliot und das neunzehnte Jahrhundert teilhaben ließ.

Die Universität Manchester entband mich für eine Weile von meinen Pflichten, damit ich an diesem Buch arbeiten konnte. Danke meinen Kollegen und Studenten von der Kunst-, Sprach- und Kulturwissenschaftlichen Fakultät und meinem eigenen Fachbereich.

Und ganz besonders danke ich meinen ersten Leserinnen für ihre Begeisterung, ihre kluge Kritik und ihre unermüdliche Unterstützung – das sind, wie immer, Janet Thomas und Sheila Duncker.